무위록

無

爲

錄

무위록 2
여인의 검
장산부 仙道 장편소설

無

爲

錄

북하우스

차 례

화랑이교진(花郞二交陣)

　암자 쪽 사람들은 모두 길상사의 승려들이었다. 광은과 혜정, 그리고 자궁대사가 보였다. 그런데 자궁대사는 내상을 입은 것 같았다. 두 눈을 굳게 감은 창백한 얼굴로 결가부좌하고 앉아 있었다. 그 밖에 무공을 아는 네댓 명의 승려들이 더 있었지만 큰 도움은 안 될 성싶었다.

　한편 반대쪽으로는 히야시와 천지이악, 천인상, 그리고 한 중년의 남자가 서 있었다. 천인상을 그곳에서 발견한 것은 반갑고도 놀라운 일이었다. 그의 표정은 한층 더 음험해져 있었다. 신엽은 두 주먹을 굳게 쥐었다. 중년의 남자는 신엽이 아직 한 번도 보지 못한 위인이었는데 눈빛의 날카로움이 여간한 고수가 아님을 말해주고 있었다. 관처럼 생긴 괴상한 모자를 쓰고 소매가 너울거리는 풍성

한 옷을 입고 있었다. 비쩍 마른 몸매를 고려한다면 그 옷자락 속에
는 갖가지 암수들이 숨겨져 있음을 짐작할 수 있었다.

신엽이 곰곰이 헤아려보니 길상사 쪽에는 희망이 거의 없는 상황
이었다. 광한과 광정은 미도리와 미도노를 상대로 힘겨운 싸움을 벌
이고 있었다. 당장은 팽팽한 접전이었지만 승기를 잡기는 쉽지 않을
것이었다. 광은과 혜정이 남았다고는 하나 히야시와 천지이악을 당
해내기에 벅찬 형편이었다. 게다가 자긍대사의 안위를 챙겨야 했고,
정체불명의 중년 남자는 거기 모인 모든 사람들보다 고수임이 분명
했던 것이다.

길상파 승려들이 어쩌다가 이런 지경에 이른 것일까.

두 달 전 금산사가 피바다가 되었을 때 미도노는 자긍대사에게
도전장을 던진 바 있었다. 스무 날 후 보름날 밤에 길상사를 방문하
겠노라고. 소식을 전해들은 장문인 자연대사는 만반의 준비를 갖췄
다. 길상사 창건 이래 최대의 위기가 될지도 모른다고 생각하며 비
장의 각오로 임했다.

그러나 그 보름 밤에는 아무런 손님도 찾아오지 않았다. 며칠이
지나도 마찬가지였다. 그러자 누군가가 왜구 사무라이들에게 길상
사가 속은 것이라는 말을 꺼냈다. 다른 곳에서 나쁜 짓을 하기 위해
길상파를 묶어둔 게 아니냐는 말이었다. 듣고 보니 그럴듯한 말이었
다. 장문인은 신속히 길상사의 전국적인 연락망을 가동시켰다. 왜구
들의 활동을 상세히 조사토록 했다.

그 무렵 미도후사는 아시겐지를 기다리고 있었다. 혼자 힘으로 길
상사를 치는 것은 역부족임을 절감하고 본국에 구원군을 요청한 것
이었다. 요다의 부탁을 받은 아시겐지는 내심 기뻐하며 고려행 배에
올랐다. 요다에 한 발 앞서 『금해진경(金海眞經)』을 입수할 수 있다
면 그보다 큰 경사가 있겠는가. 요다는 아시겐지의 속마음을 모르지

않았으나 믿는 바가 있었다. 예전에 그는 금강일신 자혜대사로부터 들은 이야기가 있었다. 『금해진경』의 무공은 고려 무공에 대한 깊은 이해가 없이는 접근조차 불가능하다는 것이었다. 억지로 배우려다가는 화를 당할 수도 있다고 했다. 그렇다면 일본인들 중 자신말고 누가 감히 『금해진경』을 익힐 수 있겠는가. 설사 아시겐지가 먼저 입수할지라도 혼자서만 연마하려다가는 즐거움보다 괴로움이 많지 않겠는가.

아시겐지가 선유도에 도착했을 때 마침 그곳에는 히야시의 첩보가 도착하여 그를 기다리고 있었다. 요다의 그림과 동일한 장소를 찾아내었다는 정보였다.

일찍이 요다는 금강일신 밑에서 이 년간 무공을 익힌 적이 있었다. 그러다가 모종의 일로 금강일신을 해치고 그가 소중히 간직하던 그림 한 장을 훔쳐서 달아났었다. 요다는 그것이 귀한 물건임은 알았지만 어째서 어떻게 귀한 물건인지는 알 수 없었다. 나중에야 그것이 『금해진경』이라는 무공비급과 관계된 것임을 알게 되었지만 용도를 알 수 없기는 마찬가지였다. 허구한 날 그는 그림을 꺼내들고 들여다보았다.

그렇게 이십 년 가까운 세월이 흐른 어느 날 홀연한 깨달음이 그를 찾아왔다. 그림은 『금해진경』의 위치를 알려주는 지도일지 모른다는 생각이었다. 그런데 그 생각은 사실과 다르지 않았다. 그림은 자혜대사가 신엽에게 남긴 유품과 동일한 것이었다. 바로 『금해진경』의 위치를 암시하는 은밀한 지도였던 것이다. 신엽에게 주어진 것이 진본이었고, 요다가 훔친 것은 만일의 경우를 위하여 자혜대사가 만들어둔 사본이었다.

지도라는 것에 생각이 미치자 요다는 『금해진경』에 대한 욕심에 사로잡혔다. 즉시 그는 계교를 내어 요시노 천황을 부추겼다. 규슈

의 왜인들을 몰아 고려 땅을 노략질하도록 했다. 천황에게는 물자와
문화재를 실어와 나라를 살찌울 수 있노라고 말했지만 실제 그가
노린 것은 『금해진경』이었다. 고려를 쑥밭으로 만든다면 그의 부하
들이 활동하기에 편할 것이었다. 게다가 만에 하나라도 진경이 이미
새어나갔을 가능성에 대비하여 책이 있는 곳이라면 모조리 뒤질 필
요가 있었던 것이다.

요다의 계획을 아는 사람은 아시겐지뿐이었다. 요다는 아시겐지
의 신뢰를 잃지 않기 위하여 히야시를 심부름꾼으로 택했다. 히야시
는 요다와 아시겐지 모두의 제자인 셈이었으니까. 그림의 사본은 히
야시에게 주어졌고, 그림과 동일한 장소를 찾으라는 명령이 내려졌
다. 그림은 히야시 조의 무사들에게 나누어졌다. 그들은 고려 땅을
구석구석 헤집으며 보물 찾기에 열중했다. 그러나 그들 중 누구도
그 보물이 『금해진경』이라는 사실은 알지 못했다.

그렇게 여러 달이 지나갔다. 그리고 마침내 히데코 조에서 그림과
동일한 장소를 찾아냈던 것이다.

첩보를 접한 아시겐지는 비급을 취할 방법을 생각해야 했다. 우선
그는 두 가지 가능성을 생각했다. 비급이 아무런 보호 장치 없이 숨
겨져 있을 경우였다. 그럴 경우라면 살그머니 가서 가져오기만 하면
될 것이었다. 그러나 어쩐지 그럴 가능성은 적어 보였다. 고려인들
이 아무리 어설프다 해도 『금해진경』과 같은 보배를 내동댕이쳐두
기야 했겠는가.

두번째 가능성은 무언가가, 혹은 누군가가 은밀히 경계망을 펼치
고 있을 경우였다. 그런 경우라면 은밀히 움직였다가 오히려 화만
당할 가능성도 있었다.

고심 끝에 아시겐지는 후자에 대비하기로 했다. 조심하는 것처럼
중요한 일이 또 있겠는가.

아시겐지는 신중하게 일을 진행시켰다. 먼저 그는 조용한 소식을 흘렸다. 왜국에서 온 무사들이 모월 모일 모시에 지리산 동남쪽 영신봉의 모처를 덮칠 계획이라는 정보였다. 그것을 길상사 정보원의 귀에 어렵게 들어가게 하여 그들을 유인하였다. 그리고 한편으로는 미리 그곳을 점령하게 했다. 정보보다 열흘이나 먼저였다. 영신봉의 모처라는 곳은 산 중턱에 자리잡은 중연암(中淵庵)이었다. 요다가 내린 그림 속의 장소였다. 지척에는 인송루(引松樓)라는 정자도 있었지만 아시겐지는 가벼운 수색만으로 그곳을 제외시켰다. 그렇게 작은 정자에 무공비급이 숨겨져 있을 수는 없다고 판단한 까닭이었다.

왜국 무사들은 중연암을 샅샅이 뒤졌다. 지붕과 대들보로부터 시작하여 땅밑 두 자에 이르기까지 이 잡듯 헤집었다. 그러나 『금해진경』은커녕 무공 서적이라고는 찾아볼 수 없었다. 암자의 두 승려는 히야시의 고문을 받다가 죽어버렸다. 그러자 아시겐지는 히야시의 머리를 깎게 했다. 암자의 승려로 위장하여 길상파 일행을 기다리도록 한 것이었다.

길상파도 이번에는 일찌감치 서둘렀다. 왜인들의 방식에 눈뜬 터라 첩보보다 나흘 먼저 중연암에 도착했다. 그러나 이미 아시겐지 등은 모든 준비를 마치고 기다리고 있었다.

히야시를 처음 본 순간 광정은 이상한 느낌이 들었다. 어딘가에서 본 듯한 인상이었다. 그게 어디서였더라…… 그의 기억력은 비상하여 한 번이라도 스쳐지나간 사람은 잊는 법이 없었다. 반나절을 고민한 끝에 광정은 한 얼굴을 떠올렸다. 히데코라는 여자의 얼굴이었다. 소운을 찾기 위해 신엽과 서주를 헤매다가 야밤의 폐사찰에서 그는 히데코와 미도노의 밀회 장면을 목격한 적이 있었다. 그런데 히야시의 얼굴에서는 바로 그 히데코의 인상이 강렬하게 느껴진 것이었다. 그리고 그녀가 한 말도 함께 떠올랐다. 히야시는 내 친오빠예요. 그러니 오빠라 부르든 안 부르든 달라질 게 없어요. 히야시와 히데코는 요다의 양자녀들 중 유일한 친혈육이었던 것이다.

그런 짐작이 서자 광정은 은밀히 히야시의 일거수 일투족을 감시하였다. 위장을 하였다면 노리는 바가 있지 않겠는가.

얼마 지나지 않아 광정은 그의 노림수를 알 수 있었다. 히야시는 자긍대사 주위만을 빙글빙글 돌았다. 암수를 가할 기회를 엿보는 듯싶었다. 광정의 짐작은 사실과 다르지 않았다. 그때 히야시는 두 가지 임무를 받고 있었다. 첫째는 길상파 승려들을 통해 『금해진경』의 위치를 확인하라는 명이었다. 그러나 그가 시험해보건대 길상파 역시 『금해진경』의 행방을 모르기는 마찬가지인 듯싶었다. 두번째 명은 길상파 일행 중 가장 무공이 뛰어난 자를 암살하라는 것이었다. 그는 자긍대사를 표적으로 택했다.

광정은 어떻게 할 것인가를 생각했다. 자긍에게 귀띔하여 그의 목숨을 구할 것인가, 그렇잖으면 이 기회에 히야시의 손을 빌려 자긍을 제거할 것인가.

결국 광정은 후자를 택하기로 했다. 자긍대사는 한 번도 자신에게 친절한 적이 없었다. 자신의 계획에 커다란 걸림돌일 뿐이었다. 히야시에게 그를 해치도록 한 다음 바로 그 순간 자신이 히야시를 잡는다면 일거양득이 아니겠는가. 자긍도 없애고, 적장을 잡아 공도 세우고. 해서 그는 오히려 히야시에게 자긍을 해칠 기회를 제공하기까지 했다.

광정의 후원 아래 히야시는 자긍대사를 성공적으로 암습했다. 자긍대사는 허벅지에 독침을 맞아 하반신이 마비되고 말았다. 그러나 광정은 히야시를 잡지 못했다. 히야시는 마치 예상하고 있었다는 듯 바람처럼 암자를 빠져나갔다. 그리고 길상파 일행은 이미 사방이 겹

겹이 봉쇄되어 있음을 깨닫게 되었다. 그들은 함정에 빠진 것이었다. 적의 규모를 안 광정은 후회막급이었다. 자궁을 다치게 한 것이 곧 자신의 무덤을 파는 일이었을 줄이야. 하지만 그것은 때늦은 후회일 뿐이었다.

광한과 미도리, 그리고 광정과 미도노의 싸움은 갈수록 격렬해졌다.

미도리는 눈처럼 하얀 채찍을 휘두르고 있었다. 후지산의 만년설잠(萬年雪蠶)에서 뽑아낸 것으로 부드럽기가 뱀과 같았고 단단하기는 강철과 같았다. 미도리는 그것을 설편(雪鞭)이라고 불렀다. 설편은 마치 한 마리의 비단뱀처럼 혀를 날름거리며 광한의 검을 핥았다. 그러나 광한의 검에는 힘과 기상이 있었다. 그는 비단뱀의 술수에 아랑곳하지 않고 정확하고 당당한 초식을 펼쳐나갔다. 길상칠검의 절기가 흐트러짐 없이 전개되었다. 상대가 흔들리지 않으니 미도리도 어쩔 수 없었다. 한 수 한 수에 정신을 집중하여 정면승부를 벌일 수밖에 없었다.

광정과 미도노는 이미 한 차례 접전을 벌인 바 있었다. 금산사에서의 일이었다. 두 사람은 모두 그때의 한을 풀 작정으로 기를 써서 다투고 있었다. 광정은 수정알 염주를 사용하였고, 미도노는 두 자루의 장검으로 염주의 매듭을 잘라버릴 기회만 노리고 있었다.

재미있는 것은 두 대결의 양상이 전혀 다르다는 점이었다. 광한과 미도리는 공력을 바탕으로 최상의 무공을 사용하여 대결하였지만 광정과 미도노는 술책과 계교에 의존한 싸움을 벌이고 있었다.

광정의 입장에서 보자면 그것은 어쩔 수 없는 일이기도 했다. 그의 무공은 애당초 미도노와 비교하여 미세한 차이가 있었다. 그 차이를 메우기 위해서는 전술들이 필요했던 것이다. 그런데 그와 같은 싸움 방식은 미도노가 애호하는 바이기도 했다. 미도노는 즉시 광정을 흉내내어 갖가지 잔재주를 피워대기 시작했다. 그러자 그들의 대결은 마치 두 마리 원숭이가 재주부리기 시합을 하는 양 되어버렸다.

"쯧쯧. 할 일 없는 놈들 같으니."

아시겐지는 눈살을 찌푸리고는 광한과 미도리의 싸움에만 관심을 보였다. 광한이라는 길상 제자는 그런 대로 무공을 배운 듯싶었다. 말로만 들었던 길상칠검의 변화를 충분히 보여주고 있었다. 그러나 아주 뛰어난 수준은 아니었다. 이대로 일천 초를 더 싸운다면 미도리의 설편에 검을 잃으리라 짐작되었다. 그의 짐작을 만약 신엽이 들었다면 고개를 끄덕였을 것이었다. 나무 위에서 내려다보며 신엽도 똑같은 생각을 하였던 것이다.

다른 특별한 상황이 없다고 판단한 신엽은 그만 나무에서 내려갈까 생각했다. 무엇보다 자긍대사의 내상이 어느 정도인지 걱정되었기 때문이었다. 그런데 그때 아시겐지의 카랑카랑한 목소리가 허공으로 울렸다.

"손을 멈추어라."

견즉시독의 권위는 절대적인 것이었다. 미도리와 미도노는 즉시 일 초식을 휘두르고는 일 장 밖으로 물러섰다. 그러자 아시겐지가 한 발 앞으로 나서더니 길상파 일행을 향해 말했다.

"너희들의 잔재주는 충분히 보았다. 이제 모두 자결하도록 하여라."

신엽은 사사부의 안위가 더욱 걱정되었다. 성격이 급한 그가 아시겐지의 모욕을 듣고 어찌 참을 수 있겠는가. 부아가 치밀면 간신히 억누르고 있는 내상 부위가 한결 악화되지 않겠는가. 아니나다를까, 눈을 감고 있던 자긍대사의 안색이 검붉은 색으로 변했다. 그리고는 울컥 검붉은 피 한 덩이를 토해내었다.

신엽은 더 망설이지 못하고 나무를 내려갔다. 그는 느린 걸음으로 왜국 진영을 가로질러 길상파 쪽으로 향했다. 아시겐지가 한눈에 자신의 무공 정도를 측량할 수 없도록 하기 위해서였다.

과연 아시겐지는 뜻밖의 출현자에게 신경을 곤두세우고 있었다. 그는 내심 경악하고 있었다.

새파랗게 어린 친구인데, 어느 틈에 나무 위로 기어올랐단 말인가. 지척에서 움직이면서도 자신에게 발각되지 않았다면 대체 얼마만한 무공의 소유자란 말인가.

"너는 누구냐?"

신엽은 들은 척 만 척 걸음을 계속하여 자긍 앞으로 다가갔다. 대사형 광한과 오사제 광은 등이 반갑게 맞았다. 그들은 이미 소운의 보고를 들은 터였다. 신엽이 한빙장에 중독되었음도 들었고, 따라서 두 번 다시 그를 볼 수 없으리라 여기던 터였다. 신엽은 먼저 자긍대사 앞에 절을 올렸다.

"신엽이 사숙님께 인사 올립니다."

신엽은 자긍을 사사부라 칭할 수 없는 것이 가슴 아팠다.

자긍은 신엽이라는 말에 눈을 떴다. 잠시나마 그의 얼굴에는 화색이 돌았다.

"무사하였구나. 독상은 모두 치료하였느냐?"

"염려해주신 덕분에 좋아졌습니다."

"다행이다. 다행이야."

자긍대사는 신엽의 안색을 살피고는 고개를 끄덕였다. 명백히 완치된 듯 보인 까닭이었다. 그러나 문득 그의 얼굴엔 어두운 그늘이 덮였다.

"그런데 여기는 어떻게 왔느냐?"

자긍의 속마음에 담긴 진짜 질문은 여기는 왜 왔느냐는 것이었다.

그는 이미 최악의 상황을 각오하고 있었다. 자신을 포함한 이 자리의 모든 길상 제자들에게 불행한 일이 벌어질 수도 있었다. 그런 상황 속으로 신엽이 걸어들어온 것은 설상가상의 불행이었던 것이다.

"나중에 상세히 말씀드리겠습니다."

신엽은 자리에서 일어나 작은 목소리로 광한 등에게 말했다.

"제가 잠시 저들을 막겠습니다. 대사형께서는 사숙님을 모시고 자리를 피하는 게 어떨는지요."

"그랬으면 좋으련만, 퇴로가 모두 막혔구나."

광한의 말에 광정이 한마디 거들었다.

"흥. 누구는 그런 생각을 못 했겠느냐. 수만 마리의 독사떼가 삼면을 포위하고 있다. 재주가 있으면 네가 사숙을 모시고 나가보아라."

신엽은 깜짝 놀랐다. 자세히 살펴보니 광정의 말이 틀리지 않았다. 주변의 어둠 속으로 헤아릴 수 없이 많은 청사들이 보였다. 풀숲 속, 바위 위는 물론 나무 위까지 치렁치렁, 바늘 하나 찔러넣을 틈이 없을 정도였다. 등뒤의 암자 역시 청사떼에 뒤덮여 있었다. 그들이 숨죽인 채 정지해 있었으므로 신엽이 나무 위에서는 보지 못한 것이었다.

신엽은 청사떼를 보자 걷잡을 수 없는 분노가 치밀어올랐다. 일신 자혜대사에게 무공을 배우던 날들이 떠올랐고, 그 동굴 속에서 있었던 뱀떼와의 사투가 생각났다. 그는 더이상 아무 말도 할 수 없었다. 천천히 몸을 돌려서는 아시겐지에게로 걸어갔다.

그 사이 아시겐지는 신엽의 정체를 확인한 터였다. 미도노는 그가 길상사 장문인의 네번째 제자이며 무공은 특출하지 않다고 설명해주었다. 천인상의 고려 무예 지도에도 비슷한 설명이 적혀 있었다. 그러나 아시겐지는 느낌이 달랐다. 어쩐지 신엽에게서는 고수의 기운이 풍기고 있었다. 적어도 그들의 설명보다는 훨씬 높은 단계의 기운이었다.

"당신이 이 뱀떼의 주인입니까?"

신엽이 물었다.

"그렇다면?"

"뱀떼를 몰고 다닌 지는 얼마나 되었습니까?"

"사십 년쯤 되었을 게다. 그런 건 왜 묻느냐?"

아시겐지는 이상하다는 듯 되물었다.

"존함을 여쭈어도 되겠습니까?"

"아시겐지라고 한다. 사람들은 나를 견즉시독이라고도 부르지."

"십일 년 전 계림에서 나쁜 짓을 저지른 바로 그 아시겐지입니까?"

아시겐지는 깜짝 놀랐다. 십일 년 전 그가 고려 땅을 밟았던 사실을 아는 사람은 극히 적었다. 더구나 나쁜 짓이라는 말은 그의 가슴을 찔렀다. 단지 사비와 싸웠던 일을 말하는 것일까, 아니면 더 은밀한 일까지 알고서 하는 말일까. 아시겐지는 긴 이야기를 막기 위해 말머리를 돌렸다.

"어린 녀석이 버릇이 없구나. 누가 나와서 이 녀석의 버르장머리를 고쳐놓겠느냐?"

히야시와 미도노가 분분히 앞으로 나섰다. 그러나 신엽은 개의치 않고 말을 이었다.

"금강일신의 동굴로 뱀떼를 몰아넣은 것도 당신이었겠군요."

"쓸데없는 일을 많이 알고 있구나."

"대답하십시오. 당신이었습니까?"

"대답을 들을 만한 재주가 있는지부터 보자꾸나."

아시겐지는 먼저 히야시에게 신엽을 상대하도록 하려 했다. 그런데 미도노가 끼어들어 한마디 했다.

"이소협은 미도리 누이와 특별한 관계가 있습니다. 두 사람이 모처럼 회포를 풀게 함이 옳을 듯싶습니다."

"특별한 관계라고?"

"여느 사람들이 헤아리기 어려운 관계이지요."

아시겐지는 미도노의 말을 이해할 수 없었다. 그러나 미도노가 농간을 부리는 일이라면 재미가 없지 않겠다 싶어 미도리에게 명했다.

"네가 처리하도록 해라."

신엽이 나타난 순간부터 미도리는 가슴이 팔딱거리고 있었다. 얼굴도 빨갛게 상기되었다. 밤이 아니었다면 모든 사람들이 그 변화를 알아차렸을 것이다. 가야산에서 추락하여 자취를 감추자 그녀는 신엽이 유명을 달리했을 것이라 믿고 있었다. 한빙장의 독성을 제거할 방도는 없었으니까. 그런데 뜻밖에도 그는 아직 살아 있었다. 뿐만 아니라 독상은 말끔히 치료되고 공력까지 증진된 듯 보였다. 그녀의 기쁨을 무엇으로 표현할 수 있겠는가. 그러나 얄궂게도 그녀는 그를 만나자마자 다시 사투를 벌여야 할 형편이었다. 내심 한숨을 내쉬며 미도리는 신엽을 향해 걸어나갔다.

"명이 질기구나. 하지만 오늘은 사정이 다를 게다."

그녀는 대뜸 악랄한 초식을 전개하기 시작했다. 한설화공 중에서도 가장 날카로운 초식이었다. 순식간에 주변 일 장 이내에는 차가운 눈꽃들이 흩날렸다. 그리고 그것들은 신엽의 전신대혈을 노리며 휘돌았다. 그러나 그녀는 겉보기와 달리 공력을 모두 사용하지는 않고 있었다. 칠 할 정도의 공력만을 쓸 뿐이어서 신엽이 느끼는 압박감은 대단하지 않았다.

신엽 역시 그녀와 싸우고 싶지 않기는 마찬가지였다. 이미 그는 두 번이나 그녀에게 생명을 빚진 바 있었다. 설사 적이라 할지라도 어찌 생명의 은인과 싸울 수 있겠는가. 더구나 그는 아직 그 이유조차 모르는 터였던 것이다.

　신엽은 적룡신법과 적룡권을 적절히 구사하며 미도리의 한설화공을 상대했다. 금산사에서의 첫 대결과 비슷한 양상이었다. 한 가지 다른 점이라면 신엽이 당시처럼 일방적으로 달아나는 형편이 아니라는 것이었다. 사찰 건물이나 나뭇가지 위로 달아나지 않고 평지에서도 그는 충분히 여유로운 형세를 유지할 수 있었다.

　접전이 계속되면서 미도리는 놀랐다. 신엽의 무공이 향상된 것은 틀림없는 사실이었다. 그것도 대단히 높은 폭의 향상이었다. 이제는 자신이 전력으로 싸운다 해도 승산이 없을 성싶었다. 그녀는 조심스럽게 팔 성, 구 성으로 공력을 끌어올렸다. 신엽은 여전히 적룡권만으로 그녀의 공격을 해소하였다. 미도리는 그가 적극적인 공격을 하지 않는 것이 기뻤다. 자신을 다치게 하지 않으려는 것은 자신에 대한 호감을 뜻하는 게 아닐까. 그러나 그녀는 무작정 그렇게 싸우는 시늉만 하고 있을 수는 없음을 잘 알고 있었다.

　미도리는 두 팔을 커다랗게 휘저어 설화(雪花)들을 거둬들인 다음 표독스럽게 외쳤다.

　"공격하지 않는 이유가 무엇이냐? 여자라고 얕보았다가는 멸문지화를 당할 것이다."

　그 말을 듣자 신엽은 문득 정신이 들었다. 길상파의 운명이 바람 앞의 등불과 같은데 자신은 고작 사사로운 감정에 연연하고 있다니. 그는 곧 진기를 끌어올려 공력을 팔 성으로 높였다. 그리고는 살수들을 전개하기 시작했다. 미도리가 원한 것은 바로 그것이었다. 그녀는 그의 입장을 깨우쳐주고 싶었던 것이다.

　두 사람의 대결은 한층 살기를 더해갔다. 미도리는 묘비월의 신법으로 신엽을 돌며 설화를 날렸다. 설화는 눈에는 보이지 않지만 섬뜩한 차가움이 느껴지는 한기 덩이들이었다. 그러던 어느 순간 문득 그녀의 신형이 신엽의 눈앞에서 사라졌다. 그녀는 나뭇가지 위로 뛰어올랐다. 가지를 한 바퀴 빙글 도는가 싶더니 곧바로 신엽의 정수리 위로 떨어져내렸다. 손이 땅을 향하고 발이 하늘을 향한 역립세(逆立勢)였다. 어떤 맹수보다도 날렵하고 정확한 동작이었다. 광한, 광은 등은 깜짝 놀라 소리질렀다.

"사사제, 조심해!"

"사사형, 머리 위예요!"

그들의 외침에 놀라 자긍대사도 눈을 떴다. 그리고는 탄식했다.

무서운 초식이로구나. 길상사의 운명도 여기서 끝이란 말인가…….

그러나 다음 순간 그들은 다시 한번 탄성을 발해야 했다. 절체절명의 아슬아슬한 찰나, 신엽은 뒤를 향해 거꾸로 몸을 회전시켰다. 두 발이 가지런히 뒤로 솟아오르고 머리가 땅으로 곤두박질치는 듯 빙글 한 바퀴를 돌았다. 그 회전으로 그는 미도리의 공격권을 벗어났다. 그리고는 신속하게 역공격을 펼쳤다. 허공에서 회전을 정지하는가 싶더니 어느 틈에 화살처럼 튕겨져나간 것이었다. 적룡권편의 절초인 분룡포사였다. 이제는 반대로 왜국측에서 탄성이 터졌다. 떨어져내리던 미도리가 꼼짝없이 신엽에게 목을 틀어잡힐 형국이었다.

일직선으로 미도리를 공격해 들어가며 신엽은 응당 그녀가 피할 것이라 생각했다.

다른 사람들은 들을 수 없었지만 미도리는 작은 소리로 신엽에게 귀띔했었다. 역립세로 백 회를 공격할 것이라고. 귀띔에 따라 신엽은 여유 있게 피하며 분룡포사를 전개할 수 있었던 것이다. 그렇다면 미도리는 응당 신엽의 역공을 예측했을 것이고, 가볍게 피할 수 있지 않았겠는가.

그러나 뜻밖에도 그녀에겐 피할 생각이 없는 모양이었다. 신엽의 일 권이 목덜미로 다가드는 것을 보며 그녀는 알 듯 말 듯한 미소를 머금었다. 어두운 밤이었으므로 신엽 이외에는 누구도 볼 수 없는 미소였다. 신엽은 깜짝 놀랐지만 이미 늦어버렸다. 초식을 거둘 수가 없었다. 설사 거둔다 할지라도 양편의 사람들이 모두 그들을 의심할 것이었다. 그러나 감히 미도리의 목을 틀어쥘 수는 없었기에 신엽은 권을 장으로 바꾸었다. 공력을 최소한으로 줄이고, 목에서 가슴 쪽으로 장의 위치를 옮겼다.

그러나 그는 다시 한번 당황하였다. 목을 피하자니 그를 기다리는 것은 봉긋한 젖가슴이었던 것이다. 목과 가슴 사이를 머뭇거리다가 그는 가장 중요한 대혈 중의 하나인 천돌혈을 때리고 말았다. 만약 대낮이었다면 많은 사람들이 그 순간 두 사람의 이해할 수 없는 표정들을 포착했을 것이었다.

허공에서 일 장을 얻어맞은 미도리는 빙글빙글 돌며 왜국 진영으로 날아갔다. 그녀는 가까스로 중심을 잡고 내려섰지만 가슴을 움켜쥐고 고통스런 표정을 지었다. 신엽은 더욱 가슴이 아팠다. 그는 너무 당황하여 대관절 어느 만큼의 힘으로 그녀를 가격했는지도 자신할 수 없었다. 다만 생명이 위태로울 정도는 아니리라고 스스로를 위로했다.

"잘했어. 사사제."

"대단했어요, 사사형. 잠시 못 보는 사이에 큰 진전이 있었군요."

광한과 광은 등이 다가와 기뻐했다. 신엽은 얼른 정신을 차리고 사사로운 감정을 떨쳐버렸다. 내막은 알 수 없었지만 미도리가 자신을 돕고자 함을 알 수 있었기에 더 기운이 났다. 그는 아시겐지에게로 한 걸음 다가섰다.

"이제 대답해주시겠습니까?"

"재주가 아주 없지는 않구나. 하지만 아직 멀었다. 만약 나의 십 초를 받아낼 수 있다면 그때 대답해주기로 하마. 받아보겠느냐?"

"좋습니다."

신엽은 지체없이 대답했다. 그러나 광한이 그의 앞을 가로막았다.

"안 돼. 저자는 사무라이들 중에서도 악랄하기로 이름난 견즉시독이야. 어떤 독수를 쓸지 예측할 수 없어. 내가 십 초를 받도록 하지."

신엽은 대사형의 정이 가슴으로 와 닿는 느낌이었다. 그래서 하늘을 보고 다시 땅을 보았다. 그리고는 대사형 광한에게 말했다.

"저는 이미 오래 전에 죽었을 목숨입니다. 그 목숨을 사부님께서 이어주셨습니다. 이제 길상사가 큰 위기를 맞은 형국에 사부님과 사숙, 사형제님들을 위해서 다시 그것을 내어놓는 일이 어찌 두렵다고 하겠습니까. 대사형께서는 마땅히 남아 뒷수습을 감당해주시기 바랍니다."

광한은 더이상 할말이 없었다. 더구나 이미 신엽의 무공이 자신을 능가함을 목도하였기에 우길 수도 없었다. 그는 신엽의 두 손을 굳게 잡아주고는 자긍대사 곁으로 물러섰다.

아시겐지는 그 사이 괴상하게 생긴 두 개의 물체를 꺼내들고 있었다. 뱀처럼 늘어진 고리들이었다. 자세히 보니 그것은 두터운 가죽끈이었으며 중간중간에 하얗고 날카로운 조각들이 박혀 있었다. 미도리는 다시 안색이 변했다. 그것은 골편륜(骨鞭輪)이라 하였는데 여간한 일이 아니고서는 아시겐지가 사용하지 않는 무기였다. 하얀 조각들은 동물들의 뼈를 날카롭게 간 것으로 하나하나마다 서로 다른 종류의 극독이 묻어 있었다. 그것을 꺼내들었다면 그건 반드시 상대를 죽이겠다는 뜻이었다.

"조심하거라. 저 물건에는 극독이 묻어 있을 것이다."

경험이 풍부한 자긍대사가 신엽에게 소리쳐서 경고했다. 아시겐지는 빙그레 미소짓더니 친절하게 말했다.

"너도 무기를 꺼내도록 하여라."

신엽은 감히 소홀히 할 수 없어 월정검을 꺼내들었다. 그리고 아시겐지에게 말했다.

"만약 제가 귀하의 삼십 초를 받아낸다면 뱀떼를 거두겠다고 약속해주십시오."

"욕심이 지나치구나. 감히 삼십 초를 들먹이다니."

"자신이 없으시다면 강요하진 않겠습니다."

"삼십 초까지 필요하지 않다. 십 초만 받아내면 모든 것을 네 말대로 해주마."

말이 끝나자마자 아시겐지는 두 개의 골편륜을 신엽에게 던졌다.

기실 아시겐지는 신엽을 그처럼 만만하게 생각지는 않았다. 십 초 안에 제압한다는 것은 쉬운 일이 아니었던 것이다. 그러나 견즉시독의 입장에서 스무 살도 안 된 애송이에게 십 초 이상을 운운한다는 것은 있을 수 없는 일이었다. 해서 그는 암암리에 계책을 세워두고 있었다. 하늘이 두 쪽이 나도 십 초 이내에 신엽을 해치울 수 있는 계책이었다.

두 개의 골편륜은 맹렬한 속도로 회전하며 신엽의 좌우로 날아왔다. 죽은 뱀처럼 늘어져 있던 편륜들은 일단 공력을 받아 허공으로 떠오르자 수레바퀴처럼 팽팽한 원을 만들었다. 그런데 그것들은 접근 속도가 서로 같지 않았다. 오른쪽 어깨를 겨냥한 것이 왼쪽 옆구리를 파고드는 것보다 조금 빨랐다. 신엽은 난생 처음 대하는 이 무기와 어떻게 싸워야 할지 알 수 없었다. 칼로 쳐볼까도 생각했지만 그렇게 간단한 상대는 아니리라 짐작했다. 아시겐지가 자신만만해하는 데는 이유가 있을 터이기 때문이었다.

일단 신엽은 신형을 날려 좌측으로 피했다. 그러자 두 골편륜은 동시에 그의 뒤를 추적했다. 속도도 갑작스레 빨라져서 그의 우측 등뒤 풍문과 혼문 두 혈자리를 파고들었다. 신엽은 깜짝 놀라 연거푸 두 번을 뛰어 피했다. 그가 만약 최상승의 신법을 터득하고 있지 않았다면 그 일 초에서 이미 등이 찢어지고 말았을 것이었다. 그제서야 골편륜은 유유히 선회하며 아시겐지에게로 돌아갔다.

아시겐지는 어느 사이 또하나의 골편륜을 꺼내어 신엽에게 쏘았다. 그리고는 돌아오는 두 개를 살짝살짝 밀어 돌려보냈다. 이제 신엽을 향해서는 세 개의 골편륜들이 날아들고 있었다.

피하기만 한다면 더 어려워질지 모른다.

신엽은 그렇게 생각하며 월정검을 가슴 앞으로 세웠다. 검을 부딪힌다면 어떤 일이 벌어질지 알아보기로 한 것이었다. 그러자 자긍대사가 다시 소리쳤다.

"검을 써서는 안 된다."

이어서 자긍은 광한에게 명했다.

"장창 길이의 나뭇가지를 잘라 신엽에게 주거라."

광한은 재빨리 사숙의 명을 따랐다. 신엽이 나무창을 받아들자 자긍이 다시 말했다.

"공력을 회전시키는 무공은 원래 적룡권법을 따를 것이 없느니라."

신엽은 그 말을 듣자 문득 눈앞이 밝아지는 느낌이었다. 돌이켜 생각해보니 골편륜의 공격은 낯선 게 아니었다. 석굴에서 자연대사로부터 무공을 배울 때 항상 했던 게 바로 그같은 회전의 주고받음이었던 것이다. 다만 차이점이라면 지금의 골편륜은 극독이 묻어 있어 직접 손으로 만질 수 없다는 것뿐이었다.

신엽은 침착하게 골편륜들의 회전을 살폈다. 나뭇가지로 그 가장자리를 쳐서 회전의 방향을 바꾸었다. 심한 진동이 손바닥으로 전해

져왔다. 그러나 어찌되었든 골편륜은 왔던 길을 돌아 아시겐지에게
로 날아갔다. 아시겐지는 발끈하여 더 강한 공력으로 편륜을 쳤다.

골편륜들은 이제 그들 사이를 빠른 속도로 오가게 되었다. 회를
거듭할수록 편륜의 회전은 더욱 강하고 빨라졌다. 신엽은 차츰 그것
을 감당하기 힘들어졌다. 편륜을 사이에 두긴 했지만 결국 그들은
공력 싸움을 벌이는 셈이었고, 아시겐지의 심후한 공력을 그가 당
할 수는 없었던 것이다. 더구나 아시겐지의 투륜법(投輪法)에는 오
묘한 변화가 담겨 있었다. 편륜들은 느리게 다가오다가 신엽의 한
자 앞에 이르러 화살처럼 빨라지기도 했고, 어깨에서 무릎으로 곤
두박질치거나 등뒤를 돌아 문득 옆구리로 파고들기도 했다.

십여 차례가 지나면서 신엽은 정신을 차릴 수 없었다. 주위는 온
통 골편륜으로 가득 찬 것만 같았다. 그리고 그것은 쳐내어도 쳐내
어도 끝이 없었다. 자긍대사가 무어라 도움말을 주는 듯했지만 들리
지도 않았다.

그러던 어느 순간 신엽은 세 개의 골편륜이 동시에 네 방향에서
공격해오는 것을 보았다. 그는 소스라치게 놀랐다. 어찌 이런 일이
있을 수 있을까. 세 개의 편륜들이 네 방향에서 날아들다니.

원래 그것은 조금도 놀랄 일이 아니었다. 아시겐지가 그 사이 하
나의 골편륜을 더 꺼내었기에 네 개가 된 것을 신엽이 알아차리지
못한 것일 뿐이었다. 자긍대사가 귀띔해주었지만 듣지도 못한 것이
었다. 그러나 아무튼 위기가 도래한 것은 분명한 사실이었다. 네 개
의 편륜들은 상하좌우를 모두 장악한 채 공격해오고 있었다. 신엽은
마땅한 대책이 떠오르지 않았다. 아무리 살펴보아도 빠져나갈 생문
(生門)조차 찾아지지 않았다.

결국 그가 할 수 있는 일은 한 가지밖에 없었다. 편륜을 격추시키
는 것이었다. 그러자면 지금까지처럼 가장자리를 치는 게 아니라 중

심을 쳐서 회전력을 뺏어야 했다. 그것은 대단한 모험이었다. 무슨 일이 벌어질지 예측할 수 없었다. 그러나 신엽에게는 다른 방법이 없었다.

신엽은 가장 앞서 날아드는 상위의 골편륜을 나무창으로 쳤다. 팔성의 공력을 사용한 일격이었다. 그는 적어도 편륜이 찢어지며 회전력을 잃을 것이라 짐작했다. 그의 짐작은 반만 들어맞았다. 편륜은 어렵지 않게 찢어졌다.

그러나 다음 순간 그가 전혀 예상할 수 없던 일이 벌어졌다. 찢어진 편륜이 놀라운 속도로 나무창을 휘감아 내려온 것이었다. 다행히 장창이었기에 약간의 시간이 있었고, 신엽은 손목마저 휘감기기 직전에 그것을 놓아버릴 수 있었다. 골편륜의 뼈조각들은 신엽의 손이 있던 자리를 날카롭게 찍었다. 만약 그가 짧은 월정검으로 편륜을 쳤더라면 어떻게 되었을지는 생각만 해도 끔찍한 일이었다.

아시겐지의 골편륜들은 일견 측방(側方) 회전만을 하는 듯 보였지만 실지로는 하방(下方) 회전도 함께 하고 있었다. 무기를 지닌 사람이 편륜을 가격할 경우 즉시 무기를 타고 내려가 손과 팔을 공격하도록 고안된 회전이었다. 수없이 많은 고수들이 그 편륜에 휘감겨 목숨을 잃은 바 있었다.

가까스로 하나는 저지했지만 신엽에게는 아직도 세 개의 골편륜들이 남아 있었다. 게다가 그는 유일한 무기였던 나무창을 날려버린 터였다. 편륜들은 이제 한 자 앞으로 다가들어 위험천만의 상황이 되어 있었다. 그 순간 신엽의 머릿속으로 번개처럼 한 가지 생각이 스쳐갔다. 세 개의 바위를 차고 올라 달을 향한다는 생각이었다. 바로 출굴견월(出窟見月)의 초식이었다. 생각과 동시에 신엽은 새처럼 가볍게 세 편륜들을 찍어차며 허공으로 솟구쳤다. 그리고는 커다란 나뭇가지 위에 걸터앉았다. 그러자 길상파 쪽에서 탄성이 터져나왔

다. 신엽은 자신의 계산이 적중했음을 알 수 있었다. 아래를 내려다
보니 편륜들은 중풍환자처럼 부들부들 떨고 있었다. 떨림이 점차 요
란해지더니 마침내는 자기네끼리 뒤엉켜 파국을 맞고 말았다. 잠시
후 그 자리에는 수십 조각의 가죽과 뼈부스러기들만이 흩어져 있었
다.

신엽은 원래 편륜들의 회전력이 그토록 강하다면 아주 조금의 역
력(逆力)만으로도 회전을 교란시킬 수 있으리라 생각했었다. 그래서
몸을 새처럼 가볍게 하는 출굴견월의 신법을 시도한 것인데 놀랍게
도 맞아떨어진 것이었다.

"죄송합니다. 귀한 물건들을 망가뜨렸군요."

나무를 내려간 신엽은 아시겐지에게 두 손을 모아 사과했다. 아시
겐지는 대답하지 않고 편륜 조각들만을 바라보았다. 아직도 믿어지
지 않는다는 표정이었다. 그러자 광은이 앞으로 나섰다.

"십 초를 이미 넘겼습니다. 시합에서 진 것을 인정하십시오."

"흐흥, 어리석은 꼬마야. 이제 겨우 일 초가 지났을 뿐이다."

아시겐지는 그제서야 냉담한 표정을 되찾고 말했다.

"그게 무슨 말입니까."

"일본국의 일 초는 고려국의 일 초보다 길다. 견즉시독의 초식은
더욱 길다. 한 초가 대략 오십 식에서 이백 식 정도로 구성되어 있
다. 아직 진짜 일 초는 끝나지 않았는데 이 녀석이 편법을 써서 초
식이 중단된 것이다. 하지만 내 이 일 초는 이미 끝난 것으로 해두
겠다."

아시겐지는 대단한 선심이나 쓰는 듯 그렇게 말했다. 기가 막힐
노릇이었다. 그의 말대로라면 왜국의 십 초가 다하는 것은 그의 뜻
대로였다. 십 초는 엿가락처럼 늘어져서 일천 초나 이천 초가 될 수
도 있었다.

"참으로 철면피한 늙은이로군."

"오늘이 끝나기 전에 네 녀석의 혀를 뽑아버리겠다."

어처구니없어진 광은이 한마디 욕을 하자 아시겐지는 가볍게 쏘아붙였다. 그리고는 신엽에게 말했다.

"두번째 초식은 장법(掌法)으로 하겠다."

"가르침을 기다립니다."

아시겐지는 천천히 두 팔을 올렸다. 어깨 높이에서 수평이 되도록 벌렸다가 머리 위로 가지런히 들어올렸다. 그리고는 다시 수평으로 내렸다. 그는 그 동작을 가만가만 되풀이했다.

아시겐지는 원래 장권(掌拳)으로 싸우는 것을 좋아하지 않았다. 기발한 무기들을 많이 만들어 극독까지 열심히 발라두었으니 가능한 한 무기를 쓰고자 했다. 손을 더럽히고 싶은 마음도 없었다. 그러나 조금 전 신엽이 꺼내었던 월정검을 대하자 생각이 달라졌다. 그 짧은 검은 빛이 부드럽고도 강하여 보기 드문 보검임에 틀림없었다. 만약 신엽이 보검에 어울리는 검법을 익혔다면 호랑이 등에 날개를 달아주는 격이라 할 수 있었다. 때문에 그는 장법으로 끝을 보겠노라 작정한 것이었다.

아시겐지의 팔이 오르내리는 사이 신엽은 적룡권을 십 성까지 끌어올렸다. 그런데 이상한 일이었다. 이상한 느낌이 그를 향해 밀려들고 있었다. 마치 거대한 독사가 그를 노려보며 혀를 날름거리는 듯한 느낌이었다. 신엽은 그 느낌이 바로 아시겐지로부터 오고 있음을 깨달았고, 차가운 소름이 온몸으로 스쳐갔다.

기다리는 것만이 능사는 아니다. 먼저 움직임으로써 적의 기운을 흐트려야 한다.

신엽은 본능적으로 그렇게 판단했다. 그는 아시겐지를 향해 돌진했다. 그러나 곧바로 부닥쳐가지는 않았다. 적룡권을 일 권 일 권 전개하여 상하좌우의 냉기들을 해소했다. 아시겐지는 자신이 펼친 독사지망(毒蛇之網) 속에서 신엽이 자유롭게 움직이는 것을 보고 내심 놀랐다. 뿐만 아니라 신엽은 그것을 하나하나 해소하는 게 아닌가.

독사지망 속에는 엄청난 독기가 그물처럼 짜여 있었다. 보통 사람이라면 한 번 숨을 들이쉬는 것만으로도 목숨을 잃게 마련이었다. 그러나 신엽은 이미 현음양과를 모두 복용한 터라 어지간한 독으로는 해칠 수 없는 몸이 되어 있었다.

분노한 아시겐지는 마침내 독사장(毒蛇掌)을 펼치기 시작했다.

독사장이 전개되자 신엽에게는 조금 전의 느낌이 더 뚜렷해졌다. 면전에 버티고 선 것이 사람이 아니라 한 마리의 거대한 독사라는 느낌이었다. 더욱 놀라운 것은 아시겐지가 일 장 일 장을 펼칠 때마다 수십 혹은 수백 마리의 독사떼가 자신에게로 달려드는 듯한 느낌이었다.

신엽은 적룡권을 십이 성까지 끌어올려 대항했다. 그러나 독사장은 적룡권으로 맞서기에는 벅찬 상대였다. 적룡권은 견실한 정도(正道)의 무예로서, 사람의 손과 발을 대상으로 만들어진 것이었다. 구렁이나 독사를 상정한 것이 아니었다. 더구나 아시겐지는 이미 적룡권을 어느 만큼은 파악하고 있었다. 조금 전 그가 미도노와 미도리로 하여금 광한, 광정 등과 싸우도록 한 것은 길상사의 무공을 눈에 익히기 위해서였다. 그 덕분에 아시겐지는 길상사의 절기인 적룡권과 길상칠검 등을 제법 간파할 수 있었던 것이다.

사정이 이렇다 보니 신엽이 아시겐지의 적수가 될 길은 없었다. 공력 또한 한 수 이상 아래였으므로 신엽은 매 일 초마다 위기에 직면했다. 아시겐지는 내심 고소를 머금고 있었다.

그러면 그렇지. 네깟 애송이 녀석이 감히 견즉시독 나리께 맞서겠다는 게냐.

아시겐지는 덫에 걸린 토끼를 잡듯 천천히 천천히 신엽을 조여들었다. 골편륜을 망가뜨린 데 대한 보상과 잠시나마 자신의 명예를 손상시킨 데 대한 보상을 이자까지 돌려받으면서. 신엽의 목숨은 이제 경각에 달린 듯 보였다. 그런데 그 어느 순간부터인가 신엽의 초식이 달라지기 시작했다. 손바닥이 펼쳐지며 권법이 장법으로 바뀌었다. 아시겐지는 다시 한번 자신의 냉기 그물이 해소됨을 느끼며 경악했다.

신엽이 전개한 것은 다름아닌 화랑방의 수심장(水心掌)이었다. 절망적인 위기 속에서 그는 문득 자혜대사와 함께했던 동굴 속에서의 사투를 생각했다. 그러자 뱀떼를 상대하기에는 수심장이 적절할지 모른다는 생각이 떠올랐다. 그래서 수류탕탕(水流湯湯)의 일식을 전개해본 것인데 맞아떨어진 것이었다.

기운이 난 신엽은 수심장을 일장부터 십육장까지 연거푸 펼쳤다. 그리고는 다시 십육장에서 일장까지 거꾸로 전개했다. 소운에게서 훔쳐배운 응용세도 잇달아 펼쳤다. 아시겐지의 독사장은 잠시 기운을 잃는 듯했다.

천하 명문파의 무공에는 원래 상하의 구분이 없었다. 어떤 무공이건 절정까지 연성하면 최고의 경지에 올라설 수 있었다. 그러나 각각의 무공에는 특징과 장단점이 있어서 어느 것은 다른 어느 특정 무공과 싸우기에 상대적으로 유리한 경우가 있었다. 그럴 경우 사람들은 두 무공이 천적의 관계에 있다 하였다. 그런 이치로 따져본다면 독사장과 수심장이 바로 천적의 관계에 있다 할 수 있었다. 독사장의 냉독기를 가장 효과적으로 해소할 수 있는 것이 바로 수심장이었던 것이다.

수심장이 독사장을 제압하기 위해서는 그러나 두 사람의 공력이 엇비슷한 수준은 되어야 했다. 아쉽게도 신엽의 공력은 아직 아시겐지와 차이가 있었다. 때문에 다시 약간의 시간이 지나자 아시겐지는 기운을 되찾았다.

뿐만 아니라 아시겐지는 신엽의 수심장에 결함이 있음도 간파하게 되었다. 처음의 절반은 그럴듯했지만 후반부로 접어들면 어설픈 구석이 보였다. 그것은 그 후반부를 신엽 스스로 짐작하여 끼워맞춘 까닭이었다. 아시겐지는 놀란 가슴을 쓸어내렸다.

이 어린 애송이는 자꾸 독물을 놀라게 하는구나. 한시바삐 죽여 없애지 않으면 두고두고 골칫거리가 될 녀석이다.

그는 이제 시간을 끌지 않기로 했다. 더 시간을 주었다가 다시 무슨 무공을 들고 나올지 모를 일이었으므로 끝장을 내기로 작정했다. 그리고는 독사장의 마지막 살수인 독무무애(毒霧無碍)를 준비했다.

아시겐지는 두 발을 앞뒤로 반 족장 가량 벌린 상태에서 두 팔을 앞으로 뒤로 밀었다. 처음에는 천천히, 그러나 갈수록 빠른 속도로 움직였다. 놀랍게도 그의 허리 위는 조금도 비틀리지 않았지만 두 팔은 어깨 앞에서 뒤까지를 일직선으로 움직이고 있었다. 뼈와 관절의 움직임이 어느 방향으로도 자유자재였다. 그 움직임을 통해서 그는 체내의 독을 양장에 가득 모으고 있었다. 두 손바닥이 핏빛으로 변하는가 싶더니 이윽고는 투명한 빛을 띠었다. 주변에는 비린내가 역겹게 풍겼다.

"꼬마야. 마지막으로 남길 말은 없느냐?"

신엽은 굳게 다문 입술을 열지 않았다. 그도 이미 한계에 다다랐음을 느끼고 있었다. 그러나 최후까지 최선을 다할 작정이었다. 설사 이 일 장에 숨이 끊어질지라도 아시겐지에게 약간의 내상을 입힐 수 있다면 그것으로 족하리라.

아시겐지는 두 팔로 둥그런 원을 그려 가슴 앞에 쌍장을 모았다. 그리고는 마지막 일 장을 격출하려 했다. 그런데 바로 그 순간이었다. 그는 좌측방에서 한줄기 세찬 물기운이 밀려드는 것을 느꼈다. 조금 전 신엽이 사용하였던 수심장과 같은 장력이었다. 장력의 기세는 신엽의 것과 크게 차이나지 않았다. 깜짝 놀란 아시겐지는 쌍장을 그 장력과 마주쳤다. 그러나 장력은 어느 틈엔가 감쪽같이 사라지고 그의 독사장은 허공을 치고 말았다. 어디선가 앳된 처녀의 웃음소리가 울렸다.

"호호호, 내 혀도 한번 뽑아보시지."

자색 옷을 입은 젊은 여인이 아시겐지와 신엽 사이를 가로질러 가볍게 내려섰다.

"나도 당신을 철면피한 늙은이라 부를 테니까."

"아가씨!"

자의녀를 알아본 신엽은 반갑게 소리쳤다. 그녀는 옥소선녀 묘향신니의 제자인 낭연이었다. 낭연은 신엽에게는 눈길을 주지 않았다. 그러나 그녀의 속마음은 반갑고도 대견스러웠다. 지난 가을 스치듯 만났다 헤어진 이후로 그녀는 그의 생각을 많이 했었다. 생각할 때마다 이상하게도 가슴이 아렸었다. 그런데 그가 제법 장성하였을 뿐 아니라 무공도 상당히 진전한 것이었다.

아시겐지는 눈빛을 꼬았다.

"너는 누구냐?"

"나로 말하자면 이 애송이의 장래 주인이 될 몸이에요."

"그 말이 맞느냐?"

아시겐지는 신엽에게 물었다.

"그렇습니다."

아시겐지는 다시 낭연에게 물었다.

"너도 길상파의 제자더냐?"

"고려국에 무공이 길상 무공뿐인 줄 아나요?"

"그럼 소속을 밝히거라. 문파는 어디이고 사부는 누구냐?"

"대답을 들을 만한 재주가 있는지부터 보도록 하죠."

낭연은 아시겐지가 했던 말들을 고스란히 되돌려주고 있었다. 아시겐지는 부아가 치밀어 붉으락푸르락했다.

"그래. 그것도 좋지. 말만 많은 계집은 나도 질색이니까."

그렇게 말하며 아시겐지는 당장 공격할 태세를 취했다. 그러자 낭연이 신엽을 살짝 돌아보았다.

"무공을 훔쳐배우려면 제대로 배웠어야지."

그 말 속에는 무척 많은 뜻이 담겨 있었다. 질책, 격려, 대견스러운 느낌 등등. 신엽이 그 뜻들을 모두 이해하기란 불가능한 일이었다. 그러나 다음 순간 그는 그녀의 진짜 뜻을 알 수 있었다. 그녀는 수심장의 후반부 여덟 장을 펼치기 시작한 것이었다.

낭연이 그 자리에 도착한 것은 신엽보다 훨씬 오래 전이었다. 광한과 미도리 등의 싸움이 시작될 무렵이었다. 그녀는 개경으로부터 천인상을 뒤쫓아 내려온 것이었다. 소운이 천인상에게 납치되어 곤욕을 치렀다는 말을 들은 묘향신니는 대노했다. 그래서 즉각 낭연에게 천인상을 엄벌할 것을 지시했다. 낭연은 수소문 끝에 천인상이 개경에서 왕실경호대의 일원이 되었음을 알게 되었다.

천인상에게는 두 가지 목적이 있었다. 첫째는 길상파의 추적을 피하는 것이었고, 둘째는 미도후사의 명에 따라 왕궁 장서관을 뒤지는 것이었다. 미도후사는 『금해진경』의 둘째권인 『금해병서(金海兵書)』가 고려 초까지 왕궁에 소장되어 있었음을 알았기에 그 흔적을 찾도록 한 것이었다. 천인상은 꼬박 칠 일 밤을 장서관에서 보냈지만 『금해병서』는 찾을 수 없었다.

그러던 중 그는 궁중에 귀신이 출몰한다는 소문을 들었다. 비빈들의 거처에서 귀중한 보석이 없어졌다가 다시 나타나기를 되풀이한다는 것이었다. 묘묘는 원래 보석을 소유하는 일에는 관심이 없었다. 때문에 잠깐씩 빌려서 갖고 놀다가 돌려주곤 한 것이었다. 필시 무림인의 장난이리라 단정한 천인상은 며칠 밤을 잠복한 끝에 묘묘와 소향을 확인할 수 있었다. 그는 왕실의 신임을 얻을 때라 판단하여 계략을 세웠다. 묘묘가 탐낼 만한 보석 몇 가지에 미약을 발라두었다. 사정을 알지 못한 묘묘와 소향은 꼼짝없이 그의 포로가 되고 말았다.

그런데 그같은 위기일발의 상황에 낭연이 도착하였다. 낭연은 묘묘 등을 구한 다음 천인상의 단죄를 자신에게 맡겨줄 것을 부탁했다. 묘묘는 화가 머리끝까지 올라 있었지만 은인의 부탁이니 어쩔 수 없었다. 천인상을 낭연에게 넘긴다고 선언하고는 자리를 떠났다. 그런데 사실 묘묘가 더욱 분개한 것은 오랜 경쟁자인 묘향신니의 제자에게 구원받았다는 것이었다.

한편 그 사이 천인상은 바쁜 줄행랑을 쳤다. 낭연은 그를 추적하여 서주까지 갔다가 다시 지리산으로 온 길이었다. 지리산에서 예상 밖의 큰일을 직면한 그녀는 잠시 놀랐다. 더구나 길상과 일행 중에 광한이 있었기에 더욱 놀랐다. 광한은 낭연이 사춘기 소녀였던 무렵 최초로 남성을 느낀 대상이었다. 덕분에 그녀는 묘향신니로부터 큰 꾸지람을 들었고, 광한은 영구히 묘향산 출입 금지령을 받은 터였다.

놀란 가슴이 가라앉을 무렵 신엽이 나타났다. 신엽의 등장으로 낭연은 한결 평정을 되찾았다. 어쩐지 신엽은 편안함을 주었다. 마치 어린 시절 헤어졌던 동생을 만난 느낌이었다. 신엽과 아시겐지의 대결이 이어지는 동안 그녀의 머릿속은 더없이 바빴다. 이 위기를 해소할 방안을 찾기 위해서였다. 적의 숫자와 아군의 숫자, 그리고 그 실력들을 몇 번이고 비교해보았지만 승산이 없었다. 뱀떼까지 포진하고 있어서 더욱 그러했다. 자신과 신엽이 함께라도 아시겐지만 제압할 수 있다면 해볼 만할 텐데…… 그러던 차 그녀는 뜻밖의 사실을 알게 되었다. 신엽이 수심장을 안다는 것이었다. 그렇다면 그건 사정이 전혀 달랐다. 그녀는 비로소 미소지으며 모습을 나타낼 수 있었다.

낭연이 전개한 수심장은 경쾌하고 민첩했다. 수십 가닥의 물줄기가 서로 어우러져 쏟아지고 또 솟구치는 듯했다. 아시겐지는 그게 신엽의 수심장과 유사함을 알았기에 더 큰 어려움을 겪었다. 이미 안다고 믿었던 것이 다른 모습으로 나타나면 사람들은 곤혹스러워지게 마련인 것이었다. 그러나 신엽은 낭연의 움직임을 손가락 끝 하나 남김없이 지켜보았다. 그리고 자신의 것으로 만들었다. 오랫동안 궁금해하던 동작들이었으므로 일견하는 순간 대부분 소화할 수가 있었다.

낭연은 세 가지 응용세의 후반부를 잇달아 펼쳤다. 그리고는 잠시 손길을 멈추고 물러섰다. 그녀는 신엽을 다시 돌아보았는데, 이제 알겠느냐고 묻는 눈길이었다. 신엽은 고개를 끄덕였다. 그러자 낭연이 나직이 말했다.

"수심장의 참위력은 두 사람이 함께 시전할 때 나타난다. 내가 먼저 홀수장을 전개할 테니 너는 동시에 짝수장을 펼치도록 해라. 만약 내가 짝수로 돌아가면 너는 홀수장을 전개해야 한다. 홀수장을 펼칠 때는 오행을 밟을 것이며 짝수장일 때는 팔괘를 따라 움직여야 한다. 알겠느냐?"

"네."

"그런데 너는 오행과 팔괘 방위가 무엇인지는 아느냐?"

"네, 조금은……."

신엽은 머뭇거리며 대답했다. 다행히 그는 어려서부터 『주역』을 좋아했다. 따라서 『주역』과 관계된 기본적인 사항들을 손금 보듯 훤히 알고 있었던 것이다. 낭연은 미심쩍은 느낌이 없지 않았지만 부딪쳐볼 수밖에 달리 도리가 없었다.

낭연은 다시 아시겐지를 향해 돌아섰다.

"당신은 우리 두 사람을 합친 것보다 훨씬 오래 살았어요. 그러니 우리가 힘을 합쳐 싸운다 해도 조금도 부끄러울 게 없어요. 다만 나중에 당신이 승복하지 않을까 봐 걱정이로군요."

"둘이 아니라 세 명 네 명이 함께 덤벼도 노부는 눈 하나 깜짝하지 않는다."

나이가 적으니 두 사람이 함께 싸우겠다는 낭연의 말은 영악한 억지였다. 그러나 얼핏 듣기에는 그럴듯했으므로 아시겐지는 이의 없이 넘어갔다.

"정말인가요? 그렇다면 두 가지 약속을 하세요."

"말해보아라."

"만약 당신이 진다면, 첫째 자긍대사의 해독약을 내놓으세요. 둘째 천인상이라는 인간을 제게 넘기세요."

"약속하겠다. 그런데 너희는 무엇을 걸겠느냐?"

"따로 무얼 걸겠어요. 이기지 못한다면 모두 이곳에 뼈를 묻어야 할 텐데."

"허허, 말재주가 시원스럽구나. 그럼 시작해보아라."

아시겐지의 말이 끝나기도 전에 이미 낭연과 신엽은 각각 동북방과 서북방을 차지하고서 수심장을 전개하기 시작했다.

아시겐지는 그들을 대수롭게 여기지 않았다. 보기보다는 무공들이 괜찮았지만 아직 자신을 따라오려면 멀었다는 판단이 선 까닭이었다. 그리고 그 판단은 정확한 것이었다. 조금 전 낭연의 수심장도 그랬다. 잠시 동안 소나기로 퍼부었기에 아시겐지를 주춤거리게 만들었지만 기실은 그의 옷자락 하나 건드리지 못했던 것이다. 그러나 두 사람이 함께 수심장을 전개하기 시작하면서 그는 사정이 좀전과 같지 않다는 사실을 깨달아야 했다. 두 사람의 무공이 합쳐지자 그 위력은 단순한 일 더하기 일이 아니라 몇 배의 힘으로 증폭되었던 것이다.

신엽은 알지 못했지만 그와 낭연이 그때 함께 펼친 것은 바로 화랑이교진(花郎二交陣)이었다.

화랑이교진은 원래 원화이교진으로부터 시작된 것이었다. 신라 진흥왕 때 초대 원화(源花)로 추대된 두 여인 남모(南毛)와 준정(俊貞)은 무공이 뛰어났다. 특히 그들이 함께 펼치는 원화이교진은 누구도 당해낼 수 없었다. 불행히도 그들은 남자문제로 사이가 틀어졌고, 남모는 준정에게 모살되고 준정은 사형에 처해지는 비극으로 막을 내렸다. 그러나 다행히 그들의 무공은 후세에 전해졌다. 그리고 화랑방이 자랑하는 최고의 진법으로 자리잡았다.

이교진을 구성하는 주된 무공은 설녀검법과 수심장이었다. 설녀검법(雪女劍法)의 시작은 한웅조선의 치우천왕(蚩尤天王) 시절부터 전해져온 풍류도 검법이었다. 뛰어난 검무로 백제의 분서왕을 죽인 황창랑이 그 중흥의 기반을 마련하였으며, 통일신라 초기 민중적인 재가거사로 이름났던 부설(浮雪)에 의해 완성되었다. 부설이 그 검법을 완성한 것은 그의 아내 묘화를 위해서였는데 그런 연유로 사람들은 그것을 설녀검법이라 부르게 되었다.

한편 수심장도 그 기본 바탕은 설녀검법과 다르지 않았다. 마찬가지로 풍류도의 무공에 기반하였으며, 더 정확하게 말하자면 설녀검법을 백타권법으로 변용한 것이라 할 수 있었다. 그러니 화랑이교진의 두 사람은 검과 장을 자유롭게 혼용할 수 있었다. 두 사람이 함께 검을 쓸 수도 있었고, 함께 장을 쓸 수도 있었다. 혹은 한 사람은 검을 다른 한 사람은 장을 사용할 수도 있었다.

신엽의 수심장은 아직 서툰 점이 많았다. 더구나 그는 아직 한 번도 진법을 펼쳐본 적이 없었으므로 여러 실수를 했다. 그러나 오행과 팔괘의 방위를 밟아나가는 데 있어서만은 사소한 실수도 없었다. 게다가 낭연은 노련한 경험으로 그의 실수들을 가려주었다. 얼마 지나지 않아 신엽은 제법 익숙하게 일역을 담당하게 되었다. 홀수장과 짝수장을 그들이 차근차근 함께 펼치니 수심장은 마치 애당초 두 개의 장이 한 초식을 이루도록 만들어진 듯싶었다. 일장과 이장이 하나의 초식이었으며 삼장과 사장이 하나의 초식이었다.

아시겐지는 그들의 무공을 파악해야겠다는 생각으로 공격보다는 방어에 주력했다. 그러나 일백 초가 지나고 이백 초가 지나도 도무지 실체를 붙잡을 수 없었다. 두 사람이 만들어내는 변화는 무궁무진했다. 그럴 수밖에 없을 일이었다. 화랑이교진의 가장 큰 특징은 변화무쌍함에 있었다. 수심장에만도 세 가지의 응용세가 있었고, 거기에 오행과 팔괘의 변화가 있었으며, 두 사람이 수시로 역할을 맞바꿀 수 있었다. 십육에 삼을 곱하고 다시 오와 팔과 이를 곱하면, 단순한 산술계산만으로도 삼천팔백사십 가지의 변화가 나타나는 셈이었다. 오죽했으면 사비가 이선을 상대로 이틀 밤 이틀 낮을 꼬박 싸우면서도 그 변화를 파악할 수 없었겠는가.

시간은 물처럼 흘러갔다. 잠깐 사이에 족히 일 시진은 흘러갔을 것이었다. 그리고 그 사이에 아시겐지와 신엽, 낭연은 일천 초를 넘게 싸웠다. 사람들은 모두 넋을 잃고 그들의 결전을 구경하고 있었다. 누구에게나 그것은 일생에 다시 보기 힘든 구경거리였다. 마음속으로는 하나같이 경탄과 질시를 금하지 못했다.

그러나 정작 싸움에 임한 양측은 시간이 흐를수록 초조해질 따름이었다.

낭연의 조바심은 아시겐지를 쉽게 이기지 못한다는 사실에 있었다. 신엽이 진법에도 익숙해져 두 사람의 손발은 제법 척척 맞아가고 있었다. 그런데도 아시겐지는 패퇴할 기색이 아니었다. 그의 무공이 예상보다 훨씬 더 고강했던 것이다.

신엽은 자긍대사의 독상 때문에 초조했다. 독이란 것은 시간이 지날수록 치료가 어려워지게 마련이었다. 이미 한 분 사부님을 잃은 마당에 또 한 분의 사부님을, 그것도 눈앞에서 보낼 수는 없는 일이었다. 때문에 그는 자신의 목숨을 돌보지 않고 필사적인 공격을 펼쳤다. 그런데도 여전히 아시겐지와는 팽팽한 접전을 벌일 수 있을 뿐이었다.

그러나 그들 중 가장 초조한 사람은 바로 아시겐지였다. 그의 초조함은 헛된 것에의 집착에 있었다. 낭연과 신엽이 사람을 구해야겠다는 일념으로 최선을 다했던 반면 아시겐지는 자신의 명예와 체면만을 생각하고 있었다. 그래서 갈수록 짜증 섞인 조바심에 빠져들고 있었다. 결국 그는 가장 먼저 인내력의 바닥을 드러내고 말았다.

"젊은 것들이 숫자에만 의지하여 밀어붙이니 도리가 없구나. 나를 원망하진 말아라."

아시겐지는 그렇게 투덜거리더니 소맷자락에서 무언가를 꺼내었다. 붉은빛이 도는 기다란 물건이었다. 신엽이 자세히 보니 다름아닌 홍사(紅蛇)였다. 낭연의 얼굴 위로 두려운 빛이 스쳐갔다. 아무리 뛰어난 무공을 지녔다 해도 역시 그녀는 꽃다운 나이의 처녀였다. 뱀이 두렵지 않을 수 없었다. 저 뱀으로 노독물(老毒物)이 무엇을 하려는 것일까.

아시겐지의 행동을 주시하던 신엽과 낭연은 경악하고 말았다. 그는 뱀에게 스스로의 꼬리를 물게 하여 둥그런 원을 만들었다. 그리고는 조금 전의 골편륜처럼 그들에게로 던진 것이었다. 뿐만 아니라 그는 계속해서 홍사를 끄집어내어 같은 일을 반복했다. 순식간에 신엽과 낭연의 머리 위에는 네댓 마리의 홍사들이 파공음을 울리며 돌게 되었다. 신엽과 낭연은 등을 맞대고 서서 각자의 검을 꺼내들었다. 그러나 섣불리 홍사를 건드릴 수는 없었다. 이미 골편륜 때 충분히 위력을 겪은 까닭이었다.

뱀들은 오랫동안 훈련을 받은 모양이었다. 좀처럼 고리를 풀지 않았다. 그러나 어느 순간이라도 빈틈을 발견하면 날카롭게 파고들 태세였다.

아시겐지는 계속해서 열 마리의 홍사를 던진 다음 손놀림을 멈추었다. 그리고는 팔짱을 끼고 구경했다. 그는 홍사들이 낭연과 신엽에게 충분히 곤욕을 안기리라 믿었다. 설사 그들이 홍사떼를 처리한다 할지라도 화랑이교진에는 빈틈이 생길 것이었다. 그 틈을 놓치지 않고 일격을 가한다면 승리는 자신의 것이 아니겠는가.

허공에서 맴도는 뱀떼를 쳐다보자니 낭연은 어지럼증을 느꼈다. 뱀떼는 달을 가리며 빙글빙글 돌고 있었다. 하늘이 온통 뱀으로 뒤덮인 듯 싶었고, 어느 뱀이 어느 뱀인지도 제대로 분간할 수 없었다. 절로 한숨이 내쉬어졌다. 어처구니없게도 파충류 따위에게 지고 마는 것일까…… 그러나 그 순간 그녀에게 한 가지 방책이 떠올랐다. 신엽이 골편륜과 싸우는 것을 보면서 생각해낸 방법이었는데 잠시 당황하여 잊은 것이었다.

"내 뒤를 맡아줘."

말과 함께 낭연은 허공으로 솟구쳤다. 이 장을 솟아오른 다음 몸을 거꾸로 세워 장검을 지면 쪽으로 내렸다. 그리고는 검끝으로 회전하는 홍사 한 마리를 툭 쳤다. 가벼운 일격이었다. 그러나 검끝이 닿자마자 홍사는 흉측하게 비틀리며 추락했다. 땅바닥에 떨어진 다음에도 한동안 비틀림을 멈추지 못했다.

　원래 홍사는 측방 회전과 하방 회전을 함께하고 있었다. 앞서 골 편륜의 경우와 같았다. 누군가가 무기로 가격하면 즉시 무기를 타고 내려가 그 사람을 휘감아버리도록 되어 있었던 것이다. 그러나 그것 은 무기의 위치가 아래쪽일 경우에만 해당하는 이야기였다. 만약 위 에서, 그러니까 공중에서 아래쪽의 뱀을 공격한다면 뱀은 스스로 몰 락해버릴 수밖에 없었다. 골편륜의 회전 방향을 파악한 순간 낭연은 그같은 이치를 깨달은 것이었다.

　낭연은 허공에서 거꾸로 선 채 자리를 옮겨 또 한 마리의 홍사를 떨어뜨렸다.

　"영악한 년 같으니."

　자기 공격의 맹점을 모르고 있었던 아시겐지는 안색이 숯빛으로 변했다. 그가 팔소매를 한 차례 떨치자 여섯 가닥의 검은빛이 낭연 에게로 쏘아졌다. 독침들이었다. 신엽은 즉시 몸을 솟구치며 월정검 을 그었다. 독침들은 쇠붙이가 자석에 붙듯 월정검에 달라붙은 다음 힘없이 땅으로 떨어졌다.

　아시겐지는 계속해서 수십 개의 독침들을 쏘아대었다. 두 명의 적 이 모두 허공에 떠 있으니 암기 공격을 퍼붓기에는 이보다 적절한 순간이 있겠는가. 낭연과 신엽의 처지는 바람 앞의 등불과 같았다. 강한 적을 아래에 두고 허공에 너무 오래 머무는 것은 위험을 자초 하는 일이었던 것이다. 그러나 낭연은 홍사를 떨어뜨리는 일에 몰두 해 있었고, 신엽은 그녀를 보호해야 했으니 어쩔 수 없는 일이었다.

　아시겐지는 과연 사파(邪派)무림의 거목이라 할 만한 위인이었다. 그가 쏘아대는 독침들은 하나하나가 서로 다른 성질을 갖고 있었다. 어떤 것은 빠르게, 어떤 것은 느리게, 어떤 것은 우측으로 둥그런 원 을 그리며, 또 어떤 것은 좌측으로 커다랗게 휘며 날아들었다. 나사 못처럼 빙글빙글 맴돌며 파고드는 것도 있었다. 그 속도와 각도의 차이들이 너무 커서 신엽은 검 하나만으로 처리할 수가 없었다. 그래서 팔과 두 다리를 모두 사용했다. 발로 차거나 밟기도 하고 월정검으로 쳐내기도 했다.

그때 그가 본능적으로 사용한 신법은 바로 적룡음풍(赤龍吟風)이었다. 적룡신법 중의 절기로, 선유도의 선상에서 미도노와 암기 시합을 벌였을 때 사용한 그 신법이었다. 물론 지금 그는 그 당시보다도 공력이 진일보하여 더욱 유연한 신법을 전개하고 있었다.

낭연과 신엽은 허공에서 무척 오랜 시간을 머물렀다. 낭연은 홍사들을 떨어뜨리며 그 반발력으로 머물렀고, 신엽은 독침들의 기운을 훔쳐 허공을 걸어다녔다. 그러나 아래에서 구경하는 이들의 눈에는 그들이 두 명의 신선들처럼 보였다. 허공을 자유롭게 떠돌며 온갖 아름다운 무공 동작들을 펼치고 있었던 것이다. 때문에 그들이 다시 지상으로 내려섰을 때 아시겐지를 비롯한 왜국 사무라이들은 이미 기운이 꺾여 있었다.

아시겐지는 더이상 싸울 마음이 없었다. 싸울수록 두 젊은이의 기운을 살려주는 듯했기 때문이었다. 그래서 그는 소맷자락을 털고 뒷짐을 졌다.

"모처럼 기억할 만한 시간을 가졌다. 아쉽게도 시간이 모자라는구나."

"꼬리를 내리는 건가요?"

낭연은 기회를 주지 않고 쏘아붙였다. 그러나 아시겐지는 그 말의 뜻을 이해하지 못하는 척했다.

"그게 무슨 뜻이냐?"

"패배를 인정하는 거냐구요?"

아시겐지는 엉뚱한 말로 얼버무렸다.

"여전히 뜻모를 소리만 주절거리는구나."

그리고는 히야시를 불렀다.

"일정이 바쁘니 이곳은 마무리를 짓도록 하자. 뱀떼에게 뒤처리를 맡기거라."

"알겠습니다."

히야시는 공손하게 대답했다. 비록 아시겐지의 바쁜 일정이라는 게 무엇인지는 알지 못했지만.

노독물(老毒物)의 선물

바로 그 순간이었다. 영문을 알 수 없는 일이 벌어졌다. 히야시의
몸이 문득 허공으로 솟아오른 것이었다. 사람들은 그가 손가락 하나
움직이지 않고 몸을 이동시킬 만큼 이형환위(移形換位)의 신법에 통
달했나 보다고 감탄했다. 하지만 사정은 그렇지 않았다. 히야시는
목을 움켜쥐며 소리질렀다.
"누구냐!"
그와 동시에 아시겐지가 몸을 솟구쳤다. 그는 무언가가 잘못되었
음을 느끼는 순간 히야시를 구하기 위해 움직인 것이었다. 그러자
나무 위로부터 두 개의 청색 인영이 그를 향해 날아들었다. 아시겐
지는 재빨리 쌍장을 휘둘러 인영들을 때렸다. 펑 펑 소리와 함께 두
인영은 이 장 밖으로 나가떨어졌다. 그러나 아시겐지 역시 일 장 밖

으로 밀려나야 했다. 허공이라 의지할 데가 없었던 까닭이었다.

그 사이 또하나의 인영이 재빨리 히야시를 덮쳤다. 어떤 맹수보다도 빠르고 정확한 몸놀림이었다. 아시겐지는 속았음을 깨닫고 두 개의 독침을 날렸다. 하나는 그 인영을 겨냥한 것이었고, 다른 하나는 히야시의 목을 감아올린 줄을 겨냥한 것이었다. 그러나 인영의 대응은 신속무비했다. 히야시의 팔을 끌어당겨 자신에게로 향한 독침을 막았다. 아시겐지의 독침은 자신의 애제자에게 박힌 셈이었다. 동시에 또하나의 독침은 줄을 끊었고, 인영은 히야시를 안은 채 가볍게 지상으로 내려섰다.

인영의 정체를 확인한 신엽은 반갑게 소리쳤다.

"척 형님!"

그는 바로 도월희천 척항무였다. 척항무는 신엽에게 무언가를 한 무더기 던졌다. 신엽이 받아들고 보니 수십 개의 이빨들이었다. 금방 뽑아낸 것인지 피도 아직 마르지 않은 상태였다.

"형님은 동생과의 약속을 지켰다. 이 녀석들이 글쎄 인육을 먹고 있더구나."

척항무는 조금 전 아시겐지에게 얻어맞고 나가떨어진 두 사람을 가리키며 말했다. 그들은 바로 미도노의 부하인 청의인들이었다. 재수 나쁘게도 그들은 척항무에게 발견되었을 때 말린 인육을 먹고 있었다. 어느 여인의 젖가슴을 도려낸 것이었다. 그래서 척항무가 이빨을 몽땅 뽑아 끌고 온 길이었다. 그리고 그들은 아시겐지의 독사장에 맞아 오장육부가 바스러져버렸다.

가야산에서 신엽과 헤어진 척항무는 특별히 갈 곳이 없었다. 묘묘와 소향을 찾아야 했지만 당장은 어디서 어떻게 찾을지도 알 수 없었다. 그래서 생각해낸 것이 신엽의 뒤나 밟자는 것이었다. 당분간은 대사형의 전인인 셈이니 자신에게는 보호자로서의 의무도 있는 형편이었다. 길상사로 간다던 신엽이 방향을 서남쪽으로 바꾸자 척항무는 역시 뒤를 밟기 잘했다고 생각했다. 재미있는 일이 있을 것만 같았다. 그리고 결국 그는 이처럼 신나는 사건과 조우하게 된 것이었다. 다만 한 가지 아쉬운 점이라면 아직 자신의 공력이 충분히 회복되지 못했다는 사실이었다.

"히히히, 창피한 일이로구나. 견즉시독 아시겐지가 두 애송이 꼬마들에게 꼬리를 내리고 달아날 궁리를 하다니. 견즉시독의 견자를 개 견(犬)자로 바꾸는 게 옳겠다."

척항무는 지난 사십여 일 동안 간질간질했던 혀를 풀어 독설부터 늘어놓았다. 가뜩이나 수치심을 억제하고 있었던 아시겐지는 분통이 터질 것만 같았다. 그러나 사정은 이미 대단히 어렵게 비틀리고 있었다. 십일 년 전 계림에서의 일로 그는 척항무를 알고 있었다. 그가 바로 일신 이선 사비 중 사비의 둘째이며, 무공이 자신에 비해 하수가 아니라는 사실도 잘 알고 있었다.

"세월이 흘러도 도월희천의 취미는 여전하군요. 숨어서 남의 얘기나 엿듣는 취미 말씀이외다."

아시겐지는 십일 년 전 계림 객점에서의 일과 지금의 일을 싸잡아 비난하는 것이었다. 그러나 그 정도 비난에 눈 하나 깜짝할 도월희천이 아니었다.

"신분을 위장하고 숨어 있다가 독수 따위를 가하지는 않지요."

"지금의 그 일은 무엇입니까. 애꿎은 젊은이를 붙잡아 독침의 방패로 이용한 것 말입니다."

"조금 전 그게 독침이었나요? 그렇다면 큰일이로군요. 이 젊은이는 혈도를 찍혀서 독의 흐름을 막지도 못할 텐데. 이런, 벌써 독기가 어깨까지 이른 모양이군요."

척항무는 능청스레 너스레를 떨었다. 히야시는 기가 막힐 노릇이었다. 손가락 하나 움직일 수 없는 형편이었지만 그는 척항무와 아시겐지의 이야기를 똑똑히 들을 수 있었다. 게다가 그는 스승 아시겐지의 독침이 얼마나 지독한 것인지를 누구보다 잘 알고 있었던 것이다. 아시겐지의 조바심도 작지 않았다. 특별히 제자를 사랑하는 것은 아니었지만 히야시는 아직 쓸모가 많았다. 요다의 수많은 제자들 중 그가 다소라도 신뢰할 수 있는 유일한 인물이었다.

아시겐지가 척항무에게 물었다.

"무얼 원하는 게요?"

"떠돌이 늙은이가 특별히 원하는 게 있을라고요. 그저 아픈 사람 몸이나 낫게 해주면 족하지요."

척항무는 눈길로 자긍대사 쪽을 가리켰다. 그의 독상을 해소해달라는 뜻이었다. 자긍대사는 다시 두 눈을 감고 정좌해 있었다. 신엽 등의 결전을 지켜보느라 힘들었던 탓인지 안색이 더욱 어두워져 있었다. 아시겐지는 입맛이 나빴다. 이제 조금만 기다리면 자긍의 명이 다할 텐데. 그러나 어쩔 수 없었다. 혈도를 막고 독상과 싸우는 자긍에 비해 히야시의 독은 훨씬 빨리 번지고 있었던 것이다. 내심 이모저모로 계산을 굴린 끝에 아시겐지가 말했다.

"고려 속담에 이런 말이 있지요. 물에 빠진 사람 구해줬더니 보따리 내놓으란다고요. 행여 아픈 사람을 구해줬다가 시비에 휘말릴까 두렵군요."

아시겐지의 그 말은 자긍이 해독된 다음 사생결단을 내겠다고 덤벼들지 않겠느냐는 것이었다. 자긍대사의 성격으로 보아 충분히 그럴 법한 염려였다. 게다가 이미 상황은 역전되어 실력으로나 숫자로나 고려 쪽이 우위를 차지하고 있었으니까. 물론 아시겐지에게는 아직 수만 마리의 뱀떼가 있으니 비세라고는 할 수 없었지만 만약 길상파가 죽자사자 달려든다면 성가신 일임은 분명했다.

척항무는 아시겐지의 말에서 곱게 물러가려는 그의 의중을 알아차렸다. 그렇다면 다행스런 일이었다. 기실 척항무는 그 자리를 힘들게 버티고 서 있었다. 가야산의 불구덩이를 빠져나온 이후 그는 잠시도 휴식하지 못했다. 신엽의 경신술이 놀랍게 발전하여 뒤를 밟는 데만도 힘이 들었다. 몸이 쇠약해져 있었기에 더욱 그러했다. 나무 위에서 오랜 시간을 기다린 것도 그런 까닭이었다. 고심 끝에 그는 히야시를 기습하는 방법을 택했다. 아시겐지의 사진(蛇陣) 가동을 막기 위해서였다. 다행히 기습은 성공했고, 아시겐지는 속아넘어갔다. 척항무가 여전히 높은 공력을 유지하는 줄 안 그는 곱게 물러갈 뜻을 비친 것이었다. 척항무는 사뭇 거드름을 피며 말했다.

"견즉시독께서 두려움 운운하니 어울리지 않는군요. 하지만 아무튼 한번 여쭤보지요."

이어서 그는 자긍대사 쪽을 향해 물었다.

"불청객이 사죄하고 해약을 내놓고 돌아가려 합니다. 대사께서는 노부의 체면을 보아 그 단죄를 다음으로 미루심이 어떨는지요."

자긍대사는 잠시 말이 없었다. 그러나 곧 작은 소리로 몇 마디를 했다. 그 소리를 받아 광한이 큰 소리로 척항무에게 전했다.

"사숙께서는 이비 어른의 권유에 따르시겠답니다."

"감사합니다. 노부는 대사님의 배려에 감사할 따름입니다."

문답을 마친 척항무는 아시겐지에게 말했다.

"해독이 확인되는 대로 이 친구를 놓아드리지요."

아시겐지는 척항무의 말을 믿었다. 고려국에서 영웅처럼 숭배되는 인물이 거짓말을 할 리 없겠기 때문이었다. 그는 가슴에서 작은 알약 하나를 꺼내더니 두 손가락 사이에 끼우고 튕겼다. 알약은 암기처럼 날쌔게 날아갔다. 정좌하고 앉은 자긍대사의 양미간 인당혈을 향해서였다. 신엽 등은 깜짝 놀랐다. 그러나 자긍대사의 바로 곁에는 광한이 서 있었다. 광한은 왼손을 날아오는 알약 앞으로 뻗었다. 그러자 알약은 눈에 띄게 속도가 줄었다. 나중에는 엉금엉금 기어오는 듯싶었다. 그러나 땅에 떨어지지는 않고 천천히 광한의 손바닥으로 빨려들어갔다.

"흥."

아시겐지는 코웃음을 치고는 말했다.

"그 약 한 알이면 즉시 해독되니 복용하시오."

자긍대사가 알약을 복용하니 과연 순식간에 해독이 되었다. 독기운은 말끔히 사라졌고, 운기에도 이상이 없었다. 그는 자리에서 일어나 척항무를 향해 합장했다.

"빈승의 보잘것없는 목숨을 구해주셔서 감사드립니다."

"길상파는 천하의 명문정파이니 응당 누구라도 나섰을 것입니다."

척항무는 마주 합장하며 응답했다. 그리고는 히야시의 혈도를 풀어주었다. 히야시는 서둘러 아시겐지에게 가서는 해약을 얻어먹었다. 용무를 마친 아시겐지는 지체없이 작별을 고했다.

"인연이 있어 다시 만나기를 바랍니다."

아시겐지가 몸을 돌리려는 순간 낭연이 한 걸음 앞으로 나섰다.

"잠깐만요. 한 가지를 잊으신 모양이군요."

"무슨 얘기냐?"

"저 사람을 제게 넘기기로 했었죠?"

낭연은 천인상을 손가락으로 가리켰다. 아시겐지는 그제서야 생각난 듯 낭연에게 물었다.

"저 사람이 네게 무슨 소용이 있느냐?"

"아무런 소용도 없어요. 다만 본문에 진 빚을 돌려받으려는 것뿐이에요."

아시겐지는 고개를 끄덕이더니 천인상을 손짓하여 불렀다. 천인상은 불안한 모습으로 다가왔다. 아시겐지에게 서둘러 무언가를 설명하려는 듯 보였다. 아시겐지는 그러는 천인상을 낭연 쪽으로 가볍게 떠밀었다. 천인상은 세 걸음을 터덜터덜 걷더니 안색이 백지장처럼 하얗게 변했다. 입으로는 선혈을 흘리며 털석 무릎을 꿇었다. 아시겐지가 어느새 그의 전신 경락을 끊어버린 것이었다.

천인상의 최후를 보며 가장 가슴이 섬뜩했던 사람은 광정이었다. 맨 처음 천인상을 보았을 때부터 그는 천인상이 여간한 위인이 아니라고 믿었었다. 그의 지략에 내심 위협을 느꼈을 정도였다. 그러나 그의 최후는 비참함을 넘어서 허망할 지경이었다. 지략가의 말로란 저런 것이었던가. 무공이 뒷받침되지 않는 지략이란 참으로 믿을 것이 못 되는구나. 광정은 묘향신니의 눈에 들어 그녀의 가르침을 받아야 한다는 계획을 다시 한번 굳게 다졌다.

천인상 역시 자신이 그처럼 간단히 끝날 줄은 상상도 못 했을 것이다. 그의 머릿속에는 아직도 수십 가지의 책략들이 줄서 있었다. 그것들 중 한 가지라도 아시겐지에게 설명할 기회가 있었다면 아시겐지는 다른 행동을 보였을 것이었다. 그러나 불행히도 그들에게는 담소할 시간이 없었다. 어찌할 수 없는 일이었다.

아시겐지와 히야시, 미도리, 미도노, 천지이악 등은 줄줄이 숲속으로 사라졌다. 어디에선가 두 명의 홍의인이 나타나서는 청의인의 시신들을 울러메고 떠나갔다. 낭연은 장검으로 구덩이를 파서는 천인상의 시신을 묻었다. 그리고는 길상파 일행에게 이별을 고했다.

"기회가 되면 다시 뵙겠습니다."

"노부도 그만 작별해야겠군요."

척항무도 헤어질 뜻을 비쳤다. 신엽과 광한 등은 헤어질 두 사람에게 각별한 정을 느꼈다. 그러나 그들이 무어라 말을 꺼내기도 전에 두 사람은 이미 저만치 멀어지고 있었다. 서로 다른 방향으로였다. 그런데 그들은 십 장을 채 못 가 모두 황망히 되돌아왔다. 어두운 얼굴들이었다. 자긍대사가 그 기색을 알아차리고 물었다.

"무슨 일이 있으신지요?"

"속았어요. 놈들이 곱게 물러간 게 아니었어요."

낭연의 대답이었다. 그녀가 더 길게 설명하지 않아도 일행은 알 수 있었다. 이미 사방에서 청사떼의 쇳소리가 들려오고 있었다. 뱀을 모는 피리 소리도 음산하게 울려왔다.

"어서 흩어져서 길을 찾아봅시다. 뚫을 만한 구멍이 있는지."

척항무의 말에 따라 그들은 팔방으로 흩어졌다. 그러나 잠시 후 다시 모인 그들은 한결같은 결과를 보고했다. 지상은 물론 나무 위까지 뱀떼가 장악해서 도무지 길이 안 보인다는 것이었다. 그들은 그렇다면 어떻게 할 것인가를 의논했다. 의견들이 분분했다. 불을 지르자는 의견이 우세했다. 뱀은 불을 두려워하니 우선 중연암에 불을 질러버리자. 그러면 당분간은 버틸 수 있을 게고, 천천히 방안을 강구할 수 있을 것이다. 그러나 낭연이 고개를 저었다.

"지금 이 산은 몹시 건조해요. 불길은 순식간에 온 산으로 번질 테고, 그러면 뱀떼를 물리치기 전에 우리가 모두 질식해서 죽을 거예요."

"바람이 일정하게만 불어준다면 그 반대쪽으로 달아날 수 있지 않을까요?"

광은의 말이었다. 그러나 낭연은 그의 말을 일축했다.

"바람이 일정하다면 뱀떼 역시 반대쪽으로 모일 거예요. 청사는 그 독성이 지독하여 살갗을 살짝 스치기만 해도 즉사하고 말아요."

"그러니 어쩐단 말이냐. 내 평소 뱀고기를 즐기기는 했지만 이렇게 뱀밥이 될 줄이야 몰랐구나."

척항무의 장난스런 탄식이었다.

　그러는 사이 청사떼는 더욱 가까이 다가들고 있었다. 이제는 불과 일 장 정도의 반경으로 좁혀들었다. 낭연은 주위를 둘러본 다음 한 곳을 가리켰다.

　"모두들 저 바위 위로 올라가요."

　말과 동시에 그녀는 몸을 날렸다. 바위 역시 이미 뱀떼에 뒤덮여 있었지만 그녀는 허공에서 서너 차례 쌍장을 휘둘러 뱀떼를 씻어내었다. 다른 사람들도 분분히 바위 위로 몸을 날렸다. 낭연은 신엽에게 지시하여 바위 위로 드리운 나뭇가지들을 모두 쳐내도록 했다. 뱀떼가 기어올라 공습하는 것을 막기 위해서였다. 그 작업이 끝나자 일단은 안도할 상황이 되었다. 사람들은 바위 위를 둥글게 돌아앉아 기어오르는 뱀떼만 막으면 되었다. 그들은 각자의 무기를 꺼내어 공력을 아껴가며 청사들을 죽였다.

　죽이고 또 죽이고, 새벽 동이 틀 때까지 죽이는 일만이 계속되었다. 살생은 승려들이 가장 꺼리는 일이었지만 달리 도리가 없었다. 사방 오 리 이내에는 아마 피비린내가 진동하고 있을 것이었다.

　동이 튼 후에도 사정은 마찬가지였다. 날이 밝았다는 기쁨은 잠깐이고 온 산을 뒤덮은 뱀떼를 보니 더 소름이 끼쳤다. 정오가 가까울 무렵까지 그들은 족히 사오천 마리의 청사를 죽였을 것이었다.

　처음에는 그들이 바위 위에서 뱀떼를 내려다보며 싸웠는데 그즈음에는 형편이 역전되어 있었다. 뱀의 시체들이 산처럼 쌓이니 오히려 뱀떼의 위치가 높아진 것이었다. 그래서 간간이 장력으로 시체들을 밀어내었지만 시간이 지나면서 그것조차 쉽지 않아졌다. 무게들이 더해져서 움직이기가 힘들어졌다. 이대로 계속하다간 모두 함께 그곳에 뼈를 묻을 수밖에 없을 것이었다.

　"이렇게 죽는 것도 재미없는 일은 아니겠구나. 세상에 어느 누가 이 많은 뱀떼 속에 파묻혀서 죽는 경험을 했겠느냐."

척항무가 신엽에게 말했다. 길상사의 승려들이 한 줄로 앉은 옆에 척항무가 앉고 다시 그 곁으로 낭연과 신엽이 자리하고 있었다. 신엽은 대꾸할 말이 없어서 묵묵히 있었다. 그러자 척항무가 다시 말했다.

"뱀떼에게보다 먼저 배가 고파 죽을 일이 걱정이다. 두 달이 넘도록 아무것도 먹지 못했으니."

그는 자신의 배를 툭툭 두드리더니 미안하다는 듯 쓰다듬었다. 체구에 비해서 그는 배가 두툼한 편이었다. 낭연은 그러는 그를 어처구니없다는 눈길로 쳐다보았다. 그녀는 척항무의 뒷말을 듣지 못하고 배가 고프다는 말만을 들었던 것이다.

"만약 지금 먹을 게 있다면 드시겠어요?"

"그걸 말이라고 하나?"

낭연의 말에 척항무는 침을 꿀꺽 삼켰다. 낭연은 더욱 믿을 수가 없어 작은 보자기를 꺼내었다. 그것을 펼치니 누룽지와 말린 과일 몇 가지가 나왔다. 척항무는 의심스런 눈길로 쳐다보았다.

"이걸 내게 주는 건 아닐 테지?"

"왜 아니겠어요. 드실 수만 있다면 어서 드세요."

말이 떨어지기가 무섭게 척항무는 누룽지를 집어들었다. 걸신들린 사람처럼 어적어적 씹어삼키고는 말린 과일들까지 말끔히 먹어치웠다. 그는 또 자신의 술병을 꺼내어 바닥에 남은 몇 방울의 술을 털어넣었다. 쥐꼬리만큼의 음식이었지만 제법 요기가 되었는지 척항무는 행복한 표정을 지었다. 혀로 입가를 핥았다. 낭연은 구역질을 참기 위해 멀찌감치 고개를 돌린 채 말했다.

"왜 사람들이 사비를 두려워하는지 알겠군요."

척항무는 그 소리를 들었는지 못 들었는지 혼잣말을 중얼거렸다.

"음식을 얻어먹었으면 보답이 있어야 할 텐데……."

그러던 그가 문득 박수를 쳤다.

"옳지. 내 아가씨에게 재미있는 선물을 하지."

그는 가슴속을 뒤적이더니 이상한 물건들을 꺼내기 시작했다. 두 개의 조그만 약통, 전대, 수상쩍은 헝겊 뭉치, 그리고 붉은색의 짤막한 피리 하나였다. 그는 그것들을 바위 위에 가지런히 늘어놓았다.

"아가씨가 갖고 싶은 건 무엇이든 가져도 좋아."

"이 약통들은 뭐죠?"

"나도 몰라. 조금 전 그 사무라이 녀석에게서 훔친 거니까."

"히야시 몸에서 나온 거란 말예요?"

"그렇다니까. 아마 독약 나부랭이겠지."

낭연이 보니 약통들 중 하나에는 조금 전 자궁대사가 복용한 것과 같은 알약이 들어 있었다. 해약임이 분명했다. 다른 하나에는 짙은 자색의 즙이 있었는데 냄새가 비릿한 것이 독즙인 듯싶었다. 낭연은 사부 묘향신니에게 보여드려야겠다고 생각하며 두 약통을 보자기에 넣었다. 수상쩍은 헝겊 뭉치에서는 정말 수상쩍은 냄새가 났다. 낭연은 몇 차례 코를 킁킁대다가 얼굴이 빨갛게 변해서는 멀리 던져버렸다. 땅에 떨어지기가 무섭게 서너 마리의 청사들이 달려들어 갈기갈기 찢었다. 그것은 다름아닌 여인의 속옷이었다.

마지막으로 남은 피리를 보다가 낭연은 문득 한 가지 일에 생각이 미쳤다. 그 피리가 청사떼를 조종하는 피리와 같은 것일지도 모른다는 것이었다. 새벽 이후로 더이상 피리 소리는 들려오지 않았지만 청사들은 이미 내려진 피리의 지시에 따라 끊임없이 그들에게 몰려들고 있었다. 낭연은 피리를 집어들었다.

"이것 역시 히야시의 것인가요?"

"아니야."

척항무는 뜻밖에도 실망스런 대답을 했다.

“아니라구요?”

“어제까진 그놈의 물건이었지. 하지만 지금은 아가씨 것이야.”

“사람을 잘 놀리시는군요.”

낭연은 피리를 가만히 입술에다 대었다. 살짝 불자 맑고 청아한 소리가 울렸다. 척항무는 비로소 그녀의 뜻을 알아차리고 귀를 쫑긋 세웠다. 그러나 곧 고개를 저었다.

“옥소선녀의 제자라 소리가 다르구먼. 하지만 그 소리가 아니야.”

낭연은 어린 시절부터 사부의 피리 소리를 들으며 자랐다. 자주는 아니었지만 이따금 달이 밝은 밤이면 묘향신니는 옥통소를 꺼내어 들고 옥소선녀로 돌아가곤 했다. 선녀의 통소 소리는 가슴을 아리게 할 듯 슬프고 아름다웠다. 덕분에 낭연도 작은 피리 하나를 구해서 몰래 불어보곤 했었다. 그러나 역시 그 소리는 홍의인들의 피리 소리와는 많이 달랐다.

“그럼 어떤 소리였죠?”

낭연이 척항무에게 물었다. 척항무는 잠시 이맛살을 찌푸리더니 야릇한 표정을 지었다.

“아주 음산한 소리였어. 이렇게. 흐으으으으 흐으으으으.”

낭연은 웃음이 나오려는 것을 억지로 참고 다시 피리를 불었다. 제법 비슷한 소리가 흘러나오기 시작했다. 몹시 음산하고 기분 나쁜 소리였다. 그러자 청사떼도 반응을 보이기 시작했다. 주춤주춤하며 귀를 기울이는 듯했다. 피리 소리가 그들에게 무엇을 지시하는지 알아내려는 듯. 그런데 그들은 곧 더욱 난폭한 모습으로 공격 속도를 빨리했다. 다급해진 척항무가 소리쳤다.

“그게 아니야. 음조를 바꿔봐!”

낭연은 음산함을 유지한 채 음조를 약간 내렸다. 그랬더니 청사떼는 공격을 멈추었다. 다시 조금을 내렸더니 슬금슬금 물러나기 시작했다.

"됐어. 바로 그거야."

척항무는 기뻐하며 신엽을 얼싸안았다. 신엽은 힘이 빠져 멍하게 앉아 있었다. 척항무가 낭연과 수다를 떠는 사이 그는 두 사람 몫의 뱀들을 모두 물리쳐야 했던 것이다. 그러다 뱀떼가 물러나는 것을 보니 긴장이 풀어질 수밖에 없었다. 길상사의 승려들도 오랜만에 손을 놓고 낭연에게 인사 치레를 했다. 하지만 그것은 끝이 아니었다. 어디에선가 또다시 피리 소리가 울려오더니 뱀떼의 방향을 되돌려 놓은 것이었다. 낭연은 다시 피리를 불어 반격에 나서야 했다.

그로부터 한참 동안 피리들의 전쟁이 이어졌다. 공격을 명령하는 홍의인들의 피리 소리와 퇴각을 명령하는 낭연의 피리 소리가 높고 낮게 어우러졌다. 공력으로 따지자면 홍의인들이 낭연을 따라갈 수 없었다. 그러나 그들은 숫자가 많았다. 세 방면에서 세 대의 피리가 똑같은 음률을 연주하고 있었다. 그들에게 지지 않기 위해 낭연은 자세를 단정히 하고 마음을 피리에 실었다. 잠시 후 낭연의 머리 위 에서는 아지랑이 같은 김이 피어올랐다.

청사떼는 어느 소리에 장단을 맞추어야 할지 알 수 없는 모양이 었다. 더러는 공격을 시도했고 더러는 퇴각을 했다. 높은 소리가 이 어질 때는 공격 쪽이 많았고, 낮고 부드러운 소리가 강해지면 퇴각 쪽이 힘을 얻었다. 그렇게 몇 차례를 우왕좌왕하더니 마침내 뱀들은 내분을 일으켰다. 공격 쪽과 퇴각 쪽이 뒤엉켜서는 서로를 물어뜯기 시작했던 것이다.

내분은 순식간에 모든 뱀들에게로 퍼졌다. 상대를 가릴 것 없이 그들은 닥치는 대로 서로를 물고 뜯었다. 잠깐 사이에 수천 마리의 청사들이 널브러졌다. 그러자 마침내 홍의인들이 꼬리를 내렸다. 그들의 피리 소리도 낮게 내려왔다. 뱀들은 다시 조용해져서 퇴각하기 시작했다. 그들은 서쪽으로 이동하였다. 이동 속도는 대단히 빨라서 반식경이 지난 후에는 살아 있는 뱀은 한 마리도 찾아볼 수 없었다.

"이번 일로 길상사는 묘향산에 큰 신세를 졌습니다."

자긍대사는 두 손을 합장하며 낭연에게 치하를 했다. 낭연 역시 합장으로 답했다.

"할 일을 했을 뿐입니다. 모두 무사해서 다행입니다."

광한, 광정, 광은 등도 차례로 감사의 뜻을 전했다. 낭연도 그들과 일일이 인사를 나누었지만 어쩐지 어색한 표정이었다. 척항무와 신엽을 제외하고는 그 자리의 모든 사람이 이유를 알고 있었다. 광한과의 미묘한 감정이 그녀를 경직시키고 있었던 것이다. 광한 역시 어색하기는 마찬가지였다. 그들은 서로의 눈을 마주 보는 것을 한사코 피했다.

척항무와 낭연이 떠나간 다음 길상사 일행도 자리를 정리했다. 중연암으로 들어가 경내를 간단히 청소하였다. 불상 주변으로 뱀떼가 지나간 자국도 닦아내었다. 그리고는 그곳을 떠나려 할 즈음, 광정이 문득 자긍대사에게 물었다.

"조금 전 사사제가 펼친 무공들은 이름을 무엇이라 합니까?"

광정은 지나가는 말처럼 물었다. 그러나 그것은 앞뒤가 치밀하게 계산된 질문이었다. 자긍대사는 그제서야 잊고 있었던 의문들이 생각났다. 그는 곧 신엽을 가까이로 불렀다.

"너는 아시겐지를 상대하면서 길상파와는 무관한 무공 세 가지를 사용하였다. 그것을 설명해보아라."

"첫번째 것은 화랑방의 수심장이었습니다. 이는 제자가, 아니 제가……."

신엽은 설명을 시작하자마자 막다른 골목에 부딪치고 말았다. 그는 원래 자혜대사와 동굴에서의 일에 대해 설명하려 했었다. 수심장은 그때 배운 것이었노라고. 그러나 자혜대사와 자신의 일은 자연, 자휼, 자긍을 제외한 어느 누구 앞에서도 발설하지 못하도록 되어 있었던 것이다. 자긍대사의 눈치가 빨랐다면 신엽의 입장을 이해했 겠지만 그는 그렇지 못했다. 오히려 누구보다도 불 같은 성격의 소 유자였다. 더구나 전날 밤의 일은 그에게 수모와 분노만을 남긴 터 였다.

"왜 말을 못 하느냐? 어서 설명해보아라."

"길상사로 돌아가서 자세한 내막을 말씀드리겠습니다."

신엽은 그렇게밖에 말할 수 없었다. 그러나 광정은 기회를 놓치지 않았다.

"말하기가 곤란한 모양이로군. 그렇다면 두번째와 세번째 무공은 어떻게 된 거냐? 어째서 너는 본문의 무공을 도외시하고 잡다한 문 파들의 술수만을 사용하였느냐?"

"두번째와 세번째 무공은 원래 같은 것입니다. 다만 제가 그것을 나누어 사용했을 뿐입니다. 그것 역시 돌아가는 대로 장문인 앞에서 상세히 말씀드리겠습니다."

두번째와 세번째 무공이라 하는 것은 모두 월광검법의 초식들이 었다. 신엽이 먼저 골편륜들을 격파할 때 사용한 것은 출굴견월의 신법이었고, 허공에서 아시겐지의 독침들을 받아낼 때 사용한 것은 월광검법의 다른 검식들이었던 것이다. 그런데 자긍대사를 서운하 게 만든 것은 바로 그 무공들이었다. 자긍은 신엽을 끔찍이 아끼는 편이었고, 자신의 장기인 경신술과 검법을 직접 전수해주리라 마음 먹고 있었다. 그러나 신엽은 그 사이 자긍 자신의 재간을 넘어서고 있었다.

광정이 그런 자긍대사의 심기를 헤아리지 못할 리 없었다.

"흥. 장문인이 아닌 사람들은 안중에도 없다는 얘기냐? 사숙님은 보이지도 않는다는 말이냐? 그새 너는 참 대단한 영웅호걸이 되었구나."

"그런 뜻이 아닙니다. 이사형께서는 깊이 헤아려주십시오."

"신엽이 벌써부터 이렇게 방자하니 이번 기회에 버릇을 바로잡지 않는다면 장차 큰 불화를 가져올 것입니다. 사숙께서는 부디 질책을 아끼지 말아주십시오."

광정은 다시 한번 자긍대사를 부추겼다.

그때 광정의 머릿속에는 어떻게든 신엽을 제거해야 한다는 생각밖에 없었다. 예전에도 그랬지만 특히 지난밤 이후로 그 결심은 더욱 굳어졌다. 수심장은 원래 화랑방의 절기였다. 화랑방의 총아였던 광정 자신도 조금밖에 알지 못하는데 신엽은 수심십육장을 자유자재로 구사하였다. 게다가 낭연과 펼친 화랑이교진은 광정의 눈에서 피가 솟게 만들었다.

그 순간부터 줄곧 광정은 신엽을 제거할 계략만을 짜기 시작했다. 그래서 도달한 결론은 지금 이 자리에서 일을 매듭지어야 한다는 것이었다. 가장 성격이 불 같은 자긍대사와 함께. 일단 길상사로 자리를 옮기면 자연대사의 부드러운 인품이 일을 망쳐버릴 것이었다.

광정의 말은 자긍대사의 성미에 불을 지폈다. 한마디 한마디가 불꽃을 키웠다. 마침내 자긍은 참지 못하고 소리쳤다.

"장문인은 나의 사형이며 나는 길상사 이대 장로 중 한 명이다. 지금 당장 모든 일을 해명하거라."

신엽은 한숨이 나왔다. 그러나 그것조차 내쉬지 못하고 묵묵히 서 있었다. 그의 침묵이 길어지자 자긍은 속이 부글부글 끓었다. 그는 신엽이 자신을 업신여긴다고 생각하지 않을 수 없었다. 짧은 시간이었지만 그토록 많은 정을 쏟았던 신엽이 자신을 업신여기다니.

때맞춰 광정이 다시 한마디를 거들었다.

"아무래도 말 못 할 사정이 있나 봅니다. 저는 처음부터 신엽을 수상쩍게 생각했었습니다. 비밀이 한두 가지가 아니었으니까요. 그런데 지난밤에는 그 의문이 극에 달했습니다. 묘향신니의 제자를 그는 주인이라 칭하였고, 조의사비의 이비 도월희천에게는 형님이라는 호칭을 사용하였습니다. 신엽이 사용한 무공 역시 그들과 관계된 것이라 여겨집니다. 더욱 알 수 없는 일은 왜국의 계집인 미도리와의 관계입니다. 사숙께서도 보셨겠지만 그 계집과 싸우면서 전력을 다하지 않았습니다. 그 계집도 마찬가지였습니다. 뻔히 피할 수 있는 일 장을 신엽에게 양보하여 부상을 당했습니다. 이번 기회에 이 일을 명명백백히 밝혀내지 못한다면 장차 큰 화근이 될까 두렵습니다."

광정의 말은 조리에 넘쳤다. 게다가 그가 지적한 의문은 누구라도 간과할 수 없는 중요한 문제들이었다. 생각을 거듭할수록 자긍대사는 작은 일이 아니라고 믿게 되었다.

"해명해보아라. 묘향신니의 제자가 네 주인을 자청하는 일은 어찌 된 노릇이냐?"

"그것은, 우연히 일어난 한 사건 때문이었습니다."

"그 사건을 설명해보아라."

"그것은, 그러니까…… 차후에 상세히 말씀드리겠습니다."

신엽은 번번이 말문이 막히고 말았다. 낭연과의 첫 조우를 설명하려면 다시 자혜대사의 일로 돌아가야 하는 까닭이었다. 그러나 자긍대사는 지금 속사정을 헤아릴 여유가 없었다.

"왜국 계집과의 일은 어찌된 것이냐?"

"그 일은 저도 잘 알지 못합니다. 다만 그녀가 몇 차례 사정을 보아주길래 저도 살수를 펼칠 수 없었을 뿐입니다."

"그 연유는 정확히 모른단 말이냐?"

"그렇습니다."

자긍대사는 버럭 소리를 질렀다.

"네가 지금 나를 조롱하자는 것이냐?"

신엽은 깜짝 놀라 흙바닥에 꿇어앉았다.

"아닙니다. 어찌 그런 일이 있겠습니까. 차후에 모든 일을 상세히……."

"여러 말 할 것 없다. 네가 나를 사숙으로 여기지 않겠다면 우리의 관계를 정리하면 그뿐이다. 너는 총명하고 무공도 뛰어나니 향후 따로 스스로의 길을 개척하도록 해라."

"그게 무슨 말씀이십니까? 부디 노여움을 거두어주십시오."

신엽은 머리를 조아리며 사정했다. 그러나 자긍대사의 태도는 단호했다.

"그게 무슨 말인고 하니, 너는 더이상 길상사의 제자가 아니라는 뜻이다."

광한과 광은이 그제서야 나서서 자긍대사를 달래려 애썼다. 설마 일이 이 지경이 될 줄은 몰랐던 것이다. 그러나 한 번 내뱉은 말은 엎질러진 물과 같았다. 자긍대사는 이미 성큼성큼 걸음을 옮기고 있었다. 광한이 광정을 나무랐지만 광정은 대꾸하지 않고 사숙 뒤를 쫓아갔다. 광한은 신엽을 일으켜 세웠다.

"자긍사숙의 성격이 불 같아서 그러니 네가 이해하여라."

"모두 제 잘못입니다."

신엽의 입에서 한숨이 새어나왔다.

"기회를 보아 내가 잘 말씀드리겠다. 너는 며칠 사이를 두고 길상사로 돌아오도록 하여라."

"알겠습니다."

그들은 그렇게 작별을 고했다. 신엽은 사숙과 사형제들의 떠나가는 뒷모습을 힘없이 지켜보았다. 길상사는 그에게 또하나의 고향과 같았다. 사부와 사숙과 사형제들은 새로운 가족과 마찬가지였다. 그런데 이제 그는 외로이 버려지고, 그들은 저만치 멀어지고 있었다. 더구나 서편 하늘에는 석양마저 은은히 서리고 있었다. 그는 어째서 이런 일이 생겼는지를 이해할 수 없었다. 다만 모든 일에 최선을 다 했을 뿐인데. 가장 믿고 사랑했던 이들로부터 이처럼 간단히 버려지고 말다니.

허전하고 서운한 마음으로 신엽은 주위를 돌아보았다. 멀지 않은 곳에 작은 정자 하나가 있었다. 깊은 산 속에 외롭게 선 모습이 자신의 처지와 비슷하다는 생각이 들어 그는 그곳으로 다가갔다.

인송루(引松樓).

현판에 새겨진 정자의 이름이었다. 글씨는 호방한 기백에 차 있었다. 신엽의 처지가 지금과 같지 않았다면 글씨는 그에게 훨씬 더 큰 감명을 주었을 것이었다. 그러나 글씨를 제외하고는 그 정자에는 특별한 구석이라고는 없었다. 그저 어디서나 볼 수 있는 작고 평범한 정자일 뿐이었다. 신엽은 그곳으로 올라가 가부좌를 틀고 앉았다.

시간은 그 자리에서 정지한 듯했다. 그러나 실제로 시간은 더없이 빠르게 흘러가고 있었다. 어느 사이 하늘에는 둥근 달이 떠올랐으며 별이 총총 아로새겨졌다. 신엽의 가슴속에서는 무수한 기억들이 되살아났다. 무공을 익힌 이후로의 기억들이었다. 그것들을 겪었을 때는 하나하나가 절대적인 사건인 듯싶었는데 이제 다시 돌아보니 무상할 뿐이었다.

이제 그 모든 일들과는 작별을 고해야 하는 것일까.

신엽은 스스로에게 물어보았다. 그러나 대답은 선뜻 나오지 않았다. 무상한 듯했지만 거기에는 덧없는 무상함 이상의 무언가가 있었다. 무상함들 속에서도, 그래도 소중한 무언가가 꿈틀거리고 있음이 느껴지는 것이었다.

새벽이 가까워질 무렵 신엽은 마음의 평온을 얻었다. 그는 자긍대사의 꾸지람이 대단한 것은 아니리라 믿기로 했다. 그저 잠깐의 오해로 분노하신 것이리라. 길상문하에서 내보낸다는 말은 분노를 참지 못해 내뱉은 식언이리라. 광한 대사형이 잘 말씀드리겠다고 했으니 좋은 결과가 있으리라. 며칠 후 길상사로 돌아가서 자초지종을 말씀드리면 모든 것을 이해하시리라. 게다가 자신은 자혜대사님께 새 생명을 얻고 무공을 배웠으니 목숨이 다하는 순간까지 길상문하가 아니겠는가.

한결 편안해진 신엽은 주변을 둘러보았다. 달이 밝아 경계가 제법 선명하게 보였다. 그런데 그 산천의 경계는 어딘지 낯익은 느낌을 주고 있었다. 언젠가 어디선가 본 듯한 느낌이었다. 그게 과연 언제였을까. 그러나 아무리 생각해봐도 그는 그곳을 와본 적이 없었다.

그런데 신엽은 한 가지 사실을 떠올렸다. 그는 가슴속에서 미인도가 그려진 족자를 꺼내었다. 주변 정경은 바로 그 그림 속의 정경과 닮아 있었던 것이다.

소운은 이 그림이 한 장의 지도인 듯하다고 말했었지.

그림을 대하자 신엽은 소운이 생각났다. 그가 한빙장에 중독되었을 때 그를 구하기 위해 세 명의 복면인들과 목숨 걸고 싸우던 모습도 떠올랐다. 그녀는 정말이지 그를 염려하는 기색이었다. 그러자 다시 허전함이 물밀듯 밀려왔다. 그녀와 사형제가 된 것이 그처럼 기쁠 수 없었는데 이제는 그 기쁨도 불투명해진 것이었다. 더구나 그는 오랜만에 사형제들을 만나고도 소운의 안부조차 묻지 못했다. 그녀에게 별일이 없어야 할 텐데……

가까스로 마음을 수습하고 신엽은 그림에 집중하였다. 소운의 말을 기억하며 뜯어보니 정말 그것은 지도처럼 보였다. 커다란 산이 있었고, 그 너머로 두 개의 작은 산이 있었으며, 산의 어딘가로부터는 작은 강이 흘러내리고 있었다. 그리고 그 곁으로 황금빛 연꽃 한 송이가 그려져 있었다. 신엽은 고개를 들고 다시 한번 주변을 돌아보았다. 그리고 모든 것이 그림과 동일함을 확인할 수 있었다. 커다란 산이 있었고, 멀리 두 개의 아스라한 봉우리가 있었으며, 작은 강이 있었다. 그가 앉은 정자 인송루는 바로 그림 속의 연꽃에 해당하는 자리였다.

새로운 기쁨으로 가슴이 벅차오르려는 찰나, 신엽은 또 한 가지의 사실을 깨달았다. 이미 그 장소는 왜국 무사들에 의해서 말끔히 청소된 후라는 사실이었다. 인근의 중연암까지 포함해서. 그렇다면 자신은 이미 한 발 늦은 셈이란 말인가. 차국유일진화(此國唯一眞花)는 이미 진화(眞禍)를 당했다는 말인가.

신엽은 서둘러 인송루를 뒤져보았다. 지붕과 마룻바닥 아래를 샅샅이 살펴보았다. 뿐만 아니라 중연암까지도 다시 한번 뒤져보았다. 그러나 그가 확인할 수 있었던 것은 그 장소들이 이미 다른 사람에 의해 충실하게 파헤쳐졌다는 사실이었다. 그 다른 사람이란 왜국 무사들일 수밖에 없었다. 신엽은 새로운 힘이 솟구치는 것을 느꼈다. 자혜대사의 부탁은 생각보다 어렵고 중요한 듯싶었다. 왜국 무사들과의 일전은 피할 수 없는 일 같았다. 그는 새삼스레 두 주먹을 불끈 쥐었다.

새벽동이 터오를 즈음 신엽은 서쪽으로 걸음을 옮겼다. 일단은 남원으로 가서 어머니를 일별한 다음 길상사로 돌아가기로 작정했다. 가서 세 분 사부님들을 만나뵙고 모든 것을 말씀드리리라. 미인도와 차국유일진화에 대한 자혜대사의 당부도 말씀드리리라.

사무라이 여인

칠선계곡이 가까워지면서 물 떨어지는 소리가 울려왔다. 새벽의 정적 속에서 그 소리는 깨끗하고 우렁차게 울렸다. 소운 사저를 처음 만난 곳이 바로 저 칠선폭포였지. 그런 생각으로 신엽은 다시 가슴이 아련해졌다. 그런데 그때였다. 우렁찬 물소리 속으로 누군가의 말소리가 섞여들고 있었다. 또렷하지 못한 발음으로 보아 고려 사람이 아닌 모양이었다. 신엽은 조심스레 다가가 바위 뒤에 몸을 숨겼다.

한 남자가 폭포를 향해 무어라 얘기하고 있었다. 예순 살 안팎으로 보이는 남자였다. 신엽은 자신이 괜히 놀란 모양이라 생각했다. 실성한 사람이 아니고서야 새벽 안개 속에서 폭포수에다 대고 떠들 이유가 어디 있겠는가. 그러나 폭포 쪽으로 시선을 돌린 신엽은 깜짝 놀라고 말았다. 뜻밖에도 그곳에는 한 사람이 앉아 있었다. 폭포가 쏟아지는 바위 위에 단정하게 가부좌를 틀고서. 그리고 그 사람은 다름아닌 미도리였다. 신엽은 그제서야 남자의 말에 귀를 기울였다. 남자는 미도리에게 무언가를 질문하고 있었다.

"끝끝내 입을 열지 않겠다면 노부가 손을 쓸 수밖에 없다. 어서 『진경』의 행방을 밝히거라."

미도리는 눈을 감은 채 묵묵히 앉아 있었다. 신엽은 그녀의 안색이 밝지 못함을 알 수 있었다. 자신으로 인해 입은 내상이 얕지 않을 것이었다. 긴 호흡 세 번 할 동안을 기다린 다음 남자가 다시 말했다.

"네가 스스로 택한 길이다. 만약 노부의 십 초 공격을 받아낸다면 더이상 묻지 않겠다."

말을 마친 남자는 미도리를 향해 질주했다. 등평도수(登萍渡水)의 신법으로 수면 위를 마치 평지처럼 내닫고 있었다. 신엽은 지체할 수 없어 다급히 뛰어들었다. 그는 물 위를 가로질러 남자의 측면을 부딪쳐가며 가볍게 일 장을 내질렀다. 남자는 깜짝 놀라 좌장을 들어 막았다. 펑. 장력과 장력이 부딪히면서 물보라가 수직으로 솟아올랐다. 신엽과 남자는 비스듬히 튕겨져나가 각각 하나의 바위 위로 내려섰다.

신엽은 두 손을 모아 합장하며 인사했다.

"초면에 실례했습니다. 후배는 길상문하의 이신엽이라고 합니다."

"나는 일본국 교토에서 온 요리모토라 한다. 일본국 무사들간의 일에 고려인이 왜 끼어드는 것이냐?"

"이곳은 고려 땅입니다. 그리고 이 소저와는 몇 차례 안면이 있기에 그냥 지나칠 수 없었습니다. 찾는 물건이 무엇인지를 제게 말씀해주시겠습니까?"

요리모토는 귀찮다는 듯 손을 저었다.

"너와는 무관한 일이다. 아직 조용할 때 물러가거라."

"말씀하시고 싶지 않다면 좋습니다. 대신 제가 노선배님의 십 초를 받게 해주십시오."

요리모토는 신엽의 아래위를 훑어보았다. 원래 그는 처음부터 누군가가 숨어 있음을 알고 있었다. 그러나 무공이 뛰어난 위인은 아닌 듯해서 내버려둔 터였다. 일 장을 교환한 다음 그는 상대의 무공이 의외로 고강함에 깜짝 놀랐다. 숨어 있던 동안은 일부러 거친 숨소리를 내어 무공을 위장한 것이었을까. 하지만 일단 자신이 내뱉은 말이니 체면상 정정할 수는 없는 일이었다.

"살기가 귀찮아진 모양이구나."

"설사 목숨을 잃는다 해도 선배님을 원망하지는 않겠습니다."

"좋도록 하려무나. 제일초다."

신엽은 단전에 공력을 모으고 요리모토의 공격을 기다렸다. 그러나 뜻밖에도 요리모토는 바위 위에 주저앉아 두 눈을 감았다. 그리고는 흔들흔들 허리를 움직였다. 선비가 졸음을 이겨내려 애쓰며 글을 읽는 모습과 같았다.

"천지불인(天地不仁) 이만물위추구(以萬物爲芻狗) 성인불인(聖人不仁) 이백성위추구(以百姓爲芻狗)."

그가 읊조린 것은 노자가 쓴 『도덕경』의 한 구절이었다. 천지는 어질지 않으니 만물을 짚으로 만든 개와 같이 여기고, 성인은 어질지 않으니 역시 만인을 짚으로 만든 개처럼 하찮게 여긴다는 뜻이었다. 이는 도에 이르는 길이 만물과 만인에 대한 애착을 버리는 데 있음을 말하는 것이었다. 『도덕경』은 무학에 종사하는 사람이라면 누구나 읽고 터득해야 하는 필수 경서였다. 무공이 경지에 오른 사람치고 그 대강의 의미를 모르는 이는 없었다.

그런데 요리모토가 그것을 읊조리는 데는 기묘한 느낌이 있었다. 한마디 한마디를 기다랗게 늘여 여운을 남겼는데 듣는 이의 몸과 마음이 모조리 그 여운 속으로 빨려들어가는 듯했다. 신엽은 전신의 힘이 솜처럼 풀어지고 세상만사가 자신과는 무관한 듯 여겨졌다.

요리모토의 읊조림은 계속 이어졌다.

"금옥만당(金玉滿堂) 막지능수(莫之能守) 부귀이교(富貴而驕) 자유기구(自遺其咎)."

그렇지, 그렇고말고. 신엽은 저도 모르게 고개를 끄덕였다. 금은보화가 집 안에 가득하다면 사방에서 도둑들이 모여들 텐데 어찌 능히 그 집을 지켜내겠는가. 부귀를 누리고 교만해지면 어찌 스스로 허물을 남기지 않을 수 있겠는가. 모두 헛된 일이야. 허황된 일이고말고…… 신엽이 쉽사리 글귀들에 동의하게 된 것은 그때 그의 심정 때문이기도 했다. 자궁대사의 몇 마디 말로 그는 가뜩이나 상처를 받은 터였다. 세상만사가 허망하고 무상하게만 여겨지는데 다시 『도덕경』을 듣게 되자 일순간에 빨려들지 않을 수 없었던 것이다. 그런데 그때 미도리의 목소리가 신엽을 일깨웠다.

"문공(文功)이에요. 어서 정좌하고 심기를 가다듬으세요."

신엽은 그제서야 정신이 퍼뜩 들었다. 요리모토가 글귀에 공력을 실어 자신을 공격하고 있음을 깨달았다. 그는 미도리의 말대로 바위 위에 앉았다. 오심향천세(五心向天勢)의 자세를 취하고 흩어진 공력을 다시 단전으로 끌어모았다.

요리모토는 공력의 수위를 높여서 신엽을 방해했다. 그의 읊조림은 흐르는 물과 같고 지저귀는 새소리와 같아서 저항하기 힘들었다. 잠시라도 방심하면 신엽의 기운은 다시 흔들리곤 했다. 그러나 신엽 역시 그 사이 많은 경험을 겪은 터였다. 공력도 한결 고강해져서 일단 정좌하고 마음을 모으자 크게 흔들리지 않았다. 요리모토는 내심 적잖게 놀라며 공력을 십이 성으로 끌어올렸다.

"곡신불사(谷神不死) 시위현빈(是謂玄牝) 현빈지문(玄牝之門) 시위
천지근(是謂天地根) 면면약존(綿綿若存) 용지불근(用之不勤)."

신엽은 요리모토의 목소리가 기이한 파장을 만들어 자신을 에워
쌈을 느꼈다. 연못 속에 떨어진 돌을 물의 파장이 감싸듯 기이한 파
장이 자신을 감싸고 있었다. 그것은 부드러우면서도 단단했고, 푸석
푸석하면서도 날카로운 살기를 품고 있었다. 더구나 곡신과 현빈지
문 등을 읊을 때의 목소리에는 야릇한 교성마저 배어 있었다.

곡신이라 함은 계곡의 여신을 일컫는 말로 우주를 창조해낸 신비
로운 여성적 힘으로 풀이할 수 있었다. 현빈 역시 신비로운 암컷을
뜻하는 말이었다. 그것의 문을 통해서 천지가 태어나고 작용한다는
뜻이었다. 그러니 그것은 읊조리는 음성에 따라 대단히 도발적인 유
혹이 될 수도 있었던 것이다.

신엽은 자신도 모르게 옆자리에 앉아 있는 미도리에게로 마음이
쏠렸다. 조금 전 힐끔 본 그녀의 자태는 몹시 유혹적이었다. 옷은 모
두 폭포수에 젖어 투명해진 상태였다. 새벽 안개를 뚫고 내린 햇살
이 그 투명한 몸을 쓰다듬고 있었다. 뜨거운 침이 신엽의 목줄기를
타고 올라왔다. 그 침을 꿀걱 삼키려다가 신엽은 깜짝 놀랐다. 중완
에 통증이 느껴졌다. 어느 사이 중완혈이 막힌 모양이었다. 다급히
다시 단전으로 기운을 모으고 임독 양맥을 돌렸다. 그제서야 겨우
기운이 유통되었다.

현묘지도(玄妙之道)란 곧 현빈을 일컬음이야.

문득 그런 말이 신엽의 가슴을 뚫고 지나갔다. 오래 전 자혜대사
로부터 들은 말이었다. 백삼타전이 끝날 무렵 자혜가 자신이 만든
현묘공을 전수하면서 들려주었던 것이다. 그때 신엽은 그 말의 뜻을
이해할 수 없었다. 그런데 이제 요리모토의 문공이 온몸을 옥죄어오

는 급박한 상황에서 그는 불현듯 그 뜻을 이해할 것 같았다. 현묘지도란 곧 현빈을 일컬음이야…… 다시 말하자면 그것은 현묘지도의 이치가 현빈의 작용에 있다 함이 아니겠는가.

깨달음과 함께 신엽의 단전으로부터 한줄기 진기가 움직이기 시작했다. 음과 양이 하나가 된 전혀 새로운 느낌의 진기였다. 그것은 나선형의 원을 그리며 신엽의 경락을 돌았다. 그리고 그것을 따라 신엽의 몸은 부드러운 율동을 시작했다. 나비의 날갯짓과도 같았고, 앳된 비구의 승무와도 같은 움직임이었다. 신엽은 모든 것을 잊고 오직 그 기운의 움직임 속으로만 몰입하였다.

"상선약수(上善若水) 수선리만물이부쟁(水善利萬物而不爭) 처중인지소악(處衆人之所惡) 고기어도(故幾於道)."

요리모토는 그 사이 마지막 십 초의 공격을 마쳤다. 그리고 그는 한숨을 내쉬었다. 『도덕경』을 바탕으로 한 이 문공은 그가 필생의 노력을 기울여 만들어낸 역작이었다. 비록 손발과 무기를 이용하는 무공은 아니었지만 그 어느 무공보다도 효과적으로 상대를 제압할 수 있노라 공언하고 있었다. 그러나 신엽은 아무런 내상도 입지 않았을 뿐 아니라 오히려 태연하게 내공을 연마하고 있는 게 아닌가.

"길상문하라 하였느냐?"

요리모토가 신엽에게 물었다. 신엽은 대답하지 않고 알 듯 모를 듯한 율동만을 계속했다. 요리모토는 그가 상대의 존재를 까맣게 잊고 자신만의 연공에 빠져들었음을 알 수 있었다. 그것은 대단히 위험한 일이었다. 만약 그때 누군가가 손을 써서 그를 해치고자 한다면 그것은 손바닥을 뒤집는 것처럼 쉬운 일이었다. 요리모토는 잠시 갈등했다.

그러나 곧 마음을 굳히고 비수 한 자루를 꺼내었다. 사무라이들의 세계에서는 친구가 아니면 모두가 적이었다. 무공이 고강한 적은 무조건 제거하는 것이 원칙이었다. 더구나 그는 지금 요다의 제자인 미도리를 편들고 있지 않은가. 요리모토는 비수를 신엽에게로 날렸다. 비수는 신엽의 양미간 인당혈을 향해 일직선으로 날아갔다.

그런데 그 순간, 뜻밖의 일이 일어났다. 하늘로부터 검고 거대한 물체가 날아든 것이었다. 그 물체는 요리모토의 비수를 가볍게 쳐내고는 허공에서 빙그르르 원을 그리더니 신엽의 어깨 위로 내려앉았다. 그것은 한 마리의 거대한 흑수리였다.

신엽은 흑수리의 발톱이 비수를 쳐내는 순간 눈을 떴다. 그는 영문도 모르고 흑수리를 다시 만난 것만이 반갑기 그지없었다.

"너였구나. 잘 있었니?"

신엽은 흑수리의 날개를 쓰다듬었다. 흑수리는 요리모토를 노려보며 커다랗게 울었다.

요리모토는 이미 일이 틀어졌음을 알았다. 신엽을 해치우기만도 쉬운 일이 아닐 텐데 저처럼 거대한 수리가 나타났으니 다음 기회를 기다리는 편이 현명할 것이었다.

"십 초는 모두 끝난 것인가요?"

신엽의 물음에 그는 고개를 끄덕였다.

"그렇다. 올해 네 나이가 몇이더냐?"

"열여덟 살입니다."

"그 나이에 그런 무공을 익혔다니 놀라운 일이구나. 하지만 한 가지를 조심해야겠다."

"가르침을 바랍니다."

"다름아닌 조심성이다. 적을 앞에 두고 무아지경에 빠져드는 것은 자살 행위와 같다."

"깊이 명심하겠습니다."

"길상사의 운이 아직 다하지는 않은 모양이구나."

마지막 말을 요리모토는 혼잣말처럼 중얼거렸다. 그리고는 훌쩍 몸을 날렸다. 다음 순간 그는 이미 시야에서 사라지고 없었다.

"그 사이 별일 없었니? 늘 네가 보고 싶었단다."

신엽은 흑수리를 부둥켜안았다. 그 말은 거짓이 아니었다. 마음이 공허해질 때면 그는 곧잘 흑수리를 떠올리곤 했었다. 흑수리도 기쁜지 머리를 신엽의 볼에다 부볐다.

그렇게 한참 동안 회포를 나누다가 신엽은 미도리가 생각났다. 폭포 아래를 보니 그녀는 바위 위에 엎어져 있었다. 그녀의 등 위로 사나운 폭포가 마구 쏟아지고 있었다. 신엽은 깜짝 놀라 그녀를 안아들고는 폭포수 밖으로 빠져나왔다. 미도리의 가슴섶에는 검붉은 피가 흘러내리고 있었다. 신엽은 그녀의 전신대혈을 가볍게 조타한 다음 양 어깨 견정혈로 기운을 주입했다.

이틀 전 미도리가 신엽에게서 받은 내상은 가벼운 것이 아니었다. 부상을 당할 작정으로 스스로의 공력을 풀어버렸던 까닭이었다. 아시겐지가 도왔다면 빨리 회복할 수도 있었겠지만 그는 그럴 마음이 없었다. 어쩐지 미심쩍은 부분이 있었기에 차차 내막을 알아볼 작정이었다.

미도리는 부상 치료를 위해 혼자만의 장소를 찾았다. 바로 칠선폭포와 폭포 뒤의 작은 동굴이었다. 낮에는 동굴 속에서 요양하고, 밤에는 폭포 아래 앉아 온몸으로 쏟아지는 한기를 받았다. 한설화공으로 단련된 그녀의 공력은 부상에서 회복되자면 강한 한기를 받아들일 필요가 있었다. 그런데 지난 새벽은 운수가 사나웠다. 일본국 북조의 최고수 중 한 명인 요리모토가 폭포 곁을 지나가게 된 것이었다.

북조는 남조와 경쟁적인 입장이었다. 따라서 남조에 첩자를 심어두고 중요한 정보를 제공받고 있었다. 얼마 전 아시겐지가 고려로 건너가 지리산 영신봉에서 모종의 일을 꾸민다는 첩보를 접한 북조에서는 세 명의 최고수들을 고려로 급파하였다. 그들은 모두 요다의 옛 동문 사형제들이었다. 그러니까 요다가 무공을 배운 천도문(天島門)의 수자들이었다. 요리모토는 바로 그들 중 한 명이었다. 그는 다른 두 명보다 서둘러 지리산으로 왔지만 하루가 늦어 현장을 보지 못했다. 게다가 영신봉을 곧바로 찾지 못하고 헤매다가 칠선폭포를 지나가게 된 것이었다.

다른 누구였다면 쉽사리 미도리를 발견할 수 없었을 것이었다. 밤이 어두웠고, 그녀는 움푹한 계곡의 그림자에 묻혀 있었으니까. 그러나 감각이 누구보다 예민한 요리모토는 폭포수 쏟아지는 소리에 이음(異音)이 섞여 있음을 알 수 있었다. 바위가 아닌 사람의 몸을 때리는 소리였다. 그래서 그는 미도리를 찾아낸 것이었다. 이미 초상화를 통해서 남조의 주요 인물들을 눈에 익혔던 터라 단박에 그녀의 신분을 알 수 있었다. 그는 미도리에게 『금해진경』의 행방을 밝힐 것을 요구했지만 그녀는 묵묵부답이었다. 그녀의 내상을 한눈에 알아차린 요리모토는 강하게 윽박질렀다. 그러던 차 신엽이 등장하여 십 초를 대신 받게 되었던 것이다.

한편 미도리는 요리모토의 문공이 이어지는 사이 내상이 악화되었다. 주공격 대상은 아니었지만 옆에서 맞는 파편 세례만으로도 진기가 흐트러졌다. 세번째 구절인 곡신불사 시위현빈 운운이 읊어졌을 때 피를 토하며 쓰러지고 말았다. 그런데 그것은 오히려 다행스러운 일이었다. 만약 악을 써서 몇 초를 더 버텼더라면 그녀는 영영 불귀의 객이 되었을지도 모른다.

차 한 잔 마실 시간이 지났을까. 미도리는 가벼운 신음과 함께 눈을 떴다. 그녀는 신엽을 알아보고 수줍은 미소를 지었다.

"무사했군요. 그 사람은 갔나요?"

"그래요. 다행히 떠났어요. 제 친구를 소개할게요."

신엽은 흑수리를 미도리에게 인사시켰다. 수리는 날개를 퍼덕이며 날아올라 한 바퀴 멋진 원을 그리고는 돌아왔다. 미도리가 싫지 않은 모양이었다. 미도리는 수리의 목덜미를 쓰다듬었다.

"귀여운 친구를 두셨군요."

그녀는 그러나 말을 채 다 맺지 못하고 가슴을 움켜쥐었다. 통증이 돌아온 듯했다. 잠시 후 그녀는 힘없이 물었다.

"여기는 어쩐 일이세요? 길상사로 돌아간 줄 알았는데?"

"그게 그러니까, 어머니를 뵙고 가려고 며칠 여가를 얻었습니다."

"어머님이 계시는군요."

미도리는 부러운 눈빛으로 말했다.

"네. 남원 땅에서 혼자 계시답니다."

"그렇군요."

미도리는 고개를 끄덕였다. 그러나 그녀는 조금씩 혼미해지더니 다시 의식을 잃고 말았다. 신엽이 맥진해보니 온몸이 얼음처럼 차가워지고 있었다. 더이상 지체할 수 없었다. 어딘가 조용한 곳에 자리를 잡고 치료해야 했다. 신엽은 잠시 망설이다가 자혜대사의 동굴이 멀지 않은 곳에 있음을 생각해내었다. 그는 그녀를 안고 단숨에 절벽을 내려가 동굴로 들어갔다. 흑수리가 훠이훠이 날아 뒤를 따랐다.

동굴 속은 생각보다 깨끗하게 정리되어 있었다. 뱀떼는 흔적 없이 사라지고, 안쪽 깊숙한 곳에 작은 상자 하나가 놓여 있었다. 상자에는 금강일신영면(金剛一神永眠)이라는 글씨가 적혀 있었다. 그리고 그 속에는 서너 줌의 뼛가루가 담겨 있었다. 신엽은 상자를 부여안고 울다가 일어나 재배를 올렸다.

신엽이 떠나간 다음 동굴 속은 오래도록 엉망진창이었다. 자혜대사의 시신과 뱀떼의 시신이 한데 뒤엉켜 재가 되어 있었다. 히야시는 그것을 내버려둔 채 떠났었는데 아시겐지가 건너와서 들여다보고는 정리를 명했다. 동굴을 그대로 방치하는 것은 금강일신에 대한 예의가 아니라는 것이었다. 덕분에 동굴은 윤이 나도록 청소되었고, 자혜대사의 뼈와 재는 작은 상자에 담겼다.

아시겐지가 그같은 명령을 내린 데는 물론 다른 이유가 있었다. 그는 그 동굴이 금강일신의 처소였던 만큼 무학과 관계된 무언가가 숨겨져 있을지도 모른다고 기대한 것이었다. 무공비급이나 혹은 다른 어떤 보물이. 그러나 그곳에는 아무런 유물도 남아 있지 않았다. 덕분에 금강일신 자혜대사의 영면처소가 깔끔해졌을 따름이었다.

미도리의 상태는 좋지 않았다.

미도리가 연마한 내공은 정파(正派)가 아닌 사파(邪派)의 것이었다. 한랭한 음기의 무공이었다. 잘 통제하면 큰 힘을 발휘할 수 있었지만 자칫하면 화를 자초할 수도 있는 것이었다. 특히 지금처럼 경락이 손상되어 진기가 흩어질 때는 그 해독은 걷잡을 수 없었다. 남을 공격하는 데 써야 할 공력이 스스로를 공격하게 되는 까닭이었다. 그것을 바로잡는 방법은 한 가지뿐이었다. 보다 강력한 음기로써 흩어진 진기를 끌어모아 단전에 갈무리하는 것이었다.

다행히 신엽에게는 음양 두 가지의 공력이 모두 있었다. 현음과와 현양과를 복용한 덕분이었다. 그는 자신의 현음지기를 미도리의 명문으로 주입하여 흩어진 진기를 끌어모았다.

이틀이 지난 후에야 미도리는 다시 눈을 떴다. 이제 생명이 위태로운 단계는 벗어난 셈이었다. 그러나 아직 그녀는 갓난아기처럼 약하고 불안정한 상태에 있었다. 예전과 같은 공력을 회복하려면 오랜 시간이 필요했다. 어쩌면 영영 예전 정도의 공력은 회복할 수 없을지도 몰랐다.

“쓸데없는 일을 했군요.”

미도리가 신엽에게 말했다. 자신의 상태를 누구보다 잘 아는 그녀였다.

“아무 말 말아요. 아직 안심할 단계는 아니니까.”

신엽은 치료를 계속하려 했다. 그러나 미도리는 신엽의 손을 거부했다.

“엉뚱한 일에 기운을 낭비하지 마세요. 전 이미 틀렸어요.”

“그렇지 않아요. 아주 좋은 건 아니지만 그렇다고 아주 나쁜 상태도 아닙니다. 사념을 버리고 치료에 집중하세요.”

“바로 그게 문제예요. 사념을 버려야 하는데 전 그럴 수가 없어요. 애당초 사념에만 집중하도록 길러졌거든요.”

그녀는 알 듯 모를 듯한 말을 흘렸다. 그리고는 화제를 돌렸다.

“어머님이 계시다고 들은 것 같은데, 그런 말을 한 적이 있나요?”

혼수 상태의 틈새에서 얼핏 들은 말이라 그녀는 자신할 수 없었던 모양이었다.

“그렇습니다.”

“남원에서 혼자 지내신다고요?”

“네.”

“어머님 얘기를 좀 들려주세요. 어떻게 생기신 분인지, 어떤 음식을 잘 만들고 어떤 노래를 좋아하시는지, 또 야단칠 땐 어떤 말씀을 하셨는지…… 남원에 계시다는 어머님은 무척 따뜻한 분이실 것 같네요.”

신엽은 불현듯 가슴이 뜨거워졌다. 그에게 어머니라는 존재는 가뜩이나 가슴 아픈 대상이었다. 그런데 그 어머니에 대해 이야기하는 미도리의 목소리에는 슬픔이 가득 끼어 있었던 것이다. 저녁 하늘을 가득 메운 붉은 구름처럼. 그는 숨을 크게 들이마셔 슬픔을 떨어버렸다.

"우선은 부상부터 치료하세요. 어머니에 대한 이야기는 나중에라도 들려드릴 수 있으니까."

"왜죠? 왜국 계집 앞에서는 어머님을 입에 올리기도 거북한가요?"

"아, 아닙니다. 그런 뜻이 아닙니다."

신엽은 당황해서 손을 내저었다. 그러는 그를 미도리는 은은한 눈길로 바라보았다. 그리고는 빙그레 미소지었다.

"설사 그렇다 해도 어쩔 수 없어요. 오히려 당연한 일이겠죠."

"소저의 말씀이 맞습니다. 어머니는 참 따뜻한 분이십니다. 적어도 제게는 말입니다. 그런데 소저는 왜 몇 번씩이나 제 목숨을 구해 주신 겁니까?"

"제가 언제 댁을 구해줬다는 거죠?"

"그러니까 그게, 맨 처음 금산사에서 결투했을 때도 그랬고……."

미도리의 예상찮은 반문에 신엽은 할말을 찾지 못했다. 미도리는 그를 지켜보는 일이 즐거웠다. 그러나 곧 자신의 처지를 생각해내고는 쓸쓸한 표정으로 돌아갔다. 물론 그녀의 그런 변화를 신엽은 알아차리지 못했다.

"부인해도 소용없습니다. 이번의 부상까지, 적어도 세 번은 제가 소저께 신세를 진 셈입니다. 그러니 이제는 제가 신세를 갚을 기회를 주십시오."

"신세를 졌으니까 신세를 갚아야겠다, 그게 전부인가요? 그런 식의 계산이라면 전 받고 싶지 않아요."

"꼭 그런 것만은 아닙니다."

"그럼 또 뭐가 있죠?"

신엽은 대답할 말을 찾지 못해 머뭇거리다가 푹 한숨을 내쉬었다.

"모르겠습니다. 소저는 어쩐지 적이라는 느낌이 들지 않습니다."

미도리는 고개를 숙였다. 이번에는 그녀의 침묵이 길게 이어졌다. 한참 만에 고개를 든 미도리는 가만히 입을 열었다.

"어린 시절부터 저는 종종 한 가지 악몽을 꾸곤 했어요. 끔찍한 것이었어요. 나쁜 사람들이 쳐들어와 마을을 노략질했어요. 집들을 불태우고, 사람들을 죽이고, 가축과 여자들을 잡아가고…… 제가 살던 집도 불에 타고 있었어요. 그리고 그 집의 안주인인 듯싶은 여인이 저를 부둥켜안고 울다가 나쁜 사람의 칼에 맞아 죽었어요. 저는 그 여인이 제 어머니였을지도 모른다고 생각했어요. 이상한 일은 그녀가 부른 제 이름이 고려인의 이름이었다는 거예요. 정확히 무엇이었는지는 기억나지 않지만 아무튼 그건 고려인의 이름이었어요…… 시간이 흐르면서 악몽은 잊혀졌어요. 전 요시노의 어느 장군 댁에서 길러졌는데 일곱 살이 되던 해 요다의 수양딸로 입양되었어요. 무공을 배우는 동안은 지옥 같은 날들의 연속이었어요. 악몽 따위는 까마득한 옛일이 되어버렸죠. 그런데 이번에 고려 땅을 밟으면서 저는 한 해변 마을이 일본 사무라이들에 의해 도륙되는 장면을 목격했어요. 집들이 불타고, 사람들은 허둥지둥 달아나다 칼에 맞아 쓰러지고, 아이들은 악을 쓰며 울부짖고…… 모든 게 꿈속의 일들과 똑같았어요. 그리고 그날 밤엔 다시 잊혀졌던 악몽을 꾸었죠."

미도리는 긴 이야기가 힘든지 잠시 숨을 몰아쉬었다. 그녀의 눈에는 이슬이 맺혀 있었다. 신엽은 무어라 위로할 말을 찾을 수가 없었다. 잠시 후 미도리는 눈가를 닦아내며 말했다.

"그 동안은 마음을 정하지 못해서 힘들었어요. 하지만 이제는 편안해요. 일본에서 얻은 것은 모두 버리고 싶어요. 무공 따위도요."

"사정은 알겠지만 무공을 버리는 일에는 찬성할 수 없습니다. 지

78

금 고려는 왜국의 침략으로 큰 시련을 맞고 있습니다. 소저가 돕는다면 큰 힘이 될 것입니다."

"그렇지 않아요."

미도리는 고개를 저었다.

"제가 배운 것은 사파의 무공이에요. 공력을 끌어올리면 저는 다시 사악한 인간으로 변해요. 지금껏 눈물을 흘리며 한 말들을 모조리 잊어버릴지도 몰라요."

"그렇지 않습니다. 소저는 이미 세 차례나 제게 따뜻한 마음을 보이지 않았습니까."

"그건, 그건 저도 모르겠어요. 이런 일은 처음이에요. 사실은 그래서 이소협께 고마움을 느꼈어요. 이소협은 제가 고려인이라는 사실을 자랑스럽게 여기도록 만들어준 첫번째 사람이었거든요."

미도리의 말은 점점 낮게 잦아들었다. 마지막 말은 거의 들리지도 않을 지경이었다. 게다가 그녀의 안색은 홍조를 띠고 있었다. 어두운 동굴 속이었지만 신엽도 그것을 약간은 느낄 수 있었다. 그러자 가슴이 두근거렸다. 그는 얼른 고개를 돌리고 심호흡을 했다.

"어쨌든 무공을 버린다는 것은 어리석은 생각입니다. 다행히 제가 약간의 요상법(療傷法)을 알고 있으니 함께 치료해봅시다."

"싫어요."

"제가 아는 무공 중에 기운을 바르고 따뜻하게 하는 내공수련법이 있습니다. 저도 아직 완숙되지 못한 형편이라 정식으로 공부할 기회를 찾고 있었습니다. 소저께서는 원래 공부가 깊으시니 저를 도와 함께 수련한다면 사파 무공의 사기(邪氣)를 제압하고 조화로운 공력을 연성하게 될 것입니다."

"싫다고 했잖아요. 만약 저를 치료한다면 언젠가는 후회할 날이 올지도 몰라요. 하지만 제 도움이 필요하다면 기꺼이 도와드리지요.”

“첫번째 도움은 소저께서 건강을 되찾는 일입니다.”

말을 마친 신엽은 재빨리 손을 뻗어 미도리의 양 어깨 거골혈을 눌렀다. 미도리는 온몸이 마비되어 손끝 하나 꼼짝할 수 없게 되었다. 신엽은 그녀의 명문에 장심을 얹고 진기를 주입하기 시작했다. 그녀가 거부할 게 뻔했으므로 혈도를 제압하여 강제 치료에 들어간 것이었다.

미도리는 신엽의 진기가 온몸 경락을 구석구석 어루만지자 말할 수 없는 따뜻함을 느꼈다. 그의 기운에는 편안함과 부드러움, 그리고 애틋한 배려가 담겨 있었다. 이날 이때까지 그녀는 누구로부터도 그같은 배려를 받아본 적이 없었다. 미도리의 눈에는 뜨거운 눈물이 방울방울 맺히고 있었다.

두꺼비국 지렁이탕

　길상사에서는 모두들 신엽을 기다리고 있었다. 장문인 자연대사는 자긍 사제의 경솔함을 책망했다. 자긍대사도 불과 이틀 후에는 자신의 경거망동을 후회하게 되었다. 신엽은 속이 깊은 제자였다. 입도 무거워서 발설할 것과 침묵할 것을 아는 아이였다. 그런데 자신이 때와 장소를 가리지 않고 몰아세운 것이었다. 신엽이 돌아오는 대로 사정을 들어보고 없었던 일로 돌려야지. 그는 그렇게 마음먹었다. 그런데 정작 신엽은 돌아올 기미를 보이지 않았다. 한 달이 지나고 두 달이 지나도 감감 무소식이었다.

　그들 중 누구보다 조바심이 난 사람은 바로 소운이었다. 부여의 객점에서 신엽을 떠나보낸 이후로 그녀는 한순간도 그를 잊은 적이 없었다. 독상은 완치되었을까. 설사 공력을 잃는다 하더라도 생명만

은 온전해야 할 텐데. 그녀의 머릿속은 늘 그에 대한 걱정으로 가득
차 있었다. 밥을 먹을 때는 그의 끼니를 걱정했고, 빨래를 할 때는
그의 의복을 염려했다.

지리산 영신봉에서 모종의 일이 있을 것이라는 첩보를 받고 자긍
대사 등이 길을 떠날 때 소운도 그들과 함께 가고 싶었다. 평상시의
그녀라면 당연히 나섰을 것이었다. 그러나 그녀는 꾹 눌러참았다.
신엽을 기다리기 위해서였다. 나중에 그곳에서 신엽을 만났다는 이
야기를 전해듣고는 땅을 구르며 아쉬워했다.

기다림으로 두 달을 채운 마지막 날, 소운은 자연대사에게 말했
다.

"아무래도 안 되겠어요. 삼사형이 경험이 부족해서 자긍사숙의
한마디에 크게 상심한 게 틀림없어요. 제가 나가서 찾아보겠어요."

그녀는 이미 두 사람의 서열을 바꾼 것을 기정사실화하고 있었다.
신엽 당사자는 모르는 터였지만. 자연대사는 그러라고 허락했다.

길상사를 떠난 소운은 곧장 지리산으로 향했다. 신엽을 처음 만난
곳도 지리산이었고, 사람들이 그를 마지막 본 곳도 지리산이라니
그곳으로 향할 수밖에 없었다.

그녀는 먼저 지리산자락을 구석구석 헤집었다. 꼬박 일 주일에 걸
쳐서 크고 작은 봉들을 모조리 훑었다. 그러나 신엽의 그림자는 보
이지 않았다. 그녀는 수색 범위를 인근 마을들로 넓혔다. 가장 먼저
산청 부근의 마을들을 탐문했다. 칠선폭포에서 처음 마주쳤던 날 신
엽이 산청으로 가노라 말한 것을 잊지 않은 것이었다. 그러나 그 일
대의 십여 개 마을을 이 잡듯 뒤졌지만 헛수고였다.

그래도 낙담하지 않고 소운은 수색을 계속했다. 산을 중심으로 둥
그렇게 원을 그렸다. 하동과 구례, 곡성 인근의 마을들을 빠짐없이
뒤졌다. 그리고 한 달 후에는 남원 땅으로 들어서게 되었다.

팔월이 시작된 지도 여러 날이 지났건만 날씨는 무덥기 그지없었다. 더구나 남원은 지형적으로 동남풍이 차단되어 그야말로 찜통과 같았다. 그런데 그 찜통 속으로 어디선가 난민들이 꾸역꾸역 밀려들고 있었다. 사정을 알아보니 그들은 모두 서주 쪽에서 왜구를 피해 오는 길이라 했다. 몇 달 전부터 왜국 선박 수백 척이 금강 하구를 장악하고서 사방 일백 리를 도륙하고 있다는 것이었다. 소운은 안타깝기 그지없었다. 삼사형만 찾는다면 함께 서주로 달려가 왜구놈들을 혼내줄 텐데.

오후가 느지막할 무렵 소운은 어느 한적한 마을에 이르렀다. 그날은 그곳에서 쉬어가기로 했다. 산이 가까운 마을이라 사람도 많지 않았고, 더구나 빈집도 몇 채 눈에 띄었다. 그녀는 그중 가장 깔끔한 집을 골라 들어갔다. 빈집이긴 했지만 모든 물건들이 반듯하게 제자리에 놓여 있었다. 소운은 쌀과 나물 몇 가지를 구해와서는 밥을 짓기 시작했다. 모처럼 직접 밥을 지으니 기분이 야릇해졌다. 밥 냄새가 구수하게 퍼질 즈음이 되자 다시 신엽이 그리워졌다. 추석도 이제 며칠 남지 않았는데 어디서 무얼 하고 있을까. 그가 지금 곁에 있어서 함께 이 밥을 먹을 수 있다면 얼마나 좋을까. 소운은 부뚜막에 기대앉아 달콤한 꿈에 젖어보았다.

그때였다.

무언가가 발 앞에 툭 떨어졌다. 소운은 깜짝 놀라 일어섰다. 떨어진 것은 목이 비틀린 닭 두 마리였다.

"잘 요리하도록 해라."

부엌 앞에는 세 명의 남자들이 서 있었다. 한 명은 예순쯤 되어 보이는 초로의 남자로 녹색 옷을 입고 있었다. 다른 두 명은 그보다 조금 덜 나이 들어 보였다. 한쪽은 몸집이 비대한 거구였고, 또 한쪽은 눈매가 뱀 같고 머리카락이 한 올도 없는 대머리였다. 그러나 승려처럼 보이지는 않았다. 그들은 그 한마디를 내뱉고는 마루로 가서 걸터앉았다. 소운은 기가 막혔다. 십팔 년을 살아오는 동안 어느 누구도 그처럼 무례하게 그녀를 대한 적은 없었던 것이다.

그녀는 닭을 집어들고는 쫓아나갔다. 그들에게 다시 팽개치기 위해서였다. 그런데 그때 그녀는 그들이 주고받는 말을 들었다. 그것은 왜국말이었다. 유심히 살펴보니 그들은 하나같이 고강한 무공의 소유자로 보였다. 덜 나이 든 두 사람은 태양혈이 불룩불룩 솟아 있었다. 어느 정도의 공력을 지녔는지 짐작할 수 있었다. 그런데 그들 두 사람은 녹의(綠衣)의 남자에게 깍듯이 어른 대우를 하고 있었다. 그렇다면 그는 이미 노화순청(爐火純靑)의 경지에 오른 인물이 아니겠는가.

소운은 그들의 대화를 알아들을 수 없는 게 안타까웠다. 그러나 이왕지사 왜국놈들을 만났으니 한바탕 골려주고 싶은 충동이 일었다. 가뜩이나 심사도 울적한 터였는데…….

"무슨 일이냐?"

녹의의 남자가 소운에게 물었다. 소운은 닭 두 마리를 들고 그들 앞에 우두커니 서 있었다.

"아, 네, 어떤 요리를 좋아하시는지 여쭤보려구요."

"네가 알아서 하거라."

남자는 귀찮다는 듯 손을 내저었다.

부엌으로 돌아온 소운은 작전을 세웠다. 닭을 대충 씻어서 가마솥에 집어넣고 물을 부었다. 불을 지펴두고는 밖으로 나가 지렁이를 잡았다. 스무 마리쯤 잡았을 때 저만치 두꺼비 한 마리가 보였다. 커다랗고 징그러운 놈이었다. 여느 때였다면 쳐다보기도 싫었겠지만 소운은 그것을 잡아 씻었다. 명주실로 지렁이와 두꺼비를 한 데 묶었다. 묵직한 돌멩이도 하나 끼워넣어 떠오르지 않게 한 다음 가마솥 밑바닥에 집어넣었다. 그리고는 몇 가지 약초를 뿌려 비린내를 얼버무렸다.

요리가 끝날 즈음 부엌에는 제법 향기로운 냄새가 가득해졌다. 마루의 남자들이 그 냄새를 맡고는 음식을 재촉했다. 소운은 솥을 통째 내다주고 세 개의 그릇과 국자를 나눠주었다.

"솥에서 직접 퍼 드시는 게 별미랍니다."

"수고가 많았다. 너도 좀 먹거라."

한 남자의 권유에 소운은 깜짝 놀라 물러섰다.

"아닙니다. 어른들께서 드신 후에 남는 게 있다면 한술 뜨겠습니다."

"허허, 고려의 처자는 예절이 반듯하구나."

소운은 그들이 맛있게 쩝쩝거리는 것을 보며 부엌으로 돌아왔다. 그녀는 뒷문을 열어두고 언제라도 달아날 수 있도록 준비를 했다. 그들의 무공을 생각한다면 일찌감치 내빼는 편이 낫겠지만 결과를 확인하지 않는다면 두고두고 아쉬울 터이기 때문이었다.

남자들은 느릿느릿 식사를 했다. 소운이 지루해서 졸릴 정도였다. 그러나 마침내 그 순간이 왔다. 한 남자의 괴성이 터져나온 것이었다. 연이어 다른 한 사람도 분노의 일성을 터뜨렸다. 소운은 재빨리 뒷문으로 빠져나갔다. 그런데 그들의 무공은 정말 대단한 것이었다. 미처 뒷문을 다 빠져나가기도 전에 한 남자가 지붕을 뛰어넘어 소운의 앞길을 가로막는 것이었다. 뱀눈과 대머리의 남자였다. 뒤에서는 또 비대한 거구가 쫓아오고 있었다.

소운은 허공에서 허리를 틀어 대머리의 우측으로 빠져나갔다. 동시에 그에게 일 장을 뿌렸다. 대머리는 우장을 들어 막으려다가 흥 냉소하고는 살짝 몸을 피했다. 그는 장력이 부딪히는 반탄력으로 더 멀리 달아나려는 소운의 의도를 간파한 것이었다. 그러나 그는 내심 몹시 놀라고 있었다. 이 어리고 연약해 보이는 계집에게 이처럼 감탄할 만한 무공이 있었다니.

소운은 집과 나무들 사이를 요리조리 빠져 달아났다. 그녀는 다른 무공에 비해서 경공술이 뛰어난 편이었다. 그래서 어지간한 고수를 만나더라도 달아나는 데는 자신이 있었다. 하지만 두 명의 고수가 양쪽에서 퇴로를 차단하며 달려드니 쉬운 상황이 아니었다. 그들을 떨쳐버리려면 일직선으로 달려야 하겠지만 그것도 여의치 않았다. 일직선으로 달리는 경공술은 그야말로 공력의 심천(深淺)에 의해서 승부지어지기 때문이었다. 별수 없이 그녀는 집들과 나무들에 의지하여 부근을 맴돌 따름이었다.

시간이 지날수록 사정은 소운에게 불리해졌다. 두 사람은 무지막지한 공력으로 집과 나무들을 부셔버렸다. 소운은 의지할 물건들이 적어졌고, 차츰 그들에게 따라잡히게 되었다. 위기를 의식한 그녀는 가슴에서 현죽소를 꺼내어 하늘 높이 쏘아올렸다. 현죽소는 길상사의 비상 신호용 피리였다. 하늘로 올라가면서 점점 더 높고 날카로운 소리를 울렸다. 검은 대나무를 세 치 남짓 길이로 잘라 만든 것으로, 공력에 따라 차이는 있겠지만 대략 십 리 안팎에서는 들을 수가 있었다. 그러나 소운은 기실 현죽소에 큰 기대를 걸지 않았다. 그녀가 알기로 가까운 거리에는 길상파의 고수가 없었던 것이다.

두 남자들이 현죽소에 잠시 한눈을 파는 사이 소운은 길가의 꽃을 꺾었다. 흰색과 노란색 두 종류의 국화를 십여 가지씩 꺾었다. 그리고는 재빨리 어느 집의 담장을 넘어들어가 앞마당에 꽃을 던졌다. 꽃들은 던지는 대로 땅에 떨어져 일정한 모양을 만들었다. 다섯 송이의 흰 국화가 첫번째 원을 그리고, 여덟 송이의 노란 국화가 그 원을 에워쌌다. 그리고 다시 그 바깥쪽을 다섯 송이의 흰색 국화가 둘러섰다.

작업을 모두 마치고 보니 소운은 다시 처음의 그 집으로 돌아와 있었다. 이화진이 펼쳐진 곳 바로 앞의 마루에서는 녹의의 남자가 아직 음식을 들고 있었던 것이다. 그런데 그 모습이 너무도 태연하여 소운에게는 소름이 끼칠 정도였다.

"이 음식은 이름을 무엇이라 하지?"

국물을 쭈욱 들이켠 남자가 옷소매로 입가를 닦으며 물었다. 그때 소운을 뒤쫓던 두 사람이 잇달아 담장을 넘어왔다. 소운은 혀를 낼름 내밀었다.

"한번 알아맞혀보세요."

"글쎄, 내 일찍이 토룡탕에 대해서는 들어봤지만 섬여탕(蟾蜍湯)은 금시초문인걸. 더구나 여기에는 닭까지 두 마리가 들어갔으니."

남자는 어렵다는 듯 고개를 저었다. 그러자 소운이 말했다.

"그럼 제가 가르쳐드리죠. 그 음식의 이름은 왜잡탕이라고 해요."

"허허, 왜 그런 이름이 붙었지?"

"그건 그 음식이 왜구들을 위해서 처음 만들어진 잡탕이기 때문이에요."

"아니, 저 계집이!"

비대한 거구가 분노를 참지 못하고 소운에게 달려들었다. 그러나 그의 기세는 첫번째 흰 국화를 넘어서는 순간 사그라지고 말았다. 그는 소운에게 곧바로 다가가지 못하고 빙글빙글 원을 맴돌기만 했다. 손을 뻗으면 닿을 듯한 거리였음에도. 더욱 화가 난 거구는 쌍장을 들어올려 소운에게 내쳤다. 그런데 그 장력은 엇비슷이 미끄러져 한 바퀴 원을 그리더니 자기 자신에게로 되돌아갔다. 그것은 엄청난 힘을 싣고 있었다. 그가 분개하여 필생의 공력으로 내질렀던 까닭이었다. 그는 다시 쌍장을 들어 자신의 장력을 맞받아야 했다.

펑!

요란한 폭음과 함께 거구는 세 걸음을 물러났다. 덕분에 그는 이화진 밖으로 빠져나왔다.

"요사스런 계집이구나. 내 오늘 결단코 네 년을 요절내고 말겠다."

그는 그렇게 욕설을 퍼부으며 씨근거렸다. 하지만 다시 이화진 속으로 들어갈 마음은 없는 듯 보였다.

뱀눈과 대머리의 남자가 음침하게 입을 열었다.

"소저는 어린 나이에 놀라운 재주를 익혔군요. 소저를 가르친 분의 재주는 더욱 놀랍겠지요?"

"보기보다 겁이 많군요. 혹시 저를 죽였다가 나중에 제 사부님께 보복이라도 당할까 봐 두려운 거죠? 걱정하지 마세요. 댁이 제대로만 죽인다면 누구도 사부님께 일러바치지 못할 테니까."

"끔찍한 말을 하는군요. 어찌 소저처럼 어여쁜 아가씨를 죽일 수가 있겠소. 나는 사람을 죽이는 것 외에도 여러 가지 재미있는 일들을 안다오. 소저가 관심이 있다면 말이오."

그는 게슴츠레한 눈으로 소운의 아래위를 훑어보았다. 처음 소운을 보았을 때부터 그는 한 가지 계산을 세워두고 있었다. 음식을 먹고 난 다음 적당한 기회를 보아 그녀를 겁탈하리라는 계산이었다. 어린 계집과 동침하는 일만큼 남자의 기운을 실하게 하는 일이 또 있겠는가. 다행히 일행 중에는 자신만큼 색을 밝히는 이가 없으니 큰 문제는 없으리라 여겼다. 뜻밖에도 그녀가 약간의 문제를 일으키긴 했지만 그는 여전히 입맛을 다시고 있었다.

소운은 남자의 눈길이 몸의 곳곳을 훑고 지나가자 견딜 수 없는 불쾌감을 느꼈다.

"뭘 보는 거예요. 염치없는 뱀눈 같으니. 용기가 있으면 들어와서 결판을 내시지."

"후회하지 말아라. 좋은 말로 권할 때 잔을 받지 않으면 매질이 돌아갈 뿐이다."

남자는 말투를 바꾸어 싸늘하게 내뱉고는 지붕으로 올라갔다. 소운은 그가 지붕 위에서 진 한가운데로 뛰어내리려는가 생각했다. 만일 그런다면 대환영이었다. 거미가 덫에 걸린 먹이를 놀리듯 그녀는 그를 놀릴 수 있을 것이었다. 그러나 그의 다음 행동은 예상과 달랐다. 대머리는 지붕에 얹힌 볏단을 잔뜩 짊어지고 마당으로 내려온 것이었다. 그리고는 이화진 둘레에다 가지런히 볏단을 늘어놓았다. 소운은 당황하지 않을 수 없었다.

"마지막으로 기회를 주겠다. 스스로 걸어나와 나를 즐겁게 하겠느냐?"

소운은 대답하지 않았다. 말장난이나 하고 있을 상황이 아니었다. 볏단에 불을 붙이면 그녀는 진 속에서 일 다경도 버티기가 힘들 것이었다. 뿐만 아니라 이화진은 무용지물이 될 것이었다. 불길은 국화꽃마저 말끔히 삼켜버릴 테니까. 그녀가 선택할 수 있는 방법은 재빨리 진을 빠져나가 달아나는 것뿐이었다. 그러나 공교롭게도 이화진의 생문(生門)은 지금 마루를 향해 나 있었다. 그곳에서는 녹의의 남자가 느긋하게 앉아 마당의 일을 구경하고 있었다. 그의 무공이 어느 정도인지도 짐작할 수 없으니 섣불리 결행하기 어려운 일이었다.

아무래도 묘책이 떠오르지 않자 소운은 마음을 고쳐먹었다. 될 대로 되라고 내버려두고 대머리의 약이나 실컷 올려주기로 했다.

"왜국 사무라이는 참 치졸하군요. 나이도 지긋한 어른들이 어린 계집 하나를 어쩌지 못해 불까지 지르려 하다니. 그러고도 감히 고개를 들고 다닐 수 있나요?"

"네가 사술만 부리지 않았다면 이러지는 않았을 것이다."

"사술이라고 했나요? 호호, 무지몽매한 사람과는 이야기가 통하

지 않는군요. 하기야 당신 같은 사람은 평생을 공부해도 이 진법을
풀 수 없을 거예요."

"네 그 예쁜 입이 언제까지 살아 떠드는지 지켜보마."

대머리 남자는 볏단에 불을 붙였다. 불길은 삽시간에 주변의 볏단
들로 번져 소운을 둥그렇게 에워쌌다. 소운은 내심 다급했지만 태연
한 척 말했다.

"한 사람이 죽으며 세 사람을 데리고 가니 큰 손해는 아니로군
요."

"무슨 소릴 하는 거냐?"

"혼자 하는 말이에요."

"음식에 독이라도 탔다는 말이냐?"

소운은 코웃음을 쳤다.

"흥. 생각해보세요. 지렁이 스무 마리와 두꺼비를 넣으면서 독 한
방울을 떨어뜨리는 게 어려운 일이었겠어요?"

대머리는 선뜻 믿어지지 않았다. 그러나 한편으로는 불안하지 않
은 바도 아니었다. 지렁이 등을 처음 보았을 때부터 기실 그는 독약
의 가능성을 의심하고 있었다. 그래서 소운을 뒤쫓는 동안도 전력을
사용하지 않은 것이었다. 그러나 공력을 써도 이상이 없었기에 음식
에 독은 없었노라 믿고 있었다.

"네가 쓴 독은 아주 특별한 것인 게로구나. 한식경을 뛰어다녀도
아무런 이상이 없으니."

"그래요. 특별한 독이에요. 한 시진 동안은 아무런 증상이 없다가
갑자기 심장이 터져서 죽게 되죠. 못 믿겠으면 음유맥으로 기운을
돌려보세요. 기문혈 언저리가 야릇할 거예요."

"어리석은 수작에는 놀아나지 않는다."

대머리 남자는 그렇게 말하면서도 은밀히 음유맥을 유통시켜보았

다. 그런데 기문혈 부근에서 정말 답답함이 느껴졌다. 아래에서 위로, 위에서 아래로, 두 번을 했지만 모두 같았다. 오히려 유통시키려 애쓸수록 답답함은 더하는 듯했다. 비대한 거구의 남자도 소운의 말을 듣고는 자신의 음유맥을 돌려보았는데 마찬가지 이상 증세를 느낄 수 있었다. 그들은 서로의 눈을 마주 보고 그같은 사실을 확인했다. 단지 마루에 앉은 녹의의 남자만이 그런 증상을 느끼지 못했다. 그러나 그들은 그것이 공력의 차이 때문이려니 여겼다.

거구의 남자가 소리쳤다.

"발칙한 계집이구나. 해약은 어디 있느냐?"

"글쎄요. 갖고야 있지만 제가 타 죽으면 해약도 불에 타서 없어지겠지요."

소운은 품속에서 작은 약병 하나를 꺼내었다. 그리고는 금세라도 불길 속에 쏟아부을 듯한 태도를 취했다. 거구와 대머리는 깜짝 놀라 소리쳤다.

"안 된다."

"기다려라. 잠시 장난질을 좀 한 걸 가지고 그렇게까지야 할 필요가 있겠느냐."

"그럼 어서 불을 끄고 저를 내보내주세요. 전 오래 참는 성격이 못 돼요."

"그래. 그러자꾸나."

두 남자는 서둘러서 불길을 잡기 시작했다. 워낙 공력이 심후한 편이라 두어 차례 손을 휘저으니 불길은 반 이상 사그라들었다.

그런데 그때 마루의 남자가 말했다.

"너희는 중독되지 않았다."

두 남자는 사형을 돌아보았다. 녹의의 남자는 그들의 대사형이었다. 무공이나 지모에 있어서 그들보다 월등했으므로 늘 그들을 가르치는 형편이었다. 남자는 말을 이었다.

"장시간 경공술을 쓴 다음 음유맥을 유통시키면 누구나 기문혈에 이상을 느낀다. 심장에 화기(火氣)가 모여 경맥을 압박하기 때문이다."

녹의의 남자는 처음부터 음식에 독이 없음을 확신하고 있었다. 그런데 두 사제가 중독 증세를 느낀다니 이상했다. 그래서 곰곰이 생각한 끝에 소운의 책략을 간파한 것이었다. 사실 소운이 해약이라며 꺼내든 것은 죽염에 불과했다.

남자는 다시 소운을 향해 말했다.

"고려국에는 어린 인재들이 많구나. 소저의 재주는 충분히 즐겼으니 그만 밖으로 나오거라."

"제가 나가면 어쩌려는 거죠?"

"경우에 어긋나는 일은 없을 것이다."

소운은 주변을 돌아보았다. 불길은 다시 활활 타올라 그녀를 죄어들고 있었다. 이화진도 이미 절반 넘게 망가졌고, 다른 어떤 희망도 찾을 수 없었다. 그렇다면 일단은 불길을 벗어나 기회를 엿보는 편이 나을 것이었다.

"설사 경우에 어긋나는 일이 있더라도 저는 두렵지 않아요. 숫자만 믿고 으스대는 작자들은 실속이 없거든요."

그녀는 그렇게 말하며 진 밖으로 나왔다. 대머리와 거구는 당장이라도 그녀를 요절내고 싶었지만 그럴 수가 없었다. 만일 그랬다가는 그녀 말대로 숫자만 믿고 으스대는 작자들이 될 터이기 때문이었다. 녹의의 남자가 빙그레 미소지으며 그녀에게 물었다.

"소저는 어느 문파에 몸담고 있는가?"

"미미한 곳이라 말씀드려도 모를 거예요."

"밝히고 싶지 않은 모양이군. 그렇다면 좋다. 대신 왜 우리에게 골탕을 먹였는지를 설명하거라."

"전 언제나 대접받는 대로 행동하라고 배웠어요. 친절한 사람에게는 친절하게 대하고, 무례한 사람에게는 따끔한 교훈을 주라구요. 댁들은 처음부터 저한테 무례하게 굴었어요. 남의 집을 허락도 없이 들어와서는 닭을 집어던지며 요리를 명했어요. 마치 제가 댁의 하녀인 것처럼 말예요. 그런 무례를 범한 사람들에게 지렁이 몇 마리와 두꺼비 한 마리는 정말이지 가벼운 책망이에요."

소운의 대답에는 빈틈이 없었다. 그러나 남자도 물러서지 않았다.

"그럼 왜 달아나려 한 거지?"

"저기 두 사람에게 물어보세요. 저 사람들이 두 눈에 불을 켜고 달려들지만 않았어도 달아나지는 않았을 거예요."

"그렇게 나쁜 사람들은 아니야."

"그래서 사람을 가둬놓고 불을 질렀군요."

말문이 막힌 남자는 잠시 시선을 내리고 생각했다. 그는 그녀에게 특별한 감정이 없었다. 사실 지렁이나 두꺼비 따위는 사소한 장난질에 불과했다. 더구나 그녀의 무공으로 보아 대단한 사부와 문파가 뒤에 있을 게 뻔하니 시끄러움을 자초하고 싶지도 않았다. 하지만 그렇다고 이 일을 없었던 것으로 덮어버릴 수는 없었다. 일본국 사무라이의 명예와 관계된 일이기 때문이었다. 이윽고 그는 고개를 들었다.

"어린 너와 길게 시시비비하고 싶진 않다. 양쪽에 모두 잘못이 있었으니 곱게 풀어주겠다. 그러나 그전에 한 가지 일을 해야 한다."

"그게 뭐죠?"

"네가 끓인 이 국을 말끔히 비우는 일이다."

소운은 기가 막혔다. 생각만 해도 구역질이 올라왔다. 지렁이와 두꺼비를 삶은 국을 어찌 입 안에 넣겠는가. 차라리 혀를 물고 죽으리라.

"싫어요. 말도 안 돼요."

"싫어도 어쩔 수 없다."

소운은 더 머뭇거릴 수 없다고 판단하고 몸을 날렸다. 양쪽 담장으로는 대머리와 거구가 버티고 서 있으니 마루 위쪽의 지붕을 넘어가려 했다. 마루의 남자는 아직 결가부좌로 앉아 있었기에 그녀를 막으려면 약간 시간이 걸리리라 계산했다. 그러나 그것은 오산이었다. 그녀가 지붕 위에 다다를 즈음 마루의 남자는 좌장으로 가볍게 마루를 쳤다. 그러자 그는 일 장 반을 수직으로 날아올랐다. 결가부좌는 조금도 흐트러지지 않은 채였다.

"돌아가라!"

말과 함께 남자는 우장을 번쩍 치켜들었다. 거대한 힘이 소운을 향해 쏟아져내렸다. 소운은 도저히 감당할 수 없음을 깨닫고는 마당으로 돌아왔다. 그녀가 땅에 발을 디뎠을 때 남자는 이미 처음의 자리로 돌아와 있었다. 참으로 놀라운 무공이었다. 소운은 화가 나서 소리쳤다.

"강요해도 소용없어요. 전 절대 마시지 않을 거예요."

"넌 마실 수밖에 없다."

남자는 단호하게 말했다. 그리고는 두 사제들에게 눈짓했다. 그의 지시를 받은 대머리와 거구는 소운을 잡기 위해 달려들었다.

"흥. 결국은 숫자로 나오는군요. 그럴 줄 알았어요."

소운이 비아냥거렸지만 그들은 조금도 개의치 않았다.

그들 두 사람은 원래 일 대 일로 싸운다 해도 소운이 감당하기 힘든 이들이었다. 그런데 두 사람이 함께 공격하니 소운으로서는 빠져나갈 길이 없었다. 요령을 부려 십여 초를 이리저리 피해보았지만 결국 대머리의 손에 붙잡히고 말았다. 동시에 반대쪽에서는 비대한 거구가 어깨를 틀어잡았다. 소운은 비명을 질렀다.

"아야! 정말 야만인들이로군요."

"국만 곱게 마신다면 괴로운 일은 없을 것이다."

대머리와 거구는 소운을 마루 쪽으로 돌려세웠다. 그리고는 양쪽에서 단단히 움켜쥐어 그녀가 조금도 움직일 수 없도록 만들었다. 소운은 몸부림을 쳐보았지만 꼼짝달싹할 수 없었다.

"자업자득이니 나를 탓하지는 말아라."

녹의의 남자는 그렇게 말하고는 가마솥을 기울였다. 솥에는 아직 국물이 삼분의 일쯤 남아 있었다. 솥이 기울여지자 바닥의 지렁이와 두꺼비가 드러나 보였다. 소운은 너무 끔찍하여 구역질이 올라왔다. 솥이 조금 더 기울여지자 국물이 솥 밖으로 흘러나왔다. 그러나 그 국은 아래로 떨어지지 않고 소운의 입을 향해 일직선으로 날아왔다. 녹의의 남자가 공력을 실어보낸 것이었다.

소운은 두 눈을 질끈 감았다. 입술도 굳게 다물었다. 그러나 다시 생각해보니 그런다고 해결될 일이 아니었다. 입을 벌려 받아먹지 않는다면 얼굴과 온몸에 지렁이국을 뒤집어쓸 게 아니겠는가. 그 순간 한 가지 생각이 번뜩 그녀를 스쳐갔다. 그녀는 진기를 한 입 가득 들이마신 다음 날카롭게 내뿜었다. 푸우우우. 이미 한 자 앞으로 다가와 있던 국물은 그녀의 구풍(口風)을 맞아 두 가닥으로 쪼개어졌다. 가위처럼 찢어져서는 각각 대머리와 거구의 면상을 때렸다.

"어이쿠!"

"이런!"

두 사람은 뜻밖의 기습에 꼼짝없이 당하고 말았다. 눈과 코가 국물범벅이 되어 앞도 제대로 볼 수 없었다. 그 틈에 소운은 다람쥐처럼 빠져나왔다.

"자업자득이니 저를 탓하지는 마세요."

그녀는 그렇게 말하고는 담장을 넘어 달아나려 했다. 그런데 담장 위에는 어느새 녹의의 사내가 버티고 서 있었다. 그는 고개를 설레설레 저었다.

"너는 일을 자꾸 어렵게 만드는구나."

그가 그곳에 있음을 확인한 소운은 재빨리 마루로 쫓아갔다. 그녀는 아무것도 두렵지 않았다. 최악의 경우라도 죽기밖에 더 하겠는가. 그러나 그 순간만큼은 꼭 한 가지, 무지무지하게 두려운 일이 있었다. 그것은 바로 가마솥의 국물을 마시는 일이었다. 생각만 해도 온몸에 소름이 돋았다. 그래서 그녀는 국물을 모두 쏟아버리기 위해 대청으로 달려간 것이었다.

솥에는 아직도 한 사발쯤의 국물이 남아 있었다. 소운은 그것을 집어들어 뒤집었다. 그러나 국이 막 쏟아지려는 순간 가마솥은 다시 뒤집어져 반듯하게 놓였다. 담장으로 갔던 남자가 돌아온 것이었다. 소운은 솥을 몸 뒤로 숨기며 뒷발질로 걷어차 뒤집었다. 남자는 그림자처럼 따라붙으며 솥을 바로 세워놓았다.

"흥. 지금이라도 사죄하고 국을 마신다면 용서해주겠다."

"절대로 그런 일은 없을 거예요."

남자의 말에 소운은 지지 않고 쏘아붙였다.

두 사람 사이에서는 기묘한 대결이 벌어졌다. 소운은 가마솥을 쏟으려 했고, 남자는 한사코 그것을 막았다. 원래 무공으로 논하자면 소운은 그의 적수가 될 수 없었다. 하지만 가마솥을 중심으로 한 다툼은 팽팽하게 이어졌다. 가마솥이 소운의 수중에 있었으며, 국을 쏟는 일이 쏟지 않게 하는 일보다 훨씬 쉬운 까닭이었다.

그렇게 십여 초가 지나가는 사이 마당의 두 사람은 정신을 차렸다. 화가 머리끝까지 치민 그들은 대뜸 싸움에 가세했다. 이제는 세 사람이 솥을 견제하니 소운은 재주를 부릴 여지가 없었다. 그래도 포기하지 않고 이리저리 몸부림을 쳤다. 한참을 그러다가 마침내는 소운이 기진맥진할 즈음, 뜻밖의 소리가 그들을 멈추었다.

"세 분 어른들께서 연약한 여자를 괴롭히다니, 지나치시군요."

대문간에는 한 준수한 용모의 청년이 버티고 서 있었다. 그를 본 소운은 비명을 내지르고 말았다. 그는 바로 신엽이었던 것이다. 소운은 솥을 내동댕이치고는 신엽에게로 달려갔다. 거구의 남자가 허둥지둥 솥을 받아들어 국이 쏟아지지 않게 했다.

"삼사형, 아직 살아 있었군요. 어쩌면 그럴 수가 있죠?"

소운은 신엽의 품으로 파고들었다. 그 순간 그녀의 행동은 전적으로 본능적인 것이었다. 그녀의 눈에는 눈물까지 방울방울 맺혔다. 신엽의 감동 역시 그녀에 못지않았다. 지난 삼 개월 동안 그도 소운을 잊은 적이 없었던 것이다. 그는 그녀의 어깨를 안고 다독거리다가 살며시 밀어내었다.

"저는 사저의 사사제입니다."

"아니에요. 제가 사부님께 말씀드려서 우리 두 사람의 서열을 바꾸었어요. 생년월로 따져도 그렇고 무공으로 따져도 그렇고 삼사형이 저보다 앞서니까요."

"사부님은 별고 없으신지요?"

"왜 사매에게 자꾸 말을 높이세요. 사매라고 불러보세요."

"그렇지만 아직 정식으로 사부님의 명을 받은 것이 아니라서……."

"흥. 전 맨날 거짓말만 하는 줄 아나 봐요?"

"아닙니다. 그런 게 아닙니다."

"그럼 어서 사매라고 불러요."

"사…… 매."

소운은 그제서야 생긋 웃었다.

"네, 삼사형. 사부님은 아주 건강하세요. 그리고 삼사형이 돌아올 날만을 손꼽아 기다리고 있어요."

그들의 이야기를 듣고 있던 비대한 거구가 버럭 소리질렀다.

"수작은 나중에 너희끼리 부리고 어서 와서 국을 비우도록 해라."

"이젠 목소리를 낮추는 게 좋을 거예요. 당신은 삼사형의 왼손 하나도 당해내지 못할 테니까. 게다가 이 일대에는 길상사의 제자들이 쫙 깔려 있다구요."

소운은 콧대를 세우고 말했다. 그러자 녹의의 남자가 신엽에게 말을 붙였다.

"오랜만이구나. 그런데 저 계집의 일에도 네가 관여해야 하겠느냐?"

녹의의 남자는 다름아닌 요리모토였다. 신엽과는 지리산 칠선폭포에서 미도리의 일로 일차 조우한 바가 있었다. 대머리의 남자와 비대한 거구는 각각 그의 오사제 가즈키와 육사제 구로야마였다. 요리모토는 조금 전 자신의 꼴을 신엽에게 목격당한 것이 창피하기 그지없었다. 세 명이 한꺼번에 달라붙어 난리를 치고 있었으니 얼마나 가관으로 보였겠는가. 혹시 또다른 사람들이 숨어서 보지는 않았을까. 계집이 비상 신호까지 울린 것 같은데…… 그래서 그는 조심스레 침묵하다가 역공을 펴기로 작정했다. 소운은 그의 말이 이상하다고 느꼈지만 나중에 확인해보리라 생각했다. 신엽은 요리모토에게 합장을 하고 예를 갖추었다.

"일본국에서 오신 노선배시군요. 이 소저는 길상사 장문인의 제자이며 저와는 사형제지간입니다. 어찌 제가 길을 비켜갈 수 있겠습니까."

"지난번의 그 계집은 어찌되었느냐? 옷이 모두 젖어서 감기라도 걸리지 않을까 걱정했는데."

"덕분에 몸조리는 잘되었습니다. 그런데 오늘은 어찌된 일입니까? 저의 사매가 실례라도 범한 것인지요?"

"그러지 않았다면 이런 일이 생겼겠느냐?"

요리모토의 말에 소운이 코방귀를 뀌었다.

"흥. 실례를 먼저 시작한 쪽이 누군데 그래요. 조금 전에도 말했지만 난 언제나 대접받는 대로 행동할 뿐이에요."

소운은 신엽에게 이제까지 있었던 일을 설명했다. 간략하게, 그러나 중요한 부분은 하나도 빠뜨리지 않고. 그녀는 사실만을 이야기했지만 말솜씨가 어찌나 뛰어났던지 듣는 사람들 모두를 그녀 쪽으로 끌어당겼다. 심지어는 요리모토와 가즈키, 구로야마까지도 자기들이 좀 지나쳤나 싶어할 지경이었다.

"생각해보세요. 어린 여자의 몸으로 어찌 저런 끔찍한 국을 마실 수 있겠어요."

그러나 신엽의 반응은 달랐다. 그는 사매의 이야기를 듣는 동안 분명히 그녀가 지나친 부분이 있었다고 생각했다. 그래서 요리모토에게 말했다.

"실례가 지나쳤다면 용서하십시오. 사매는 원래 고기 먹기를 꺼려하니 제가 대신 그 국을 마신다면 어떻겠습니까."

요리모토는 잠시 생각했다. 가마솥 속의 모양은 훨씬 역겹게 되어 있었다. 자신이 억지로 태연을 가장하며 마셨을 때는 지렁이나 두꺼비가 드러나 보이지는 않았다. 그러나 지금은 명주실이 풀어져 지렁이가 온 솥을 뒤덮고 두꺼비는 금세라도 튀어오를 듯 보였다. 그는 신엽이 결코 그 국을 마실 수 없을 것이라고 생각했다.

"네가 또다시 나선다면 말리지는 않겠다. 하지만 약속을 못 지킨다면 어쩔 테냐?"

"그때는 노선배의 처분에 따르겠습니다."

신엽은 호기롭게 말했다. 그 말을 들은 소운은 깜짝 놀라 신엽을 붙잡았다.

"안 돼요. 그건 미친 짓이에요."

신엽은 그녀를 떼어놓고 솥을 든 구로야마에게로 다가갔다.

소운은 소름이 끼쳐 두 눈을 가려버렸다. 신엽이 아닌 다른 누가 그것을 마신다 해도 그녀는 차마 눈뜨고 볼 수 없을 것이었다. 그런데 그 사람이 신엽인 경우에야 더 말할 나위가 없었다. 그녀는 언젠가는 그가 자신의 낭군이 될 것이라 믿고 있었다. 그렇다면 그와 포옹도 하고 뽀뽀도 해야 할 텐데, 지렁이와 두꺼비가 생각나면 어찌 그 일들이 자연스럽겠는가. 맙소사, 어쩌다가 이런 일이 벌어졌단 말인가.

두 발을 동동 구르던 소운은 마침내 참지 못하고 소리쳤다.

"안 돼요!"

그녀는 솥을 뺏기 위해 신엽에게로 달려갔다. 그러나 그때 신엽은 이미 솥을 비우고 내려놓고 있었다. 약속대로 솥에는 한 방울의 국물도 남아 있지 않았다. 소운이 하얗게 질려서 물었다.

"정말 마신 거예요?"

신엽은 고개를 끄덕였다. 그러자 소운은 돌아서서 속을 게워올렸다. 국을 마신 사람은 신엽인데 토하는 사람은 소운이었다.

요리모토는 신엽의 대담함에 놀랄 뿐이었다. 쳐다만 보고도 포기하길 바랐었는데. 그러나 소운이 토하는 꼴을 보니 조금은 속이 풀렸다. 특별한 작정이 있었던 것은 아니므로 그는 그만 자리를 뜨기로 했다.

"자네는 참 무모한 친구야. 칠 일 후 안동호(安東湖)에서의 재회가 기대되는구먼."

신엽을 대하는 요리모토의 말투에는 약간의 경외감이 깃들이지 않을 수 없었다. 그러나 안동호의 약속은 신엽에게는 생소한 일이었다.

"그날에 특별한 가르침이라도 있을 것인지요?"

"아직 모르는가. 화랑방이 고려국과 일본국의 무예 명문파들에게 초청장을 띄웠잖은가. 천하무림 영웅연을 개최한다고."

"화랑방에서요?"

화랑방의 지금 기세로 그런 일을 벌인다는 말을 들으니 신엽은 뜻밖이었다.

"화랑방이 십 년 만에 신임 방주를 세웠다고 하더군. 아울러 중대한 발표도 있을 것이라고 들었어. 길상사가 빠질 수 없으니 자네도 빠질 수 없을 테지. 기억하게. 칠 일 후 중추절 밤 안동호야."

말을 마친 요리모토는 작별을 고했다. 가즈키와 구로야마도 뒤따라 대문 밖으로 사라졌다.

차국유일진화(此國唯一眞花)

그들이 떠난 후에도 소운은 한참 동안을 게웠다. 별로 먹은 게 없어 신물만 올렸지만 꽤나 길게 이어졌다. 그러는 그녀를 보다가 신엽 역시 구토를 시작하고 말았다. 두 눈을 질끈 감고 마시기는 했지만 비위가 상하지 않을 수 없었던 것이다. 그런데 그가 구토를 하자 소운은 반색을 했다. 그녀는 그의 등을 두드려 속을 말끔히 비우도록 도왔다. 그리고는 부엌에서 물을 떠와 몇 번이고 입을 씻도록 했다. 마지막으로 그녀는 신엽의 입에 몇 가지 약초를 집어넣었다. 오래도록 씹어서 입 안에 남은 냄새를 지우게 했다.

그 모든 일이 끝난 다음에야 소운은 신엽에게 그간의 일을 물었다.

"어디 가서 무얼 한 거예요? 석 달 동안이나 소식 한 장 없이? 그리고 조금 전 그 늙은이가 말한 계집이란 건 누구죠? 어째서 옷이 몽땅 젖었고, 어째서 삼사형이 보살폈다는 거예요?"

그녀는 질문을 연거푸 던졌다. 신엽은 한마디로 설명할 수가 없었다.

"저를 따라오세요. 소개해드릴 분이 있어요."

신엽이 소운을 데리고 간 곳은 십여 장 떨어져 있는 또 한 채의 빈집이었다. 그런데 그 빈집에서는 한 아름다운 처녀가 그들을 기다리고 있었다. 소운과 나이는 비슷해 보였지만 훨씬 더 많은 일을 겪은 듯한 눈빛을 갖고 있었다. 소운은 직감적으로 그녀가 누구인지를 알 것 같았다. 영신봉 중연암에서 돌아온 광정 등에게 상세한 이야기를 들은 까닭이었다. 그러나 그녀는 내색하지 않았다.

신엽이 그들을 소개했다.

"이쪽은 소운 소저, 그리고 이쪽은 미연(媄緣) 소저입니다. 소운 소저는 제 사매이고, 미연 소저는…… 예전에 이름을 미도리라고 하였습니다. 원래 고려인의 자손으로 왜구들에게 끌려가 왜국인이 되었지요. 그러나 이제 다시 고려인으로 돌아왔습니다. 그래서 이름도 미연으로 바꾸었습니다."

소개가 끝나자 미연은 소운에게 공손히 인사했다.

"그렇군요."

소운은 냉랭하게 말했다. 그리고는 다시 신엽에게 물었다.

"삼사형은 아직 제 질문에 대답하지 않았어요. 지난 석 달 동안 어디에서 무얼 했는지 말예요."

"미연 소저가 저로 인해 큰 내상을 입었더랬습니다. 그래서 조용한 곳을 찾아 치료해야 했습니다. 상태가 위중하여 시간이 많이 걸렸지요."

"석 달 동안 조용한 곳에서 둘만이 함께 지냈다는 말인가요?"

"그렇습니다."

소운은 속이 부글거리는 것을 억지로 눌렀다.

"사부 사숙 사형제들은 생각도 나지 않던가요?"

"생각했습니다. 하지만 사람을 구하는 일이 더 중요한 것이라고 믿었습니다. 게다가 시간이 그처럼 빨리 흐른 줄은 몰랐습니다. 고작해야 한 달이나 한 달 보름 정도가 지났으려니 여겼습니다."

신엽의 마지막 말은 소운의 가슴을 더욱 아프게 저몄다. 얼마나 좋았으면 시간 가는 줄도 모르고 지냈단 말인가. 고작해야 한 달 남짓이 지났으려니 했다니. 누구는 석 달을 삼 년처럼 좌불안석으로 보냈는데…… 다시 무슨 말인가를 하려던 소운은 입술을 깨물며 돌아섰다. 눈물을 보이고 싶지 않았기 때문이었다. 그녀는 그 길로 그 집을 나와 달음박질쳤다. 신엽의 목소리가 뒤에서 울렸다. 사매! 사매! 그러나 그녀는 돌아보지 않았다. 눈앞에 흐릿하게 버티고 선 지리산을 향해 마구 내달릴 뿐이었다.

"어서 쫓아가보세요."

어쩔 줄 모르고 서 있는 신엽에게 미연이 말했다.

"저렇게 예쁜 사매를 쫓아가지 않았다간 평생 후회할 거예요."

"그럼 함께 가죠."

"아니에요."

미연은 고개를 저었다.

"전 따로 갈 곳이 있어요. 그 동안의 모든 일들에 진심으로 감사드려요. 예쁜 이름을 지어주신 것도 고맙구요."

"그렇지만, 함께 길상사를 찾아가기로 했었잖아요."

"나중에 기회가 있을 거예요. 소운 소저에게 잘해주세요. 신엽 오빠를 진심으로 좋아하는 것 같으니까요. 그럼 어서 가보세요."

"꼭 길상사로 찾아오겠다고 약속해요."

"약속할게요. 일이 정리되는 대로……."

미연은 말을 마치며 신엽의 등을 떠밀었다. 그래도 신엽이 머뭇거리자 그녀 먼저 몸을 날려 반대쪽으로 떠나버렸다. 그녀의 뒷모습을 보며 신엽은 한숨을 내쉬었다. 그는 자신이 소운 사매를 좋아한다는 것을 분명히 알고 있었다. 단순한 사형제간의 우애 이상으로. 남자 대 여자로서의 감정으로. 그녀와 떨어져 있으면 항상 그녀가 그리웠고, 그녀와 함께 있으면 기쁘고 행복했다. 그런데 미연을 떠나보내는 일은 또 왜 이렇게 힘든 것일까. 그녀의 눈빛에 담긴 슬픔 때문이었을까. 혹은 그녀의 삶이 겪어온 잔인한 시련들 때문이었을까.

미연의 모습이 완전히 시야에서 사라진 후에야 신엽은 소운을 뒤쫓기 시작했다. 그의 경공술은 이미 상당한 경지에 올라 있었으므로 금세 소운을 따라잡을 수 있었다. 그러나 그는 무슨 말을 해야 할지 알 수 없어 묵묵히 뒤를 따르기만 했다. 소운은 그가 뒤따라오는 것을 알고 더욱 속도를 높였다. 일부러 험한 길을 골라서 위태로운 재주를 부리기도 했다. 그렇게 몇 개의 봉우리를 넘었을까. 소운은 숨이 가빠졌다. 마침 개울물 옆으로 자그마한 정자 하나를 발견하고는 그곳에 걸터앉았다. 그녀의 눈에서는 아직도 눈물이 흘러내리고 있었다.

신엽은 차마 가까이 다가가지 못하고 삼사 장 떨어진 곳에 멈추어 섰다.

소운은 눈물을 참으려고 안간힘을 썼다. 그러나 눈물방울은 점점 굵어지기만 했다. 때마침 저녁 하늘을 물들인 노을이 그녀의 심사를 더욱 구슬프게 만들었다.

"거기서 뭘 하는 거예요. 우는 사람을 처음 보나요. 어서 사라져버려요."

소운은 신엽에게 소리쳤다.

신엽은 아무런 대꾸를 못 하고 묵묵히 서 있기만 했다. 몇 시진이고 그 자리에 장승처럼 서 있을 성싶었다. 소운은 그런 그가 밉기만 했다. 그녀는 허리의 연검을 풀어 들었다. 차랑. 맑은 금속성이 저녁 공기를 갈랐다.

"셋을 셀 동안 사라지지 않는다면 팔을 잘라버리겠어요. 하나, 둘…… 셋!"

셋 소리와 함께 소운은 몸을 날렸다. 삼사 장을 단숨에 내닫아 연검을 휘둘렀다. 검은 신엽의 왼쪽 어깨를 비스듬히 내리쳤다. 신엽은 여전히 장승처럼 서 있었다. 팔 따위는 안중에도 없다는 듯. 그런데 그 순간 소운은 신엽의 눈에 괸 이슬을 보았다. 어린 사슴처럼 순진해 보이는 신엽의 눈은 이슬로 촉촉이 젖어 있었다. 그녀는 검을 멈추지 않을 수 없었다. 연검은 신엽의 어깨 옷을 가르고 피부를 살짝 찍은 채 멈추어 섰다. 상처는 깊지 않았지만 옷은 순식간에 빨갛게 변했다. 소운은 검을 내던지고 주저앉아 울음을 터뜨렸다.

신엽은 한참을 기다렸다. 한참을 울도록 내버려둔 뒤 조용히 말했다.

"울지 말아요."

소운은 가까스로 울음을 삼켰다.

"제가 얼마나 기다렸는지 알아요? 지난 석 달 동안, 아니 그 전부터 따지자면 다섯 달이 다 되는군요…… 부여에서 삼사형을 도월 희천 선배에게 딸려보낸 후부터니까. 그 다섯 달 동안 저는 하룻밤도 편히 자본 적이 없어요. 제가 기다릴 거라는 생각을 해본 적이나 있나요?"

"그럴 거라고 생각했어요."

"그런 사람이 그런 말을 해요? 시간이 그렇듯 빨리 흐른 줄 몰랐다고요? 단둘이 얼마나 좋은 시간을 보냈길래 시간 가는 줄도 몰랐다는 거죠?"

소운은 다시 눈물을 터뜨렸다. 엉엉. 젖을 달라고 보채는 아기처럼 울었다. 그러는 그녀를 지켜보자니 신엽은 왠지 편안해졌다. 아팠던 가슴이 따뜻하게 젖어왔다. 신엽은 소운을 부축하여 정자로 데려갔다. 그들은 나란히 정자의 계단에 걸터앉아 석양을 바라보았다.

"그런 게 아니에요. 미연 소저를 치료하는 일은 정말 힘들었어요. 더구나 미연 소저는 한사코 치료를 거부했어요. 그래서 그녀를 설득하느라 더 많은 시간이 걸린 거예요."

"왜 치료를 거부한 거죠?"

"미연 소저는 자신이 무척 많은 죄를 지었다고 믿고 있어요. 특히 고려인으로 태어나 고려인의 가슴에 칼을 겨누고 있었으니 고통이 컸나 봐요. 그녀는 또 자신의 무공이 백해무익한 것이라고 말했어요. 사악하기 그지없는 음한지공이니 그런 무공을 되살려봐야 좋은 일은 없을 것이라고요."

신엽은 자신이 들었던 미연의 과거사를 간략히 얘기해주었다. 왜구에게 부모를 잃고 왜국으로 끌려간 일, 어린 시절부터의 악몽, 요다의 양녀가 되어 무공을 배운 일 등등. 그리고 최근에야 자신의 과거를 확신하고 고통에 빠지게 되었다는 일까지. 그러는 사이 소운은 신엽의 어깨에 금창약(金瘡藥)을 바르고 상처를 싸매어주었다. 그리고는 미연이 딱하다는 듯 혀를 찼다.

"슬픈 일이군요. 지금 이 순간에도 얼마나 많은 사람들이 똑같은 불행을 당하고 있을까요. 금강 하구에는 수백 척의 왜선들이 몰려 있다는데…… 그런데 미연 소저를 치료하는 동안도 줄곧 제 생각을 했나요?"

"그래요. 언제나 생각하고 있었어요."

신엽은 말주변이 없었다. 그래서 사실을 사실대로 말할 수밖에 없었다. 그런데 그 말은 소운을 감동시키기에 충분한 것이었다. 소운은 이미 눈물 따위는 흘리지 않고 있었다. 그녀는 신엽에 대한 신뢰를 되찾았으며 그가 언제까지나 그녀만을 생각하리라 믿게 되었다. 그러자 하늘을 나는 종달새처럼 행복해졌다.

"그럼 이제 지금까지 있었던 일들을 모조리 얘기해주세요. '요' 자는 빼고요. 사형은 사매에게 존대말을 쓰는 게 아니에요. 도월희천 선배가 약속대로 한빙장을 치료해주었나요?"

신엽은 그때부터의 일들을 차근차근 이야기해주었다. 눈을 떠보니 솔잎 자루 속에서 생강찜이 되고 있었던 일, 그곳을 탈출하여 미도리를 만난 일, 절벽에서 떨어져 어느 온천 석굴 속으로 빨려들어간 일 등등. 절벽에서 떨어지는 장면에서 소운은 배꼽이 빠져라 웃어대었다. 신엽도 덩달아 한참을 웃었다. 월하고검의 월광검법을 배우고 석굴을 탈출한 대목에서는 칭찬을 아끼지 않았고, 낭연과 더불어 아시겐지를 맞아 싸운 일에 이르러서는 고개를 끄덕였다.

"그래요. 그게 바로 화랑이교진이라는 것이에요. 남모와 준정 두 원화들로부터 비롯된 것인데 제대로만 익힌다면 일만 대군도 두렵지 않은 뛰어난 진법이에요. 다음에는 저랑 함께 펼치도록 해요. 그런데요? 그러고는 또 어떤 일이 있었죠?"

아시겐지 등이 돌아간 다음에는 지독한 뱀떼와의 전쟁이 있었다. 그리고 신엽은 자궁대사로부터 큰 꾸중을 받았다. 신엽은 그 부분을 간단히 얘기했지만 소운은 이미 긴 이야기를 들어서 알고 있었다. 그녀는 자궁대사가 길상사로 돌아온 후 얼마나 깊이 후회했던가를 설명해주었다. 성격이 급해서 종종 그런 실수를 하지만 뒤끝은 없는 분이니 이해하라고. 신엽은 그 꾸중 덕분에 미도리를 구할 수 있었으니 오히려 잘된 일이었다고 말했다.

절벽의 동굴에서 치료를 끝낸 미도리는 신엽을 따라서 길상사로

가기로 했다. 가서 장문인께 사정을 말씀드리고 가르침을 구하고자
한 것이었다. 그러나 먼저 남원으로 향한 것은 신엽이 잠깐이나마
어머니를 뵙기 위해서였다.

그런데 어머니는 집에 없었다. 마을 사람들도 그녀의 행방을 알지
못했다. 석 달쯤 전 어느 날 문득 사라지셨다는 것이었다. 신엽은 남
원 일대를 구석구석 뒤졌지만 어디에서도 어머니는 찾아지지 않았
다. 그러던 중 그는 소운이 쏘아올린 현죽소 신호를 듣게 되었다. 그
래서 그곳으로 달려갔고, 소운을 위기에서 구해낼 수 있었다.

"친척집이라도 가신 건 아닐까요. 혼자 지내기가 적적하셔서 말
예요."

"어머니는 오래 전부터 친척분들과 왕래가 없으셨어. 게다가 나를
기다리느라 어디도 갈 생각은 안 하셨을 거야."

"그렇지만 집은 깨끗이 정돈되어 있었다고 했죠?"

"그래."

"그럼 별일 없으실 거예요. 지금쯤은 다시 집으로 돌아오셨을지
도 모르죠."

신엽의 안색은 많이 무거워져 있었다. 소운은 화제를 바꾸었다.

"이곳이 온통 뱀떼로 우글거렸다는 얘기예요?"

"그랬어. 우리가 죽인 뱀만도 일만 마리는 넘었을 거야. 저기 암자
왼편의 바위 위에서 싸웠거든. 그런데 그게 모두 어디로 갔는지 모
르겠어."

"벌써 석 달 전의 일이잖아요. 그 사이 장마비가 퍼붓고 태풍도
몇 차례나 지나간 걸요. 그런데 여기가 정말 사부님이 주신 그림 속
의 연꽃과 같은 장소인가요?"

"사매가 직접 한번 살펴봐."

신엽은 족자를 꺼내어 펼쳤다. 소운이 대조해보니 틀림없었다. 멀

고 가까운 산봉우리는 물론 물이 흘러내리는 모습까지 어긋남이 없
었다.

"그림이 왜구의 손에도 넘어간 모양이군요. 어쩌다 그런 일이 생
겼을까요…… 제가 보기에는 암자가 아니라 바로 이 정자 같아요.
연꽃이 가리키는 장소 말예요. 암자를 표시하고자 했다면 이렇게
개울에다 바짝 붙이지는 않았을 거예요."

"나도 그렇게 생각했어. 그렇지만 인송루는 이처럼 작으니 어디
숨길 곳이 있었을까."

"겉모습이 작다고 속까지 작으라는 법은 없죠. 도월희천 선배만
해도 겉은 작고 초라하지만 엄청난 무공을 익히셨잖아요."

"그렇군. 소운 사매의 말이 옳아."

"정말 이곳이라면 어딘가에 단서가 있을 거예요."

소운은 자리에서 일어나 정자를 살피기 시작했다. 정자를 이루는
나무 조각들을 하나하나 만져보고 두드려보았다. 뿐만 아니라 그녀
는 정자의 주변도 세밀히 검사했다. 그렇게 반 시진의 시간이 흘렀
을까. 소운이 안색을 펴고 신엽을 돌아보았다.

"뭘 좀 찾았어요?"

"아니."

소운의 물음에 신엽은 고개를 저었다. 그녀를 뒤따라 열심히 돌아
다녔지만 그는 아무것도 알아낼 수 없었다.

"사매는 어때?"

"이 정자의 이름이 뭐죠?"

"인송루(引松樓)지."

"그게 무슨 뜻일까요?"

"소나무를 이끈다는 얘기니까 아마 솔숲에 둘러싸인 정자라는 뜻
이겠지."

"그래요. 자명한 해석이에요. 그런데 어째서 주변에는 소나무라곤 한 그루도 보이지 않는 거죠? 우리나라 산야에서 가장 쉽게 찾아볼 수 있는 게 바로 소나무인데 말예요?"

신엽은 주위를 돌아보았다. 과연 그녀의 말이 옳았다. 정자 이름과 걸맞지 않게 주변에는 소나무라고는 보이지 않았다. 참나무 밤나무 느티나무 따위만이 병풍처럼 둘러서 있었다. 예전에는 소나무도 있지 않았을까 생각해보았지만 그 나무들의 수령은 하나같이 몇백 년이 넘어 보였다.

"처음부터 이곳에는 소나무가 없었어요. 적어도 이 정자가 들어설 무렵부터는요. 정자를 지은 사람이 소나무를 모두 뽑아버린 거예요."

"왜 그랬을까?"

"그래야 인송루라는 이름의 뜻이 더 분명해지니까요. 인(引)자에는 이끌다 이외에 당기다라는 뜻도 있어요. 그렇게 해석한다면 인송은 소나무를 당기라는 얘기가 되요. 이쪽으로 와보세요."

소운은 신엽을 정자의 북쪽 기둥으로 안내했다.

"정자의 재목도 소나무는 아니에요. 너무 단단해서 건축 자재로는 까다롭다는 참나무를 썼어요. 얼마나 세심히 배려했는지를 짐작할 수 있죠. 그런데 꼭 한 군데 소나무를 쓴 곳이 있어요. 바로 이 부분이에요."

소운은 기둥의 하단부를 가리켰다. 신엽이 보니 과연 그 부분은 목재의 빛깔이 달랐다. 그러나 아주 세심히 관찰해야 깨달을 수 있을 정도로 미세한 차이였다. 신엽이 감탄의 눈길로 쳐다보자 소운은 어깨를 으쓱했다. 그녀는 가볍게 일 장을 쳐서 기둥의 상단부를 분리시켰다.

"이제 소나무를 당겨보세요."

소운의 말대로 신엽은 소나무를 당겼다. 처음에는 잘 안 되었지만 몇 차례 힘을 주자 기둥이 움직였다. 기둥은 삼십 도 가량 기울어졌다. 그러자 정자의 북쪽 구석이 움직이기 시작했다. 기기기기기. 낮고 육중한 소리와 함께. 잠시 후 그곳에는 폭 두 자 가량의 틈새가 벌어졌다. 어른 한 사람이 몸을 움츠리고 들어갈 수 있을 정도의 통로였다. 그 아래로는 어두컴컴한 지하를 향해 계단이 나 있었다.

"다행이에요. 오랫동안 들어온 사람이 없었나 봐요."

계단을 내려가며 소운이 말했다. 통로에는 거미줄과 먼지가 가득 차 있었다.

이십여 개의 계단을 내려간 끝에 그들은 한 작은 석실에 도착했다. 장방형의 석실은 사면과 바닥, 천장이 모두 매끄러운 청석으로 만들어져 있었다. 천장 중앙에는 야명주(夜明珠)가 박혀서 은은한 빛을 내고 있었고, 그 아래 석실 중앙에는 작은 탁자가 놓여 있었다. 탁자 위에는 검은 옻칠을 입힌 나무 상자가 있었다. 신엽과 소운은 먼저 탁자를 향해 일배를 올렸다. 민족의 보배에 대한 예의였다. 그런 다음 소운은 조심스럽게 다가가 나무 상자를 열었다. 상자 속에는 두 권의 책과 서찰 한 통이 들어 있었다. 책은 그들이 예상했던 대로 『금해진경』의 제일권과 제이권이었다. 일권은 군사를 다루는 병법에 관한 책이었고, 이권은 무공비급이었다. 소운은 서찰을 펼쳤다. 거기에는 힘찬 필체로 이와 같은 글이 적혀 있었다.

나는 고구려의 중으로 연개소문의 억불숭도(抑佛崇道) 정책에 반대하여 백제 땅 완산주로 옮겨왔다. 개소문은 말년에 이르러 그의 병법과 무공을 전할 인재가 없음을 한탄하여 두 권의 책을 저술했다. 그리고 내게 보내어 길이 후세에 전할 것을 당부했다. 내 비록 사사로이는 그를 경애하지 않으나 그의 병법과 무공이 고금에 초절한 것은 사실인바 그의 당부를 들어주기로 했다. 훗날 이 비급을 접하는 후배는 일심으로 무학에 정진하여 나라를 구하고 백성을 위하는 일에 앞장서기 바란다.

—보덕

"그랬군요. 세간에 전해오는 말이 맞았군요."

소운은 고개를 끄덕였다.

"보덕선사는 삼국시대 말기의 고구려 승려였어요. 도력이 뛰어났다고들 하죠. 그런데 연개소문이 당나라의 도교(道敎)인 오두미교(五斗米敎)를 수입하여 포교에 힘쓰자 발끈했대요. 여러 차례 상소도 올리고 반대운동도 전개했지만 소용이 없자 백제 땅 완산주의 고대산으로 옮겨가버렸대요."

"연개소문과는 적대적인 관계였군. 그런데 왜 연개소문은 보덕선사에게 중임을 당부했을까?"

"방법은 달랐지만 두 사람은 다같이 나라를 걱정한 분들이었어요. 게다가 연개소문도 보덕선사의 도력을 높이 평가한 것이었겠죠."

"연개소문은 왜 당나라의 오두미교를 수입한 거지?"

"거기에는 한 가지 중요한 이유가 있었어요. 연개소문은 도교의 뿌리가 우리 민족의 풍류도(風流道)에 있다고 믿었어요. 한인 한웅 단군 할아버지들의 맥을 타고 이어져온 풍류도 말예요. 그런데 불교와 유교의 영향이 커지면서 풍류도가 주변으로 밀려나자 그 중흥을 모색하기 위해 당나라의 오두미교를 수입한 것이었어요. 당시 당나라에서는 도교가 널리 흥하고 있었으니까요. 당나라의 황제 고조는 연개소문의 부탁에 따라 일곱 명의 도사를 고구려로 보내주었대요. 그렇지만 연개소문은 오두미교를 오래 후원하지는 않았대요.

그 일곱 명의 도사들은 참된 포교에 힘쓰지는 않고 고구려의 정기를 끊는 일에만 열심이었거든요. 산천의 혈자리에 말뚝을 박는 일 말예요. 보덕선사는 바로 그런 일 때문에 고구려가 망했다고 주장했대요."

소운의 조잘거리는 입을 보고 있자니 신엽은 가슴이 쿵쿵거렸다. 미연과는 석 달을 함께 지내면서도 한 번도 그런 적이 없었다. 미연 역시 소운에게 뒤질 바 없는 미인이었음에도. 신엽은 참지 못하고 슬그머니 소운의 손을 잡았다. 그러나 살과 살이 맞닿는 순간 제풀에 놀라 손을 움츠렸다. 소운은 더 깜짝 놀라 비명을 질렀다. 그리고는 신엽의 품속으로 뛰어들었다. 그녀는 보덕화상과 연개소문의 이야기에만 몰두해 있었는데 문득 무언가가 살갗을 스쳐간 까닭이었다.

신엽의 가슴에 고개를 묻은 다음에야 그녀는 그의 심장이 요란하게 쿵쿵거리는 것을 알았다. 살며시 고개를 들어보니 그의 얼굴은 합환주를 다섯 잔쯤 마신 새신랑처럼 빨개져 있었다.

"왜 그래요 사형? 무슨 일이 있어요?"

"아, 아니야. 아무것도 아니야."

신엽은 더듬거리며 대답했다.

소운은 곧 그의 증상이 무엇인가를 알았다. 그러자 말할 수 없는 행복감이 밀려왔다. 난생 처음으로 그녀는 모든 것이 완전하게 갖추어졌음을 느꼈다. 모든 것이 완전하게. 바늘 끝 하나만큼의 더도 덜도 없이. 그녀는 다시 살그머니 고개를 신엽의 가슴에 묻었다. 그리고는 마음속으로 다짐했다. 앞으로는 여하한 일이 있어도 그와 헤어지지 않을 거야. 신엽의 가슴은 한층 더 요란하게 쿵쿵거리고 있었다.

　　신엽과 소운은 그날 밤 자정 무렵 길상사로 돌아갔다. 소운의 마음 같아서는 신엽과 단둘이 며칠 동안 명산대천을 주유하고 싶었지만 그럴 수가 없었다. 중추절의 영웅연이 며칠 남지 않았을 뿐 아니라,『금해진경』이라는 막중한 보배가 그들 손에 있었기 때문이었다.

　　길상사의 식구들 대부분은 신엽을 반가이 맞았다. 장문인 자연대사를 비롯하여 자휼, 자긍대사 등이 그랬고, 광한을 비롯한 사형제들도 더없이 기뻐했다. 다만 광정만이 모습을 보이지 않았다. 간단한 인사들이 끝난 다음 자연대사는 자휼, 자긍과 신엽만을 남기고 모두 물러가도록 했다. 신엽의 이야기를 듣기 위해서였다. 신엽은 그 자리에 소운도 참석하게 해달라고 부탁했다. 『금해진경』을 찾아낸 공도 함께 나누고 싶었고, 또 그녀에게는 아무것도 숨기지 않고 싶어서였다. 자연대사는 그것을 허락했다. 두 사람의 관계를 짐작할 수 있었고, 소운의 성품이 강하고 반듯함을 잘 알기 때문이었다.

　　신엽은 먼저 영신봉에서 자긍대사에게 말할 수 없었던 사정들을 설명하였다. 월하고검의 무공을 익히게 된 사정, 낭연과의 인연, 미도리와의 사이에서 있었던 일 등이었다. 아울러 미도리의 과거사를 밝히고, 그녀의 내상을 치료해준 일도 낱낱이 고했다. 이야기가 계속되는 동안 자긍대사는 연신 고개를 끄덕였다. 역시 자신의 성질이 급했음을 후회하고 있었다.

　　『금해진경』을 발견하게 된 사연은 소운이 이야기했다. 그녀는 이야기를 교묘하게 엮어서 대부분의 공을 신엽에게 돌렸다. 신엽은 그것이 전적으로 소운의 공이었다고 정정했지만 소운의 말재간은 당해낼 수 없었다. 아무튼 그는 두 권의 『금해진경』을 장문인께 바쳤다.

　　"이게 정말 『금해진경』이란 말이냐?"

　　자연대사는 떨리는 손으로 『진경』을 받아들었다. 천천히 책장을

넘겨보니 진본임에 틀림없었다. 자연대사의 표정에는 만 가지 감정
들이 교차하였다. 진귀한 보배는 언제나 화를 부를 수 있었다. 조금
이라도 경각심을 늦추었다가는 참화를 당하게 마련이었다.

"이 일은 이 자리의 다섯 사람만이 아는 것으로 해라. 우선은 안
전한 곳에 숨겨두고 안동호의 영웅연이 끝난 후에 다시 의논해보
자."

그날은 그렇게 자리를 파했다.

이튿날 신엽은 늦게까지 잠을 잤다. 해가 중천에 떠오른 것을 보
고 깜짝 놀라 뛰어나오니 소운이 아침상을 차려두고 기다리고 있었
다. 아침 식사를 마친 다음 소운은 신엽에게 보퉁이 하나를 건네주
었다. 신엽이 펼쳐보니 그것은 오래 전에 소운에게 빌려주었던 자신
의 옷이었다. 지리산 칠선폭포에서 처음 만났던 날 소운은 옷이 몽
땅 젖었더랬다. 그래서 신엽이 여벌의 옷을 빌려주었는데 그후 줄곧
헤어져 있어서 돌려받지 못한 것이었다. 옷은 새것처럼 깨끗하게 빨
아 풀까지 빳빳하게 먹여져 있었다. 그 옷을 보자 신엽은 다시 어머
니 생각이 나서 우울해졌다. 소운이 그를 위로했다.

"너무 상심하지 말아요. 어딘가에서 잘 지내실 거예요."

"그러시리라 믿어."

신엽은 고개를 끄덕이고는 말머리를 돌렸다.

"나 역시 소운 사매에게 줄 게 있어."

"뭔데요?"

신엽은 품속에서 책 한 권을 꺼냈다. 집을 떠날 때부터 줄곧 지니
고 다닌 『주역』이었다. 그는 그 책을 열어 꽃 한 송이를 꺼냈다. 바
로 지리산 중봉의 한 절벽에서 그가 소운을 위해 꺾은 옥잠화였다.
책갈피에 오래 간직되어 보기 좋게 말라 있었다. 순간 소운의 두 눈
에는 감동이 넘실거렸다. 그녀는 고개를 저었다. 한참 동안 바라보

다가 조심스럽게 꽃을 건네받았다.

"이 꽃을 꺾으려다 추락했었군요……."

"덕분에 자혜 대사부님도 만나뵈었고."

"삼사형이 제게 어떤 나쁜 죄를 짓는다 해도 모두 용서할 거예요. 이 꽃의 기억을 위해서."

"그런 일은 없을 거야."

"그래요. 그럴 테죠. 하지만 그냥, 만약에라도 말예요."

소운은 마른 꽃을 하염없이 바라보았다.

겨우 그녀가 꽃을 품속에 간직하자 신엽이 물었다.

"그런데 이사형의 모습이 보이지 않으니 어쩐 일이야?"

"벌을 받고 있어요."

"벌을?"

"네. 그럴 사정이 있었어요."

소운은 광정이 벌을 받게 된 사연을 설명해주었다.

일의 발단은 영신봉에서 돌아온 직후부터였다. 자긍대사로부터 신엽을 내쫓은 일을 전해들은 자연대사는 진노했다. 자연대사는 길상사에서도 가장 수양이 깊은 고승이었다. 언제나 차분하고 온화함을 잃지 않는 그가 그처럼 불 같은 진노를 보인 적은 일찍이 없었다. 그는 먼저 자긍대사를 크게 꾸짖었다. 그리고는 함께 갔던 광한, 광정, 광은 등도 적지 않게 꾸짖었다. 자긍대사와 광한, 광은은 죄를 뉘우치고 반성했다. 그러나 광정은 몇 마디 토를 달았다. 신엽의 근래 행적이 불투명하고 행실이 방자하다는 등의 말이었다. 자연대사는 더욱 분노하여 호통쳤다.

사형제라는 것은 피로 맺은 형제 못지않게 소중한 것이거늘 네 어찌 그리 쉽게 그 도리를 저버린단 말이냐.

광정은 더이상 뒷말을 붙일 수 없었다. 그러나 그의 내심은 불평으로 부글부글 끓고 있었다. 사부가 신엽만을 편애하는 것이라고 여겼기 때문이었다.

그 불평은 이틀 후 사소한 일에서 비등점을 넘어섰다. 광정은 팔상전 앞에서 후배들을 가르치고 있었다. 열 살 전후한 동자승들로 길상사의 장래를 책임질 동량들이었다. 그런데 그날따라 저기압으로 수련을 시작한 광정은 후배들에게 모진 체형을 가했다. 그리고는 결국 두 명의 고막을 찢어버리고 말았다. 장문인 자연대사는 다시 광정을 불러 나무라지 않을 수 없었다. 행여 광정이 자신의 뜻을 오해할까 염려하여 꾸짖음과 타이름을 함께 했다. 그렇게 한 시진을 가르쳐서 내보냈다. 그런데 그 자리를 물러나온 광정은 더욱 분개한 모양이었다. 요사채로 돌아오는 길에 분풀이로 일 장을 휘둘렀는데 석가여래 입상이 부서지고 말았다.

장문인 자연대사는 장로회의를 소집했다. 그리고 광정에게 중징계를 내리기로 결정했다. 그것은 일백 일 동안 물을 긷는 벌이었다. 광정은 매일처럼 냇물을 길어다 열 개의 항아리를 채워야 했다. 항아리는 모두 거대한 것이어서 하나를 채우는 데 열 차례는 물을 길어야 했다. 그러니 하루에는 일백 번을 왕복하는 셈이었다. 물을 채운 다음날에는 다시 하루 종일 항아리의 물을 냇물에다 버려야 했다. 새벽같이 일을 시작하면 해가 넘어간 다음에야 끝마칠 수 있었다.

그러나 밤시간에 휴식이 주어지는 것은 아니었다. 저녁부터 새벽까지는 독방에서의 면벽참선이 기다리고 있었다. 전날 밤 신엽이 돌아왔을 때 광정이 나와보지 못한 것도 그가 그 시각 면벽참선의 벌을 받고 있었기 때문이었다.

사정을 전해들은 신엽은 마음이 아팠다. 자기 때문에 이사형이 곤욕을 치르는 듯해서였다. 그래서 그는 광정이 물을 긷는 곳으로 가보았다. 광정은 무쇠로 된 물지게를 지고 있었다. 지게의 무게만도 족히 일백 근은 되어 보였다. 그리고 그 양쪽 끝에 매달린 물통은 동자승들이 욕조로도 쓸 수 있을 만큼 커다란 것이었다.

"죄송합니다, 이사형. 제가 잘못하여 이사형께 곤란을 드렸습니다."

신엽은 벌을 받는 동안 광정이 누구와도 담소할 수 없음을 잘 알고 있었다. 그래서 대답은 기다리지 않고 마음속의 말을 했다. 그러나 광정은 그를 힐끗 바라보고는 코방귀를 뀌었다.

"흥!"

그리고는 잰 걸음으로 앞서갔다. 신엽은 당황하여 다시 그를 쫓아갔다.

"사부님께 잘 말씀드려 하루속히 벌을 면할 수 있도록 해보겠습니다. 이사형께서는 저를 너그러이 용서해주십시오."

광정은 주위를 살펴 아무도 없음을 확인한 다음 말했다.

"어떻게든 내 입을 열어서 더 큰 벌을 받게 하고 싶은 모양이구나. 네 마음대로 하여라. 사부나 사숙들은 네 말이라면 무엇이든 믿을 테니까."

"그런 뜻이 아닙니다. 그날의 일은 분명히 제게 잘못이 있었습니다. 이사형께서 오해하신 것이 오히려 당연한 일입니다."

"내가 오해한 것이라고? 흥. 난 아무것도 오해하지 않았다. 네 녀석은 처음부터 기분이 좋지 않았어. 그러니 더이상 귀찮게 굴지 말아라."

광정은 물지게를 한 바퀴 휘저었다. 두 개의 물통에서 물들이 쏟아져 사방으로 뿌려졌다. 신엽은 그 물을 흠뻑 뒤집어쓰고 말았다. 광정은 재수없다는 듯 가래침을 돋우어 뱉고는 냇가로 가버렸다.

"어떻게 된 일이에요?"

소운은 신엽이 새로 입힌 옷을 적셔서 들어오자 놀라서 물었다. 신엽은 아무 말도 하지 않았다. 소운은 그 옷을 다시 한번 세탁해서 다려야 했다.

구름을 벗어난 운중선

중추절 아침 길상사에서는 제법 큰 행렬이 나들이를 떠났다. 형식을 갖추고 화려하게 치장한 행렬은 아니었지만 장문인과 그의 세 제자, 그리고 또 몇 명의 문하생들이 함께 했으니 근래에 드문 큰 행차라고 말할 수 있었다. 특히 장문인이 길상사를 떠나는 일은 실로 오랜만이었다. 그것은 화랑방에 신임 방주의 탄생을 경하하기 위해서 특별히 결정한 일이었다. 장문인의 세 제자들이란 광한과 신엽, 소운 등이었다. 광정은 아직 벌을 받고 있었고, 광은은 자휼대사를 도와 사찰 일을 돌보도록 되어 있었다.

일행이 안동호에 도착한 것은 저녁 해가 넘어갈 즈음이었다. 사위가 붉게 물들며 어두워지고 있었다.

어디에선가 청색 한복을 곱게 차려입은 소녀가 나타나 그들을 안내했다.

"길상사의 손님들이시죠. 이쪽으로 오세요."

그녀는 절강이라는 곳으로 그들을 안내했다. 절강은 안동호를 둘러싼 육지 중 한 부분이 호수 한가운데를 향해 툭 튀어나온 곳으로 산과 물의 조화가 가히 절경이라 할 만한 곳이었다. 한쪽에는 아름다운 정자가 세워져 있었고, 또 한쪽에는 일천 년은 되었음직한 노송이 자애로운 눈길로 호수를 내려다보고 있었다.

정자에서는 세 명의 악사들이 가야금과 피리, 해금 등을 연주하고 있었다. 조용하고 그윽한 선율이었다. 정자와 노송 사이의 널찍한 평지에는 손님들을 위한 자리가 마련되어 있었다. 가운데엔 둥그런 연무대가 설치되어 있었고, 그 주위로 음식상들이 놓여 있었다. 상이 모두 일곱 군데로 나누어진 것으로 보아 초대받은 문파가 여섯인 모양이었다. 그중 세 곳의 상 앞에는 이미 사람들이 앉아 있었다. 중앙에는 화랑방이 자리하였고, 예방(藝幇)의 사람들과 요리모토 등 왜국 북조의 사람들이 각각 한 곳씩을 차지하고 있었다. 길상사는 네번째로 자리를 정했다.

"잠시 음식을 드시며 휴식하십시오. 이제 곧 행사가 시작될 것이옵니다."

청의소녀는 그렇게 말하고 돌아갔다.

자연대사는 내심 놀라지 않을 수 없었다. 부자가 망해도 삼 년은 간다더니, 과연 화랑방의 위세는 여전하구나. 방주가 죽은 이후로 기세가 급격히 몰락한 줄 알았는데…….

자연대사는 준비로 부산한 화랑방 사람들을 살펴보았지만 신임 방주로 짐작되는 이는 보이지 않았다. 그래서 신엽과 소운을 불러 은밀한 분부를 내렸다. 행여 다른 일들이 암암리에 준비된 것은 아닌지 주변을 살펴보고 오라는 것이었다. 화랑방을 의심하는 것은 아니었지만 영웅연이 열릴 때는 언제나 예상 밖의 일들이 벌어지게 마련이었다. 더구나 이번에는 왜국의 남북조에서까지 각각의 최고수들이 행차하는 터이니 각별히 조심할 필요가 있었다.

신엽과 소운은 무료함을 달래려는 사람들처럼 산책을 시작했다.

"손님들께서는 필요한 것이라도 있으신지요?"

조금 전의 청의소녀가 다가와서 물었다. 소운은 경관이 수려하여 구경하고 싶을 뿐이라고 대답했다. 그러자 청의소녀는 친절하게 주변을 설명해주었다. 양쪽으로 두 갈래의 산책로가 있다. 어느 쪽으로 가든 호수에 이를 수가 있으니 천천히 즐기시라고.

소운과 신엽은 우선 우측으로 난 산책로로 들어섰다. 길은 두 사람이 나란히 걷기에 꼭 알맞을 정도였다. 소운은 신엽의 팔짱을 끼고 그의 어깨에 머리를 기대고 걸었다. 정자의 음악 소리가 은은하게 울려와 그녀의 마음을 더욱 아늑하게 만들었다.

"매일매일 이렇게 걸을 수 있다면 얼마나 좋을까요."

소운은 너무 행복하여 한숨이 나올 지경이었다.

신엽은 한편으로 기분이 좋았지만 다른 한편으로는 마음이 쓰였다. 자신들은 한가로이 정취나 즐기려고 나선 길이 아니었던 것이다.

"이럴 때가 아니야. 사부님이 꼼꼼히 살펴보라고 하셨잖아."

"그래요. 그러니 삼사형은 꼼꼼히 살펴보세요. 전 달빛이나 구경해야겠어요."

"사매가 이러고 있으니 어떻게 주변을 살피겠어."

"이 정도 일로 마음이 흩어지면 안 되죠. 이것도 수련이라 생각하세요. 중추절 보름달은 왜 더 특별하게 아름다운 거죠…… 참! 깜빡할 뻔했군요. 눈을 감아요."

"왜?"

신엽은 영문을 몰라 물었다.

"잔말 말고 어서 감아요. 그래요. 이젠 달님을 향해 한 가지 소원을 말하세요. 소리내지 말고, 마음속으로."

신엽은 소운이 시키는 대로 했다.

잠시 후 소운이 물었다.

"다 했어요?"

"그래."

"무슨 소원을 빌었어요?"

"그건 비밀이잖아."

"아니에요. 꼭 한 사람에게만은 얘기해도 괜찮아요. 저도 제 소원을 얘기할게요."

신엽은 눈을 들어 달을 보며 말했다.

"어머니께서 건강하시기를 빌었어. 곧 다시 만날 수 있기를. 그리고 자혜대사님의 유지를 내가 지켜낼 수 있기를 빌었어. 마지막으로 소운이 늘 오늘처럼 행복하기를 기도했어."

"세 가지나 부탁했군요."

"가장 중요한 것만 골랐는데 그렇게 되었어."

"좋아요. 달님께서도 이해해주실 거예요. 우리 이제 돌아가요. 이쪽 길엔 아무것도 없나 봐요."

"사매의 소원도 얘기하기로 했잖아."

"얘기할 거예요. 나중에 나중에 때가 되면 말예요."

소운은 혀를 빌름 내밀고는 앞으로 달려나갔다. 그러나 그녀는 곧 비명을 내지르며 돌아오고 말았다.

"저기, 저기 이상한 게 있어요."

신엽은 소운과 함께 그곳으로 가보았다. 그랬더니 거기에는 한 남자가 벌거벗은 채 앉아 있었다. 덩지가 보통 사람의 세 배는 돼 보이는 거구였다. 교토에서 온 요리모토의 사제 중에도 거구가 한 명 있었지만 이 남자와 비교하면 오히려 소인일 것이다. 남자는 검정색 샅바만을 사타구니에 둘렀고, 왜국식 상투를 틀고 있었다. 온몸은 기름칠을 하여 번들거렸다. 어두운 숲속에서 기름칠한 몸이 달빛을 받아 반짝이니 가히 소운이 비명을 지를 만도 했다.

"길상사의 이신엽이라고 합니다. 어디서 온 누구신지요?"

신엽은 정중하게 인사를 차렸다. 남자는 천천히 고개를 틀어 신엽을 쳐다보았다.

"너는 보지 말아야 할 사람을 보았다."

남자는 몸을 일으키더니 거대한 나무 한 그루를 뽑아들었다. 그야말로 입이 딱 벌어질 기운이었다. 그러고는 그 나무를 신엽에게로 내리쳤다. 신엽은 산 하나가 자신에게로 무너져내리는 느낌이었다. 사방이 꽉 막혀서 어디로도 빠져나갈 구멍이 보이지 않았다. 그러나 다행히 그는 적룡신법을 팔 성 이상 통달한 터였다. 떨어지는 나무를 미끄러지듯 비스듬히 비켜섰다. 더도 덜도 아닌 꼭 필요한 만큼의 움직임이었다.

신엽이 그처럼 쉽사리 피해버리자 남자는 화가 치밀어오르는 듯했다. 이번에는 나무를 수평으로 휘둘러 신엽의 옆구리를 후려쳤다. 신엽은 가볍게 뛰어 그 나무 위로 올라섰다. 그 위에 올라서니 두 사람은 겨우 눈높이가 비슷해졌다. 신엽이 다시 물었다.

"어디서 온 누구인지를 먼저 밝히시지요."

"저승사자가 가르쳐줄 것이다."

남자는 그렇게 말하고는 나무를 마구 휘둘러대었다. 나무의 무게에 신엽의 무게까지 더해져서 여간 육중한 게 아닐 텐데도 그는 그것을 나무지팡이처럼 휘둘렀다. 좌측, 우측, 근처의 나무와 바위 등을 마구 후려쳤다. 나무는 부러지고 바위는 바스러졌다. 순식간에

주변 삼사 장 이내에는 아무것도 남지 않게 되었다. 그러나 신엽은
여전히 처음의 나무둥치 위에 서 있었다.

"다람쥐 같은 녀석이구나."

남자는 나무를 내동댕이치고 맨몸으로 달려들었다. 뜻밖에도 그
의 몸은 날렵하기 그지없었다. 그 육중한 거구가 나무랄 데 없는 장
법을 구사하는 것이었다. 신엽은 전후좌우가 모두 남자의 수장으로
가득 차는 느낌이었다. 그 장에 살짝 스치기만 하여도 뼈가 으스러
질 것 같았다.

그러나 그의 움직임에는 빈틈이 많았다. 신엽은 살짝살짝 피하면
서 기회를 노리다가 우장으로 남자의 옆구리 대맥혈을 가격했다. 대
맥혈은 어지간한 사람이라면 치명적인 급소에 해당했다. 더구나 신
엽은 칠 성의 힘으로 때린 터였다. 그런데 남자는 잠시 주춤거릴 뿐
곧 다시 변함없는 힘으로 쌍장을 휘둘렀다. 신엽은 어처구니가 없어
진땀을 흘렸다. 그럴수록 남자의 기세는 더욱 드세어졌다.

"이화접목을 잊었군요."

옆에서 지켜보던 소운이 말했다. 싸움은 원래 구경꾼이 잘 보게
마련이었다. 그 말을 듣자 신엽은 눈앞이 환히 밝아졌다.

그렇지. 사량발천근(四兩撥千斤) 이화접목(移花接木)을 잊고 있었
구나.

벌거벗은 남자가 사용하는 장법은 웅타장(熊打掌)이라고 했다. 두
손을 교차시키며 위에서 아래로, 좌에서 우로, 혹은 우에서 좌로 후
려치는 것이 기본 동작이었다. 단순해 보였지만 엄청난 파괴력을 지
닌 장법이었다. 남자가 좌상에서 우하를 향해 좌장을 후려쳤을 때
신엽은 허리를 살짝 숙이며 비켜섰다. 그와 동시에 왼손으로 남자의
왼쪽 손등을 슬쩍 밀었다. 동작이 신속하였을 뿐 힘은 많이 들어가
지 않은 일식이었다. 그러나 이 일식은 재미있는 결과를 가져왔다.

126

남자의 좌장은 스스로의 우측 무릎을 찍어서 넘어뜨린 것이었다. 흙바닥에 꺼꾸러진 남자는 얼굴에 진흙을 잔뜩 묻힌 채 일어섰다. 소운은 박수를 치며 기뻐했다.

"그래요. 바로 그거예요."

남자는 기가 막히는지 자신의 가슴을 마구 두들겼다. 그리고는 허공을 향해 포효했다. 그러자 문득 주변 다섯 곳에서 희멀건 물체가 솟아올랐다. 남자와 비슷하게 생긴 또다른 다섯 명의 남자들이 나타난 것이었다. 신엽과 소운은 깜짝 놀랐다. 이건 장난이 아니었다. 이 남자처럼 통증도 못 느끼며 괴력을 구사하는 남자들이 다섯 명이나 더 나타난다면 쉽게 당할 수가 없을 것이었다.

여섯 명의 거구는 일제히 가슴을 두들기더니 신엽과 소운을 향해 달려들었다. 그러나 그 순간 숲에서 백색 인영 하나가 튀어나와 첫 번째 남자를 가로막았다.

"히데유키. 사숙께서 얌전히 있으라고 했잖아요."

뜻밖에도 그 인영은 미도리였다. 아니, 미연이었다.

"녀석들이 먼저 시비를 걸었어."

"사숙의 지시를 어길 셈인가요?"

히데유키라 불린 남자는 숨을 씩씩 몰아쉬며 신엽과 소운을 매섭게 노려보았다. 그러나 결국은 두 손을 털고 숲속으로 들어가버렸다. 그가 떠나자 나머지 다섯 명의 남자들도 미련 없이 가버렸다.

"미연 소저도 왔군요."

신엽이 반가이 말했다. 미연이 무슨 말인가를 하려고 입을 열었다. 그런데 그때 나무 위에서 미세한 소리가 들렸다. 아주 작은 사삭거림이었지만 미연은 놓치지 않았다. 그녀는 표정을 바꾸고 냉담하게 말했다.

"곧 행사가 시작되니 산책중인 손님들은 모두 행사장으로 모이시랍니다."

신엽은 그녀의 냉담함을 이해할 수 없었다.

"무슨 일이 있었나요? 말해봐요, 미연 소저. 아시겐지 등과 함께 온 것인가요?"

"아시겐지 부원수는 제 사숙이십니다."

"미연 소저는 이제 다시 그들과 어울리지 않겠다고 약속했잖아요?"

미도리는 싸늘하게 미소지었다.

"제가 한 말을 기억하는지 모르겠군요. 저를 치료해주면 언젠가는 후회할 날이 있을 거라고요. 호호호. 어리석은 사람은 아무래도 어리석은 일을 저지를 수밖에 없죠. 너무 스스로를 자책하지는 마세요."

"설마 하니 미연 소저는……."

그때 나무 위에서 한 사람이 뛰어내렸다. 낙엽처럼 가벼운 몸놀림이었다. 그는 바로 미도노였다.

"한 가지 더 가르쳐줄까? 네 어머니라는 여자는 건강하게 잘 지내지. 밥도 잘 먹고 잠도 잘 자고 말이야. 이따금 악몽을 꾸는 게 문제이긴 하지만."

신엽은 피가 거꾸로 흐르는 느낌이었다. 귀가 멍해지고 머릿속은 텅 비어버렸다. 미도노가 어떻게 그의 어머니 이야기를 하는 것이었을까. 그렇다면 그가 어머니를…… 그러나 미도노의 등장에 대해 가장 빠른 반응을 보인 사람은 바로 소운이었다. 그녀는 불과 몇 달 전 그에게 곤욕을 치른 바 있었다. 하마터면 평생 치유할 수 없는 수모까지 겪을 뻔했었다. 언제고 그를 만나기만 하면 목을 치리라 다짐하고 있었던 것이다.

소운은 연검을 꺼내어 곧바로 미도노를 찔러갔다. 아무런 말도 없이 길상칠검의 살수들을 전개했다. 미도노는 이미 그때의 일을 잊고 있었다. 여자와 관계된 일들이 그에게는 너무도 많았으므로 일일이 기억할 수 없었던 것이다. 때문에 소운의 살수들이 예고도 없이 전개되자 당황했다. 깜짝 놀란 그는 연거푸 세 차례나 땅으로 몸을 굴려 공격망을 벗어났다. 고수들의 싸움에서 땅을 구른다는 것은 참으로 수치스러운 일이었다. 그러나 달리 도리가 없었다. 그러고도 다급히 몸을 날려 이 장 밖으로 달아난 다음에야 자신의 장검을 뽑아 들 수 있었다.

"아름다운 아가씨께서 몹시 악랄하군요. 소인이 불경한 죄라도 저질렀는지요?"

"흥. 얼마나 많은 죄를 지었으면 기억도 못 하느냐."

말을 하면서도 소운은 그림자처럼 따라붙어 분룡파해(憤龍破海)의 일식을 펼쳤다. 길상사의 검법은 원래 살수와는 거리가 있었다. 왜국의 무공이 살법(殺法)을 기본으로 하였다면 고려의 무공은 활법(活法)에 그 바탕을 두었다. 더구나 길상사의 모든 무공은 그 근저에 자비와 사랑이 흐르고 있었다. 그러나 그중에서도 분룡파해의 일식은 사뭇 날카롭게 다그치는 기세가 있었다. 활법을 위해서 불가피하게 살법을 행해야 할 경우 길상검법은 바로 이 일식을 선택했던 것이다.

미도노는 소운의 검세가 대양의 거센 물결마저 토막낼 듯 밀려오자 모골이 송연해졌다. 무공의 높낮이로 말하자면 미도노는 소운보다 결코 하수가 아니었다. 오히려 반 수 정도는 위라고도 할 수 있었다.

그러나 그는 고려 땅을 밟은 이후 줄곧 방탕한 계집질에만 빠져 있었다. 정신이 병들고, 무사로서의 기세가 소실된 것은 당연한 일이었다. 더구나 소운의 아름다운 자태를 대하자 싸움보다는 다른 일

에 마음이 가 있었다. 반면에 소운은 최근 들어 더욱 열심히 무학에
정진해온 터였다. 미도노는 감히 그녀의 눈빛도 똑바로 쳐다볼 수가
없었다. 두 자루의 검을 마구 휘저어 가까스로 공세를 막아낼 따름
이었다.

순식간에 일백 초가 지나갔다. 시간이 지나면서 미도노는 차츰 안
정을 되찾았다. 소운의 기세가 사납고 초식이 절예함은 분명했지만
아직 공력은 자신을 압도하지 못한다는 사실도 깨달았다. 그러자 두
사람의 싸움은 난형난제로 어울렸다.

다시 일백 초가 지나자 미도노는 자신감을 얻었다. 소운이 전개하
는 검법을 대략은 알 것 같았다. 길상칠검은 그 변화가 무쌍하였지
만 소운은 지금 몇 가지의 살초들만 펼치고 있었다. 아무리 예리한
살초라 할지라도 몇 번이고 반복해서 사용한다면 위력이 감소되기
마련이었다. 그는 특유의 능글맞은 웃음을 머금으며 빈정거리기까
지 했다.

"초식이 다한 모양이군. 고려의 검법이 원래 단조롭기는 하지. 만
약 내 제자가 된다면 칠십이 수의 일본국 검법을 가르쳐드리지."

"닥쳐라!"

소운은 이를 악물고 뛰어올라 취룡탐화의 일식을 펼쳤다. 허공에
서 술 취한 용이 하강하듯 소운의 연검은 좌우로 엇갈리며 비틀렸
다. 그 엇갈림 속에는 허초와 실초가 교묘하게 배합되어 있어 상대
의 마음을 분산시켰다. 그러나 미도노는 이미 여러 차례 받아본 초
식이라 대단찮게 여겼다. 쌍검을 좌우로 나눠 들고 실초와 허초를
모조리 묶어버리려 했다. 소운의 연검은 미도노의 얼굴 높이까지 내
려왔다.

그런데 그때였다. 비스듬히 떨어지던 소운이 문득 허공에서 오른
발로 왼발을 밟았다. 순간 그녀의 몸은 정면을 향해 일직선으로 쏘

130

아졌다. 발끝에서부터 머리, 손, 검끝까지가 모두 일직선을 이루며 미도노의 목 인후혈을 파고든 것이었다.

그 일식은 그 자리의 어느 누구도 예상하지 못한 공격이었다. 신엽조차 경탄할 수밖에 없었다. 그는 내심 고개를 끄덕였다.

싸움은 무공만으로 하는 게 아니구나. 기지라는 게 이처럼 큰 역할을 하는구나.

신엽이 뒤늦게 깨달은 바와 같이 소운은 작전을 펼친 터였다. 미도노와 자신의 실력차가 크지 않음을 아는 그녀는 그를 제압하기 위해 계략을 세웠다. 길상칠검만을, 그것도 단 몇 개의 검식만을 지겹도록 되풀이해 미도노의 마음이 해이해지도록 만들고는 그녀를 경시하게 했다. 미도노뿐 아니라 관전하는 신엽까지 안타까운 심정이 들 지경이었다. 그리고는 불쑥 예상 밖의 독수를 날린 것이었다. 미도노의 인후를 파고든 그 일식은 설녀검법 중의 수원지천(水願至天)이라는 것으로 거대한 바위에 구멍도 뚫을 수 있을 만큼 날카롭고 예리한 일식이었다.

미도노는 다시 한번 모골이 송연해졌다. 세상을 하직할 때의 공포감이 밀려왔다. 그는 두 자루의 장검을 교차시켜 소운의 공격을 막았다. 장검들은 소운의 검기를 맞자 모두 부러져나갔다. 그러나 그 틈에 미도노는 약간의 시간을 벌 수 있었다. 그는 측후방으로 몸을 날려 데굴데굴 굴렀다. 소운이 고삐를 늦추지 않고 다가들자 반 도막만 남은 두 자루의 장검을 그녀에게 던졌다. 그리고 다시 이십여 개의 독침들을 쏘았다. 소운은 잠시 주춤할 수밖에 없었다. 그 사이 미도노는 예닐곱 바퀴를 더 굴렀다. 그러고는 일어서지도 않고 몸을 날려 숲속으로 사라졌다. 달아나는 적이었지만 그 경공술은 감탄을 자아내었다. 땅을 구르던 자세에서 곧바로 허공으로 날아올라 사라져버린 경공술은.

"제법 귀여운 면이 있구나. 나머지는 연무대에서 끝내자꾸나. 하하하……"

미도노의 목소리가 긴 여운을 남기며 사라졌다.

신엽은 소운이 대견스러웠다. 사매는 매번 사람을 놀래키는 재주를 가졌구나 생각했다. 그러나 미도노가 달아났으니 어머니의 행방을 물을 도리가 없어 우울해졌다. 혹시 미연이 알고 있을까 물어보려 했지만 그녀 역시 어느 틈엔가 사라지고 없었다. 소운이 그의 마음을 알고 위로했다.

"감히 엉뚱한 짓은 못 할 거예요. 대회장으로 가요. 가서 실력으로 주리를 틀면 어머님 계신 곳을 알아낼 수 있겠죠."

소운은 신엽의 팔소매를 잡아끌어 영웅연이 열리는 곳으로 돌아갔다.

대회장에서는 마침 화랑방의 한 제자가 신임 방주의 등장을 알리고 있었다.

"방주님께서 여러분께 인사드리기 위해 오고 계십니다."

그는 어두운 호수를 가리켰다. 사람들은 호수가 잔잔할 뿐 아무것도 보이지 않아 의아스러워했다. 그러나 다음 순간 그들은 모두 탄성을 발해야 했다. 어둡기만 하던 호수 위에 일시에 아홉 개의 불빛이 밝혀진 것이었다. 불빛들은 아주 빠른 속도로 수면을 가로질러 오고 있었다. 맨 앞에 가장 밝은 불빛이 있었고, 나머지 여덟 개의 불빛은 횡으로 가지런히 정렬하여 오고 있었다. 빠른 속도에도 불구하고 불빛들은 자로 잰 듯 정확한 간격과 각도를 유지하고 있었다.

사람들의 눈길이 모두 그쪽에 쏠려 있는 사이 자연대사가 소운에게 물었다.

"주변은 어떻더냐?"

"화랑방의 매복은 없었습니다. 그런데 아시겐지 일당이 잔뜩 숨어 있었습니다."

"아시겐지 일당이?"

"그렇습니다. 기회를 보아 사고를 치려는 듯합니다."

자연대사는 내막을 짐작하기 힘들었다. 화랑방은 매복이 없는데 초대받은 아시겐지가 부하들을 숨겼다니. 그것은 주최측을 능멸하는 처사였다. 화랑방이 곱게 내버려둘 리 없었다. 그러나 화랑방 사람들은 아무런 내색이 없으니, 알고도 모른 척하는 것일까 아니면 전혀 무지한 것일까.

자연대사는 문하생들에게 다시 한번 주의를 주었다. 오늘 밤은 일이 복잡해질 수 있으니 경거망동을 절대 삼가라고.

그러는 사이 아홉 척의 배는 대회장에 당도하였다. 맨 앞의 배는 크고 화려했고, 뒷줄의 여덟 척은 네댓 명이 승선할 정도의 작은 배였다. 그 여덟 척은 뭍으로 나오지 않고 호수에 멈추어 섰다. 대회장으로부터 이십여 장 떨어진 거리였다.

큰 배는 대회장 바로 곁의 모래톱에 닻을 내렸다. 뭍에 있던 화랑방의 제자 한 명이 연무대 한가운데로 올라갔다. 그는 초록색 비단을 배의 갑판으로 던졌다. 비단폭은 기다랗게 풀어지며 허공을 갈랐다. 순식간에 연무대와 배 사이에는 반짝이는 비단길이 만들어졌다. 그러자 갑판 위에서 백의의 인영 하나가 나타났다. 그는 천천히 걸음을 옮겨 비단길을 내려오기 시작했다.

사람들 사이에서 술렁임이 일었다. 어떤 이는 탄성을 발했다. 그도 그럴 것이, 비단길은 기실 허공에 걸린 한 가닥의 비단폭에 불과했다. 바람에 흔들리고 파도 소리에 움찔대는 그런 헝겊 조각이었다. 그런데 백의인은 그 헝겊 위를 마치 평지처럼 걷는 것이었다.

그가 누구인지를 확인한 순간 많은 사람들의 안색이 변했다.

"운중선(雲中仙) 구장격(具壯搳)! 그가 결국 화랑방의 방주가 되었구나."

자연대사가 놀라며 혼잣말을 했다.

광한, 소운 등도 그 말을 듣자 놀라지 않을 수 없었다. 운중선 구장격이라면 옥소선녀 윤지림과 더불어 이선(二仙)이라 일컬어지는 신비로운 위인이었다. 금강일신 자혜대사께서 열반에 든 지금 그는 명실공히 천하무림의 최고수라 할 수 있었다. 그런 그가 화랑방의 방주가 되었다면 필히 중대한 이유가 있지 않겠는가. 소운은 모종의 기대감으로 그를 유심히 보았다. 하지만 머리만 유난히 길 뿐 선인(仙人)으로서의 인품은 엿보이지 않아 내심 실망하였다.

방주를 잃은 이후 화랑방은 줄곧 옥소선녀와 운중선을 찾고 있었다. 무너진 방세를 재건하려면 적어도 두 사람 중 한 명을 방주로 영입해야 한다는 판단 때문이었다. 그들은 모두 화랑방 출신들이었기에 명분도 있었다. 그러나 옥소선녀는 불교에 입문하여 이름까지 묘향신니로 바꾸었으니 불가한 일이라고 거절했다.

운중선의 행방은 오래도록 찾아지지 않았다. 이 년 전에야 화랑방은 백두산 천지연에서 그를 찾아냈다. 이름대로 그는 천지연의 구름 속을 거닐며 무학에만 정진하고 있었다. 그 역시 방주 취임을 거절했다. 아직 공부도 끝나지 않았으며 뜻도 없다는 것이었다.

그의 마음을 돌려놓은 것은 낭경이었다. 화랑방의 수자 중 한 명인 낭경은 몇 달 전 부여에서 소운과 척항무에게 봉변을 당했었다. 너무도 참담해진 그는 죽기를 작정하고 운중선을 찾아갔다. 목에 검을 들이대고 화랑방의 신세를 하소연했다. 방주의 의문스런 피살, 모든 무림인들의 경멸, 한심해진 무공 등등. 특히 그는 길상파와 조의사비에 대해서 온갖 이야기를 꾸며대었다. 풍문에 불과한 이야기들에 몇 술을 더 보태어 기막힌 모략을 만들어냈다. 방주의 피살에는 명백히 두 문파가 관계되어 있으리라는 얘기도 했다. 그 모두는 가슴에 맺힌 원한 때문이었다.

굵은 눈물을 뚝뚝 떨어뜨리며 이야기를 마친 낭경은 자신의 목을 내리쳤다. 운중선은 시종 냉담했지만 결국 손을 들고 말았다. 낭경의 검을 멈추어 목숨을 구해주었다. 그리고는 방주 취임을 승락했다. 그가 마음을 바꾼 결정적인 이유는 길상파와 조의사비에 대한 분노였다. 아무리 이선이 화랑방을 떠났다지만 일신과 사비들이 그런 짓거리를 자행할 수 있단 말인가.

취임 후 첫 과제로 구장격은 전대 방주 피살의 의문을 풀겠노라 선언했다. 오늘 안동호에서 영웅연을 개최한 가장 큰 이유도 사실은 거기에 있었다.

운중선 구장격은 비단폭을 타고 연무대 한가운데로 내려섰다. 사람들은 박수갈채를 보냈다. 구장격은 포권(包卷)한 채 답례했다.

"새로 화랑방의 일을 맡아보게 된 사람입니다. 앞으로 많은 도움들을 부탁드리겠습니다."

그는 정중하게 말했다. 그러나 그의 눈빛은 차갑기 이를 데 없었다. 그와 잠깐이라도 눈길이 마주친 사람은 등골이 오싹해질 지경이었다. 그래도 사람들은 덕담을 늘어놓았다.

운중선께서 화랑 방주가 되셨으니 앞으로 천하무림은 평화로울 것입니다, 질서와 조화가 자리할 것입니다 운운.

신엽은 그의 표정이 아무래도 심상찮아 소운에게 물었다.

"잔치를 여는 주인의 눈빛이 왜 저렇지?"

"그러게요. 운중선은 원래 얼음 같은 사람이래요. 성격이 괴팍하고 이기적인데다 결벽증까지 있다더군요."

"그런 사람이 어떻게 일신 이선 사비의 반열에 올랐을까?"

"성격은 그렇지만 의와 불의를 뒤섞지는 않는대요. 의를 행할 수 없는 경우라도 불의를 자행하지는 않는다는 얘기죠. 하지만 모두 전해들은 이야기니 어디까지가 진실인지는 알 수 없지요."

신엽은 고개를 끄덕였다.

"그런데 비어 있는 두 자리는 누구를 위한 거지?"

준비된 일곱 개의 자리 중 두 개는 아직도 사람이 오지 않고 있었다.

"하나는 묘향신니 것일 테고, 다른 하나는 조의문을 위한 것이겠죠."

"조의문이라면 조의사비를 말하는 건가?"

"그래요. 조의사비는 원래 고구려의 조의문 출신이었어요. 지금은 문(門)은 유명무실해지고 사비만이 더욱 유명해졌죠. 하지만 그들은 오지 않을 거예요. 묘향신니는 문밖출입을 끊은 지 오래고, 조의사비는 운중선과 편치 못한 관계니까요."

그 사이 화랑방의 한 제자가 작은 쟁반을 받쳐들고 구장격이 있는 곳으로 다가갔다. 바로 낭경이었다. 지난 다섯 달 동안 낭경은 구장격이 가장 신임하는 제자가 되어 있었다.

쟁반에는 네 개의 술잔과 술병, 그리고 찻주전자 하나가 놓여 있었다.

"먼길 오신 손님들을 환영하는 뜻으로 제가 술을 한 잔씩 따르겠습니다. 길상사의 장문인께는 차를 올리도록 하지요."

구장격은 세 개의 잔에 술을 따르고 나머지 한 잔에는 차를 부었다. 잔을 모두 채운 다음 그는 쟁반 위로 가볍게 손을 저었다. 그러자 놀라운 일이 벌어졌다. 술잔들이 모두 허공으로 떠오른 것이었다. 잔들은 바람개비처럼 둥그런 원을 그리며 넓게 퍼져갔다. 그리고는 차례차례 손님들의 상에 내려앉았다. 예방 방주 앞에 한 잔, 요리모토 앞에 한 잔, 아시겐지 앞에 한 잔, 마지막으로 자연대사 앞에 한 잔이 내려앉았다. 자연대사 앞의 것은 어김없이 찻잔이었다. 술잔에는 술과 차가 가득 부어져 있었지만 한 방울도 넘친 것이 없었다.

"신임 방주님의 무공에 경탄할 따름입니다. 자 그럼 축하주를 들지요."

아시겐지의 말에 따라 그들은 모두 잔을 비웠다. 잔을 받았으면 다시 술을 채워 돌려주는 것이 손님의 도리였다. 모두 그 도리를 아는 터라 가장 먼저 잔을 받은 예방 방주 쪽으로 시선을 모았다. 예방의 방주는 헛기침을 하고는 말했다.

"그럼 제가 답주를 따르겠습니다."

그는 술잔에 술을 가득 채운 다음 손가락 끝으로 톡 튕겼다. 그러자 술잔은 허공으로 솟아올랐다. 무지개처럼 둥그런 반원을 그리며 낭경이 들고 있는 쟁반 위에 내려섰다. 술잔 속의 술은 조금도 흔들림이 없었다.

원래 예방의 절정기는 일백오십 년 전 김윤후(金允侯) 스님이 몽고군과 맞서 싸우던 때라고 할 수 있었다. 스님은 노비, 재인, 화척 등 천민들을 이끌고 격렬한 싸움 끝에 처인산성(處仁山城)을 지켜내었다. 적장 살리타이를 격살하는 눈부신 전과도 거두었다. 그날 이후 천민 출신의 무림인들이 의기투합하여 독자적인 문파를 세웠는데 그것이 바로 예방이었다.

그 무렵 예방의 기세는 하늘을 찔렀으며 무공 또한 지고한 경지에 도달했었다. 그러나 근자에는 훌륭한 제자가 배출되지 않아 최고의 위치에서는 다소 멀어진 느낌이 있었다. 술잔에 술을 채워 날린 재주만 해도 운중선이 보여준 솜씨와는 차이가 있었다.

운중선 구장격은 그러나 인사 치레를 잊지 않았다.

"과연 예방의 위명은 명불허전이로군요."

그는 잔을 들어 단숨에 비웠다. 그러자 요리모토의 차례가 되었다. 요리모토는 술병을 들고 자리에서 일어났다.

"일본국 천도문의 요리모토가 한 잔 따르겠습니다."

그는 천천히 술병을 기울였다. 술이 조금씩 흘러나왔다. 그런데 그 술은 아래로 떨어지는 대신 위로 솟아올랐다. 비스듬히 허공을 가로질러 일 장 가량 뻗어나가더니 문득 세 줄기로 쪼개어졌다. 세 줄기의 술은 각각 좌방 상방 우방으로 반원을 그린 다음 구장격의 술잔으로 모여들었다. 잠시 후 잔에는 맑은 술이 찰랑찰랑 채워져 있었다. 물론 단 한 방울도 넘치거나 모자람이 없었다. 구장격은 고개를 끄덕였다.

"천도문의 무공에 감복할 따름입니다."

"과찬이십니다."

요리모토는 화답하고 자리에 앉았다.

다음은 아시겐지의 순서였다. 아시겐지와 요리모토는 미묘한 경쟁관계에 있었다. 그들은 각각 남조와 북조의 이인자라고 할 수 있었다. 아시겐지는 요다의 의동생으로 남조 특수부대의 부원수 자리에 있었다. 또한 요리모토는 천도문의 첫번째 제자로서 차기 문주 자리가 확실시되는 위인이었다. 더구나 요다 훈게이는 과거 그의 바로 밑 사제였기 때문에 두 사람의 관계는 더욱 미묘하다 할 수 있었다.

"짧은 재주가 웃음거리나 되지 않을지 두렵군요."

아시겐지는 그렇게 말했다. 하지만 그의 표정은 조금도 걱정스러워 보이지 않았다. 오히려 거만하고 자신만만한 모습이었다. 그는 먼저 술잔을 들어 구장격에게로 밀었다. 술잔은 천천히 허공을 비행했다. 마치 두 사람 사이에 보이지 않는 줄이 있어 그 줄을 타고 가는 듯한 움직임이었다. 이어서 아시겐지는 술병을 들어 기울였다. 술잔은 쳐다보지도 않은 채 술병만을 기울였다. 그런데 술병에서 흘러나온 술은 혼자서 술잔을 찾아갔다. 움직이는 술잔을 쫓아가며 그 속으로 채워지는 것이었다.

"허어!"

"신기에 가까운 솜씨로고!"

곳곳에서 감탄사가 터졌다.

술잔이 구장격의 쟁반에 내려앉았을 때 마지막 한 방울의 술이 잔으로 떨어졌다.

운중선 구장격은 그 술잔을 잠시 바라보았다. 그리고는 빙그레 웃었다.

"이 술은 감히 제가 입에 댈 수 없군요. 소중히 보관해두었다가 벗이 생각날 때마다 꺼내 보도록 하겠습니다."

"좋도록 하시지요."

그러나 아시겐지의 표정은 조금 냉랭해졌다. 그는 구장격이 여전히 자신을 불신함을 알아차린 것이었다. 그의 짐작은 사실과 다르지 않았다. 구장격은 처음부터 아시겐지의 답주를 마실 생각이 없었다. 이 세상 어느 누가 견즉시독이 건네준 술잔을 입에 댈 수 있겠는가. 설사 그들 사이에 약간의 사전교감이 있었다고는 하지만 조심할 일은 철저히 조심해야 했다.

예방 방주와 요리모토의 술잔을 받는 동안 구장격은 골똘히 생각했었다. 아시겐지의 술을 건너뛸 방법을. 다행히 그의 솜씨가 특별했기에 구장격은 보관 운운하며 넘어갈 수 있었다. 그런 내막을 모르는 요리모토는 심기가 불편한지 헛기침을 했다.

이제 사람들의 눈길은 모두 자연대사에게로 모아졌다. 길상파의 장문인은 과연 어떤 재주로 그들을 즐겁게 할 것인가.

자연대사는 먼저 잔에다 차를 따랐다. 그리고는 두 손을 가슴 앞에 모았다.

"차향기가 참으로 그윽하군요. 이런 명차로 주객의 정을 나눌 수 있어 기쁘기 그지없습니다."

그의 말이 끝나자 첫번째 제자인 광한이 앞으로 나왔다. 광한은 사부가 따라놓은 찻잔을 두 손으로 받쳐들고 연무대를 올라갔다. 구장격 앞으로 다가가 공손히 찻잔을 내밀었다. 사람들의 반응은 두 가지로 엇갈렸다. 실소를 머금는 쪽과 고개를 끄덕이는 쪽이었다. 구장격은 너털웃음을 터뜨렸다.

"허허허. 불문의 제자들은 과연 예의범절이 반듯하십니다."

그는 찻잔을 집어들어 단숨에 비웠다.

낭경에게 쟁반을 물리도록 한 다음 구장격은 좌중을 돌아보며 말했다.

"멀리서 오신 손님들을 위하여 폐방에서 약간의 구경거리를 마련하였습니다. 술과 음식을 들면서 즐겨주십시오."

이어서 그는 호수에 정렬한 여덟 척의 소선(小船)들을 향하여 손뼉을 쳤다. 그 소리는 그리 크지 않았다. 그러나 거기에는 심후한 공력이 깃들여 있어 맑은 울림을 멀리까지 전했다. 그 소리에 화답하듯 북소리가 시작되었다. 여덟 척의 소선은 북소리에 맞춰 기민하게 움직이기 시작했다.

소선들은 먼저 둥그런 원을 만들었다. 그리고는 빙글빙글 돌았다. 북소리가 높아지자 꼬리에 꼬리를 물고 점점 빠른 속도로 돌더니 소선들은 어느 순간 문득 멈추어 섰다. 놀라운 제동력이었다. 사람들의 갈채가 터졌다. 다음 순간 소선들은 방향을 틀어 반대쪽으로 돌았다. 다시 빠른 속도에 도달하자 원을 지우고 새로운 변화들을 시작하였다. 오행과 팔괘, 혹은 두 가지가 뒤섞인 복잡한 진법이었다. 마치 지상에서 무공의 달인이 보법을 연출하는 듯하였다. 때로는 한 명이었고 때로는 두 명이었으며 때로는 여덟 명의 고수들로

분하여 변화무쌍한 진법을 펼쳤다. 변화가 한 가지씩 매듭지어질 때마다 북소리는 호수를 울렸고, 소선들은 폭죽을 쏘아 밤하늘을 불꽃으로 물들였다.

소선들의 호상시위(湖上施威)를 보며 아시겐지는 내심 경각심을 느꼈다. 화랑방의 저력은 쉽게 쓰러뜨릴 수 없는 것이구나 싶었다. 사면이 바다로 둘러싸였으며 백성들의 절반이 뱃사람인 일본국에서도 저같은 조선술(操船術)은 견문한 바가 없었다. 더구나 구장격이 화랑 방주로 취임한 지 겨우 오 개월이 지났음을 감안한다면 이는 경악할 만한 사태였다.

운중선 구장격. 역시 허명이 아니었구나. 오늘 이 자리를 빌려 끝을 내지 않는다면 두고두고 후환이 될 것이야.

아시겐지는 다시 한번 마음을 다졌다.

한편 그때 그 자리에는 반대로 아시겐지를 노려보며 각오를 다지는 사람이 있었다. 바로 신엽이었다. 신엽은 영신봉 중연암에서부터 아시겐지와 자신이 한 세상을 공유할 수 없음을 다짐했었다. 그의 독사떼로 인해 대사부 금강일신 자혜대사께서 유명을 달리하신 까닭이었다. 뿐만 아니라 월하고검 석준경의 죽음에도 그는 관계되어 있었다.

이미 영신봉에서 신엽은 아시겐지와 일전을 나눈 바 있었다. 그러나 그때는 목숨을 내놓고 달려들 수 없었다. 아직 자혜대사의 유지를 완수하지 못한 때문이었다. 하지만 지금은 사정이 달랐다. 『금해진경』은 무사히 발견되어 자연대사의 수중에 보관되어 있었다. 어머니가 마음에 걸렸지만 사(私)보다는 공(公)을 앞세워야 할 일이었다. 금강일신과 월하고검의 원수를 갚는 일은 고려 무림 전체의 기개와 관계된 일이었던 것이다.

당신을 죽이지 못한다면 나도 삶을 구하지 않을 것이오. 신엽은 가슴 깊이 결의를 다졌다.

호수에서는 소선들의 시위가 절정에 다다르고 있었다.

변화를 거듭하던 소선들은 두 조로 나뉘어 양쪽으로 갈라섰다. 각각 네 척씩이 맞은편을 향하여 뱃머리를 돌리고 섰다. 북소리가 울리면서 그들은 서로를 향해 돌진했다. 아주 빠른 속도였다. 순식간에 그들은 지척으로 가까워졌다. 이제 곧 이물들이 맞부딪혀 여덟 척 모두가 산산이 부서질 지경이었다. 북소리는 공포감을 자아낼 만큼 높아졌다. 그러나 마지막 순간 그들은 좌우로 살짝 방향을 틀었다. 여덟 척의 소선은 서로의 틈새로 교묘하게 빠져나가며 충돌을 모면했다. 곳곳에서 박수갈채가 터졌다.

엇갈려 지나간 배들은 이십여 장을 멀어지더니 다시 방향을 돌렸다. 다시 한번 서로를 향해 마주 섰다. 북소리가 높아지고, 소선들은 일제히 속도를 높였다. 그런데 이번에는 배와 배의 간격이 처음보다 좁았다. 어떤 재주로도 틈새를 빠져나갈 수는 없을 성싶었다. 사람들은 손에 땀을 쥐고 지켜보았다.

북소리가 호수를 진동하는 가운데 소선들은 충돌 직전의 거리까지 가까워졌다. 그러자 문득 북소리가 끊어졌다. 밤의 호수에는 정적이 쏟아졌다. 그리고 바로 그때, 놀라운 장면이 연출되었다. 양쪽에서 각각 두 척씩의 소선들이 허공으로 날아오른 것이었다.

왼쪽에서는 일번 배와 삼번 배가, 오른쪽에서는 이번 배와 사번 배가 두둥실 날아올라 정면의 배를 넘어섰다. 배와 배가 허공에서 엇갈리며 겹치는 광경은 참으로 장관이었다. 그리고 그 배들은 허공의 정점에 도달한 순간 폭죽을 쏘아올렸다. 화려한 네 개의 폭죽이 밤하늘을 수놓았다. 일찍이 어느 누구도 상상하지 못했을 아름다운 기적이 연출되는 순간이었다.

사람들은 할말을 찾지 못했다. 그저 입을 딱 벌린 채 눈동자만 굴릴 따름이었다. 그렇게 한참이 지나서야 감탄사들을 쏟아내었다. 허어! 평생 못 잊을 장관이로군! 그러게 말이오, 태어나서 처음으로 눈을 씻는구려!…… 박수갈채도 여기저기서 터져나왔다. 화랑 방주 구장격은 흐뭇한 미소를 머금었다. 그는 이미 화랑방의 탁자로 옮겨가 있었지만 자리에서 일어나 박수갈채에 답례했다. 그리고 다음 순서가 시작됨을 알렸다.

"오늘의 모임에는 두 가지 중요한 일이 있습니다. 그중 첫번째인 무공 경연을 시작하겠습니다. 각 문파에서는 두 명씩의 제자를 준비해주시기 바랍니다."

"두번째 일이란 건 무엇인지요?"

예방 방주가 궁금증을 참지 못하고 물었다. 그러나 구장격은 대답을 피했다.

"때가 되면 아시게 될 것입니다. 그럼 여러분 모두의 건투를 빕니다."

첫번째 대결에는 화랑방이 먼저 선수를 내보냈다. 주인으로서 손님을 접대하는 도리였다. 연무대로 올라온 이는 백무였다. 그는 구장격이 십오 년 전 특별히 거둔 두 제자들 중 한 명이었다. 백두산의 정기를 받아 무공 성취가 무궁하라는 뜻에서 구장격은 그들을 백무(白無), 백궁(白窮)이라 이름하였다. 그들은 자질도 출중하였고 운중선의 엄한 가르침을 일심으로 따랐기에 무공이 상당한 경지에 올라 있었다.

"어느 분이 화랑방의 제자 백무와 일합을 나누시겠습니까?"

낭경이 행사 진행을 맡았는지 백무의 상대를 구했다. 백무는 미소를 머금은 채 기다렸다.

고려에서는 수백 년래로 영웅연의 전통이 내려오고 있었다. 길상사, 화랑방, 조의문을 포함하여 당대의 명문세가들이 모여 친목을 도모하고 제자들의 무공도 겨루어보는 화합의 장이었다. 원래는 십 년마다 한 차례씩 열렸지만 이십 년으로 간격이 길어졌다가 근래에는 꽤 오랫동안 열리지 못한 터였다. 일신 이선 사비의 시대가 도래하면서 문파들간의 자부심 경쟁이 미묘해진 까닭이었다. 영웅연에서는 각 문파의 제자들이 자웅을 겨루어 마지막 승리자에게 영웅의 칭호를 부여했다. 그것은 개인에게도 영예였지만 문파에게도 큰 자랑이 아닐 수 없었다. 그리고 그날의 영웅에게는 한 가지 특권이 더 주어졌다. 선배 세대의 무인들 중 가장 흠모하는 이와 일합을 나눌 기회가 주어졌다. 말하자면 한 수 가르침을 받게 해주는 것이었다. 그런데 오늘의 영웅연에는 색다른 점이 있었으니, 바다 건너 왜국에서 남조와 북조를 대표하는 사무라이들이 참석하였다는 사실이 바로 그것이었다.

각 문파는 서로 눈치만 살피며 머뭇거렸다. 서둘러 연무대에 오르는 것은 현명한 일이 아니었다. 더구나 화랑방의 제자들은 오랫동안 강호에 출입하지 않았기에 실력을 예측하기 어려웠다.

그러나 예방 방주는 다른 생각을 하였다. 그는 구장격이 화랑 방주가 된 것이 극히 최근의 일인 만큼 제자들의 무공은 보잘것없으리라 짐작했다.

호수에서 배를 모는 일이야 짧은 시간의 훈련으로도 가능하겠지만 무공이야 그럴 수 있겠는가. 뼈를 깎고 피를 말리는 고통으로 해를 거듭해야 겨우 한 걸음 올라가는 것이 무공의 길 아니겠는가. 더구나 지난 십여 년간 화랑방의 지리멸렬을 감안한다면…… 그렇다면 지금이 적기이다. 타문파에서 더 뛰어난 제자들이 나서기 전에 화랑방의 제자라도 멋있게 꺾어 보이자.

그런 계산을 세운 예방 방주는 자신의 수제자 마진옥에게 출전 명령을 내렸다. 방주를 제외하고는 예방에서 가장 뛰어난 실력자라

할 인물이었다. 가뜩이나 근질근질하였던 마진옥은 성큼성큼 연무대로 올라갔다.

"예방 제자 마진옥이 백무 소협께 가르침을 받겠습니다."

말을 마친 마진옥은 저고리를 모두 벗어던졌다. 그는 이미 사십이 가까운 나이였지만 몸의 근육은 이십대처럼 탄탄했다. 공력을 끌어올려 타우격호(打牛擊虎)의 자세를 취하자 근육들은 살아 숨쉬는 듯 불룩거렸다.

예방의 무공은 원래 그 뿌리를 두 곳에 두고 있었다. 하나는 농노들의 농사일이었고, 다른 하나는 재인들의 재간부리기였다. 첫번째는 힘과 차력의 무공으로 발전하였고, 두번째는 줄타기와 재주넘기 등을 통하여 날렵함의 무공으로 발전하였다. 마진옥은 그중 첫번째에 해당했다. 그는 타고난 장사이기도 했다. 농장에서 일하였던 그는 홧김에 악덕장주를 격살하고 달아나서 길거리에서 차력 시범으로 생계를 꾸리던 중 예방 방주에게 발탁되어 정식 무공을 배울 수 있었다. 선천적인 괴력에 무공까지 곁들이자 그는 누구도 범접할 수 없는 실력자가 되었다. 그날 이후로 누구와의 결투에서도 져본 적이 없었다.

이 자리에 모인 사람들이 천하무공을 호령하는 자들이란 말이지. 내 오늘 진짜 무공이 무엇인지를 보여줘야지.

마진옥은 내심 자신만만하게 백무를 공격하기 시작했다. 백무는 이십대 초반의 젊은이로 무사라기보다는 서생 같은 이미지를 풍겼다. 한 손으로 후려치기만 해도 바스러질 듯 보였다. 그러나 마진옥은 맹공을 펼쳤다. 몇 수 만에 간단히 끝낼 생각에서였다. 그가 전개한 것은 타우권(打牛拳)이라는 예방 특유의 권법이었다. 발정기의 황소나 혹은 기타 이유로 발광한 황소를 일격에 쓰러뜨릴 수 있을 만큼 정확하고 강력한 무공이었다. 권(拳) 장(掌) 지(脂)가 적절히 어우러져 권인 듯하면 장이 되고 장인 듯하면 다시 지가 되어 급소를 찔렀다. 변화가 가히 조화롭다 할 것이었다. 그것은 예방의 무공이 각파의 무공에서 장점만을 취합하여 만들어진 지극히 실용적인 무공인 까닭이었다.

마진옥의 권과 장은 강맹한 위세를 떨쳤다. 몇 차례 휘두르자 직경 삼 장의 연무대가 가득 차는 느낌이었다. 백무는 서 있을 땅조차 찾아내기 어려울 듯 보였다. 그러나 그는 편안한 미소를 잃지 않고 있었다. 가벼운 보법으로 이리저리 움직이며 마진옥의 공격을 피했다. 그 몸놀림은 너무도 태연하여 마치 그가 상대의 움직임을 미리 알고 피하는 듯했다.

이십여 수의 공격이 모두 무위로 돌아가자 마진옥은 화가 치밀었다. 그때까지 그는 공격에 전력을 퍼붓지는 않았다. 자리가 자리이니만큼 살수를 펼칠 생각은 없었다. 그저 약간 망신만 주려니 생각했다.

그러나 이제는 미꾸라지 같은 백무를 붙잡아 패대기를 쳐야 속이 풀릴 지경이었다. 그는 공력을 십이 성 끌어올려 일장삼우(一掌三牛)의 일식을 펼쳤다. 일장삼우란 일 장을 쳐서 능히 세 마리의 황소를 쓰러뜨린다는 무서운 초식이었다. 그 초식이 마진옥에 의해 전개되자 장력은 가히 산을 허물고 바다를 일으켜 세울 듯했다. 사람들은 모두 이번만큼은 백무가 피할 수 없으리라 여겼다.

사람들의 짐작은 옳았다. 백무는 그 일식을 피하지 않았다. 대신 그는 마진옥의 장력을 정면으로 맞섰다. 하지만 그렇다고 장력 대 장력으로 맞부딪친 것은 아니었다. 백무는 손바닥을 맞붙인 채 두 팔을 정면으로 뻗었다. 그러자 재미있는 일이 일어났다. 마진옥의 강맹한 장력이 백무의 손끝에서 양쪽으로 갈라지는 것이었다. 거센 물결이 돌멩이를 만나 좌우로 갈라지듯, 그래서 종국에는 삼각주를 만들듯. 그렇게 갈라진 장력은 백무에게는 아무런 영향도 줄 수 없었다. 머리카락과 옷자락이 살풋 나부낄 뿐이었다. 그러는 사이 마진옥과 백무의 거리는 지척으로 가까워졌다. 마진옥의 손바닥과 백무의 손끝이 거의 맞닿을 지경이었다. 그리고 다음 순간, 사람들은 마진옥의 비명을 들었다.

"어이쿠!"

그는 다리를 움켜쥐며 거꾸러졌다. 어느 틈에 백무의 발끝이 마진옥의 오른쪽 다리 족삼리를 찍은 것이었다. 족삼리는 대혈 중에서도 요혈에 해당했다. 순간적으로 기운을 뺏는 것은 물론 온몸을 마비시키거나 내장 기관을 파괴할 수도 있는 곳이었다. 만약 백무가 사정을 두지 않았다면 마진옥은 그 한 수로 목숨을 잃었을지도 몰랐다.

"제가 운이 좋았습니다."

백무는 미소지으며 인사했다. 그리고는 자리로 돌아가려 했다. 하지만 마진옥은 그대로 끝낼 수가 없었다. 그 허무한 일격을 인정할 수 없었다.

"아직 끝나지 않았소."

다시 일어선 마진옥의 손에는 어느 사이 황동부(黃銅斧)가 들려 있었다. 손잡이에서부터 도끼날까지가 모두 황동으로 만들어진 그것은 달빛 아래서도 날카로운 빛을 발했다. 길이는 오 척이요, 무게는 육십 근이 족히 넘어 보였다. 마진옥은 황동부를 전후좌우로 한바탕 휘저었다. 그 육중한 무기를 마치 나무지팡이를 휘두르듯 움직였다. 그리고는 백무에게 말했다.

"그대도 무기를 꺼내시오."

마진옥이 무림의 규칙을 잘 알았다면 이렇듯 무례할 수는 없었을 것이었다. 영웅연에서는 옷깃만 찢어져도 패배를 인정하는 법이었다. 하물며 무릎을 꿇고 거꾸러진 마당에야 불복이란 있을 수 없었던 것이다. 그러나 백무는 미소를 잃지 않았다. 그는 두 팔을 편안하게 벌렸다. 무기를 사용할 뜻이 없으니 원한다면 얼마든지 공격하라는 몸짓이었다. 마진옥은 얼굴을 일그러뜨렸다. 그리고는 황동부를 치켜들고 몸을 날렸다.

황동부는 백무의 왼쪽 목덜미 천류혈을 비스듬히 찍었다. 이는 타호분경(打虎粉頸)이라는 초식으로 예방이 자랑하는 격호봉법(擊虎棒法)의 제일식이었다. 원래는 봉법인 것을 마진옥이 자신의 무기에 맞게 개량하였는데 그 위력이 가히 경탄할 만했다. 육십 근의 도끼는 바위를 쪼갤 듯한 기세로 날아들었다. 백무는 목덜미로 파고드는 황동부를 무심히 바라보았다. 마치 자신의 목숨은 자신과는 무관하다는 듯.

지켜보던 사람들은 가슴을 졸였다. 심지어는 마진옥까지도 속이 뜨끔했다.

아차, 이거 내가 지나친 살수를 쓰는 것인가. 상대는 아직 어린 친구인데.

그러나 다음 순간 백무의 모습은 마진옥의 시야에서 사라졌다. 길상사에 적룡신법이 있다면 화랑방에는 낙영비(落英飛)의 경신술이 있었다. 백무는 바로 그 낙영비의 신법으로 마진옥의 겨드랑이를 빠져나가 그의 등뒤로 이동한 것이었다. 동시에 백무의 우장은 마진옥의 오른쪽 어깨 거골혈을 어루만졌다. 마진옥은 문득 오른팔이 저릿해지며 황동부를 놓치고 말았다. 그의 손을 떠난 황동부는 연무대 바닥에 깊은 상처를 내며 박혔다. 그 모든 일들이 이루어진 것은 실로 눈 깜짝할 순간이었다.

사람들은 박수를 쳤다.

마진옥은 한참이 지나서야 무슨 일이 일어났는지를 이해했다. 더 이상의 시비가 무용함도 깨달았다. 풀이 죽은 그는 황동부를 뽑아들고 예방의 자리로 돌아갔다. 백무도 좌중을 향해 포권하고 자신의 자리로 돌아갔다. 사람들은 놀라지 않을 수 없었다. 아직 어린 친구가 저렇듯 침착하고 무공도 뛰어나다니. 지난 십여 년간 화랑방의 쇠락은 연극에 불과했단 말인가.

특히 백무에게 호감을 느낀 사람은 신엽이었다. 그는 백무가 자신보다 불과 두어 살 위로 보였지만 자신이 갖지 못한 여유를 가졌음을 부러워했다. 그리고 기회가 닿는다면 친구로 사귀어보리라 생각했다.

젊은 영웅들

첫 대결이 끝난 다음 화랑방의 낭경은 두번째 대결의 선수들을 청했다. 그러나 선뜻 나서는 이가 없자 자연대사 쪽을 돌아보았다.

"길상사에서 한 분을 출전시키심이 어떻겠습니까?"

자연대사는 고개를 끄덕였다. 화랑방과 예방이 이미 나섰으니 다음 차례는 길상사라 할 수 있었다. 바다 건너에서 온 사람들에 대한 예의였다. 다만 그는 먼저 나서기가 마땅찮아 잠자코 있었을 뿐이었다. 자연대사는 광한을 연무대로 올려보냈다.

그는 내심 광한과 소운을 점찍고 있었다. 신엽을 올릴까도 생각했지만 만일의 경우에 대비해서 아껴두기로 했다. 자긍은 신엽의 무공이 이미 장문인인 자연에게도 뒤지지 않을 것이라고 말했었다. 지난 며칠간 자연대사가 지켜본 견해도 같았다. 그렇다면 신엽은 아껴둘 필요가 있었던 것이다.

광한이 올라서자 즉시 상대가 나타났다. 견즉시독 아시겐지가 미도리를 올려보냈다.

"무기를 쓰도록 해라."

그는 미도리에게 싸움의 방법까지 일렀다.

미도리는 길상사의 누구와도 싸우고 싶지 않았다. 무기 따위는 더더욱 쓰고 싶지 않았다. 그러나 사숙의 명령이니 어길 수가 없었다. 허리에서 설편(雪鞭)을 풀어내어 한 차례 휘저은 다음 연무대 바닥을 찍었다. 채찍을 맞은 바닥은 한 치 깊이로 기다랗게 패어버렸다. 사람들은 모두 그 위력에 혀를 내둘렀다.

미도리의 채찍 시위는 일견 공포 분위기를 조성하는 듯 보였다. 그러나 그녀의 내심은 따로 있었다. 광한에게 주의를 주려는 것이었다. 그녀의 설편은 부드러워 보였지만 기실은 다른 어떤 무기보다도 예리했다. 이미 한 차례 영신봉에서의 대결로 광한의 성품을 존경하게 된 터라 그녀는 그가 충분히 대비하기를 바랐던 것이다.

광한은 감히 경시할 수 없음을 깨달았다. 그는 장검을 꺼내어 길상칠검의 적룡대명세(赤龍待命勢)를 취했다.

"얍!"

미도리는 짧은 기합을 토하며 공격을 시작했다. 설편의 그림자가 사면팔방에서 광한의 요혈들을 노리며 밀려들어왔다.

미도리에게 연편무공(軟鞭武功)을 가르친 사람은 요다의 여동생 미야자키였다. 그녀는 천도문과 무관한 어느 고인에게서 무공을 배워 역시 최고의 경지에 올라선 이였다. 그러나 미야자키는 오빠처럼 욕심이 많지는 않았다. 무공과 인생은 별개라고 생각하여 서른 살 되던 해 한 평범한 남자와 혼례를 올렸다. 요다는 그 결혼이 탐탁찮았다. 그는 여동생이 아시겐지와 혼인할 것을 원했다. 그래서 아시겐지를 언제까지나 아랫사람으로 묶어둘 수 있도록. 요다는 사람을 시켜 여동생의 남편을 죽였다. 그리고 여동생에게 아시겐지와의 혼례를 강요했다. 미야자키는 차마 하나뿐인 혈육과 싸울 수가 없어 집을 나가버렸다. 별수 없이 요다는 아시겐지와 의형제를 맺어야 했다.

미야자키는 오빠의 제자들 중 미도리를 가장 사랑했다. 해서 그녀에게 자신의 절기 두 가지를 전수하였다. 묘비월의 신법과 연편무공이었다. 집을 떠난 후에도 이따금 몰래 돌아와서는 미도리를 가르치곤 했다. 미도리의 무공이 미도노를 능가할 만큼 증진한 것도 미야자키의 가르침 덕분이라 할 수 있었다.

미야자키의 연편무공은 왜국인들 사이에선 신편(神鞭)이라 알려져 있었다. 그것은 다섯 가지의 기본 자결과 세 가지의 고급 자결로 이루어져 있었다. 다섯 가지 기본이란 때리고(打) 돌리고(循) 감고(縛) 당기고(引) 던지는(投) 것이었고, 세 가지 고급 자결은 찌르고(刺) 나누고(分) 이동하는(煥位) 것이었다.

기본 자결의 초식들은 외공의 수련만으로도 어느 만큼 성취할 수 있었다. 그러나 뒤의 세 가지는 상당한 내공이 뒷받침되어야 전개할 수 있었다. 찌르기 위해서는 부드러운 연편을 대나무처럼 꼿꼿하게 세울 수 있어야 했고, 나누기 위해서는 먼저 자신의 공력을 쪼갤 수 있어야 했다. 그래야 그 공력을 연편에 실어 일순간에 두 곳 이상의 요혈들을 공격할 수 있었다. 마지막 환위(煥位)의 경우는 신편이 문자 그대로 신편의 경지에 올라야 가능한 초식이었다. 보법과 연편이 어우러져 위치를 이동하는데, 그 움직임이 신속 현란하여 상대방은 환영을 보게 마련이었다. 때문에 연편은 마치 분신하여 일시에 여러 곳에 존재하는 듯 보였다.

미도리의 무공은 아직 환위의 수준에는 이르지 못했다. 그러나 자

(刺) 자결과 분(分) 자결까지는 부족함이 없었다. 그녀는 연편으로 죽창을 만들 수도 있었고, 한순간에 세 곳의 요혈들을 노릴 수도 있었다. 그런 그녀가 마음을 다잡고 연편을 휘두르자 연무대 위는 온통 금빛 그림자로 뒤덮였다. 그녀의 설편은 언제 어떻게 광한을 파고들지 아무도 예측할 수 없었다.

하지만 광한의 검법도 결코 부족하지 않았다. 광한은 길상칠검의 칠 초 이십팔 식을 물 흐르듯 매끄럽게 전개하며 검기의 보호막을 만들었다.

연편과 검은 예로부터 용호상박의 관계를 유지해온 터였다. 검의 강맹함을 희롱하는 데는 연편의 부드러움이 최상이었다. 그러나 연편의 유약함을 응징하는 데는 또 검의 단호함이 가장 효과적이었다. 때문에 둘의 승부는 무기 자체의 우열보다 공력의 심천에 의해서 판가름나게 마련이었다.

잠깐 사이에 미도리는 삼십 초의 공격을 퍼부었다. 무기들의 속성상 공격의 주도권은 미도리가 잡고 있었다. 광한은 철저히 방어하다가 틈을 노려 기습하는 작전을 취했다. 다시 이십 초가 지나도록 별다른 성과가 없자 미도리는 전략을 바꾸었다. 광한을 직접 공격하는 대신 그의 검을 공략하기 시작했다. 검을 무력하게 만들 수만 있다면 승세를 잡을 수 있지 않겠는가.

설편을 광한의 검끝으로 향한 채 미도리는 작은 원을 그렸다. 무수히 많은 작은 원들을 만들었다. 그러자 주변으로는 회전에 의한 자기장이 형성되었다. 동시에 광한은 강력한 흡인력을 느꼈다. 회전의 중심부에서 강한 자력이 그의 장검을 빨아들이는 것이었다. 광한은 두 손으로 검을 움켜쥐었다. 그리고 설편을 베기 위해 검을 휘둘렀다. 하지만 설편은 눈이라도 붙은 듯 요리조리 피했다. 원이 커지기도 했고, 검을 따라 좌우로 이동하기도 했다. 그러는 동안도 흡인력은 줄어들지 않았다. 오히려 시간이 흐를수록 강력해졌다.

광한은 차츰 팔의 근력이 달리는 것을 느꼈다. 이런 식으로는 오래 버틸 수가 없었다. 그는 공력을 십이 성 끌어올려 분룡파해의 일식을 펼쳤다. 그리고는 몸을 날려 미도리의 등뒤로 옮겨갔다. 흡인력이 사라지자 몸이 한결 가벼워졌다. 그러나 그것은 잠시였다. 다시 미도리의 설편이 원을 그리며 다가왔고, 다시 무거운 흡인력이 장검을 빨아들였다. 흡인력의 비밀은 회전에 있었다. 미도리는 다만 손목을 까딱거려 회전만 계속하면 되었다. 회전은 그 힘을 끊임없이 증폭시켜 강력한 흡인력을 만드는 것이었다.

광한은 연거푸 세 차례나 자리를 옮겼다. 그때마다 설편은 그림자처럼 따라붙었다. 광한이 비세에 몰리고 있음은 누구의 눈에도 명백해 보였다. 광한 역시 그 점을 절감했다. 이제 장검을 빼앗기는 것은 시간문제였다. 부드러운 연편에 이렇듯 무서운 무공이 숨어 있었다니. 광한은 두 눈을 감고 마음으로 염주알을 세었다. 나무아미타불…… 그런데 그 순간 문득 한 가지 생각이 스쳐갔다. 바로 염주알이었다.

그렇구나. 왜 진작 그 생각을 못 했을까.

광한은 즉시 목에 걸린 염주를 입에 물었다. 이빨로 염주알 하나를 끊어낸 다음 설편의 회전 중심으로 쏘아보냈다. 중심을 뚫고 들어가면 그 끝에는 미도리의 손이 있었다. 미도리는 갑작스런 기습에 놀랐다. 설편을 틀어 염주알을 쳐내었다. 그러나 그 덕분에 설편의 회전에는 혼란이 왔고, 흡인력은 현저히 줄어들었다. 광한은 즉시 용변화검(龍變化劍)의 일식으로 설편을 쳤다. 설편은 그 끝이 두 자 가량 잘려나갔다. 미도리는 재빨리 설편을 거둬들였다.

"흥. 임기응변이 뛰어나시군요."

그녀는 내심 광한의 기지에 갈채를 보냈다. 관전하는 많은 사람들

역시 같은 마음이었다. 특히 길상사에서는 안도의 한숨들을 내쉬었다. 다만 아시겐지 일파만이 아쉬운 표정을 지었다. 다 된 밥에 재가 떨어진 것이었다.

두 사람의 대결은 다시 원점으로 돌아갔다. 검과 연편은 서로의 틈새를 노리며 파고들어 부딪치고 떨어지기를 무수히 되풀이했다. 실력도 비슷하고 공력도 비슷한 형편이라 꽤나 긴 시간이 이어질 것 같았다.

미도리는 광한의 검법이 무겁고 단정했지만 신속성이 떨어지는 것을 간파하고 설편을 분(分) 자결로 운용하기 시작했다. 설편은 살아 움직이듯 세 개 혹은 네 개의 매듭을 만들어 광한의 요혈들을 기습했다. 동시에 그녀는 묘비월의 신법을 전개하였다. 광한은 그녀의 인영과 설편의 행방이 여러 곳으로 흩어지는 것을 느끼고 당황했다.

그렇다면 수비에만 치중할 수는 없다. 적극적으로 공격해서 상대의 무공이 완전히 전개되는 것을 막아야 한다.

광한은 그렇게 판단하고 몸과 검을 한 점으로 모아들였다. 오른발로 왼발 바깥쪽을 차며 솟구쳤다. 그러자 그의 몸은 용수철처럼 회전하며 미도리에게로 쏘아져갔다. 검끝에서 발끝까지가 일직선을 그렸다. 이는 길상칠검 중의 마지막 제칠식인 신룡자운(神龍刺雲)이었다. 얼핏 보면 화랑방 설녀검법의 수원지천(水願至天)과 동일한 듯 보였다.

그러나 두 검법 사이에는 약간의 차이가 있었다. 수원지천이 단순한 직선운동인 데 반하여 신룡자운은 회전운동과 함께 직선으로 찔러갔다. 따라서 그 파괴력이 더하다고 할 수 있었다. 반면에 설녀검법은 기동성에서 한 발 앞섰다. 수원지천은 언제 어떤 상황에서도 전개가 가능했다. 허공에서 이차 삼차 도약을 통해서도 가능했다.

그러나 신룡자운은 반드시 단단한 곳을 짚고서야 전개할 수 있었다.

예상 밖으로 신속한 광한의 공격에 이번에는 미도리가 당황했다. 검기가 사면에서 그녀를 압박해 들어왔다. 그녀는 이미 어디로도 달아날 수 없었다. 그렇다고 연편으로 검을 막을 수도 없는 노릇이었다. 검끝이 한 자 앞까지 다가들었을 때, 미도리는 재빨리 허리를 틀어 몸을 뒤집었다. 하늘을 향해 드러눕는 듯한 자세를 취했다. 두 발은 땅을 딛고 있었지만 무릎 위로부터 등과 어깨까지는 지면과 평행을 이루었다. 그 자세로 광한의 아래쪽을 파고들어갔다. 두 사람은 불과 한 자 거리로 서로를 스쳐지나갔다. 짧디짧은 순간에 그들은 각각 삼 초씩을 주고받았다. 관전하던 사람들에게서 박수갈채가 터졌다.

광한이 지상에 내려섰을 때 미도리는 이미 다시 연편을 날리고 있었다. 뒤도 돌아보지 않고 그녀는 광한의 양쪽 겨드랑이 극천혈을 노렸다. 광한은 검으로 오른쪽 공격을 해소하고 왼쪽은 가볍게 비틀어 피하려 했다. 그런데 그 순간 이상한 느낌이 찾아왔다. 왼쪽 어깨가 시큰하더니 마비되는 것이었다.

이게 무슨 조화까.

광한은 깜짝 놀라 왼쪽 어깨를 내려다보았다. 아무런 이상을 발견할 수 없었다. 그러나 여전히 어깨는 조금도 움직여지지 않았다. 그 사이 미도리의 설편은 겨드랑이를 파고들고 있었다. 광한은 몸을 솟구쳤지만 때는 이미 늦었다. 싸악! 바람 소리와 함께 설편이 그의 팔을 지나갔다. 광한의 왼쪽 팔은 연무대 바닥으로 떨어졌다.

영웅연장에는 정적이 흘렀다.

잠시 후 광한은 장검을 바닥에 꽂았다. 한 손을 가슴 앞에 세우고 고개를 숙였다.

"소저의 무공에 감복할 따름입니다."

  광한의 모습은 여전히 침착했다. 그는 떨어진 팔을 집어들고 연무대를 내려왔다.

  자연대사는 급히 광한의 혈도를 짚어 출혈을 멈추었다. 견정혈로 진기를 주입하여 외상이 내상으로 번지는 것을 막았다.

  "대사형! 대사형!"

  소운은 기가 막혀 울먹이다가 장검을 뽑아들고 뛰어올라갔다.

  "악독한 년. 네가 이럴 수가 있느냐. 죽어가는 너를 살려준 게 누군데, 그 은혜를 이렇게 갚느냐?"

  연무대를 내려가려던 미도리는 싸늘한 눈길로 돌아보았다.

  "누가 살려달라고 애원이라도 했다더냐?"

  "참으로 지독한 사람이로군. 그럼 내게 했던 말들은 모두 거짓이었소?"

  신엽도 참지 못하고 연무대로 올라갔다. 그는 내심 죄책감까지 느끼고 있었다. 무공을 잃고 폐인이 될 뻔한 미도리를 극진히 보살펴 살려준 것이 바로 자신이었다. 그런데 그녀가 다시 적이 되어 대사형의 팔을 잘라버릴 줄이야.

  "흥. 두 사람이 한꺼번에 덤비려는 거냐. 좋도록 해라. 나 미도리는 눈 하나 깜짝하지 않는다."

  "미연 소저. 대관절 이게 어찌된 일이오?"

  신엽은 미도리의 변신을 믿을 수가 없었다. 그의 진지한 눈빛에 미도리의 안색이 흐려졌다. 그러나 그것은 아주 잠깐일 뿐이었다.

  "그대들의 대사형은 무공이 부족하여 화를 자초한 것이니 나를 탓하지는 말아라. 또 자꾸 옛일을 들먹이는데, 한 가지만 환기시켜 주겠다. 그대가 나를 치료하려 했을 때 나는 분명히 말했었다. 나를 구한 것을 후회할 날이 올 것이라고. 그날이 조금 일찍 찾아왔을 뿐이다. 그러니 잔소리는 접고 무기를 들어라."

　신엽은 온몸이 부들부들 떨렸다. 분노를 따라 단전으로 두 개의
기운이 모여들었다. 찬 기운과 더운 기운, 즉 현음지공과 현양지공
이었다. 그러자 그의 두 손바닥은 서로 다른 빛을 나타내었다. 미미
하게지만 각각 푸른색과 붉은색으로 변했다. 다른 사람들은 눈치채
지 못했으나 미도리는 알 수 있었다. 지리산의 동굴에서 그녀를 치
료하는 동안 신엽은 줄곧 현묘공이라는 것을 연마했던 것이다.
　미도리는 말할 수 없는 슬픔을 느꼈다. 그녀를 난생 처음 여자로
느끼게 했던 남자가, 고려인의 자긍심을 느끼게 했던 남자가 그녀를
치기 위해 필생의 공력을 모으고 있었다. 그런데도 그녀는 한마디
변명도 할 수 없었다.
　광한의 팔이 떨어졌을 때 누구보다 놀란 사람은 바로 미도리였다.
그녀에게는 전혀 그럴 의도가 없었다. 그럴 능력도 없었다. 광한의
무공은 그녀와 백중하여 다만 서로 최선을 다할 뿐이었다. 광한의
팔을 도려낸 일 초도 지극히 평범하여 그가 쉽사리 피해낼 수 있는
것이었다.
　일이 벌어진 다음 미도리는 당황했다. 그녀는 좌중을 돌아보았고,
그 속에서 비열하게 미소짓는 얼굴 하나를 발견했다. 바로 아시겐지
의 얼굴이었다. 그러자 모든 것이 분명해졌다. 아시겐지가 몰래 암
수를 써서 광한을 일시적으로 마비시킨 게 아니겠는가. 그는 아마
처음부터 그런 계획을 갖고 있었으리라. 그래서 그녀에게 무기를 사
용하라는 지시까지 내린 것이었으리라…… 그렇다면 미도리에게는
다른 방법이 없었다. 죄를 고스란히 덮어쓰는 도리밖에. 그녀에게는
아직 아시겐지의 신임이 필요한 까닭이었다.
　슬픔을 내색하지 않기 위해 미도리는 고개를 숙였다. 그리고 설편
을 단단히 움켜쥐었다. 신엽은 쌍장을 천천히 치켜들었다. 그러나
그 순간 두 인영들이 연무대 위로 뛰어올라왔다. 미도후사와 미도노

였다.

"실력이 부족하니 숫자로 우기자는 것이냐?"

미도후사의 말이었다. 그런데 그들의 등장은 사태를 더욱 악화시켰다. 선유도에서의 일 등으로 신엽과 소운은 모두 그들에게 빚을 갚을 날만 기다리고 있었던 것이다. 신엽은 아무 말 하지 않고 미도리와 미도후사에게 쌍장을 나누어 쳤다. 노도와 같은 장력이 두 사람에게로 밀려들었다. 미도리는 살짝 몸을 날려 피했다. 미도후사는 우장으로 그 일격을 맞받았다.

장과 장이 부딪치는 순간 미도후사는 깜짝 놀랐다. 신엽의 일 장은 양장 중의 일 장이었다. 즉 그의 공력의 반쪽이었다. 반면에 자신의 일 장은 팔 성의 공력을 실은 것이었다. 그런데도 두 힘은 거의 대등한 균형을 보였다.

이 녀석이 너무 분개하여 젖먹던 힘까지 쓴 모양이구나.

감히 얕볼 수가 없어 미도후사는 한빙장을 끌어올렸다. 단전으로부터 한줄기 한랭한 기운이 흘러 회음 장강을 돌아 명문으로 올라갔다. 대추혈에 이르자 그 기운은 얼음장처럼 차가워졌다. 대추혈은 원래 체기(體氣)의 온랭을 조절하는 요혈이었다. 냉각된 기운을 미도후사는 천천히 장심으로 끌어내렸다.

"무공 시합에서의 승과 패는 불가피한 일이거늘 지나치게 흥분하는구나. 그러나 우리 사무라이는 걸어오는 싸움은 피하지 않는다."

그는 두 손을 교차시켜 빙설비분(氷雪飛雰)의 일 장을 전개했다. 신엽은 무형의 냉기들이 사면팔방에서 에워쌈을 느낄 수 있었다. 미도리가 선보였던 한설화공과 유사하였지만 차가움이 한결 더 섬뜩했다. 덕분에 신엽은 냉정을 되찾을 수 있었다.

신엽은 수심장으로 대항하려 했다. 그런 종류의 사파무공에는 수심장이 가장 효과적임을 경험으로 배웠던 것이다. 하지만 곧 마음을

돌렸다. 길상사의 무공만을 쓰도록 하자. 다만 내가 알지 못할 뿐 길
상사의 무공에도 충분한 방책이 있을 것이다. 더구나 지금 이 자리
는 화랑방이 주최한 영웅연이 아니던가…… 그러자 신엽에게는 한
가지 생각이 스쳐갔다. 그는 즉시 쌍장을 가슴 앞에 모은 다음 천천
히 밀어내었다.

“일출용출(日出龍出) 분광사해(分光四海).”

바로 용출분광의 일식이었다. 두 가닥의 장력이 서서히 전진하더
니 반 장 앞에서 문득 서로 얽혀 네 가닥으로 쪼개어졌다. 그리고는
상하좌우 네 방면으로 뻗어나갔다. 그 기운은 미도후사가 설치한 냉
기분무를 말끔히 해소해버렸다. 미도후사는 발끈하였다. 두 손을 갈
고리처럼 세우며 파고들어 신엽의 대퇴부 풍시, 중독 양혈을 찍었
다. 신엽은 두 다리를 가위 모양으로 벌려 솟구치며 미도후사의 목
을 내리쳤다. 미도후사는 팔꿈치로 신엽의 공격을 받았다. 동시에
반 장 뒤로 스르륵 미끄러졌다. 그리고는 다시 공격해 들어왔다.

한편 그 사이 연무대의 다른 한쪽에서는 소운과 미도노의 대결이
치열해지고 있었다. 미도리는 무대를 양보하고 내려간 터였고, 신엽
과 미도후사, 소운과 미도노가 각각 어울리고 있었다. 소운과 미도
노의 싸움도 한 수 한 수에 생명이 오가는 위태로운 일전이었다.

그러나 그들의 대결은 이십 수를 넘어서지 못했다. 두 가닥 무형
의 장력이 두 대결 사이를 파고들어왔다. 그것은 부드러운 듯하면서
도 거역할 수 없는 단호한 힘을 싣고 있었다. 네 사람은 각각 두어
걸음씩 물러서지 않을 수 없었다. 그러자 운중선 구장격이 입을 열
었다.

“네 분 젊은 영웅들께서는 잠시 손을 거두시기 바랍니다. 지금 이
자리에서는 피차간의 어떤 과거지사도 불문에 붙여야 합니다. 영웅
연이 파한 후에는 제가 더 관여하지 않겠습니다. 아울러 길상사 제

160

자의 불상사에 대해 사의를 표합니다. 그러나 무인의 길은 원래 험난한 법이니 혜량해주시기 바랍니다."

그의 목소리는 장력과 비슷했다. 부드러우면서도 단호해서 누구도 선뜻 이의를 제기하지 못했다. 아시겐지가 먼저 고개를 끄덕이고는 미도후사와 미도노를 불러내렸다. 길상사의 장문인 자연대사도 신엽과 소운을 불러들일 수밖에 없었다.

연무대가 평정되자 화랑방의 낭경이 다시 행사를 진행했다. 그는 이번에는 요리모토 일행에게 선수를 내보낼 것을 부탁했다.

요리모토는 잠시 난색을 표했다. 순서로 보아서는 자신들이 나설 차례였지만 어쩐지 모양이 맞지 않았다. 타문파에서는 모두 이십을 전후한 젊은 제자들이 선수로 나선 반면 지금 그들에게는 젊은 제자가 없었다. 가즈키는 이미 쉰을 넘었으며 구로야마도 사십대 후반이었다. 비록 무공을 자신이 가르치긴 했지만 그들은 제자가 아니라 엄연한 사제들이었던 것이다.

요리모토가 그런 이유를 들어 참가를 고사하자 구장격이 정중하게 말했다.

"자고로 고려국의 영웅연은 친목과 화합에 그 뜻을 두었습니다. 멀리 있는 사람들이 한자리에 모여 서로 갈고 닦은 무공을 선보이고 가르침도 나누고 하는 것이니 너무 사양하지 마시기 바랍니다."

구장격이 그렇게까지 말하는데야 요리모토도 고사할 길이 없었다. 그는 참여를 응락하고 구로야마를 불렀다. 그의 귓가에 몇 마디 지시를 속삭였다. 구로야마는 고개를 끄덕이고는 연무대로 올라갔다.

낭경은 이제 구로야마를 상대할 사람을 찾았다. 그러나 선뜻 나서는 이가 없었다. 천도문의 무공은 왜국 밖에서도 제법 이름나 있었다. 더구나 선수로 나온 이가 천도문주의 직계 제자이고 나이도 쉰에 가까운 만큼 그 무공의 깊이를 가늠하기가 쉽지 않은 까닭이었다. 그러자 낭경은 구로야마에게 직접 상대를 고를 권리를 주었다. 그것은 영웅연의 전통이었다. 구로야마는 서슴없이 신엽을 지목했다. 구로야마는 워낙 기백 있는 대장부였다. 그런데 그는 신엽의 기상이 늠름함에 마음이 끌렸다. 지렁이국 사건 때부터 그랬다. 해서 그와 더불어 한바탕 놀아보리라 마음먹은 것이었다.

구로야마가 신엽을 정한 일로 가장 흡족해진 사람은 아시겐지였다. 그는 내심 실소를 머금었다. 흐흐, 어리석은 것들이 스스로 무덤을 파는구나. 죽어봐야 저승을 알겠지.

그러나 그의 흡족함은 곧 실망으로 바뀌었다. 신엽이 연무대로 오르자 구로야마는 낭경에게 이렇게 말한 것이었다.

"비록 무공의 심천은 알 수 없으나 나이는 빈객이 삼십 년을 더 먹었소. 그런 입장에서 후배와 때리고 맞기를 다툴 수는 없는 일이니 한 가지 내기를 할까 하오."

"내기라면 어떤 것을 말씀하십니까?"

"물론 무공과 관계된 것이오."

낭경은 혼자 결정할 수가 없어 구장격을 쳐다보았다. 구장격이 특별한 내색을 안 했으므로 낭경은 구로야마의 제의를 수용했다. 구로야마는 예방의 자리로 가서 예의를 차린 다음 일곱 개의 술잔을 빌렸다. 천도문의 자리에는 잔이 몇 개 없었기 때문이었다. 술잔에 술을 모두 가득 채운 다음 그는 그것들을 연무대 위로 던졌다. 처음에 세 개를 던지고 이어서 네 개를 던졌는데 술잔들은 단 한 방울도 술을 쏟지 않았다. 뿐만 아니라 그들은 북두칠성 방위를 이루고 있었다. 하나하나의 간격이 반 장 가량 되었으며, 마치 손으로 일일이 갖다놓은 듯 정확한 위치를 차지하고 있었다.

준비를 마친 구로야마는 연무대로 돌아와 신엽에게 말했다.

"내기란 간단한 것이오. 두 사람이 술잔 위로 올라가 떨어지지 않고 버티는 것이오. 오래 버티는 쪽이 이기지요. 술잔을 깨뜨리거나 술을 한 방울이라도 쏟는 사람은 그 자리에서 패배합니다. 발과 발의 접촉만이 허락되며 그 이외 어떤 부분이라도 접촉한 사람은 역시 패합니다. 만약 이 내기가 마음에 들지 않는다면 소협이 다른 내기를 제안해도 좋소."

신엽은 내기의 규칙을 이해할 것 같았다. 그것은 자신에게 불리해 보이지 않았다. 구로야마의 체구는 사뭇 거대하고 육중하였다. 작은 술잔 위에서 한 발로 중심잡는 일이 결코 자신보다 쉽지는 않을 것이었다. 신엽은 내기에 동의했다. 두 사람은 각각 칠성 위의 양쪽 끝 술잔으로 발을 올려놓았다. 신엽은 국자의 끝인 천추성(天樞星) 자리로 갔고, 구로야마는 손잡이의 끝인 요광성(搖光星) 자리로 갔다. 낭경이 시합의 시작을 선언했다.

처음에 신엽은 자세가 불안했다. 야윈 대나무 위에서 연공한 적은 있었지만 동전보다 조금 큰 술잔 위는 처음이었던 것이다. 공력을 끌어올려 백회에서 용천까지 강기의 봉(棒)을 세우니 조금은 안정감이 느껴졌다. 그런데 구로야마는 이미 움직임을 시작하고 있었다. 그는 육중한 몸을 가볍게 날려 개양성(開陽星)의 자리로 옮겨왔다. 그리고는 다시 옥형성(玉衡星)으로 다가들었다. 신엽은 마음이 조급해졌다. 퍽 익숙한 시합인가 보구나. 하지만 천권성위(天權星位)를 빼앗길 수는 없는 일인데…… 천권성은 국자와 손잡이가 만나는 자리였다. 신엽은 진법을 잘 알지 못했지만 그 별이 북두진법의 중심이라는 사실은 알고 있었다. 그래서 즉시 몸을 날려 천권성의 술잔을 밟았다.

신엽은 구로야마가 주춤할 것이라고 믿었다. 자신이 먼저 천권성을 장악했으니 때를 기다리든가 혹은 다른 자리를 찾아갈 것이라고. 하지만 구로야마는 조금도 망설임이 없었다. 다시 몸을 날려서는 천권성을 밟은 신엽의 발 위로 내려오는 것이었다. 신엽은 깜짝 놀랐다. 발과 발의 접촉만은 허용된다던 구로야마의 말이 그제서야 이해되었다. 그렇다면 그의 의도는 자명했다. 신엽의 발을 밟고 서서 슬쩍 힘을 준다면 술잔은 가루가 될 것이었다. 그 술잔을 밟은 사람은 신엽이었으므로 신엽의 패배가 선언되는 것이었다.

구로야마의 발이 거의 다다를 즈음 신엽은 살짝 술잔에서 발을 떼내었다. 그리고는 다른 발을 구로야마의 발 위로 가져갔다. 구로야마는 이미 예측한 일인 듯했다. 그 역시 그 발을 빼내며 다른 발을 신엽의 발 위로 올렸다. 신엽이 다시 발을 바꾸었고, 구로야마가 다시 발을 바꾸었다. 두 사람은 허공에서 각각 네 번씩 발을 바꾼 다음 서로의 발끝을 차며 뒤쪽으로 물러섰다. 신엽은 천추성으로, 구로야마는 옥형성의 자리로 되돌아갔다. 사람들은 그들의 재치와 묘기에 갈채를 보냈다.

뒷걸음질로 천추성을 밟으면서 신엽은 잠시 흔들렸다. 정확한 자리를 밟지 못한 까닭이었다. 그러나 구로야마는 옥형성을 밟는 듯하더니 다시 몸을 날려 천권성을 차지했다. 몸매와 어울리지 않는 날렵한 동작이었다. 사람들은 또 한 번 갈채를 보냈다. 그런데 그가 천권성을 장악하고 보니 신엽은 갈 곳이 없었다. 만약 구로야마가 천추성 위로 뛰어든다면, 그래서 그들이 천권성 위에서 벌였던 발싸움을 반복한다면 신엽은 연무대 바닥으로 떨어져야 했다. 바로 옆의 천선성(天璇星)이 유일한 도피처였지만 구로야마는 이미 그 점을 예상하고 길목을 차단할 것이 뻔했다.

사태가 불리함을 깨달은 신엽은 선제 공격을 감행했다. 그가 먼저 천권성의 구로야마 발 위로 뛰어든 것이었다. 구로야마는 태연하게 기다리다 신엽의 발이 두 치 위로 다가왔을 때야 비로소 몸을 움직었다. 그는 두 발을 동시에 들어 신엽의 두 발등을 내리찍었다. 허공에서 두 발의 움직임이 모두 막히자 신엽은 위기에 처했다. 그대로 찍힌다면 술잔은 그의 발에 으깨어질 터였다.

구로야마의 발들이 그의 발에 다다를 즈음 신엽은 오른발 끝을 치켜세웠다. 발끝은 구로야마의 발과 발 사이로 파고들었다. 구로야마는 두 발로 신엽의 발을 움켜잡았다. 끝끝내 놓치지 않겠다는 의지였다. 그러나 덕분에 신엽은 약간의 힘받이를 구한 셈이었다. 그는 그 힘을 이용하여 몸을 솟구쳤다. 구로야마의 몸도 덩달아 솟아올랐다. 그들은 그 상태에서 핑그르르 돌아 서로의 위치를 교환했다.

다음 순간 신엽은 왼발 끝으로 구로야마의 발바닥을 차며 뒤로 한 바퀴 재주를 넘었다. 그리고는 옥형성의 자리로 내려섰다. 구로야마는 잠시 뒤로 밀렸지만 허공에서 몸을 비틀어 다시 천권성을 차지했다. 평지에서는 모르겠지만 술잔 위에서는 확실히 그의 재주가 돋보였다.

신엽은 일이 자꾸 어려워짐을 느꼈다. 매번의 움직임마다 그는 머리를 쥐어짜 작전을 세워야 했다. 그러나 구로야마는 이미 술잔 위의 싸움을 손바닥 보듯 훤히 꿰고 있었다. 신엽이 어떤 신통한 재주를 부려도 그에게는 낡은 수법일 뿐이었던 것이다. 더구나 불리하리라 여겼던 구로야마의 거구는 오히려 장점으로 작용하고 있었다. 그가 술잔 위에 버티고 서 있으면 신엽은 접근할 틈이 없었다. 발과 발 이외의 어떤 접촉도 패배로 이어진다는 규칙 때문이었다.

그가 예측 못 할 방법을 찾아야 할 텐데. 과연 어떤 게 있을까.

신엽은 방법을 찾기에 골몰했다. 그러는 사이 그는 자꾸 뒤로 밀려서 요광성까지 오게 되었다. 요광성은 막바지 별이었다. 이제는 더이상 물러설 자리도 없었다.

"이제 마지막 일 보가 남았구려. 소협의 재주를 기대하오."

구로야마는 정중하게 말했다. 그런데 그 순간 신엽은 구로야마 너머로 소운의 모습을 보았다. 소운은 신엽을 향해 빙긋 미소짓고는 동전 두 개를 던져놓고 그 위를 걸었다. 동전들은 그녀의 발에 달라붙어 감쪽같이 사라졌다. 그것을 본 신엽은 홀연 깨닫는 바가 있었다.

그렇구나. 그렇듯 간단한 이치를 왜 몰랐을까.

구로야마는 몸을 날려 마지막 회심의 일격을 펼쳤다. 한쪽 발을 길게 뻗어 신엽의 발등을 찍으려 했다. 신엽은 적룡음풍의 신법으로 가볍게 몸을 솟구쳤다. 일 장 가량을 뛰어올라 구로야마의 머리 위로 재주를 넘었다. 구로야마는 고개를 들어 그 모습을 보며 혀를 내둘렀다.

"허! 대단한 솜씨로구먼."

그러나 그를 진정 놀라게 한 것은 다음 순간이었다. 요광성 위로 내려서려던 구로야마는 술잔이 없어졌음을 깨달은 것이었다. 깜짝 놀란 그는 오른손으로 왼손을 치며 방향을 비틀었다. 개양성의 자리로 돌아가려 했다. 그러나 개양성의 자리에도 이미 술잔은 없었다. 신엽이 거둬간 것이었다. 뿐만 아니라 신엽은 옥형성의 술잔마저 사뿐히 밟아서는 천권성의 자리로 가져갔다. 그는 양쪽 발바닥에 두 개씩 네 개의 술잔을 붙이고는 구로야마를 돌아보았다. 구로야마로서는 아무런 도리가 없었다. 이미 이십 년이 넘도록 이 내기를 즐겨왔지만 이런 경우는 처음이었다. 그는 개양성과 옥형성 사이의 바닥에 무거운 몸을 떨어뜨렸다. 그리고는 두 손을 모아 인사했다.

"빈객이 깨끗하게 졌습니다. 이소협의 지모에 경의를 표합니다."

"운이 좋았을 따름입니다."

신엽도 얼른 공손하게 예의를 차렸다.

연무대를 내려온 신엽은 소운에게 고마움을 표했다. 그녀의 도움이 없었더라면 그는 결코 이길 수 없었을 것이었다. 소운은 그의 감사와 칭찬에 얼굴을 붉혔다. 그러나 어깨를 으쓱하는 것도 잊지 않았다.

"흥. 그러니까 평생 제 곁을 떠나지 않는 게 좋을 거예요."

네번째 시합에는 구로야마의 사형인 가즈키가 나섰다. 사제의 패배로 추락된 위신을 회복하기 위해서였다. 낭경은 예방 방주에게 선수를 요청했다. 예방 방주는 제자들이 모두 오지 않았기에 관전만 하겠노라고 말했다. 사람들은 그의 입장을 이해할 수 있었다. 이제까지 선보인 젊은 고수들의 무공만도 예방 방주를 능가하는 것인 까닭이었다. 그러자 화랑방에서 두번째 대표를 내보냈다. 백궁이었다.

백궁은 백무보다 한 살 어린 사제였다. 하지만 그의 성품은 백무와는 전혀 달라 보였다. 걸음걸이도 무거웠고 턱도 한없이 치켜들려 있었다.

"저 사람은 사부에게 성격까지 사사받은 모양이군요."

소운이 신엽에게 소곤거렸다. 신엽은 웃음이 나오는 것을 겨우 참았다. 소운의 말은 틀리지 않아 백궁의 태도는 사부 운중선의 모습과 너무도 흡사했다.

가즈키도 백궁에게 내기 시합을 요청했다. 백궁은 잔뜩 치켜든 턱을 천천히 끄덕여 응락했다. 가즈키는 왼발을 축 삼아 오른발로 원을 그렸다. 나무바닥이 한 치 깊이로 파이면서, 연무대 한가운데는 직경 네 척 가량의 원이 그려졌다. 어느 한 곳도 이지러짐이 없는 정교한 원이었다. 그러나 그 원은 무척 작았다. 두 사람이 들어가 마주 선다면 팔을 뻗어 상대의 어깨를 쥘 수 있을 정도였다.

"원 밖으로 밀려나는 사람이 지는 것입니다. 그러나 소협과 빈객

은 나이 차가 있는 만큼 빈객이 한 가지 양보를 하겠습니다. 소협께
서는 무기를 사용하셔도 좋습니다."

"좋으실 대로 하시지요."

백궁은 무기 따위를 들먹이느냐는 표정으로 원 안으로 들어섰다.

두 사람은 곧 맹렬한 싸움을 시작했다. 팔꿈치가 맞닿을 정도로
가까운 거리였으니 한 수 한 수가 승패를 가르는 예리한 초식이었
다. 그러나 오래지 않아 승부의 윤곽이 드러났다. 백궁의 무공도 뛰
어났지만 가즈키의 경륜에는 미칠 수가 없었다. 백궁은 차츰 수세로
만 몰렸다. 그러던 그는 문득 판관필 한 자루를 꺼내었다. 체면보다
는 승리가 중요하다고 판단한 모양이었다. 그러나 소운은 고개를 저
었다.

"가즈키의 계략에 당하는군요. 백 수를 더 버틸 것을 열 수로 줄
였어요."

"무슨 얘기야?"

"저런 싸움에서는 무기를 사용하는 쪽이 불리해요."

소운의 말이었다.

"그건 왜지?"

"좁은 공간에서는 동작도 작게 효율적으로 해야 돼요. 무기를 쓰
면 동작이 커질 수밖에 없죠. 그만큼 빈틈이 많아지지요. 두고 봐
요. 이제 다섯 수가 지나지 않아 패하고 말 테니."

신엽은 그 말이 선뜻 믿어지지 않았다. 아무렴 무기를 쓰는 쪽이
더 불리해질 수 있을까. 그러나 소운의 말은 거짓말처럼 들어맞았
다. 그녀의 말이 끝나고 정확히 다섯 수가 지났을 때 화랑방의 백궁
이 원 밖으로 밀려난 것이었다.

가즈키는 운이 좋았다는 인사말을 하였고, 백궁은 예를 차리는
둥 마는 둥 자리로 돌아가버렸다. 무언가에 속았다는 듯 분개한 표

정이었다. 그러자 이번에는 백무가 연무대로 올라섰다. 그는 여전히 편안한 미소와 함께 이렇게 말했다.

"패배한 쪽이 먼저 선수를 올리는 게 관행처럼 되었군요. 어느 분께서 가르침을 주시겠습니까?"

"가르침이라시니 감당하기 어렵군요."

백무를 상대하기 위해 올라온 사람은 미도리였다.

두 사람은 곧 어울려 권과 장을 교환하기 시작했다. 그런데 그 싸움은 미도리가 광한과 대결했을 때와는 양상이 많이 달랐다. 무기도 사용하지 않았을 뿐 아니라 초식들이 악독한 살수는 피해가고 있었다. 신엽과 구로야마의 시합을 제외하고는 그날의 대결 중 가장 우호적인 것으로 보였다. 특히 두 사람은 화려한 경신술로 쫓고 쫓기며 그림 같은 장면들을 연출했다. 백무는 화랑방의 낙영비를, 미도리는 묘비월의 신법을 전개하였다. 은은한 달빛 아래서 그들은 돌고 굽이치고 솟아오르며 보는 이들의 눈을 희롱했다.

그렇게 일 다경이 지났을까. 두 사람은 허공에서 가위 모양으로 스치고 지나갔다. 연무대로 내려섰을 때 미도리의 옷자락은 한 치 가량 잘려나가고 없었다. 그 옷조각은 백무의 손에 쥐어져 있었다. 백무는 두 손을 마주 쥐고 사죄했다.

"소인이 낭자께 큰 실례를 범했습니다."

"호랑이 슬하에는 호랑이밖에 없다더니 과연 운중선 어른의 제자이십니다."

미도리는 담담하게 치하하여 패배를 인정했다.

두 사람이 연무대를 내려가자 이제는 미도후사가 올라설 수밖에 없었다. 그는 연무대 한가운데 자리하여 가르침을 청했다. 신엽은 자신의 차례임을 알 수 있었다. 이제는 절반 이상이 떨어져나가 몇 사람 남지 않은 까닭이었다. 자연대사는 연무대에 오르는 신엽에게 당부했다.

"승부에 집착하지 말아라. 다만 네가 가진 무공을 최선을 다해 펼친다는 생각만 하여라."

"삼사형은 이미 한빙장을 이겨내었어요. 그러니 조급한 쪽은 미도후사예요. 제 말 알겠죠?"

소운도 한마디를 덧붙였다. 신엽은 고개를 끄덕였다. 그녀의 말을 듣고 보니 새삼 마음이 든든해졌다.

소운의 말은 정확한 것이었다. 미도후사는 그 자리의 모든 참가자들 중에서 신엽을 가장 껄끄럽게 여겼다. 단지 무공만의 문제는 아니었다. 무공으로만 따지자면 화랑방의 백무, 백궁 사형제도 못지않았고, 천도문의 가즈키는 최소한 반 수 위로 보였다. 그러나 그들과 겨룬다면 적어도 지지는 않을 자신이 있었다. 그들은 자신과 비슷한 부류의 사람인 까닭이었다. 그렇다면 그는 그들의 속마음을 헤아릴 수 있었고, 틈새를 찾아낼 수 있었다. 하지만 신엽은 종류가 달랐다. 마음의 틈새를 찾기가 쉽지 않았다. 더구나 이미 한 차례 한빙장의 독상까지 이겨낸 터인지라 경외감을 느꼈다.

그렇기는 했으나 미도후사도 결코 나약한 무인은 아니었다. 이 싸움에서 반드시 신엽에게 치명상을 입혀야 한다고 마음을 다졌다.

"일본국 무사가 이소협께 길상칠검의 절예를 가르침 받고 싶습니다."

그가 그렇게 말한 데는 두 가지 이유가 있었다. 첫째는 조금 전 신엽과의 장 대결에서 별 재미를 못 보았기에 검법으로 승부하자는 것이었고, 두번째는 신엽이 다른 검법을 병용하지 못하도록 못을 박자는 것이었다. 길상칠검의 변화는 이미 광한과 미도리의 대결에서 충분히 눈에 익힌 터였다. 반면에 자신은 일본국의 갖가지 검법을 자유롭게 전개할 것이니 승산이 있다고 믿었다.

　신엽은 공손히 응락하고 월정검을 꺼내었다. 미도후사도 자신의 장검을 뽑아들었다. 그런데 두 검의 길이는 큰 차이가 났다. 월정검은 손잡이에서 검날 끝까지가 두 자 남짓한 단검이었으나 미도후사의 검은 검신만도 다섯 자에 달했던 것이다.

　옛말에는 무기가 한 치 길면 한 치만큼 이로우며 한 치가 짧으면 한 치만큼 위태롭다고 하였다. 하물며 세 자가 넘는 차이라면 더 말할 나위가 없었다. 사람들은 모두 걱정스럽게 신엽의 월정검을 바라보았다. 그러나 정작 미도후사는 더 큰 불안함을 느꼈다.

　저 녀석이 대관절 어떤 무공을 익혔길래 겁도 없이 단검으로 상대하겠다는 것일까.

　두 사람은 한동안 미동도 없이 서로를 노려보았다. 그 사이 신엽은 점차 평화로워졌다. 그의 마음은 검끝으로 모여들어 호수처럼 잔잔해졌다. 검과 몸과 마음이 하나가 되었다. 반면에 미도후사는 더 불편해졌다. 아무리 노려보아도 신엽의 자세에는 빈틈이 찾아지지 않았다. 뿐만 아니라 신엽의 검기가 한 마리 거대한 용으로 변해서 자신을 짓누르는 것만 같았다. 마침내 그는 짧은 기합과 함께 선제 공격을 감행했다.

　"얍!"

　그는 긴 장검의 장점을 십분 활용하여 찌르기 공격을 퍼부었다. 순식간에 네 송이의 검화가 신엽 가슴의 천돌, 신장, 기문, 장문 네 군데 요혈들을 찔러왔다. 어느 것이 실초이고 어느 것이 허초인지를 짐작할 수 없는 신속한 공격이었다. 과연 그의 무공은 미도노와는 격이 달랐다. 신엽은 감히 경시하지 못하고 네 송이 검화를 모두 쳐내었다. 띵 띵 띵. 세 곳에서 단검과 장검이 부딪혔다. 놀랍게도 그 공격에는 세 개의 실초가 숨겨져 있었던 것이다.

　미도후사는 여세를 몰아 공세를 계속했다. 효탐지(梟探地)의 신법으로 신엽의 전후좌우를 맴돌며 요혈들을 노렸다. 그의 찌르기 공격은 일자사화(一刺四禍)라는 초식으로 그 음흉함을 당해낼 초식을 찾기가 어려웠다. 한 번 찌를 때마다 네 가지 화화(禍花)를 토해내는데, 실초의 수도 하나에서 셋까지 다양하게 변화하여 상대를 괴롭혔다. 그러나 신엽의 월정검은 침착하게 모든 검화들을 쳐내었다. 검이 짧았기에 움직임이 크지 않아 뜻밖으로 방어에 유리하였다.

삼십여 초가 지나도록 미도후사의 공격 방식은 변하지 않았다. 그러자 신엽은 왜국 무공의 속성을 간파할 수 있었다. 거기에는 두 가지 특징이 있었다. 하나는 독망(毒網)이었고, 다른 하나는 현란함이었다. 한설화공이나 한빙장, 아시겐지의 독사지망 등이 전자에 속한다면 미도후사가 지금 펼치는 종류의 무공은 후자에 속했다. 미도노와 천지이악의 무공도 그러했다.

현란함의 무공은 끊임없는 움직임으로 이루어졌다. 그것은 뛰어난 경신술을 바탕으로 하였지만 동시에 억제할 수 없는 조바심의 산물이기도 했다. 속전속결로 승부를 가려 승자와 패자, 산 자와 죽은 자를 나누는 일에 급급하였던 왜국의 현실에 말미암은 것이었다. 그렇다면 신엽은 그의 방식에 어울려 놀아줄 필요가 없었다. 이정제동(以靜制動). 그것이 그 시합의 열쇠였다. 신엽은 더욱 침착하게 호흡을 안정시켰다. 빛보다는 소리에, 눈보다는 귀에 더 집중하여 미도후사의 공격들을 봉쇄했다.

신엽이 흔들림을 보이지 않자 미도후사는 전술을 바꿨다. 찌르기 일변도를 탈피하여 자르고 베고 찌르는 다양한 공격들을 전개했다. 그의 검세는 한층 위력을 더하게 되었다. 그러나 다른 한편으로는 빈틈을 드러내기도 했다. 그럴 때면 신엽은 날카로운 일격을 날려 미도후사의 간담을 서늘하게 했다. 미도후사는 다행히 실전 경험이 풍부하였기에 임기응변으로 피하거나 막아내었다.

두 사람의 대결은 순식간에 일백 초를 넘어섰다. 잠시 후에는 이백 초를 넘어섰다. 관전하는 이들의 눈에는 그들이 지극히 팽팽한 접전을 계속하는 듯 보였다. 혹은 오히려 미도후사가 우세를 유지하는 듯도 보였다. 그런데 삼백 수가 가까워질 무렵부터 사정이 달라졌다. 신엽이 함께 신법을 전개하기 시작한 것이었다.

그 사이 신엽은 미도후사의 움직임을 면밀히 파악한 터였다. 그가 전개하는 효탐지의 원리를 대략은 짐작할 것 같았다. 신엽은 적룡신법을 펼쳐 미도후사가 움직이는 길목길목을 차단하기 시작했다. 미도후사의 긴 장검은 제대로 휘둘러지지도 못하고 번번이 신엽의 단검에 가로막히곤 했다. 승부는 언제나 초반의 기선제압이라 믿었던 사무라이 미도후사는 크게 당황했다.

다시 십여 수가 지나자 상황은 역전되어 있었다. 단검을 든 신엽이 한 마리 용처럼 춤추며 공격했고, 장검을 든 미도후사는 자리를 지킨 채 방어에만 급급하고 있었다. 그의 모습은 조금 전 신엽이 방어 전술을 구사할 때와는 많이 달랐다. 두려움이 두 눈 깊숙이 스며 있었다. 신엽은 일 장을 뛰어오른 다음 그 양미간의 두려움을 향해 곧게 일직선을 내려그었다. 산을 가르고 바다를 나눌 듯한 검기였다. 그런데 그 순간이었다.

"흥. 어미의 생사도 모르는 자식이 잘도 날뛰는구나."

미도노의 빈정거림이 신엽의 귓전을 때렸다. 그 말은 한순간에 신엽의 혈액을 역류시켰다. 마음이 흔들리고 검도 함께 뒤흔들렸다. 허공에서 검을 내려긋는 순간 그런 일이 벌어졌으니 미도후사에게는 절명의 위기가 기회로 바뀌었다. 그는 장검을 던져 신엽의 하복부 기해혈로 찔러넣었다. 동시에 자신은 우측방으로 연무대 바닥을 굴러 피했다.

"악!"

소운은 자신도 모르게 비명을 질렀다. 손바닥으로 두 눈도 가렸다. 장검이 이미 신엽의 하복부를 찌른 듯 보인 까닭이었다. 그러나 그녀의 비명은 신엽을 혼미에서 일깨웠다. 순간 그는 기해혈을 파고드는 장검을 보았다. 장검은 검으로는 막을 수 없을 만큼 가까이 다가들어 있었다. 신엽은 반사적으로 왼손의 검지와 중지를 세워 검끝을 찔렀다. 검은 둔탁한 울림과 함께 우측으로 미끄러졌다. 동시에 신엽은 좌측으로 허리를 비틀었다. 온몸이 팽이처럼 핑그르르 돌았다. 머리카락 같은 차이로 장검은 신엽을 스쳐지나갔다. 신엽은 가볍게 연무대 위로 내려섰다.

좌주에서 웅성거림이 일었다.

"신묘한 재주로군."

"무상지일 거야. 실전(失傳)된 지 오래라고 들었는데."

그 일식을 보고 누구보다 기뻐한 사람은 자연대사였다. 사람들의 말은 틀리지 않았다. 이제 막 신엽이 위기에서 전개한 것은 길상사의 비전무공인 무상지(無常指)였다. 여러 대째 끊어진 것을 대사형인 자혜대사가 연구하여 익힌 바 있었다. 그러나 그는 실전에서 사용할 기회가 없었기에 무림인들은 아직 무상지가 복원된 사실을 알지 못했던 것이다.

무상지는 그 이치가 심오하여 신엽이 일찍 깨치지 못했는데 지리산 동굴에서 현묘공을 연마했던 석 달 동안 약간의 이해를 얻게 되었었다.

사람들의 웅성거림을 듣고서야 소운은 가만히 손을 내렸다. 신엽은 아직 늠름하게 버티고 서 있었다. 그 사이 미도후사는 새 장검을 받아서 자세를 가다듬고 있었다. 소운은 아시겐지 일파가 있는 자리로 다가갔다. 그리고는 부러진 장검 두 자루를 미도노의 면전에다 던졌다. 미도노가 다급히 받아놓고 보니 바로 자신의 장검들이었다.

조금 전 숲에서 소운과 싸우다가 부러진 것을 미처 회수하지 못하고 돌아온 것이었다.

"당신네 사무라이들은 장검을 팽개치는 게 특기인 모양이군요. 아무리 그렇더라도 쓰레기는 왜국으로 갖고 돌아가세요."

미도노는 특유의 능글맞은 웃음으로 응수했다.

"아름다운 아가씨께서 손버릇이 좋지 못하군요. 남의 물건이나 훔치고 다니다니."

"땅바닥을 구르는 재주들도 놀라웠어요. 그런데 그 무공은 무엇이라고 하죠? 데굴데굴 뒹굴다가 바람처럼 달아나는 재주 말예요. 퍽 인상적이었어요. 저런, 엉덩이에 흙이 아직 묻어 있군요."

소운의 말에 미도노는 깜짝 놀라 바지 뒤를 살폈다. 그러나 거기엔 흙 따위는 묻어 있지 않았다. 소운의 놀림에 속은 것이었다. 소운은 깔깔 소리내어 웃더니 한마디를 덧붙였다.

"당신네 어머니는 어떤지 모르겠지만 고려의 어머니는 달라요. 의와 불의를 명백히 알고, 자식이 항상 의로운 쪽에 서기를 기원해요. 그러니 돼먹잖은 수작은 그만둬요."

소운의 그 한마디는 미도노에게보다 신엽을 향해 한 말이었다. 신엽은 즉시 깨우침을 얻었다. 그리고 마음을 가다듬었다. 그는 월정검으로 커다란 원을 그린 다음 그 원 중앙에 점을 찍는 모양으로 찔러갔다. 바로 광한이 전개했던 신룡자운의 일식이었다. 그러나 같은 일식이라도 신엽이 전개하자 그 위력은 한층 배가되었다. 특히 미도후사의 눈에는 신엽의 단검이 장창처럼 길어지는 듯 보였다. 그는 연거푸 열세 차례나 검을 휘둘러서야 신룡자운의 일격을 해소할 수 있었다. 등줄기로 식은땀이 흘렀다. 하지만 신엽의 공격은 쉬지 않고 이어졌다. 마치 몇 마리의 용이 날카로운 발톱으로 사방을 찍어대는 듯하여 정신을 차릴 수 없었다.

　그러던 어느 순간 미도후사는 신엽의 검이 좌측 옆구리를 베어오는 것을 보았다. 그림자가 뒤따를 수 없을 만큼 쾌속한 검법이었다. 그는 즉시 장검을 우에서 좌로 비켜가며 신엽의 검을 막았다. 그러나 바로 그때 믿을 수 없는 일이 발생했다. 신엽의 검이 문득 시야에서 사라진 것이었다. 분명히 베어오는 것을 보고 마중나간 길이었는데…… 더욱 놀라운 것은 신엽의 두 손 어디에도 검이 들려 있지 않다는 사실이었다. 그러나 다음 순간, 월정검은 신엽의 왼쪽 어깨 위로 소리없이 솟아올랐다. 그리고는 미도후사의 오른쪽 어깨 거골혈을 찍었다. 미도후사는 두 눈을 질끈 감았다. 이미 속수무책임을 깨달은 까닭이었다.

　다행이면 팔을 잃을 것이요, 불행이면 목숨을 잃으리라.

　잠시 후 미도후사는 신엽의 한숨 소리를 듣고 눈을 떴다. 신엽의 검은 그의 어깨 반 치 위에 정지해 있었다. 신엽은 천천히 검을 내리고 한 걸음 뒤로 물러섰다. 그리고는 말했다.

　"제가 운이 좋았습니다."

　미도후사는 아무 말 없이 연무대를 내려왔다. 이런 치욕은 일찍이 겪은 바가 없었다. 다음번엔 반드시 네 녀석의 두 어깨를 잘라버리겠다. 그래서 이 수모를 몇 갑절로 돌려주겠다. 그는 그렇게 다짐했다.

　신엽이 자리로 돌아가려는데 누군가의 목소리가 그를 불러세웠다.

　"잠깐!"

　그것은 운중선 구장격이었다.

　"너는 누구에게서 무공을 배웠느냐?"

　"제 사부님은 길상사 장문인 자연대사이십니다."

　신엽은 공손히 대답했다. 그러나 구장격은 냉소했다.

“흥. 감히 나를 속이려 드는 게냐. 네가 가진 검의 주인을 나는 알고 있다.”

“이 검은 사부님께서 하사하신 것입니다.”

“그가 월하고검 석준경의 월광검법까지 가르쳤단 말이냐?”

신엽은 아차 싶었다. 미도후사에게 가했던 마지막 일격은 과연 월광검법이었다. 기회가 만들어지자 그는 본능적으로 그 기회에 맞는 최상의 초식을 찾았다. 그런데 그게 월광검식이었던 것이다. 구장격은 이십삼 년 전 서해안의 옥구에서 석준경과 이박 삼일을 꼬박 싸운 일이 있었다. 그래서 월광검법의 위력을 누구보다 잘 아는 터였다. 처음 신엽이 월정검을 뽑아들었을 때 낯이 익다고 생각했었는데 마지막 일식을 보고는 확연히 깨달은 것이었다.

신엽이 언뜻 대꾸를 못 하자 자연대사가 한마디 거들었다.

“아미타불. 천하의 모든 무공은 원래 그 근본이 하나입니다. 방주께서는 차후에 차근차근 이치를 따지심이 옳을 듯합니다.”

구장격은 원래 자연대사를 안중에도 두지 않고 있었다. 신(神) 선(仙) 비(秘)의 반열에 오른 몇몇 인물들을 제외하고는 그의 십 초를 받아낼 사람도 없노라고 자신하였던 것이다. 그러나 신엽의 무공을 보니 성취가 대단하여 자연대사에게도 약간의 경계심을 느꼈다. 해서 그는 다시 한번 냉소하고는 고개를 돌렸다. 신엽은 연무대를 내려왔다.

이제 남은 사람은 화랑방의 백무와 천도문의 가즈키뿐이었다. 두 사람이 싸워 그중 승리자가 신엽과 마지막 승부를 가릴 것이었다. 백무와 가즈키는 누가 먼저랄 것도 없이 연무대로 올라섰다. 백무가 먼저 포권한 다음 제의했다.

“괜찮으시다면 제 사제와 하셨던 내기를 다시 한번 하고 싶습니다.”

"그러시지요."

두 사람은 이미 그려진 동그라미 속으로 들어갔다.

백무는 백궁이 가즈키에게 당하던 상황을 면밀히 검토했었다. 그의 패인이 큰 동작에 있었음을 알 수 있었다. 판관필을 꺼내어든 것은 패배를 재촉하는 짓이었음도 간파했다. 해서 그는 가능한 한 작은 동작들로 공격과 수비에 임했다. 가즈키는 일찍이 그런 이치를 터득한 터라 두 사람의 대결은 야릇한 양상으로 전개되었다. 그들은 마치 나무인형들처럼 작고 부자연스러운 움직임으로 티격태격하는 것이었다. 팔만 뻗으면 상대의 어깨나 가슴을 칠 수 있는 거리였지만 어느 누구도 팔을 길게 뻗는 법이 없었다. 마치 서로의 몸에 손이 닿기를 두려워하는 듯 보였다. 그리고 그 싸움은 며칠 밤 며칠 낮이라도 이어질 듯 보였다.

무공이 뒤떨어져 내막을 알지 못하는 사람들은 눈살을 찌푸렸다. 허어, 저 무슨 초라한 장면이란 말인가. 영웅연에서도 정상급에 오른 무인들의 대결인데…….

하지만 그때 백무와 가즈키 두 사람은 사력을 다한 혈전을 벌이고 있었다. 한 초 한 초가 상대방의 근골을 끊고 생명을 뺏을 수도 있는 무서운 수법들이었다. 눈살을 찌푸렸던 이들 중 누구라도 두 사람의 주변 일 장 이내로만 다가섰다면 머리카락이 곤두섰을 것이었다.

백무는 손바닥을 칼날처럼 세워서 설녀검법을 펼쳤다. 맨손이었지만 검기는 두 자 앞까지 뻗어나갔다. 가즈키를 베기에 충분한 거리였다. 그에 맞선 가즈키는 응조수(鷹爪手)로 백무의 검기를 움켜쥐려 했다. 그는 이미 여러 차례 검기를 움켜쥐었으며, 그때마다 기습 공격을 가해 백무를 곤경에 밀어넣었다. 하지만 워낙 침착한 백무인지라 기지로 위기를 해소하곤 했다.

시간이 흐르면서 대결의 양상이 변했다. 가즈키는 여전히 작은 움직임을 계속하는 반면 백무 쪽은 움직임이 커지고 있었다. 그리고 더 번잡해졌다. 상대가 일 초를 공격할 때 이 초 혹은 그 이상의 초수로 방어해야 한다면 그 싸움은 이미 승기를 잃었다고 해석할 수 있었다. 한 번 커진 백무의 동작은 작아들 기미를 보이지 않았다. 점차 더 급해질 따름이었다. 그는 그 시합의 요점은 정확히 파악했으나 실력에서 가즈키에 뒤지는 터였다. 공력과 경륜 모두에서 반 수 아래임이 어쩔 수 없는 현실이었던 것이다.

움직임이 커질 대로 커진 백무는 마침내 스스로의 기운을 감당하지 못하고 원 밖으로 튕겨져나왔다. 오른쪽 팔소매가 길게 찢어져 있었다. 그는 잠시 부끄러운 낯빛이었으나 곧 옷매무새를 가다듬고 예를 취했다.

"가르침에 감사드립니다."

"소협의 성취에 감복했습니다. 다음번에도 빈객의 운이 좋을지는 자신하기 어렵군요."

가즈키도 더불어 예를 취하며 말했다.

소운은 오늘 구로야마와 가즈키의 모습을 보며 새로운 생각을 갖게 되었다. 그들이 그녀가 생각했던 것만큼 파렴치한 악당은 아닐지도 모른다는 생각이었다. 남조의 치한들에 비해서는 제법 도리를 아는 사람들로 보였다. 정말로 다행스러운 일이었다.

결승전에 앞서서 약간의 구경거리가 있었다. 화랑방의 남녀 네 쌍이 무대 위에서 검무 시범을 보였던 것이다. 여덟 명의 남녀가 쌍검을 휘두르니 열여섯 자루의 검들이 달빛을 실어 반짝였다. 그 모습은 가히 천상의 사람들이 구름 위를 노니는 듯했다. 사람들은 잠시나마 영웅연을 잊고 술을 마시며 즐길 수 있었다. 그러나 이 검무 시연을 지켜보는 각 문파 사람들의 속마음은 제각각이었다.

우선 화랑방과 남조의 아시겐지 등은 실망스럽기 그지없었다. 자기네 제자들이 결승전에 오르지 못한 까닭이었다. 명예의 문제도 있었지만 거기에는 더 중요한 이유가 있었다.

운중선 구장격이 영웅연을 개최키로 한 것은 아시겐지의 은밀한 방문을 받은 후였다. 구장격의 방주 취임 첩보를 미리 알아낸 아시겐지는 그 역시『금해진경』을 노린다는 사실을 알고 이용하기로 마음먹었다. 해서 구장격을 방문하여『금해진경』이 이미 자신들의 수중에 들어온 듯 연기했다. 그리고 그에게 두 사람이 함께 진경의 무공을 익힐 것을 제의했다. 고려의 무공에 무지한 자신은 혼자서 그 비급을 감당할 수 없노라고. 그런데 그러기 위해서는 길상사와 천도문이 걸림돌이 되니 함께 처리하자고 제안했다.

구장격은 그 제안의 진위 여부를 가늠할 수 없었다. 그러나 길상사를 처단하는 일은 우선 그의 이해와 일치했다. 전대 화랑 방주의 피살 문제로 어차피 한바탕 풍파를 피할 수 없는 형편이었던 것이다. 또 설사 아시겐지에게 다른 속셈이 있다 할지라도 나중에 충분히 제압할 자신이 있었다. 그는 그 제안을 수락했다.

여러 가지 논의 끝에 그들은 영웅연을 개최하기로 했다. 영웅연에는 길상사의 장문인을 포함하여 주요인물들이 참석할 터인바, 그 자리에서 죄를 묻기로 했다. 한편 영웅연의 마지막 승자는 두 파의 제자들 중에서 나오기를 기대했다. 백무나 미도후사가 그날의 영웅이 되어 길상사의 장문인에게 가르침을 청한다, 그를 몰아붙여 위신을 떨어뜨린다, 그리고는 파렴치한 죄를 만천하에 공개하고 단죄한다, 길상사를 처단한 다음에는 홀로 남은 천도문을 제거한다. 그것이 그들의 각본이었다.

그런데 일이 자꾸 삐걱거리더니 백무와 미도후사 두 제자가 모두 예선 탈락의 수모를 당했다. 각본과는 무관한 인물들의 결승전을 지켜보아야 하는 그들의 심정은 실망스러울 수밖에 없었다.

천도문의 요리모토는 이런 각본을 어렴풋이 눈치채고 있었다. 처음에는 몰랐지만 시간이 흐를수록 화랑방과 남조파의 공동 보조가 느껴진 것이었다. 광한의 팔이 잘렸을 때 그는 그것이 아시겐지의 수작임을 알아차렸다. 구장격 역시 눈치채었음을 알았다. 그러나 구장격은 짐짓 팔짱을 낀 채 아무런 내색도 하지 않았다. 주최측의 수장이 취할 태도가 아니었다. 두 사람 사이에 사전 조율이 없었다면 있을 수 없는 일이었던 것이다. 때문에 요리모토는 잔뜩 긴장하고 있었다. 가즈키와 신엽이 두 파의 제자들을 누르고 결승에 오른 것은 축하할 일이었지만 그 싸움에서 두 사람이 너무 많은 공력을 소모하지는 않기를 바랐다. 그는 가즈키에게 귀띔으로 공력을 아낄 것을 당부했다.

길상사의 자연대사는 그처럼 복잡한 관계를 읽어낼 줄 몰랐다. 불심으로 가득 찬 사람에게는 모든 사람들이 불자로만 보였으니까. 그는 다만 신엽이 결승에 오른 사실이 기뻤다. 결승에서도 최선을 다해 왜국 사무라이를 누르고 고려 무인의 기상을 세울 것만을 바랐다.

검무가 끝나고 결전의 시간이 왔다. 신엽과 가즈키는 연무대로 올라 관중에게, 그리고 서로에게 예를 취했다.

"이번 대결은 소협께서 규칙을 정하시지요."

가즈키가 신엽에게 권했다. 신엽은 내심 놀랐다. 소운의 말대로였다. 소운은 가즈키가 신엽에게 규칙을 물을 것이라며 준비시켰던 것이다. 신엽은 잠시 생각하는 척하다가 말했다.

"외줄 대나무 위에서 승부를 나누면 어떻겠습니까?"

"좋습니다."

신엽은 낭경에게 준비물을 부탁했다. 일 다경이 지나지 않아 화랑방의 제자들이 부탁한 물건들을 가져왔다. 통나무 두 개와 기다란 대나무 한 줄기였다. 통나무는 각각 지름이 한 자 길이가 일 장이었고, 대나무는 한 치 남짓 두께에 이 장의 길이였다. 신엽은 연무대 위에 통나무들을 세우고 그 위에다 대나무를 걸쳤다. 그리고는 가볍게 몸을 날려 대나무 위로 올라섰다. 뒤이어 가즈키도 뛰어올랐다.

대나무 위는 신엽이 자연대사에게 적룡권과 적룡신법을 배우던 곳이었다. 그런 까닭에 신엽은 편안함을 느꼈다. 그는 천천히 한 걸음씩 걸어 가즈키 앞으로 다가갔다. 가즈키는 두 손을 둥글게 가슴 앞에 모은 채 신엽을 기다렸다.

두 사람의 거리가 두 자 남짓으로 가까워졌을 때 가즈키는 쌍장을 앞으로 밀었다. 신엽은 오른발로 슬쩍 대나무를 굴렸다. 상대의 균형을 무너뜨리는 동시에 자신의 몸을 기울여 공세를 피하는 수법이었다. 뜻밖의 응수에 당황한 가즈키는 쌍장을 회수하며 뒤로 한 걸음 물러섰다. 신엽은 또 선뜻 한 걸음 다가섰다. 그러나 가즈키는 역시 노련했다. 대나무를 딛고 서서는 안정된 공격이 어려움을 깨닫고는 발을 살짝 띄워올렸다. 그리고는 응조수로 신엽의 목 양쪽 천류혈을 찍었다. 쌍룡쟁주(雙龍爭珠)의 일식이었다. 그 일식은 위력이 대단하여 부근의 천용 천창 견정혈 등이 모조리 공격권에 포함되었다.

신엽은 급히 자세를 낮추어 공격을 벗어나며 왼쪽 다리를 길게 뻗었다. 허공에 뜬 가즈키의 종아리를 걸어찼다. 가즈키는 뜬 상태에서 다시 한번 몸을 솟구쳐 신엽의 머리 위를 넘어갔다. 신엽은 동시에 뒤로 재주 넘으며 가즈키를 추격했다. 영허 음도 거궐혈 등 세 곳을 찔렀다. 가즈키는 응조수를 즉시 장으로 바꾸어 세 차례 공격을 해소했다.

공격을 마친 신엽은 이미 자리를 옮겨 대나무 아래로 내려와 있

었다. 한 발을 대나무에 걸어 몸을 지탱하며 가즈키가 내려설 자리
를 선점했다. 가즈키는 문득 신엽의 모습이 사라지자 어리둥절했다.
그러다가 발 아래서 장력이 솟아오름을 깨닫고는 깜짝 놀랐다. 신엽
은 이부자리 위처럼 편안하게 허공에 누워 그를 공격하고 있었다.
자세히 볼 여유가 없었으므로 가즈키는 괴이할 뿐이었다.

 이 어린 녀석이 대관절 어떤 무공을 익혔길래 허공을 제 집처럼
날아다닌단 말인가.

 그는 공력을 십이 성 끌어올려 신엽을 후려쳤다. 그러나 이미 신
엽의 신형은 반대쪽으로 옮겨가고 없었다. 신엽은 가즈키의 등뒤에
서 비스듬히 떠오르며 신룡농월(神龍弄月)의 일 초를 펼쳤다. 날카
로운 강기 네 개가 가즈키의 등뒤 네 곳 요혈들을 노리며 파고들었
다. 가즈키는 대나무 위만을 고집해서는 피할 수가 없음을 깨달았
다. 즉시 한쪽 발을 걸어 빙글 한 바퀴 돌았다. 그러나 그 회전이 끝
나기도 전에 다시 신엽의 공격이 찾아왔다. 결국 그는 몸을 날려 멀
찌감치 달아나야 했다. 그제서야 잠시 숨을 돌릴 수 있었다.

 원래 가즈키는 승부에 큰 관심이 없었다. 요리모토 대사형의 당부
도 있고 하여 시늉만 할 작정이었다. 하지만 신엽의 움직임이 이처
럼 날렵하고 보니 재미가 있었다. 슬그머니 승부욕도 일었다. 그는
어떡하면 불리함을 유리함으로 바꿀 수 있을까 생각했다. 그러자 한
가지 묘안이 떠올랐다. 편법이긴 했지만 간단하게 승부를 낼 수 있
는 방법이었다. 그는 즉시 대나무를 한쪽으로 걸어찼다. 대나무는
통나무 위를 벗어나 지상으로 떨어졌다. 한쪽이 떨어지니 반대쪽도
함께 떨어질 수밖에 없었다.

 가즈키의 속셈은 대나무를 아예 없애버리자는 것이었다. 그렇게
되면 두 사람은 모두 연무대 바닥으로 떨어져야 했다. 그때는 누가
더 추락 속도를 완화하여 늦게 바닥을 밟는가에 의해 승부가 결정

될 것이었다. 가즈키는 가볍게 몸을 띄워 평사낙안(平沙落雁)의 경신술을 펼쳤다. 그의 몸은 날개를 펼친 한 마리 기러기처럼 천천히 하강했다.

그런데 그 순간 신엽은 가즈키가 전혀 예상 못 한 행동을 취하고 있었다. 떨어지는 대나무를 붙잡아서는 수직으로 곧게 세우는 것이었다. 그리고는 그 대나무 꼭대기에 올라가 반듯하게 섰다. 그는 그렇게 몇 시진도 버틸 수 있을 것이었다. 깜짝 놀란 가즈키는 허공에서 방향을 틀어 대나무를 움켜잡았다.

내 꾀에 내가 넘어갈 뻔했구나. 정말이지 경시할 수 없는 친구야.

간담이 서늘해진 가즈키는 이마의 땀을 쓸어내었다.

그 사이 신엽은 위에서 아래로 가즈키를 공격해 내려왔다. 연환퇴(連環腿)의 각술(脚術)로 십여 회를 내려찍었다. 이제는 가즈키의 위치가 절대적으로 불리했다. 대나무를 떠날 수 없는 상황에서 머리 위로 공격이 퍼부어지니 당해낼 도리가 없었다. 그러나 그는 역시 임기응변이 뛰어난 백전노장이었다. 감당할 수 없다는 판단이 서자 즉시 대나무를 잘라버렸다. 대나무는 꼭 중간 정도에서 끊어져 두 개가 되었다. 가즈키는 자신의 대나무를 쥐고 몸을 피했다. 신엽의 공격은 연무대 바닥을 두들겨 십여 개의 구멍을 만들었다. 관중은 계속되는 두 사람의 묘기와 재치에 갈채를 보냈다.

이제 연무대 위에는 일 장 길이의 대나무 두 개가 서 있었다. 그리고 각각에는 신엽과 가즈키가 매달려서 상대를 쓰러뜨리기 위해 분전하고 있었다. 그들은 대나무를 발 삼아 붙었다 떨어지고 다시 엉겨붙으며 장(掌)과 각(脚)을 교환했다. 그 대결은 결코 간단히 끝날 것 같지 않았다.

서둘러 마무리를 짓고자 가즈키는 장력 대결을 벌이기로 했다. 그는 자세를 가다듬고 가슴 한가운데로 양장을 모았다. 신엽은 그의 의도를 알아차리고 즉시 공력을 십이 성 끌어올렸다. 다음 순간 두 사람은 서로를 향해 일제히 쌍장을 밀었다. 펑! 소리와 함께 그들은 각각 뒤쪽으로 밀렸다. 대나무는 연무대 바닥에 기다란 홈을 만들며 주루룩 밀렸다. 그들의 등뒤에서는 통나무 기둥들이 기다리고 있었다. 신엽은 대나무를 비틀어 바닥을 찍으며 통나무 위로 뛰어올랐다. 가즈키도 즉시 통나무 위로 뛰어올라갔다. 그리고는 다시 공력을 끌어올렸다.

그런데 그 순간 소운이 소리쳤다.

"잠깐! 멈추세요. 이미 승부가 났어요."

사람들은 그녀의 말을 이해하지 못했다. 두 사람이 거울처럼 똑같이 움직이는 터인데 무슨 승부가 났단 말인가. 소운은 천천히 연무대 위로 올라갔다. 그녀는 가즈키에게 물었다.

"대나무 위 시합의 승패는 어떻게 가려지죠?"

"대나무에서 떨어지는 사람이 지는 것이오."

가즈키는 뻔한 것을 묻느냐는 듯 대답했다. 소운은 고개를 끄덕였다.

"다시 말하자면 대나무가 아닌 어떤 것에도 몸의 일부가 닿으면 진다는 얘기겠죠?"

"그렇지요."

"그렇다면 어서 패배를 인정하셔야죠. 지금 밟고 서 계신 자리는 대나무가 아니라 소나무 위란 말예요."

가즈키는 아차 싶었다. 소운의 말재간에 넘어간 느낌이었다. 이런 종류의 시합에서는 보통 기둥목도 발자리에 포함시켰다. 그러나 그가 방금 자신의 입으로 대나무 이외의 어떤 것도 닿아서는 안 된다고 확인했으니 그는 이미 규정을 어긴 셈이었다.

"하지만 이소협께서 먼저 소나무를 밟았을 텐데요?"

"직접 한번 보시지요."

가즈키의 이의 제기에 소운이 신엽을 가리켰다. 가즈키가 자세히 보니 신엽은 기둥목을 밟고 있지 않았다. 오른발로 대나무를 감아쥐고 그 대나무로 기둥목을 찍어 서 있었다. 경험이 적고 내기에는 초심자였던 신엽인지라 철저하게 대나무에만 의지하고 있었던 것이다. 사람들은 모두 고개를 끄덕이며 갈채를 보냈다.

가즈키는 멋쩍게 연무대로 내려왔다.

"오늘 빈객은 고려국의 젊은 영웅들께 경탄을 금할 수 없습니다. 비록 승부에는 졌으나 많은 것을 배웠습니다."

그는 반질반질한 대머리를 깊이 숙여 인사했다. 신엽은 급히 연무대로 내려와 함께 예를 갖추었다.

이제 영웅연의 공식 대결은 모두 끝이 난 셈이었다. 행사를 진행하던 낭경이 그날의 영웅으로 길상사의 이신엽이 결정되었음을 선포했다. 폭죽이 터지고, 정자 쪽에서는 축하를 알리는 음악 소리가 울렸다. 사람들은 길상사를 향해 축하주를 들었다. 자연대사는 겸손하게 그 인사를 받았다. 그러나 신엽에게는 그게 끝이 아니었다.

진실은 어둠 속으로

영웅연이 진행되는 동안 신엽은 내심 자신이 마지막 승리자가 되기를 바랐다. 가즈키와의 결승전에서도 최선을 다했다. 영웅이라는 칭호나 명예욕 따위 때문은 아니었다. 그것은 전적으로 아시겐지 때문이었다. 한 하늘을 공유하지 않겠노라고 다짐한 터에 눈앞에서 곱게 그를 놓아보낼 수는 없었던 것이다. 자리가 자리인 만큼 함부로 시비를 걸 수도 없는 일, 그와 한바탕 어울릴 수 있는 기회는 그날의 영웅이 되어 일전을 청할 권리를 얻는 것뿐이었다.

낭경이 그에게 어느 선배고인으로부터 가르침을 받겠느냐고 물어왔을 때 신엽은 서슴없이 아시겐지를 지목했다. 그러나 아시겐지는 짐짓 놀라는 표정으로 물었다.

"그게 무슨 말이죠? 제가 오늘의 영웅과 싸워야 한다니요?"

낭경은 영웅연의 전통을 설명했다. 아시겐지는 금시초문이라는 듯 고개를 저었다.

"고려국의 전통에 무지하여 그런 사정을 몰랐군요. 하지만 저는 싸울 준비가 되지 않았습니다. 이 영웅께 가르쳐드릴 재주도 없구요."

그는 한사코 사양했다.

물론 아시겐지는 그 관습을 잘 알고 있었다. 미도후사가 영웅으로 선출되면 길상사의 자연대사를 망신주려는 계획까지 세워두고 있었던 것이다. 그러나 이제는 사정이 바뀐 터였다. 자칫하다가는 자신이 신엽에게 망신을 당할 입장이었다. 무공만으로야 두려울 게 없었지만 지금 신엽은 잔뜩 기세가 올라 있었다. 자신에 대한 원한도 뼈저리게 깊었다. 매서운 살수들을 퍼부어댈 게 뻔했다. 하지만 선배고인의 위치에서 싸우는 자신은 신엽을 털끝만큼도 다치게 할 수 없었다. 그것이 규칙이었다. 그러니 백번을 싸워봤자 손해볼 일밖에 없었다. 싸우지 않는 것이 최상의 선택이었던 것이다.

아시겐지가 거듭 사양하니 낭경은 곤란했다. 해서 신엽에게 말했다.

"먼 곳에서 오셔서 우리의 관습이 생소하니 어쩔 수 없는 일이지요. 고려국의 다른 분을 지목하심이 어떨까요?"

여느 때의 신엽이었다면 기꺼이 다른 사람을 청해서 가르침을 받았을 것이었다. 그러나 지금은 그럴 기분이 아니었다. 괜히 그 사람에게 분풀이만 해댈 것이 분명했다. 신엽은 그렇다면 다음 기회로 미루겠다고 대답했다. 그런데 그때 화랑방의 백궁이 벌떡 일어나 소리쳤다.

"제가 한번 이소협의 가르침을 받고 싶습니다."

백궁은 원래 자부심이 대단한 젊은이였다. 오늘의 영웅연에 임하면서도 마지막 승리자는 자기가 될 것이라고 자신하였었다. 그런데 첫 싸움에서 가즈키에게 패배하자 수치스럽기 그지없었다. 소운과 미도리 등 아름다운 소녀들이 지켜보고 있었기에 더욱 그러했다.

그는 특히 미도리에게 관심이 쏠렸다. 소운도 미모는 빼어났지만 신엽과 절친한 사이인 듯해 즐거움이 적어 보였다. 미도리의 호감을 살 수 있는 방법이 무엇일까 고민하던 그는 신엽을 제물로 삼기로 했다. 조금 전 신엽이 미도리에게 험한 말을 퍼부었으니 자신이 그를 꺾는다면 그녀가 좋아하리라 생각한 것이었다. 마침 아시겐지가 한사코 대결을 거절하니 적절한 기회였다.

백궁은 신엽의 대답도 기다리지 않고 연무대로 올라서려 했다. 그런데 그때 보이지 않는 강한 힘이 그를 끌어당겼다. 그는 의지와는 무관히 주춤주춤 뒤로 물러나 자리에 앉았다. 그를 눌러앉힌 것은 운중선 구장격이었다. 구장격의 마음은 백궁의 마음과 다르지 않았다. 자신의 제자가 신엽을 꺾어주기를 간절히 바랐다. 그러나 그는 백궁이 나서봤자 승산이 적다는 사실을 알고 있었기에 만류한 것이었다. 또 한 번의 좌절로 수치심만 더해진 백궁은 내심 이를 갈았다.

이신엽 이 녀석, 두고 보아라. 오늘의 수모를 몇 배로 돌려줄 날이 있을 것이다.

구장격은 자리에서 일어나 신엽을 축하했다. 그리고 참가한 사람들에게 감사의 뜻을 전했다. 이어서 낭경이 영웅연의 공식 행사가 끝났음을 선언했다. 몇몇 사람들이 자리를 일어나려 했다. 예방 방주와 그의 제자들이 가장 먼저 움직였다. 그런데 낭경의 목소리가 그들을 붙잡았다.

"아직 중요한 일 한 가지가 남았습니다. 내빈 여러분께서는 부디 잠시 더 자리를 지켜주시기 바랍니다."

장내에는 다시 음악 소리가 울려퍼졌다. 그 음악은 지금까지와는 많이 달랐다. 슬프고 처연한 것이 듣는 이의 마음을 숙연하게 만들었다. 그러자 호변에 정박해 있던 큰 선박에 이십여 개의 붉은 등이 밝혀졌다. 운중선이 내렸던 바로 그 선박이었다. 갑판에서 뭍으로 기다란 사다리가 내려지더니 관처럼 생긴 물건이 내려왔다. 붉은 비단으로 화려하게 포장된 것이었다. 여덟 명의 장정들이 그것을 짊어지고 행사장으로 들어왔다. 그들은 연무대 한가운데 그 물건을 내려놓았다.

장정들이 물러가자 운중선 구장격이 연무대로 올라섰다. 그는 사뭇 비통한 목소리로 말했다.

"많은 분들이 아시겠지만 십일 년 전 오늘 우리 화랑방에는 몹시 불행한 일이 있었습니다. 제십이대 방주셨던 변무정 어른께서 서거하신 것입니다. 갑작스레 방주를 잃은 화랑방은 많은 어려움을 겪어야 했습니다. 때문에 방주의 죽음이 자연사가 아닌 암살이었다는 사실조차 세상에 공표할 수 없었습니다."

사람들 사이에서는 놀람의 탄성들이 들렸다. 화랑 방주가 피살된 것이라는 소문은 한동안 심심찮게 나돌았었다. 그러나 화랑방 사람에 의해 공식적으로 발표된 것은 이번이 처음이었다.

동요가 가라앉기를 기다려 구장격은 말을 이었다.

"이제 이 구장격이 신임 방주가 되어 새 역사를 여는 시점에서 지난 불행의 의혹을 풀고 청산하는 일은 당연한 과제라 하겠습니다. 그런 연유로 오늘 영웅연을 개최하고 많은 훌륭한 분들을 한자리에 모셨으니 부디 도움을 아끼지 말아주십시오."

구장격은 천천히 붉은 비단 포장을 벗겨내었다. 그러자 수정으로 만든 관이 모습을 나타내었다. 관의 뚜껑은 얇고 투명한 수정으로 만들어져 속이 훤히 들여다보였다. 내부의 시신은 송진과 주정으로 특수 처리되어 방금 죽은 시신처럼 깔끔히 보관되어 있었다.

"의혹의 단서는 바로 이 시신에 있는 듯합니다. 해서 불가피하게 시신을 공개하는 터입니다. 고인께서도 이해해주시리라 믿습니다. 그러면 각 문파의 장문인이나 대리께서 한 분씩 올라와 시신을 검사해주십시오."

예방 방주가 가장 먼저 나섰다. 관 속을 본 그는 눈살을 찌푸리더니 분개했다. 세상에, 이런 잔악한 놈이 있을까. 이어서 아시겐지와 요리모토가 차례로 시신을 참관했다. 자연대사는 마지막으로 연무대를 올라갔다. 관을 들여다본 그는 두 손을 합장하고 잠시 눈을 감았다.

"아미타불!"

관 속은 너무도 참혹했다. 변무정의 시신은 머리끝에서 발끝까지가 마치 쥐어짠 빨래처럼 비틀려져 있었다. 근골은 물론 오장육부 중 어느 것 하나 제자리를 지키고 있는 것이 없었다. 대관절 어느 누가 화랑방의 방주를 이처럼 잔인하게 죽일 수 있었단 말인가.

참관이 끝나자 구장격은 소견을 물었다.

"무공이 고절하고 심성이 악랄한 자의 소행이 분명합니다."

예방 방주의 말이었다. 그러자 아시겐지가 한마디를 덧붙였다.

"흔히 볼 수 있는 무공은 아니로군요."

"어떤 무공으로 짐작되는지요?"

구장격이 재빨리 말끝을 잡아 물었다.

"글쎄요. 심후한 공력을 추구하는 문파는 여럿 있지만 장력의 회전이 저렇듯 강한 문파는 다섯손가락을 채우기도 힘들지요."

"그러니까 대협께서는 시신의 비틀림이 내력에 의한 것이라는 말씀이시군요."

"물론입니다. 내력이 아니고서야 어찌 저런 현상이 나타나겠습니까?"

"그렇다면 어떤 문파의 무공이 이에 가깝습니까?"

"멀리 중국 땅에는 무당파와 명교의 일부 위인들이 유사한 무공을 구사하는 것으로 알고 있습니다. 하지만 가까이에는……"

아시겐지는 말끝을 흐리며 길상파 쪽을 돌아보았다. 길상파가 면전에 있으니 차마 말을 꺼내기가 곤란하다는 표정이었다. 자연대사는 무심히 정면만을 응시하고 있었다. 그러자 예방 방주가 참지 못하고 끼어들었다.

"길상파의 적룡권법이 중국 어느 문파의 무공보다도 강력한 소용돌이를 담고 있지요."

"그렇습니다. 제 소견에도 그렇습니다."

아시겐지가 동의했다. 운중선 구장격은 천천히 고개를 끄덕였다.

"두 분 말씀은 전대 화랑 방주가 길상파의 적룡권법에 당해서 돌아가셨다는 것이로군요."

"뭐 꼭 그렇다는 얘기는 아닙니다. 하지만 무당파나 명교를 제외하면 적룡권법이 가장 유력하다는 뜻입니다."

"화랑방은 지난 수백 년 동안 도리에 어긋나는 일을 한 적이 없습니다. 안으로 스스로를 정화하는 일에만 열심이었을 뿐 중국의 문파들과는 교류도 없었지요. 그러니 무당파나 명교의 소행은 아닐 것입니다."

말을 마친 구장격은 자연대사를 노려보았다.

"사실은 제 생각도 여러분과 같았습니다. 적룡권법을 제외하고는 시신의 비밀을 풀 방법이 없었습니다. 길상파의 장문인께서는 이 일을 어떻게 설명하시는지 듣고 싶군요."

"아미타불! 적룡권법은 본사의 제자들 중에서도 심기가 가장 맑은 이들에게만 전수되는 비전무공입니다. 전대 화랑 방주의 죽음과 적룡권법과는 결코 아무 관계가 없으리라는 것이 빈승의 소견입니다."

자연대사의 말이었다.

"그렇다면 시신이 당한 무공이 적룡권법이 아니라는 말입니까?"

"비슷하기는 합니다. 그러나 단연코 적룡권법은 아닙니다."

"어째서 그렇게 자신하는지요?"

자연대사는 입을 굳게 다물었다. 눈도 함께 감았다. 그리고는 오랫동안 움직임이 없었다. 그는 조금 전 시신을 확인했을 때 깜짝 놀랐었다. 시신의 비틀림이 적룡권법을 닮은 까닭이었다. 그러나 자세히 보니 거기에는 한두 가지 다른 점이 있었다. 적룡권법이 아니라는 확신이 섰다. 그런데 그는 그 사실을 사람들에게 설명할 방법을 찾을 수 없었다. 실험을 해서 보여줘야 할 텐데 무고한 사람을 실험 제물로 희생할 수도 없는 일이고…….

운중선 구장격은 자연대사의 오랜 침묵을 용납할 수 없었다.

"대사께 일 다경의 시간을 드리겠습니다. 그 시간 내에 납득할 만한 해명을 주십시오. 만약 그러지 못한다면 화랑방은 길상파를 범인으로 인정하겠습니다. 따라서 응분의 조치를 취할 것입니다."

"어떤 조치를 말하는 거죠?"

소운이 물었다.

"동일한 대가를 치르게 하겠습니다. 방주를 죽였으니 길상사 장문인의 목숨을 취하는 것입니다."

모인 사람들이 웅성거렸다. 사태가 이렇듯 급진전할 줄은 예측할 수 없었던 것이다. 자연대사는 여전히 미동도 하지 않고 있었다. 소운은 길상사가 창사 이래 최대의 위기를 맞는구나 생각했다. 대사형 광한은 팔을 잃었는데 운중선 구장격은 이제 장문인의 목숨마저 취하려고 달려들다니. 불행 중 다행이라면 지금 이 자리에 신엽이 함께 있다는 사실이었다. 그녀는 그와 더불어 숨이 끊어지는 순간까지

싸우리라 다짐했다. 그래서 길상사의 이름을 더럽히는 일은 없도록
하리라.

일 다경이 지나자 구장격은 보검 한 자루를 꺼내었다. 화랑 방주
에게 대대로 전해져오는 신물이었다. 검은 검집을 벗어나자 파르스
름한 빛을 발했다. 그는 그것으로 길상사 장문인 자연대사의 목을
베려는 모양이었다. 그때 자연대사가 천천히 두 눈을 떴다.

"빈승이 보잘것없는 재주 하나를 보여드리겠습니다."

자연대사는 한쪽 구석에 치워둔 통나무를 집어들고 연무대로 올
라갔다. 신엽과 가즈키가 결승전을 벌였을 때 기둥목으로 쓴 것이었
다. 지름이 한 자요 길이가 일 장이나 되는 무거운 나무였지만 그는
마치 나무지팡이를 다루듯 했다. 자연대사는 원래 사람들 앞에 나서
는 성격이 아니었다. 그러나 지금은 어쩔 도리가 없었다. 육백 년을
이어온 길상사의 명예가 진흙탕에 떨어질 수도 있는 상황인 까닭이
었다.

"적룡권법의 제일장입니다."

자연대사는 통나무의 한쪽 절단면에 가볍게 일 장을 쳤다. 신룡관
산(神龍貫山)의 일식이었다. 그러자 통나무는 경기 들린 아이처럼
부르르 떨더니 엿가락처럼 비틀렸다. 동시에 반대쪽 절단면이 퍽 하
고 터졌다. 모래알처럼 으깨어진 나무 부스러기가 뿜어져나왔다. 사
람들은 그가 아무렇게나 내친 일 장이 이처럼 매서운 데 깜짝 놀랐
다. 그러나 기실 자연대사는 그 일 장에 필생의 공력을 쏟은 터였다.
눈을 감고 방법을 생각하는 동안 그는 온몸의 공력을 끌어올렸던
것이다.

"보신 바와 같이 적룡권법에는 내력의 회전이 있습니다. 그러나
시신과 이 통나무를 비교한다면 차이가 있음을 알 수 있습니다. 첫
째, 통나무의 제 손이 닿은 부분은 외관상 아무런 상처가 없습니다.

적룡권은 일단 사물의 심층부로 들어간 연후에 위력을 나타내기 때문입니다. 하지만 전대 화랑 방주의 시신은 머리 부위가 심하게 손상되어 있습니다. 피부가 벗겨지고 머리카락이 뽑혔습니다. 내공보다는 외공에 당한 것을 알 수 있습니다."

"사람과 통나무를 어찌 동등하게 비교한단 말이오. 더구나 격전 중일 경우에는 내공에 의해서도 외상을 입는 일이 다반사지요."

아시겐지가 반론을 제기했다. 자연대사는 고개를 저었다.

"그렇지 않습니다. 적룡권은 표면을 통과한 연후에만 회전력을 발휘합니다."

"화랑 방주께서 다른 어떤 물건으로 머리 위를 보호하려 했었는지도 모르지요."

아시겐지는 계속 억지를 부렸다. 그러자 요리모토가 말했다.

"길상사 장문인의 설명이 끝나지 않았으니 조금 더 들어보시지요."

아시겐지는 흥 냉소하고는 팔짱을 꼈다. 자연대사는 설명을 계속했다.

"두번째 차이점은 바로 저 끝입니다."

그는 통나무의 반대쪽 끝을 가리켰다.

"장력은 물체를 통과하면 어딘가로 터져나오게 되어 있습니다. 하지만 화랑 방주의 시신에는 그 자리가 없습니다. 머리에서 발끝까지가 고르게 비틀린 것으로 보아 장력이 발끝까지 도달한 것은 분명한데 발바닥에는 터진 자리가 없습니다. 그렇다면 장력은 어디로 사라진 것일까요."

사람들은 한동안 침묵을 지켰다. 자연대사의 설명이 한치도 논리에서 어긋남이 없었기 때문이었다. 소운은 시신을 직접 보지 못한 것이 안타까웠다. 시신만 본다면 보다 쉽게 해답을 찾아낼 수 있을 텐데. 그런데 그 순간 요리모토가 탄성을 발했다.

"아! 그렇군요. 장력은 처음부터 없었습니다."

사람들은 무슨 엉뚱한 소리를 하느냐는 듯 그를 돌아보았다. 오직 자연대사만이 미소를 머금고 다음 말을 기다렸다. 요리모토는 자신에 찬 음성으로 말했다.

"장력은 애당초 없었습니다. 전대 화랑 방주는 장력에 의해 살해된 것이 아닙니다. 시신의 비틀림은 두 사람이 발끝과 머리끝을 움켜쥐고 빨래를 짜듯 쥐어짜서 생긴 것입니다. 무공이 뛰어난 고수들이 내외공을 함께 써서 비튼다면 충분히 저런 모양이 나올 수 있지요. 두피가 벗겨지고 발바닥이 비틀린 것도 모두 그런 까닭이 분명합니다."

"대협의 말씀은 누군가가 적룡권을 위장하기 위해 일을 꾸몄다는 것입니까?"

그렇게 물은 것은 운중선 구장격이었다.

"단정할 수는 없겠지만 그랬을 가능성이 짙습니다."

"놀랍군요. 천도문이 고려국의 길상사와 이처럼 돈독한 관계를 맺고 있는 줄은 몰랐습니다. 이왕지사 말문을 열었으니 누가 그런 일을 꾸몄는지도 얘기해보시지요."

구장격의 목소리는 잔뜩 비꼬여 있었다. 자연대사가 적룡권과 시신의 차이점을 설명했을 때 구장격은 내심 조금은 고개를 끄덕였었다. 그럴듯도 하다고 생각되었다. 그러나 요리모토가 길상사를 거들고 나서자 다시 의심이 일었다. 자신이 아시겐지와 사전조율을 하였듯 그들 사이에서도 내통이 있은 게 아닌가 싶어서였다. 그야말로 도둑이 제 발 저리다는 식이었다. 요리모토는 구장격의 말에 기분이 상했다.

"그것까지야 어찌 알겠습니까. 눈에 뻔히 보이는 것을 아니라고 부정하려 든다면 어쩔 수 없는 일이지요."

"눈에 뻔히 보이는 것만으로 사건을 짐작하려 한다면 그것처럼 어리석은 일도 없는 법입니다."

이번에는 아시겐지가 끼어들었다. 구장격이 요리모토를 비꼬자 다시 힘을 얻은 것이었다.

"고려국의 화랑방은 어느 누구도 쉽게 넘볼 수 있는 존재가 아닙니다. 비슷한 정도의 세력을 가진 문파가 아니라면 감히 방주를 살해하는 일 따위는 꿈도 꿀 수가 없죠. 적룡권이면서도 적룡권이 아닌 듯 위장한 일만 해도 그렇습니다. 이치를 따지자면 적룡권에 가장 통달한 사람만이 할 수 있는 일 아니겠습니까?"

그는 참으로 교묘하게 순서를 바꾸고 있었다. 옛말에 아와 어가 다르다고 하였거늘, 적룡권이 아니면서 적룡권인 듯 위장한 일을 그는 적룡권이면서도 적룡권이 아닌 듯 위장한 일이라고 뒤집어 말하는 것이었다. 대관절 무슨 까닭으로 그는 길상사에 혐의를 덮어씌우는 것일까.

그때였다. 신엽의 머릿속에서 한 가지 기억이 떠올랐다. 언젠가 가야산의 용암동굴 속에서 도월희천 척항무에게 들은 이야기였다. 그는 월하고검 석준경의 죽음에 대해 이야기하면서 십일 년 전의 사건을 상세히 설명했었다. 조의사비가 계림에서 우연히 요다와 아시겐지를 만나 일전을 벌였던 일을. 그런데 그 설명 중간에 척항무는 언뜻 그런 말을 했었다. 당시 요다와 아시겐지는 함께 누군가를 죽이고 온 길이었다. 그들은 그 범행이 다른 누군가에게 덮어씌워질 것이라며 기뻐했다……

신엽은 그때 그 이야기를 흘려들었었다. 동굴에 갇혀 하루 앞을 내다볼 수 없는 신세였고, 또 그것은 십일 년이나 지난 옛일이었기에 관심을 두지 않은 것이었다. 그러나 이제 오늘 이런 일을 당하고 자연대사와 요리모토의 추리를 듣고 보니 일의 전말을 알 수 있었다. 십일 년 전 그날 요다와 아시겐지가 죽인 사람은 화랑 방주였음이 분명했다. 그리고 이미 그때부터 그들은 그 범행을 길상사에 덮어씌우기로 계획하였음이 틀림없었다.

거기까지 생각이 미치자 신엽은 치가 떨렸다. 온몸이 부들부들 떨렸다. 분노 때문이었다. 금강일신과 월하고검의 죽음에만 관계된 줄 알았더니 요다와 아시겐지는 화랑 방주까지 참혹하게 비틀어 죽인 것이었다. 그러고도 뻔뻔스럽게 낯짝을 들고 오히려 혐의를 길상사에 덮어씌우려 들다니. 도대체 저자의 파렴치함은 어디가 끝이란 말인가.

"왜 그래요? 삼사형, 어디가 안 좋아요?"

소운이 살그머니 물었다. 신엽의 안색이 별안간 백지장처럼 하얗게 변한 까닭이었다. 그러나 신엽에게는 아무런 소리도 들리지 않았다. 그는 주술에 걸린 인형처럼 아시겐지에게로 다가갔다. 아시겐지는 신엽이 반 장 앞으로 다가왔을 때야 비로소 알아차리고는 흠칫 놀랐다.

"왜 그런 눈으로 나를 보는 게냐?"

신엽은 대답하지 않고 계속 다가갔다. 아시겐지는 자기도 모르게 두 걸음을 물러섰다. 신엽은 아시겐지의 코앞까지 다가서서야 걸음을 멈추었다.

"당신은 인간도 아니오."

"그게 무슨 말이냐?"

아시겐지는 당황한 기색이 역력했다. 신엽의 눈빛은 그를 녹여버릴 듯 이글거리고 있었다.

"십일 년 전 오늘 당신은 어디 있었죠?"

"그야…… 일본 땅 어딘가에 있었겠지. 네가 웬 상관이냐?"

"천만에요. 그날 당신은 고려국 계림에 있었습니다. 요다 훈게이라는 사람과 함께. 제 말이 틀렸습니까?"

"글쎄다. 십여 년 전에…… 잠깐 고려국을 방문한 적은 있었다. 하지만 정확히 언제였는지는 기억할 수 없다."

아시겐지는 더듬거리며 대답했다.

"감히 부정할 수 없을 테죠. 그날 당신들은 재수없게도 조의사비를 만나 혼쭐을 당하고 달아났으니까요."

"말조심하거라!"

"도월희천 척항무 선배님께서 그런 말씀을 하시더군요. 그날 당신들은 누군가를 죽이고 온 길이었고 그 일이 다른 사람의 범행으로 여겨질 것이라며 기뻐하였다구요. 혹시 그때 당신들이 살해한 사람이 누구인지 물어봐도 되겠습니까?"

아시겐지는 내심 깜짝 놀랐다. 그날 그와 요다는 분명히 그 일을 기뻐하며 자축배를 나눴었다. 하지만 일본어로 이야기했기에 누구도 알지 못하리라 여겼었다. 그런데 뜻밖에도 도월희천이 모두 엿듣고 있었던 것이다. 자칫하다가는 큰 낭패를 당할 것 같아 아시겐지는 잔꾀를 굴렸다.

"이제 생각이 나는구나. 그래. 그런 일이 있었다. 계림에서 조의사비를 만나 한 수 따끔하게 버릇을 가르쳤었지. 하지만 그때 누군가를 죽이고 온 자들은 우리가 아니라 바로 조의사비였다. 어떤 대단한 인물을 죽였는지 희희낙락하더구나. 만약 그게 십일 년 전 중추절이었다면 화랑 방주는 그자들의 손에 죽은 게 분명해. 천하에 몹쓸 놈들 같으니라구."

"당신, 당신은……."

신엽은 말을 이을 수 없었다. 기가 막혀 혈액이 역류하는 느낌이었다. 경험과 연륜이 조금만 더 있었더라도 아시겐지의 거짓말을 만인 앞에 밝혀낼 수 있었겠지만 아직 신엽에게는 그런 여유가 없었다.

"당신은 일백 번을 고쳐죽어도 인간의 마음은 갖지 못할 것이오."

말과 함께 신엽은 쌍장을 들어 아시겐지를 쳤다. 적룡권법 중의 제일장 신룡관산이었다. 바로 조금 전 자연대사가 통나무를 상대로 선보인 일 장이었다. 분노가 극에 달한 상태에서의 공격이었으므로 그 일 장에는 실로 엄청난 힘이 실려 있었다. 어떤 거대한 산이라도 구멍을 뚫어버릴 듯한 기세였다. 그러나 공력으로 따지자면 신엽은 아직 아시겐지의 적수가 아니었다. 아시겐지는 흥 냉소짓고는 두 손바닥을 가슴 앞에서 뒤집었다. 네 개의 장력이 부딪히면서 요란한 폭음이 일었다. 회오리바람과 모래먼지도 일었다. 그 충격으로 신엽은 두 걸음을 물러났다. 아시겐지는 어깨만을 잠시 흔들렸을 뿐 자리를 지켰다. 하지만 내심 그는 경악하고 있었다. 신엽의 공력이 지리산 영신봉에서의 결전 때보다 더욱 증진한 까닭이었다.

오늘은 기필코 죽여서 후환을 없애야겠구나.

그렇게 마음을 정하자 그는 부드러운 미소를 머금었다.

"조금 전 너와의 일전을 거절한 것이 너를 두려워한 까닭이었다고 생각한다면 큰 착각이다. 어린 것이 재주가 없지 않아 명을 늘일 기회를 주었을 뿐이다. 하지만 사악한 조의사비 도월희천 놈의 말만 믿고 미쳐 날뛰니 나도 어쩔 도리가 없다. 염라대왕 전에나 가서 참회하여라."

아시겐지는 멸절사독장(滅絶四毒掌)의 공력을 끌어올렸다. 멸절사독장이란 글자 그대로 끝장을 내는 사 초식의 독장이었다. 한 번 시전할 때마다 무척 많은 공력을 소모했으므로 자주 쓸 수는 없었다. 그러나 일단 시전되면 상대는 어김없이 끝장이 났다. 지난 삼십여 년 동안 아시겐지는 꼭 아홉 차례를 썼는데 대다수는 제일장이나 이장에서 꺼꾸러졌다. 사장은 쓸 필요도 없었고, 삼장까지 간 경우도 겨우 두 차례일 뿐이었다. 그야말로 일격필살의 독공이라 할 수 있었다.

잠시 후 아시겐지의 두 손바닥에는 핏빛 반점들이 돋아올랐다. 멸절사독장의 공력이 모두 모인 것이었다. 그는 손바닥을 천천히 가슴으로 끌어올렸다. 이제 앞으로 밀기만 하면 신엽 목숨의 절반은 염라대왕 전으로 옮겨갈 것이었다. 그런데 그 순간이었다. 연무대에서 이상한 소리가 들렸다. 나무가 찢어지는 소리였다.

빠지직 빠지직.

사람들이 보니 비쩍 마른 손 하나가 연무대 바닥을 뚫고 솟아오르고 있었다.

"아악!"

"귀신이다!"

담이 작은 사람들은 질겁하여 비명을 질렀다.

그들이 경악한 것은 무리가 아니었다. 연무대 위에는 전대 화랑 방주의 관이 놓여 있었다. 관 속에는 비틀리고 쥐어짜진 참혹한 시신이 들어 있었다. 그리고 그 바로 곁에서 비쩍 마른 손 하나가 솟아오른 것이었다.

아시겐지의 경악도 다른 누구에 못지않았다. 그는 모골이 송연해졌다. 만약 관 속의 시신이 원한을 풀기 위해 나온 것이라면 그 한풀이의 대상은 바로 자신이지 않겠는가.

손은 연무대의 나무바닥을 움켜쥐더니 북 북 찢었다. 연무대의 바닥은 원래 견고함을 제일 원칙으로 했다. 무예의 고수들이 자웅을 겨루는 곳이니 단단하지 않으면 쓸모가 없었던 것이다. 더구나 구장격은 그날 여러 일들이 있을 것을 예상하여 특별한 지시를 내렸었다. 막 잘라낸 참나무를 세 치 두께로 깔도록. 그런데 그 손은 세 치 두께의 참나무를 종잇장처럼 간단히 찢어버리는 것이 아닌가.

잠시 만에 연무대 바닥에는 황소도 한 마리 나올 만큼의 구멍이 생겼다. 그러자 거기에서 올라온 것은 작고 뾰족한 삿갓이었다.

"형님!"

그를 가장 먼저 알아본 것은 신엽이었다. 신엽은 반가움을 금할 수 없어 달려갔다. 과연 구멍에서 나온 사람은 도월희천 척항무였다. 척항무 역시 반갑게 신엽을 끌어안았다.

"동생은 그 사이 더 장성했구먼."

구장격은 일의 전후를 짐작할 수 없었다. 모든 것이 의문투성이였다. 아무리 도월희천이라지만 연무대 바닥에는 어떻게 들어가 있었을까. 길상사 장문인의 속가제자라는 신엽은 또 어째서 그에게 동생이 되는 것일까. 나이 차로 따지자면 손자뻘은 될 텐데. 낭경의 말대로 길상사와 조의문 사이에는 모종의 밀월관계가 있는 것일까. 그래서 함께 야무진 음모라도 꾸미는 것일까. 십여 년 은거해 있는 사이 무림에는 예상 못 할 일들이 많이 진행되었구나. 만일 그게 사실이라면 이 운중선 구장격이 결코 좌시하지 않을 것이다.

척항무는 원래 지리산 영신봉에서 신엽과 헤어진 게 아니었다. 작별은 고했지만 그는 시종 신엽을 뒤따를 작정이었다. 신엽이 자신의 생명을 구해주었고, 더구나 대사형 월하고검의 무공까지 전수받은 터이니 암암리에 보호할 생각이었던 것이다. 그러나 칠선폭포에서 일이 어긋나고 말았다.

신엽은 알지 못했지만 그때 그 자리에는 신엽과 미도리, 요리모토 외에도 두 사람이 더 있었다. 미도노와 척항무였다. 미도노는 미도리를 감시하던 중이었다. 그런 사정을 알지 못한 신엽은 미도리에게 남원 땅의 어머니 이야기를 했다. 요리모토가 떠나고 신엽 등도 움직이자 미도노는 살그머니 그곳을 빠져나갔다. 척항무는 개의치 않고 신엽의 뒤를 따랐다. 그러나 잠시 후 그는 신엽의 어머니가 위험하다는 사실을 깨달았다. 급히 남원으로 나가 수소문했지만 이미 그녀는 종적을 찾을 수 없었다. 척항무는 혼자였지만 미도노는 부하들을 풀어 신속히 일을 처리한 까닭이었다.

척항무는 그후 여러 곳을 돌아다니며 신엽 어머니의 행방을 탐문했지만 허사였다. 미도노는 찾아지지 않았고, 다른 사무라이들은 그녀에 대해 전혀 알지 못했다. 별수 없이 지리산으로 돌아왔지만 신엽의 행방도 찾아지지 않았다. 척항무는 예전 버릇대로 고려 땅 전역을 마당 삼아 돌아다녔다. 오늘은 계림의 석굴암을 돌아보고 내일은 서해도 구월산을 올랐다. 그리고 다음날엔 백두산 천지연에서 멱을 감았다. 그러나 그것은 예전처럼 단순한 유랑은 아니었다. 신엽을 본 이후로 그는 자기도 제자라는 것을 하나 갖고 싶어졌다. 해서 제자가 될 재목을 찾아나선 길이기도 했다.

그렇게 쏘다니던 중 척항무는 안동호에서 중추절날 모종의 일이 있을 것임을 알았다. 무슨 일인지는 정확히 알 수 없었다. 하지만 알려고도 하지 않았다. 사건이란 사전에 많이 알수록 흥미가 떨어지는 법이었으니까. 대신 그는 일찌감치 와서 숨을 곳을 찾았다. 햇살을 피해 연무대 아래로 들어가 잠을 청했다. 그런데 잠을 깨보니 뜻밖에도 흥미로운 사건이 그를 기다리고 있었다. 그는 고기가 물을 만난 듯 즐거워졌다. 신엽이 영웅 자리에 올랐을 때는 당장 뛰어나와 축하주를 들고 싶었다. 그러나 사태가 심상찮게 전개되자 일의 추이를 지켜보던 중이었다.

한편 척항무의 등장으로 가장 큰 낭패를 느낀 쪽은 아시겐지였다. 척항무는 십일 년 전 자신과 요다의 대화를 직접 엿들은 장본인이었다. 더구나 조금 전 자신은 사악한 조의사비 도월희천 운운하며 지독한 욕지거리를 퍼부었던 것이다. 어차피 이렇게 되었다면 선공을 취하는 수밖에 없다고 아시겐지는 마음먹었다.

"늙은 도둑이 제발이 저려서 튀어나왔구나. 어서 대명천지에 고하거라. 십일 년 전 그때 사람을 죽이고 온 것은 바로 너희 조의사비였다고."

척항무는 기가 막힌다는 듯 빙긋 웃었다.

"안타깝다. 왜국 사람들이, 노독물 견즉시독은 살인은 밥 먹듯 하지만 거짓말은 하지 않는다고 말하더니 모두 헛소문이었구나."

아시겐지는 내심 뜨끔했다. 척항무의 말이 옳았다. 그는 육십 평생을 살면서 무수한 살인을 저질렀지만 거짓말은 한 적이 없었다. 독공의 조예가 경지에 오른 사람으로서의 자존심이었다. 그만큼 자신감도 있었던 것이다. 그런데 지금 자기는 무엇이 두려워서 거짓말을 하는 것이었을까. 하지만 말을 바꾸기엔 너무 늦은 터였다.

"늙은 도둑이라 말재주는 그럴싸하구나. 그렇지만 네가 한 일은 네가 한 일이고 내가 한 일이 될 수는 없는 법이다."

"입장이 그렇게 궁색해서야 상대할 기분도 나지 않는걸. 어디 한번 덤벼보아라. 무공은 심보보다 더 악랄해졌는지 보자꾸나."

"저승길이 그리도 급하다면 내 그깟 소원 하나 못 들어줄까."

두 사람은 어느 새 어울려서 일전을 벌이기 시작했다.

그들의 대결은 여느 사람들간의 결투와는 달리 특이하여 보는 이들을 의아하게 만들었다. 두 사람의 동작에는 일정한 속도가 없었다. 낚싯대를 드리우듯 천천히 움직이는가 하면 또 어느 순간에는 형체를 찾을 수 없을 만큼 빨라졌다. 마치 육신이 분해되어 공기 속으로 사라질 듯싶었다. 그러다가는 다시 느릿느릿 달팽이 걸음을 걷는 것이었다.

그와 같은 현상은 절정에 오른 고수들의 대결에서만 나타날 수 있었다. 한치 틈도 없이 팽팽한 긴장 상태에 이르렀을 때 일어날 수 있었다. 그리고 그것은 겉보기와 달리 대단히 위태로운 상황이었다.

어느 쪽이든 박자를 놓치고 완급 조절에 실패하면 치명적인 내상을 입게 되는 것이었다. 그 자리에서 그같은 사실을 알 수 있는 사람은 운중선 구장격과 요리모토 정도에 불과했다. 신엽은 단지 느낌으로만 위태로움을 짐작할 수 있었다.

구장격은 척항무와 아시겐지가 만나자마자 생사를 건 일전을 전개함을 보고 몹시 의아함을 느꼈다. 원래 절정고수들은 다른 사람들이 있는 곳에서 십이 성 공력을 사용한 대결은 하지 않는 법이었다. 비슷한 수준의 다른 고수가 있을 때는 더욱 그랬다. 열심히 농사를 지어서는 다른 사람 입만 즐겁게 할 수도 있기 때문이었다. 그런데 지금 두 사람은 명백히 전력으로 사생결단을 내고 있었다.

사실 두 사람에게는 모두 그럴 만한, 그러나 말 못 할 이유가 있었다. 척항무에게 아시겐지는 대사형을 죽인 흉수였다. 직접적인 원인은 요다의 한빙장이었지만 어쨌든 두 사람 모두에게 책임이 있었다. 머지않아 왜국으로 찾아가서 원한을 갚을 작정이었는데 이곳 안동호에서 만났으니 어찌 그를 살려두겠는가. 대사형의 명예를 생각하여 죽음을 공개할 수는 없었지만 절대적으로 사생결단을 낼 일이었다. 한편 아시겐지는 반드시 척항무를 죽여서 입을 막아야 했다. 그러지 않는다면 십여 년간 공들여 준비해온 일이 모두 수포로 돌아갈 형편이었다.

그런 내막을 모르는 구장격은 차츰 불쾌해졌다. 두 사람의 대결이 자신을 안중에 두지 않은 일처럼 여겨져서였다. 자기는 다름아닌 운중선 구장격인데, 게다가 이 자리는 자신이 화랑 방주의 신분으로 마련한 영웅연석인데, 감히 이처럼 무례할 수 있단 말인가.

구장격은 우선 싸움을 멈추리라 마음먹었다.

"두 분은 잠시 손을 멈추고 내 말을 들으시오."

그는 내공을 실어 큰 소리로 말했다. 무공이 약한 사람들은 가슴이 울렁거릴 정도로 웅장한 소리였다. 그러나 척항무와 아시겐지는 들은 척도 하지 않았다. 오직 상대와의 결전에만 열중할 뿐이었다. 그들의 그런 태도는 그러나 불가피한 것이기도 했다. 들은 척을 하려 해도 할 여유가 없었던 것이다.

사정이 그러함을 아는 구장격은 실력으로 그들을 떼어놓기로 했다. 그는 두 사람 사이로 걸어들어가며 쌍장을 나누어 양쪽으로 쳤다. 수심장의 수격좌안(水擊左岸)과 수격우안(水擊右岸)을 동시에 펼친 것이었다.

대결에 몰입한 두 사람을 떼어놓기란 원래 대단히 위험한 일이었다. 그들의 무공이 뛰어날수록 더욱 그러했다. 자칫하면 두 사람의 공력에 한꺼번에 얻어맞는 참화를 당할 수도 있었다. 구장격은 무공과 경륜이 모두 뛰어나 그런 일을 당하지는 않았다. 그러나 그는 너무 안이하게 생각한 면이 있었다. 두 사람이 모두 자기보다 한 수 아래라고 믿고는 공력을 팔 할 정도만 사용했다. 지난 이십 년 동안 심심산곡에서 무학에만 정진하였는데 누가 감히 자신을 당하겠는가. 하지만 실제는 그의 환상과 달랐다. 구장격과 두 사람과의 차이는 그리 크지 않았다. 아주 미세한 차이가 있을 뿐이었다. 방법은 달랐을지언정 척항무나 아시겐지도 나태한 나날을 보내지는 않은 것이었다.

양장의 장력이 뻗어나가 두 사람의 공력과 부딪히는 순간 구장격은 깜짝 놀랐다. 양쪽 모두에서 매서운 강기가 반탄력으로 돌아온 것이었다. 그는 급히 공력을 십일 성으로 증가시켰다. 겨우 숨 돌릴 공간이 생겼다. 그러나 그게 끝이 아니었다. 계속해서 서너 차례의 사나운 장력들이 그에게로 날아들었다. 원래는 그를 겨냥한 것이 아니었지만 그가 끼어들어 대결의 방향을 교란시킨 까닭에 그를 향하게 된 것들이었다. 구장격은 분주히 수심장을 전개하여 보호막을 펼쳤다. 그러자 어느 틈에 대결은 세 사람간의 각축전으로 변했다. 세 사람이 서로 다른 두 사람과 동시에 겨루는 양상이었다.

그들은 각자 자신의 절기를 십이 성 공력으로 펼쳤다. 척항무는 무영장(無影掌)을, 아시겐지는 독사장(毒蛇掌)을 전개했고, 구장격은 수심장(水心掌)으로 맞섰다.

세 사람의 대결은 두 사람 때보다 훨씬 속도가 빨랐다. 일 식경의 시간이 흐르는 사이 그들은 오백 초를 넘게 싸웠다. 무공이 낮은 사람은 감히 공격하는 이가 누구고 방어하는 이가 누구인지도 알아볼 수조차 없는 혼전이었다. 게다가 그 대결은 연무대를 가루로 만들고 있었다. 바닥은 이미 내려앉아 평지로 변했고, 톱밥처럼 부스러진 나무 조각들이 장력을 따라 춤추듯 날아올랐다. 주변 사람들은 모두 이 장 밖으로 물러서야 했다.

일천 초가 가까워질 무렵 대결은 묘한 양상을 띠기 시작했다. 사실은 오래 전부터 그러했던 것인데 그즈음에야 바깥 사람들의 눈에 보이기 시작한 것이었다. 다름아닌 척항무의 비세였다.

세 사람은 하나같이 일 대 이의 대결을 벌이는 듯 싶었지만 실상은 그와 달랐다. 각각의 관계에 따라 대결의 강도가 크게 달랐다. 척항무와 아시겐지 사이에서는 물러설 수 없는 혈전이 벌어지고 있었다. 척항무와 구장격 사이에도 그리 부드럽지 않은 초식들이 오갔다. 그러나 구장격과 아시겐지 사이에서는 거의 아무런 싸움도 이루어지지 않고 있었다. 형식적인 왕래만 있었을 뿐 살수나 기습 공격 따위는 오가지 않았다. 그런 관계로 오랜 시간 대결이 지속되다 보니 척항무만이 지칠 수밖에 없었던 것이다.

구장격은 어서 그 싸움을 중지하고 싶었지만 뜻대로 되지 않았다. 아시겐지와 척항무의 살기가 워낙 등등하여 혼자만 중단하려다가는 큰 화를 자초할 수 있었다.

그때 그 자리에서 그들의 대결을 멈출 수 있는 유일한 인물은 요리모토였다. 세 사람의 공력과 대차가 없었기에 그가 끼어들어 척항무를 돕는다면 다시 균형을 회복할 수 있었다. 그러면 대결도 중단할 수 있었다. 그러나 그는 그럴 뜻이 없었다. 말은 쉬웠지만 역시 큰 모험인 까닭이었다.

시간이 흐를수록 척항무의 비세는 두드러졌다. 이제는 풍전등화격이 되어 언제 어떻게 아시겐지의 독수에 당할지 예측할 수 없었다. 이미 세 차례나 아슬아슬한 위기를 넘기고 있었다. 구장격이 살수를 삼갔기에 그나마 간신히 버티는 중이었다. 신엽은 온몸에서 식은땀이 흘렀다. 척항무와 함께 지냈던 동굴 속의 사십여 일이 생각났다. 그 동굴에서 운명하신 월하고검 석준경의 모습이 떠올랐고, 첫번째 사부였던 자혜대사도 생각났다. 일신과 조의일비가 모두 사무라이들의 암수에 돌아가셨는데 이제 다시 이비 도월희천까지 그럴 운명이란 말인가.

그는 입술을 깨물었다. 결코 그런 일이 일어나서는 안 되었다. 더구나 척항무는 자신의 의형이었던 것이다.

신엽은 자신의 공력이 턱없이 부족함을 잘 알고 있었다. 감히 세 사람의 결전을 중지시키기에는. 그러나 다른 방법이 없었다. 시간도 없었다. 그는 월정검을 뽑아들었다. 소운이 깜짝 놀라 돌아보았다.

"무얼 하려는 거예요?"

신엽은 그녀에게 빙긋 미소지어 보였다. 다음 순간 그의 몸은 시위를 떠난 화살처럼 연무대 한가운데로 쏘아져갔다.

"안 돼요!"

소운이 소리질렀지만 이미 늦은 후였다.

신엽이 펼친 것은 길상칠검 중 신룡자운의 일식이었다. 그런데 마지막 순간 그는 자신도 모르게 월광검법 편의 출굴견월을 함께 전개하였다. 신룡자운과 출굴견월은 유사하면서도 각각의 특징이 달랐다. 신룡자운은 날카로움에서 앞섰고, 출굴견월은 파괴력이 한층 뛰어났다. 두 가지 절기가 한데 어우러지자 그 위력은 가히 몇 배로 증가되었다. 검(劍)과 신(身)이 일체가 된 신엽은 척항무와 구장격, 아시겐지 세 사람의 중간을 정확히 꿰뚫고 지나갔다.

펑! 펑! 펑!

세 개의 장력이 그의 몸을 때렸다. 신엽은 허공에서 몇 차례 흔들렸지만 똑바른 일직선으로 그들을 지나갔다. 그리고는 연무대의 반대쪽에 떨어졌다.

"아!"

"저럴 수가!"

지켜보던 사람들은 하나같이 경악했다. 감히 누구도 세 사람의 결전장 한가운데로 뛰어들리라고는 짐작하지 못한 까닭이었다. 그들은 모두 신엽의 숨이 끊어졌을 것이라고 믿었다. 특히 척항무와 구장격, 아시겐지 등은 더욱 그렇게 믿었다. 그들은 모두 잔뜩 긴장하여 공력을 최대한 끌어올린 상태였다. 그런데 문득 정체불명의 공력이 뛰어들었으니 적으로 간주하고 공격할 수밖에 없었다. 그들 세 절대고수의 십이 성 공력이 실린 장들을 한 몸에 맞았으니 신엽이 목숨을 부지할 가능성은 없었던 것이다.

잠시 정적이 흘렀다. 그 정적을 깨고 가장 먼저 소운이 신엽에게로 달려갔다. 척항무도 그제서야 정신을 차리고 신엽에게로 갔다. 운중선 구장격도 그를 향해 걸음을 옮기려다가 멋쩍게 멈추어 섰다. 다만 아시겐지만이 회심의 미소를 짓고 있었다.

그렇잖아도 살려둘 생각이 아니었는데 제 발로 무덤을 찾아들어갔구나. 어리석은 녀석.

그런데 다음 순간 더욱 놀라운 일이 벌어졌다. 신엽이 팔다리를 움직이더니 천천히 일어나 선 것이었다. 그는 안색이 좋지 않았지만 금방 숨이 넘어갈 정도는 아니었다.

"삼사형! 괜찮은 거예요?"

소운이 물었다. 신엽은 대답하려고 입을 열다가 울컥 붉은 피 한 덩이를 내뱉었다. 피를 토해내자 그의 안색은 한결 편안해졌다. 그는 괜찮다고 고개를 끄덕였다. 소운은 신엽의 어깨를 붙잡고 우왕 울음을 터뜨렸다.

"계집애야, 그를 살릴 생각이라면 저만치 떨어져서 혼자 울거라."

척항무가 소운에게 핀잔을 주었다. 소운은 화가 났지만 그 말이 옳았기에 울음을 그쳤다. 척항무는 그때 신엽을 진맥하며 내상 정도를 가늠하고 있었다. 그는 내심 경악하였다. 신엽은 내상을 입은 게 분명했다. 그러나 그 정도는 대수롭지 않았다. 세 사람의 장을 한꺼번에 맞은 몸이라고는 도저히 믿을 수 없을 정도였다. 가슴과 등의 경락들을 몇 차례고 되짚어보았지만 결과는 마찬가지였다. 그러다가 문득 척항무는 그 이유를 깨달았다. 그는 고개를 젖히고 껄껄 웃음을 터뜨렸다.

"살았어. 허허, 살았어. 하늘이 동생을 살린 거야."

구장격은 신엽이 살았다는 말에 안도의 한숨을 내쉬었다. 만약 그가 죽었다면 장차 어떻게 얼굴을 들고 나다니겠는가. 무림의 대선배 세 명이 합작하여 어린 후배 하나를 때려죽였다는 소문이 일파만파 퍼질 텐데. 그러나 다른 한편으로는 영문을 알 수 없었다. 그래서 척항무에게 물었다.

"어찌된 일인지나 설명해보오."

"공교로운 이치가 그를 살렸소. 나와 노독물이 막 일 장을 나누려던 순간 이 녀석이 그 사이로 뛰어들었소. 그래 두 사람이 일제히 장력을 격출했는데 그게 이 녀석의 몸 속에서 맞부딪히며 서로의 힘을 해소한 거요. 운중장두, 당신은 그래도 손속에 사정을 두었고 장력의 각도도 비스듬하여 큰 내상을 입히지 않은 것이오."

척항무의 설명에 사람들은 모두 고개를 끄덕였다. 그야말로 하늘이 도우신 일이라고들 생각했다. 운중선 구장격은 머리가 조금 긴 편이었다. 그래서 운중장두(雲中長頭)니 운중마두(雲中馬頭)니 하는 속칭이 붙었는데 그는 그 말을 몹시 싫어했다. 척항무가 면전에서 그런 속칭을 들먹이자 기가 막혔다. 그러나 당신은 그래도 손속에 사정을 두었다는 얘기를 듣고 잠시 참기로 했다. 그는 신엽을 가까이로 불렀다.

"이리 오거라."

척항무는 구장격의 의도를 알아차렸다. 그래서 신엽에게 괜찮다는 눈짓을 보냈다. 신엽이 가까이 오자 구장격은 그의 가슴 아래 기문 유문 두 개 혈을 가볍게 짚었다. 기문과 유문은 모두 경맥과 낙맥이 교차하는 요혈들로 수심장의 내상을 치료하는 자리였다. 신엽은 즉시 가슴이 시원하게 뚫림을 느꼈다. 구장격은 또 품에서 작은 약병을 꺼내어 알약 하나를 신엽에게 주었다. 신엽은 약을 삼켰다. 한줄기 향기로운 기운이 단전으로 내려가더니 흩어진 공력을 다시 모았다. 가만히 운기해보니 이젠 아무런 이상도 느껴지지 않았다. 신엽은 두 손을 모으고 인사를 올렸다.

"방주님의 배려에 감사드립니다."

구장격은 묵묵히 고개를 끄덕였다.

말은 안 했지만 그 역시 신엽에게 고마움을 느끼고 있었다. 난처한 삼자대결을 끝내도록 해준 것도 고마웠고, 죽지 않고 살아나준 것도 고마웠다. 그래서 십향옥로환(十香玉露丸)이라는 귀한 약도 서슴없이 준 것이었다. 아시겐지는 그 모든 일들을 못마땅한 눈길로 지켜보고 있었다.

"운중장두, 당신은 왜 쓸데없이 끼어들어 일을 망치는 거요. 이제 내가 다시 노독물과 생사를 가릴 테니 잠자코 물러서 있으시오."

도월희천 척항무의 말이었다. 그는 아직 많이 지쳐 있었다. 그러나 아시겐지를 면전에서 놓아보내고 싶지 않아 재차 시비를 걸었다. 아시겐지는 냉랭하게 대꾸하며 쌍장을 들어올렸다.

"늙은 도둑아, 굳이 원한다면 네 황천행을 기꺼이 도와주마."

"두 분께서는 잠시 제 말씀을 들어주십시오."

구장격이 그들을 만류했다.

"오늘 이 자리는 화랑방이 마련한 영웅연 자립니다. 그리고 여러 분은 모두 폐방의 손님이십니다. 잔치를 벌인 자리에서 손님들 사이에 불상사가 있어서야 어디 주인의 체면이 서겠습니까."

"그런 걸 걱정하는 주인이 길상사 장문인의 목숨을 취하겠다고 나섰단 말이오?"

척항무가 따끔하게 쏘았다.

"오해에서 빚어진 일인 듯싶습니다. 그 일에 대해서는 길상사 장문인께 사과드리겠습니다."

구장격은 기세가 많이 누그러져 있었다. 사실 그는 그 일에 대해 할말이 없었다. 시신을 처음 보았을 때는 두 번 생각할 것도 없이 적룡권이리라 단정했었다. 그러나 자연대사의 설명을 듣고 보니 아닐 것도 같았다. 그러다가 척항무와 아시겐지가 다투는 소리를 들으니 한 가지는 확실해졌다. 두 사람은 서로 상대가 거짓말을 한다고 주장하였다. 그것은 어느 한쪽이 분명히 거짓을 우기고 있다는 얘기였다. 다시 말하자면 두 사람 중 한 사람이 전대 화랑 방주의 죽음에 관계되어 있다는 얘기가 아니겠는가. 그렇다면 길상사는 일단 혐의 대상에서 제외된다는 것 아니겠는가.

구장격을 더 곤란하게 만든 것은 진짜 범인에 대한 심증이었다.

척항무와 아시겐지 중에서 그가 더 신뢰할 수 있는 사람은 척항무였다. 사이가 좋아서가 아니라 인간됨을 믿기 때문이었다. 비록 자신은 조의사비와 우호적인 관계에 있지 않았지만 그들이 뒤에서 파렴치한 짓을 저지를 사람들이 아님은 인정할 수 있었다. 그렇다면 아시겐지가 범인이란 말인가. 그럴 수 있었다. 현재로서는 그럴 가능성이 가장 컸다.

그러나 아시겐지의 수중에는 『금해진경』이 있었다. 『금해진경』은 모든 무림인들의 꿈이었다. 만약 지금 아시겐지와 틈이 벌어진다면 진경을 볼 기회는 영영 사라지는 것이었다.

구장격이 한동안 침묵하고 서 있자 척항무가 참지 못하고 소리쳤다.

"대관절 무슨 생각에 빠져 있는 것이오. 만일 그대가 노독물의 목을 취하겠다면 늙은 도둑은 잠시 뒤로 물러나 있겠소."

"그럴 수가 있겠습니까? 아직 아무것도 밝혀지지 않았는데."

"흥. 이미 모든 일이 명명백백히 가려졌는데 아무것도 밝혀지지 않았다니. 그대는 그래 조금 전 독물이 신엽을 죽여 입을 막으려고 나서던 것도 보지 못했단 말이오. 설마 하니 화랑 방주 운중선이 왜국 천도문의 반도들과 밀통이라도 하는 건 아닐 테죠."

구장격은 내심 뜨끔했다. 그러나 한편으로는 화도 치밀었다. 그는 이미 진작부터 조의문과 길상사, 그리고 천도문이 한쪽으로 쏠리는 느낌을 받았었다. 그런데 이제 다시 척항무의 말을 들으니 더욱 의심이 짙어지는 것이었다. 그는 목청을 높였다.

"천하의 모든 문파들이 은밀히 내통한다 하여도 운중선의 화랑방은 그러지 않을 것이오. 오늘의 일은 그 내막이 사뭇 복잡하여 단번에 시비를 가리기가 불가능하니 화랑방이 시일을 두고 밝혀내겠소. 내막이 드러나는 대로 다시 여러분을 초빙하여 공정하게 처리할 것이오."

"흐지부지 유야무야 얼버무리겠다는 얘기처럼 들리는구려."

척항무의 핀잔이었다.

"어째서 그런 말을 하는 게요?"

"기한도 정하지 않고 무작정 연기하겠다는 게 그런 말 아니겠소."

척항무의 말은 틀리지 않았다. 무림인들이 은원을 가릴 때는 반드시 기한을 정해서 기한 내에 처리하도록 노력했다. 워낙 복잡하게 얽힌 그물망이라 한 번 매듭을 놓쳐버리면 흐지부지되기 쉬운 까닭이었다. 그런 이치를 모르는 바 아닌 구장격은 고개를 끄덕였다.

"그대의 말이 맞소. 오늘로부터 삼 개월 이내, 그러니까 세번째 보름달이 뜨기 전에 여러분을 다시 한자리에 청하도록 하겠소. 바쁘시더라도 꼭 참석하여 증인이 되어주시기 바라오."

"길게도 잡는구려. 만일 그때까지도 진상을 밝혀내지 못한다면 어쩌겠소?"

"그때는 두 분이 무공으로 진위를 가려야겠죠."

척항무는 구장격의 대답에 기분좋게 웃었다.

"허허, 모처럼 입에 맞는 말을 하는구먼. 하지만 혹시 그 사이 화랑 방주의 원수가 천벌을 받아 죽어도 나를 원망하지는 마시오."

척항무는 마지막까지 구장격의 속을 긁는 한마디를 잊지 않았다. 그런데 그 말에 더 분개한 사람은 아시겐지였다.

"흥. 누가 먼저 저승길에 오르는지는 두고봐야 알 일이다."

"노독물은 어지간히 발이 저린 모양이구나."

척항무는 히죽 웃으며 그렇게 말했다. 아시겐지는 더욱 발끈했다. 그러나 대꾸할 말이 없어서 고개만 팽 돌려버렸다.

화랑 방주 구장격은 서둘러서 그 자리를 파하기로 했다. 그는 간단한 인사말로 하직을 고하고는 전대 방주의 관과 함께 배로 돌아갔다. 백무와 백궁 등도 그를 따라 배에 올랐다. 낭경이 남아 뒷자리를 수습할 모양이었다.

화랑방이 떠나가자 아시겐지 일당도 돌아가버렸다. 그들은 화랑방보다도 더 날렵하게 서둘러 배가 뭍을 떠날 즈음에는 아무도 남아 있지 않았다. 길게 머뭇거려보아야 골치 아픈 시비만 겪을 것임을 잘 아는 까닭이었다. 돌아가는 아시겐지는 아쉬운 마음뿐이었다. 초장에는 모든 일이 뜻대로 되는 듯싶었는데, 난데없이 신엽이 뛰어들고 늙은 도둑이 튀어나오다니. 생각해보니 일을 그르칠 때는 항상 그 두 사람이 문제였다. 지리산 영신봉에서도 같은 일이 있었던 것이다.

내 언젠가 이 두 놈의 뼈를 갈아 마시리라.

아시겐지는 내심 이를 갈았다.

예방과 천도문 사람들도 차례로 자리를 떴다. 척항무도 길상파와 작별을 나누었다. 그는 사실 신엽과 좀더 오래 함께 있고 싶었다. 몇 가지 재주도 가르쳐주고, 그 동안 지낸 이야기도 듣고 싶었다. 그러나 길게 있다가는 그의 어머니 일을 얘기하게 될까 봐 두려웠다. 그래서 서둘러 작별을 고했다. 길상사도 귀가길에 올랐다. 더 머물 이유가 없었으니까.

돌아가는 길에 광한은 신엽을 칭찬하고 축하했다. 자신이 망친 위신을 신엽이 되찾아서 기쁘다는 것이었다. 신엽은 가슴이 아팠지만 광한의 담담한 태도에 경외감을 느꼈다. 팔이 한쪽 없어졌다 해도 역시 대사형은 대사형이었다.

"그런데 어머님이 계신 곳을 미도노가 어떻게 알았을까요?"

소운이 신엽에게 물었다. 신엽 역시 그 점이 의아했던 터였다. 그가 어떻게 어머니 계신 곳을 알고 납치하게 되었을까.

"어머님 이야기를 누구에게든 한 적이 있었나요?"

“글쎄…… 꼭 한 사람 있었어.”

“그게 누구죠?”

“미연 소저.”

소운의 표정이 냉랭하게 변했다.

“또 그 계집이로군요. 아직도 미련을 못 버리고 미연 소저 운운하는 거예요?”

신엽은 한숨을 내쉬었다.

“난 잘 모르겠어. 사람이 그렇게까지 달라질 수 있는 건지. 정말 믿을 수 있는 친구라고 생각했는데.”

“여자와 남자는 다른 점이 많아요.”

“하지만 그녀는 줄곧 나와 함께 있었어. 꼬박 석 달간 동굴에서 부상을 치료해야 했거든.”

“삼사형이 자리를 비운 적도 없었나요?”

신엽은 곰곰이 생각했다.

“몇 차례 있었어. 잠깐씩 식량과 약초를 구하러 나갈 때가 있었으니까.”

“그렇다면 알 만한 일이죠. 그 사이 미도리 계집이 미도노 등과 밀통한 거예요. 그런 사정도 모르고 치료에만 열중이었다니, 한심한 삼사형. 아직까지 목숨이 붙어 있는 게 놀라울 지경이에요.”

“정말 그랬을까?”

“달리 설명할 방법이 없잖아요.”

소운은 발끈하여 토라졌다. 신엽은 더이상 그 일을 입에 올릴 수 없었다. 그리고 그도 그 일이 소운의 짐작대로일 수밖에 없노라고 생각했다. 그러자 쓸쓸한 슬픔이 가슴을 메웠다. 그는 아마 조금 더, 아니 많이 더 현명해져야 할 모양이었다. 모질어져야 할 모양이었다.

진포대첩

길상사에서는 또하나의 놀라운 소식이 장문인 일행을 기다리고
있었다.

그들이 도착한 것은 아침 공양이 끝날 즈음이었는데 사찰은 이상
하리만치 조용했다. 동자승이 자연대사의 도착을 알리자 자긍대사
가 맨발로 뛰어나와 머리를 조아렸다. 그는 비분강개한 목소리로 고
했다.

"장문인께서 출타하신 동안 큰죄를 지었습니다. 소제에게 중벌을
내려주십시오."

"사제는 우선 몸을 일으키고 차근차근 사정을 설명하여라."

자긍대사는 지난밤에 있었던 사건을 간략히 보고했다. 그것은 가
히 기가 막히는 일이었다.

장문인이 자리를 비운 동안 사찰의 일은 자긍대사가 대신 보고 있었다. 자휼대사는 아직 폐관이 끝나지 않았기에 석굴로 들어가 있었다. 그즈음은 상황이 상황인 만큼 자휼대사도 완전히 폐관하지 않고 낮 동안 잠깐씩은 밖으로 나왔다. 그리고 밤이 되면 다시 입굴하곤 했다.

해가 진 다음부터 자긍대사는 수시로 경내를 순찰했다. 자휼대사가 있는 석굴 앞까지도 몇 차례 돌아보았다. 그런데 이상한 느낌이 들었다. 석굴이 너무 조용한 것이었다. 처음 두 차례는 내공을 연마하려니 여겼지만 자정이 넘어서자 걱정스러워졌다. 그는 가만히 석굴을 들어가보았다. 그랬더니 놀랍게도 자휼대사는 내상을 입고 쓰러져 있었다. 가부좌를 틀고 앉아 있다가 등뒤에서 암습을 당한 듯했다. 부상 정도가 심해서 그는 의식을 회복하지 못했다.

자휼대사의 응급조치를 취한 다음 자긍대사는 석굴 안을 돌아보았다. 우려했던 일이 현실이 되어 있었다. 『금해진경』은 이미 사라지고 없었다. 신엽과 소운이 진경을 가져왔던 날 자연, 자휼, 자긍 등 세 사람은 의논 끝에 그것을 석굴 안에다 묻어두었다. 가장 안전한 장소이리라 생각하며. 그런데 며칠이 지나지 않아 이런 사건이 벌어지고 만 것이었다.

자연대사는 고개를 저었다. 불과 하룻밤 사이에 광한이 팔을 잃고 자휼이 내상을 당하고 『금해진경』마저 잃어버렸으니 한숨을 내쉬지 않을 수 없었다. 이 모든 일이 자신의 부덕 탓이라 여겨져서 더욱 답답했다.

"누구의 소행인지 짐작되는 바는 없느냐?"

"현장에 단서는 없었습니다. 하지만……"

"말해보아라."

"광정 사질의 행방이 묘연해졌습니다."

자연대사는 더 할말이 없었다. 그는 이미 오래 전부터 광정을 제자로 받아들인 일을 후회하고 있었다. 십 년 전 그를 가르칠 것을 결정할 무렵에도 그랬다. 머리가 총명하고 재주가 뛰어났지만 광정은 성품이 투명하지 않았다. 늘 어딘가에 안개가 끼어 있어 속이 들여다보이지 않았다. 열심히 가르치면 달라지려니 믿었지만 별무소용이었다. 근래 들어 몇 가지 어려운 일들을 겪게 되면서 그의 불투명함은 더욱 짙어졌다. 욕심과 질투심도 많아졌다. 자연대사는 내심 걱정을 했다. 그랬는데 결국 이런 일이 벌어진 것이었다.

자휼대사의 부상은 평범하지 않았다. 광정은 뒤에서 먼저 혈도를 짚은 다음 몇 차례 장을 내려친 모양이었다. 등의 근골이 십여 곳이나 부서지고 찢어져 있었다. 생명에는 지장이 없겠지만 무공은 예전으로 돌아가기 어려울 듯 보였다. 곁에서는 유일하게 남은 제자 혜정이 눈물을 뚝뚝 떨어뜨리고 있었다. 금산사 사건 때는 사형인 혜진을 잃었는데 이제 사부까지 이런 변을 당하니 처량한 심정을 이루 말할 수 없었다.

장문인실로 돌아온 자연대사는 자긍대사와 광한, 신엽, 소운 등을 불러앉혔다. 그는 먼저 자긍대사에게 몇 가지 지시를 내렸다. 길상사의 모든 조직을 동원하여 광정의 행방을 파악하라고 지시했고, 광한과 광은, 혜정 등을 석굴로 데려가 『진표현경』의 참이치를 가르칠 것을 당부했다. 다른 제자들의 무공 수련도 강도를 높이라고 했다. 사태가 위중하니만큼 일련의 비상조치들을 취할 필요가 있었다. 그런 다음 그는 한 가지 불행 중 다행인 일을 이야기했다. 광정이 가져간 『금해진경』은 완전하지 않다는 것이었다.

"내 그날 만약의 경우를 대비하여 『금해진경』의 처음 세 장을 따로 뜯어두었다. 거기에는 『진경』에 수록된 모든 무공의 기초가 되는 내공수련법이 담겨 있다. 때문에 광정은 완전한 이해에는 도달할 수 없을 것이다. 다만 그의 재주가 평범하지 않으니 어떤 식으로든 무공을 익히기는 익힐 것이다."

"내공수련법을 모른다면 결코 큰 성취는 이룰 수 없을 것입니다."

자긍대사가 위로의 말을 했다. 자연대사는 고개를 끄덕였다.

"그러나 아무튼 특별한 주의를 기울여야 할 일이야. 그가 뜯긴 세장을 찾기 위해 다시 돌아올 수도 있는 일이고."

"그때는 소제가 놈을 붙잡아 두 발목을 부러뜨려놓겠습니다."

"마지막으로 너희에게 당부할 것은 이 일을 절대 입 밖에 내어서는 안 된다는 점이다. 여기 앉은 다섯 사람 이외에는 어느 누구도 이 사실을 알아서는 안 된다."

"하지만 광정이 엉뚱한 소문을 퍼뜨리고 다닐지도 모르겠군요."

자긍대사의 걱정이었다.

"엉뚱한 소문이라니?"

"『금해진경』이 아직 길상사에 있다거나 뭐 그런 소문 말입니다."

"그런 일은 없을 것이다. 『금해진경』이 세상에 나왔음이 알려진다면 결국 모든 무림인들이 광정의 뒤를 쫓게 될 것이다. 그는 그토록 어리석지는 않다. 그러니 우리는 극비리에 그를 찾아내어 『금해진경』을 돌려받아야 한다."

"그렇군요. 잘 알겠습니다."

『금해진경』과 광정 건을 마무리한 자연대사는 신엽을 돌아보았다.

"셋째는 준비되는 대로 길을 떠나도록 해라."

신엽은 갑작스런 지시를 이해하지 못했다.

"상세한 분부를 바랍니다."

"세상만사 중에 인륜보다 중요한 것은 없고, 세상만인 중에 부모보다 소중한 분은 없는 법이다."

신엽은 가슴이 뭉클해졌다. 사실 그때 그의 머릿속에는 어머니의 일이 가득 차 있었다. 당장이라도 서주로 달려가고 싶은 마음이 간절했다. 다만 길상사의 일도 급하게 돌아가던 터라 감히 말을 꺼내지 못하고 있었다. 그런데 장문인 자연대사가 먼저 챙겨주니 고맙기 한량없었다.

"하지만 여기 일도 여유롭지 않은 터에……."

"내가 이미 말하지 않았느냐. 인륜과 부모만큼 소중한 것은 없다고. 그리고 길상사는 걱정하지 않아도 된다. 수백 년을 내려오는 동안 길상사에는 이보다 위중한 일도 여러 차례 있었다. 그러나 우리는 모든 위기를 이겨내었다. 길상사의 저력은 결코 만만하지 않다."

신엽의 입을 막은 자연대사는 소운에게 지시했다.

"넷째는 셋째와 함께 가서 돕도록 해라. 셋째의 무공과 넷째의 지혜라면 어지간한 어려움은 극복할 수 있을 것이다. 그러나 저들이 이미 짐작하고 함정을 놓아 기다리고 있을 것이니 각별히 조심하도록 하여라."

"명심하겠습니다."

"무리한 대결은 가급적 피하고, 특별한 동정이 살펴진다면 지체 없이 보고하도록 해라."

"명심하겠습니다."

자리는 그것으로 파했다.

그날 오후 신엽과 소운은 서주로 길을 떠났다. 떠나기에 앞서 대사형 광한은 그들에게 거듭 몸조심을 당부했다. 대사형으로서 이런 일에 아무런 도움을 줄 수 없어 미안하다는 말과 함께. 신엽은 그럴수록 더 가슴이 아팠다. 자신이 미도리만 치료하지 않았어도 대사형의 팔은 온전했을 텐데. 소운은 또 소운대로 각오를 다졌다. 이번 길에 반드시 대사형의 원수를 갚겠다는 다짐이었다.

그들은 바쁘게 길을 서둘렀다. 저녁 무렵에는 강경 나루터에 도착했다. 그러나 그곳에서부터는 오히려 속도를 늦추었다. 바쁠수록 돌아가라는 옛말을 소운이 강조했기 때문이었다. 그들은 강경의 한 객점에서 하룻밤을 쉬며 다음날의 계획을 세우기로 했다. 객점에는 빈 방이 많지 않아 두 사람이 같은 방을 써야 했다. 그나마 그 방에도 이미 다른 사람이 있는 것을 소운이 은을 주어 내보냈다.

몇 가지 이야기를 나누고 잠잘 시간이 되었을 때 두 사람은 괜히 머쓱해졌다. 인송루의 밀실에서 단둘이었던 적은 있었지만 밤을 한 방에서 보내기는 처음인 까닭이었다. 어색하게 우물거리다가 그들은 각자의 자리를 정했다. 소운은 아랫목, 신엽은 윗목이었다.

처음에 신엽은 가슴이 두근거렸다. 어둠 속인데도 얼굴이 빨갛게 달아올랐다. 그러나 시간이 지나면서 편안해졌고, 마침내는 잠까지 들게 되었다. 그런데 얼마큼을 잤을까. 그는 누군가가 코웃음치는 소리를 들었다.

흥!

잠결에 꿈을 꾼 것일까 생각했지만 그 소리는 잠시 후 다시 들렸다. 그리고 그는 그것이 누구의 소리인지도 알게 되었다. 다름아닌 소운의 소리였다.

"왜 그래, 사사매?"

신엽이 물었지만 소운은 대꾸하지 않았다. 다만 다시 한번 코웃음소리만이 들려올 뿐이었다. 나쁜 꿈이라도 꾸는 것일까. 신엽은 슬그머니 걱정되었다. 그래서 그녀에게로 다가갔다.

"사사매, 괜찮아? 어디가 아픈 거야?"

그가 다시 물었다. 그러나 소운은 아무런 대답도 하지 않았다. 한참을 기다려도 대답하지 않았다. 코웃음소리도 더이상 들려오지 않았으므로 신엽은 괜한 걱정을 했나 보다 생각했다. 그가 자신의 자리로 돌아가려고 몸을 돌렸을 때 그런데 소운이 불쑥 말했다.

222

"그래요. 가서 돼지같이 잠이나 계속 자요. 쿨쿨 코까지 골면서 기분좋게 주무시더군요."

소운의 목소리에는 가시가 돋쳐 있었다. 신엽은 어리둥절했다. 그녀의 그 말은 자기에게 한 것이었을까, 아니면 꿈속에서 누군가를 욕하는 것이었을까. 그는 다시 조용조용히 물었다.

"지금 나한테 얘기한 거야?"

"그럼 이 방 안에 삼사형말고……."

소운은 기가 막혀 벌떡 일어나며 그렇게 말했다. 그때 신엽은 소운에게로 잔뜩 몸을 굽히고 있었다. 행여 그녀가 잠꼬대를 하는 것이라면 깨지 않도록 조용히 얘기하기 위해서였다. 그런데 소운이 갑자기 몸을 일으키는 바람에 신엽의 입술은 소운의 뺨과 부딪히고 말았다. 순간 설명할 수 없는 달콤한 향기가 신엽의 전신을 스쳐지나갔다. 전율처럼 짜릿한 향기였다. 그리고 그 향기는 신엽을 부들부들 떨리게 했다. 체온이 내려가고 심장이 차가워지는 느낌이었다. 그러자 이번에는 소운이 놀랐다.

"왜 그래요? 추워요?"

그녀는 신엽의 손을 잡았다. 손은 얼음처럼 차가워져 있었다. 팔도 이마도 모두 차가웠다. 그녀는 깜짝 놀라 신엽의 몸을 감싸안았다.

"한빙장이 아직 안 끝난 거예요?"

신엽은 아무 말도 할 수 없어 고개만 저었다. 대신 그녀를 두 팔로 꼬옥 끌어안았다. 소운은 그제서야 사정을 이해할 수 있었다. 그랬었구나. 바보 같은 사람. 그녀는 어둠 속에서 혼자 행복한 미소를 머금었다.

그렇게 한참을 끌어안고 있자니 신엽의 몸은 따뜻함을 되찾았다. 그래도 두 사람은 포옹을 풀지 않았다.

아주 오랜 시간이 지나간 다음 신엽이 물었다.

"왜구들을 모두 내쫓은 다음에 말이야……."

"네?"

"소운 사매한테 장가들 수 있을까?"

신엽으로서는 큰 용기를 내어 던진 질문이었다. 소운은 피식 웃음을 터뜨렸다.

"왜 웃는 거야?"

"바보 같은 질문을 하니까 웃죠. 생각해봐요. 소운이 이제 다른 어떤 남자한테 시집갈 수 있겠어요?"

신엽은 잠시 머쓱해졌다. 그러나 가슴속은 한없이 행복했다. 천하의 어느 무엇을 얻은 것보다도, 아니 천하를 몽땅 얻은 것보다도 큰 행복이었다.

"그런데 한 가지 걱정이 있어요."

"걱정?"

"네. 삼사형 어머님은 어떤 분이세요? 저 같은 말괄량이를 좋아하실까요?"

"어머닌 좋은 것과 나쁜 것을 골라내는 데 비상한 재주를 가지셨어. 어떤 엉터리 비단 장수도 어머닐 속이지는 못했거든. 아마 소운 사매를 보면 입이 함지박처럼 벌어지실 거야."

"피."

두 사람은 서로를 안은 팔을 풀 줄 몰랐다. 그러다가 함께 잠이 들었고, 아침을 맞았다.

아침 햇살에 눈을 뜬 신엽은 어리둥절했다. 방 안에 소운은 없고 엉뚱한 남자 한 명이 앉아 있는 것이었다. 그는 깜짝 놀라 밖으로 나갔다. 객점 안팎을 샅샅이 훑었지만 소운은 보이지 않았다. 할 수 없이 방으로 돌아와보니 남자는 여전히 그곳에 앉아 있었다. 신엽은 그에게 자신의 일행을 보지 못했느냐고 물었다. 시침을 뚝 떼고 있던 남자는 그제서야 웃음을 터뜨렸다. 놀랍게도 웃음소리는 소운의 것이었다. 신엽은 비로소 자신이 속은 것을 알았다.

"무슨 짓궂은 장난이야."

"장난질이 아니에요. 미도노 일당이 목을 빼고 기다릴 텐데 그냥 갈 수는 없는 일이잖아요."

소운의 역용술(逆容術)은 화장품과 가짜수염 등을 이용하는 간단한 것이었다. 그러나 솜씨는 무척 정교하여 어지간한 무림인이라도 속아넘어갈 정도였다. 그도 그럴 것이 그 솜씨는 옥소선녀 묘향신니가 제자들을 위해 만들어낸 것이기 때문이었다. 소운은 화장품을 꺼내어 신엽의 얼굴도 뜯어고쳤다. 그러자 잠시 후 그는 소운과 마찬가지로 삼십대 중반의 남자로 변했다. 소운은 신엽의 목소리도 나이에 맞게 연습시켰다.

강변 나루터로 나온 그들은 그러나 한 가지 어려움에 봉착했다. 나루에는 몇 척의 배들이 있었지만 하구로 내려가려는 배는 한 척도 없었다. 하구에는 벌써 몇 달째 왜선들이 진을 치고 있노라고 했다. 내려가는 족족 재물은 물론 목숨까지 날아가는 형편인데 누가 그 길을 가겠는가.

소운은 그중 건장한 남자 한 명의 목에 칼을 들이대었다.

"여기서 죽겠느냐 내려가서 죽겠느냐?"

남자는 별수 없이 노를 잡았다.

배가 길을 떠나자 소운은 남자에게 이것저것 물었다. 노는 어떻게 잡고, 방향은 어떻게 틀고, 바람과 물결은 어떻게 타는가 등등. 앞으로 남은 뱃길에서 주의해야 할 점도 물었다. 모든 것을 확인한 다음 그녀는 남자에게 배를 기슭으로 붙이라고 했다. 강경의 나루터에서 십 리 남짓 내려온 지점이었다. 소운은 남자에게 은 한 덩이를 주어

내려보냈다. 남자는 뜻밖의 횡재에 입을 다물지 못했다. 연신 고개를 주억거려 인사했다. 고맙습니다. 고맙습니다. 그리고 그는 하구의 왜구들은 잔인하기 그지없으니 조심하라고 신신당부했다.

신엽은 소운의 지도하에 배를 몰았다. 처음에는 서툴기만 했으나 차츰 노질이 몸에 익었다. 바람도 물결도 어지간히 탈 수 있었다. 나중에는 그 일이 재미있어 필요없는 일들도 해보았다. 원을 그리거나 급회전을 하거나 갈지자로 배를 모는 일 따위였다. 너무 신명을 내다가 소운에게 따끔한 야단까지 맞아야 했다. 어머니를 찾는 것이 한시가 급한 일 아니겠느냐고.

하구가 가까워지면서 그러나 신명은 저절로 사라져버렸다. 주변이 살풍경하게 변한 까닭이었다. 나루터는 모조리 폐쇄된 듯 사람들을 찾아볼 수 없었다. 이따금 오가는 크고 작은 배에는 어김없이 왜구들이 타고 있었다. 그들은 왜국말로 시끄럽게 떠들어대었다. 고려 팔도가 온통 자기네 세상이 된 듯한 태도였다. 고려인들만을 태운 배라곤 신엽과 소운의 배뿐이었다. 왜구들은 가끔 수상쩍은 눈길을 주었으나 신엽 등의 모습이 너무 담담하니 건드리지 않았다.

진포 가까이에 이르러 소운은 배를 버리기로 작정했다. 수상(水上)의 왜선들 수가 급격히 불어나 더이상의 무사 통행은 불가능해 보였기 때문이었다. 뭍에 오른 그들은 적당한 곳에서 두 명의 왜구들을 제압하고 옷을 빌려 입었다.

마침내 두 사람은 진포 해안의 한 언덕에 도착했다. 바다가 한눈에 내려다보이는 곳이었다. 그곳에서 신엽은 입을 다물 수 없었다. 왜구들의 선박이 해안을 가득 메우고 있었다. 오백 척은 족히 넘어 보이는 엄청난 숫자였다. 게다가 선박들은 질서정연하게 서 있었다. 큰 배와 작은 배들이 한 무리를 이룬 십여 개의 선단으로 편성되어 있었고, 각각의 선단은 밧줄과 쇠사슬 따위로 배와 배를 얽어매어

거대한 수채(水寨)를 이루고 있었다. 얽어맨 밧줄과 쇠사슬 위에는 나무판자를 얹어 인마(人馬)가 왕래할 수도 있게 되어 있었다.

도대체 이 바다가 누구의 바다란 말인가.

기가 막히기는 소운도 마찬가지였다.

"썩어빠진 관료들이 축재에만 열중하는 사이 나라는 왜구들의 놀이터가 되어가는군요."

신엽은 대꾸할 말이 없었다. 그를 더 가슴 아프게 만든 것은 곳곳에서 보이는 고려인 포로들이었다. 선상 여기저기에서 왜구들은 붙잡아온 고려인을 희롱하고 있었다. 남자들에게는 폭력을 휘두르고, 여자들에게는 추잡한 수작을 걸고 있었다. 미도노에게 붙잡혀 끌려왔다면 어머니도 마찬가지 곤욕을 치르고 계시지 않겠는가. 다른 수많은 고려인들의 아들이요 딸이요 아버지요 어머니인 사람들과 함께. 신엽은 묵묵히 먼바다를 바라보았다. 두 주먹을 단단히 움켜쥐었다.

그런데 그때 그 바다에는 새로운 선단이 모습을 나타내고 있었다.

선단은 일백여 척의 선박들로 이루어진 듯 보였다. 이것도 모자라 또다른 왜선들이 가세한단 말인가. 신엽은 가슴이 한층 더 무거워졌다. 그러나 잠시 후 그는 그 선단이 왜선과는 다르다는 사실을 깨달았다.

왜선들에는 하나같이 유사한 특징이 있었다. 배의 치장이 끔찍하고 야단스럽다는 점이었다. 우선 돛의 색깔이 가지각색이었다. 빨간색 파란색 검정색 등등. 그리고 그 돛에는 어김없이 해골이나 다른 어떤 으스스한 형상들이 그려져 있었다. 돛뿐 아니라 배의 곳곳에 그림들이 그려져 있었다. 이따금 덜 야단스러운 배도 있었지만 그런 배도 크게 다르지는 않았다. 큰 장수들의 배였기에 갑판 한가운데 화려한 단청누각이 세워져 있었다. 반면에 고려국의 배에는 단청누각이나 야단스런 치장 따위가 없었다. 그저 수수한 나무 배 위에 새하얀 무명폭 돛이 드리워져 있을 뿐이었다. 이래저래 왜선들은 고려의 선박과 확연히 구분되었다.

새로이 나타난 선단은 빠른 속도로 왜선들을 향해 다가왔다. 신엽과 소운이 보기에 그 배들은 고려국 소속임이 분명했다. 그들은 반갑고 기뻤다. 드디어 고려 수군이 왜구를 치기 위해 출동한 것이구나. 그러나 다른 한편으로는 걱정이 앞섰다. 오백여 척의 선박에 오만 명은 족히 되어 보이는 왜구들을 고작 일백 척의 고려 수군이 무찌를 수 있을 것인가.

왜구들도 비슷한 생각을 하는 모양이었다. 그들은 조금도 두려워하는 기색 없이 소리들을 질러대었다. 북을 울리고 함성을 지르고 야유를 퍼부어댔다. 칼과 창을 휘두르며 더 빨리 다가오라는 몸짓들도 해대었다.

그들의 자신만만함은 충분히 이해할 수 있는 일이었다. 당시의 해전은 모양만 해전이었지 실제로는 육상전과 다를 바가 없었다. 배와 배가 바다에서 충돌하면 두 배는 서로를 밧줄과 쇠사슬로 끌어당겼다. 쇠줄 끝에 커다란 갈고리를 묶어 만든 요구금이라는 것이 큰 위력을 발휘했다. 그래서 배들이 단단하게 얽히면 선상에서는 치열한 백병전이 벌어졌다. 창과 칼과 도끼가 난무하는 살육전이었다. 그런 양상의 해전이었기에 승부는 대개 숫자에 의해서 결정되었다. 선박의 숫자가 많고, 선박에 승선한 군사들의 숫자가 많은 쪽이 절대적으로 유리했던 것이다. 그러니 왜구들이 자신만만하게 야유를 퍼붓는 것은 당연한 일이기도 했다.

신엽이 소운을 돌아보자 소운도 그를 마주 보았다. 눈빛을 통해서 그들은 서로 같은 생각을 갖고 있음을 알 수 있었다. 백병전이 벌어진다면 함께 뛰어들어 고려군을 돕겠다는 생각이었다.

고려 수군은 차츰 속도를 늦추었다. 그러더니 왜선들로부터 일백 보 가량 떨어진 곳에 멈춰 섰다. 그들은 일자로 가지런히 왜선단과 마주 섰다. 왜선들은 북소리와 야유의 함성을 드높였다. 고려 수군이 기세에 눌려서 진격을 멈춘 것이라고 믿은 까닭이었다. 왜구 장수들은 각자의 선단에 진격을 명했다. 왜선들은 배와 배를 엮은 수채들을 그대로 유지한 채 고려 수군 쪽으로 나아갔다. 서로 공을 세우려고 앞다투어 나아갔다.

"이상한 일이군요."

소운이 고개를 갸웃거렸다.

"고려 수군에게 어떤 복안이 있는 것일까요? 맞서 싸우려면 함께 기세를 드높여야 할 텐데. 아니면 선수를 돌려 피하든지……."

그녀의 의문은 그러나 곧 정답을 얻었다. 놀라운 정답이었다. 왜선들이 지척으로 접근할 때까지 침묵하던 고려군 선단은 문득 굉음을 울리며 무언가를 쏘기 시작했다. 그것은 왜선들을 가공할 파괴력으로 부수었다. 뿐만 아니라 왜선들을 불길로 뒤덮었다. 경천동지할 충격과 불길 앞에서 왜구들은 질겁을 했다. 그들은 아직 한 번도 이런 무기를 구경한 적이 없었던 것이다.

신기하기는 신엽도 마찬가지였다.

"저건 도대체 무엇이지?"

"놀랍군요. 아마 화포라는 물건일 거예요."

"화포라고?"

"최무선 장군이 개발해낸 신식 무기죠. 전해들은 것보다 훨씬 더 위력적이군요. 게다가 육상보다 해전에서 더 큰 힘을 발휘하는 것 같군요."

소운의 설명이었다.

그녀의 설명대로 그것은 화포였다. 최무선(崔茂宣) 장군이 오랜 노력 끝에 개발해낸 대량 살상용 무기였다. 그리고 그때의 진포(鎭浦)해전은 육상과 해상을 통틀어 화포가 실제로 사용된 최초의 전투라고 할 수 있었다. 그날 최무선 장군은 해도원수 나세(羅世), 심덕부(沈德符) 장군들과 함께 직접 수군을 이끌며 함포 사격을 지휘하여 역사에 길이 남을 대승리를 얻어낸 것이었다.

고려 수군에 바짝 다가갔던 왜선들은 순식간에 불바다로 변했다. 갑판의 왜구들은 태반이 화염에 휩싸여 죽었고, 나머지는 바다로 뛰어들었다. 조금 뒤쪽에 위치한 배들의 상황도 나을 바가 없었다. 다급하게 선수를 돌려서 달아나려 했지만 그럴 수가 없었다. 배와 배는 모두 단단한 쇠사슬로 묶여 있었던 것이다. 거대한 선단의 수채가 일사불란하게 방향을 바꿀 수는 없는 일이었다. 왜선들은 서로 뒤엉키고 부딪히며 으깨어졌다.

사정을 정확히 알지 못하는 후방의 왜선들은 진격의 북소리를 더욱 높였다. 어서 가서 자기편을 구하려는 마음으로 속도를 높였다. 후퇴하려는 배들과 진격하는 배들은 다시 한번 뒤엉켜 더욱 참혹한 아수라장을 만들어내었다. 불길은 얽힌 배들 사이로 빠르게 번졌다. 순식간에 바다는 왜구들의 시신으로 뒤덮이고, 바닷물은 검붉은 핏물로 변했다.

그 혼란의 소용돌이 속에서 신엽은 다른 배들과 구별되는 배 한 척을 발견하였다. 다른 배들이 모두 달아나려고 아우성치는 속에서 유일하게 조용함을 지키는 배였다. 이상한 생각이 들어 살펴보니 그 배에는 왜구들이 보이지 않았다. 대다수가 하얀 옷을 입은 고려인들이었다. 그런데 그들은 밧줄에 몸이 묶여 움직이지 못하고 있었다. 갑판 곳곳에서는 불길이 치솟고 있었다. 아마도 그 배는 포로 운반선인 모양인데 불길이 옮겨붙자 왜구들은 바다로 뛰어들고 고려인 포로들만 남겨진 듯싶었다. 신엽은 즉시 몸을 날렸다. 소운은 신엽이 갑자기 움직이자 영문도 모르고 그를 뒤따랐다.

두 사람은 재빨리 해변으로 내려갔다. 포성과 불길과 아우성 속에서 몇 척의 배를 뛰어넘어 포로 운반선에 도착했다. 그 배는 우왕좌왕하는 왜선들의 중간쯤에 끼여 있었는데, 주변 두 척의 배들에 쇠사슬로 결박되어 있었다. 짐작대로 고려인들은 밧줄에 묶여서 꼼짝달싹 못 하고 있었다.

신엽과 소운은 우선 선상의 불길을 잡았다. 장력으로 불길을 쳐내니 불붙은 나무들은 바다로 떨어져나갔다. 그리고는 주변 배들과의 쇠사슬을 끊었다. 결박을 풀어내니 배는 조금 자유로워졌다. 그러나 여전히 방향은 잡을 수가 없었다. 수부들이 모두 빠져나간 배는 신엽과 소운 두 사람의 힘으로 움직이기에는 너무 컸던 것이다.

소운은 재빨리 주위를 돌아보았다. 도움 될 만한 것을 찾기 위해서였다. 그때 멀찌감치 달아나는 대선 한 척이 눈에 띄었다. 단청누각을 세운 화려한 배였다. 비교적 후방에 위치하고 있었던 그 배는 사정이 난망함을 깨닫고는 서주 쪽으로 길을 재촉하고 있었다. 소운은 갈고리가 달린 기다란 쇠사슬을 신엽에게 건네주었다.

"이걸 저 배에다 걸어요."

신엽은 소운의 기지에 새삼스레 감탄했다. 그러나 지금은 감탄이나 하고 있을 틈이 없었다. 그는 즉시 쇠사슬 끝을 잡고 움직였다.

소운이 가리킨 대선까지는 오십 보는 될 거리였다. 아무리 신엽이라도 단숨에 그 거리를 건너뛸 수는 없었다. 다행히 그들 사이에는 다른 몇 척의 배들이 있었으므로 발판으로 삼을 수 있었다. 그래도 여전히 그 배에 이르지 못하자 신엽은 아래를 지나가는 작은 연락선을 이용하기로 했다. 연락선은 보통 대여섯 명이 승선할 정도의 소형 배였다. 그런데 지금은 무려 십여 명이 엉겨붙어 탈출을 시도하고 있었다.

신엽은 그들 위로 뛰어내리며 쇠갈고리를 후려쳤다. 한꺼번에 다섯 명이 떨어져나갔다. 노를 젓던 왜구가 다급한 김에 그 노를 들어 허공의 신엽을 공격했다. 신엽은 즉시 노를 빼앗고 연환퇴법으로 남은 칠팔 명의 왜구들을 차내었다. 그리고는 텅 빈 연락선에 안착했다. 그 모든 일은 눈 한 번 깜빡할 사이에 이루어졌다. 다음 순간 신엽은 벌써 노를 저어 달아나는 대선 쪽을 향하고 있었다.

그때 바다의 물결은 폭풍우를 만난 듯 요동치고 있었다. 왜선들이 몸부림치는 힘, 배와 배가 부딪히고 으깨어지는 힘, 화약이 터지는 힘 등이 바다를 마구 휘저었던 것이다. 그러나 다행히 신엽은 금강을 내려오는 동안 물의 이치를 조금 파악한 터였다. 공력을 실어 노를 저으니 연락선은 쏜살같이 앞으로 나아갔다. 잠시 만에 그는 대선을 이 장 거리까지 따라잡았다.

신엽은 급히 갈고리가 달린 쇠사슬을 날려 대선의 후미 측판에다 꽂았다. 갑판 위에 거는 게 가장 단단하겠지만 선상의 왜구들이 뽑아버릴 수도 있었기에 측판을 택했다.

갈고리가 두 선박 사이를 잇자 쇠사슬은 금세 팽팽하게 당겨졌다. 신엽은 그 쇠사슬과 함께 허공으로 떠올랐다. 그리고 잠시 후에는 소운이 탄 포로선이 대선을 따라 움직이기 시작했다.

대선에서는 소요가 일었다. 배의 속도가 갑자기 느려지니 무언가 잘못된 낌새를 차린 것이었다. 왜구들은 쇠사슬과 신엽을 발견하고는 알 수 없는 왜국어로 떠들어대었다. 그러자 단청누각 삼층에 앉아 있던 왜장이 벌떡 몸을 일으켰다. 그는 단숨에 누각을 뛰어내려 후미로 달려와서는 다시 신엽의 쇠사슬 위로 뛰어내렸다. 놀랍게도 그는 천지이악 중의 둘째인 지악이었다. 그의 손에는 길이가 이 장에 달하는 기다란 채찍이 들려 있었다. 바로 그가 자랑하는 십이절편이었다.

"어떤 놈이길래 이토록 방자하게 구느냐. 본색을 밝혀라."

지악은 이미 상대가 왜국인이 아님을 알고 있었다. 신법이나 손맵시가 사무라이들과는 달랐던 것이다. 신엽은 대답하지 않고 곧바로 공격에 들어갔다. 시간이 많지 않았고 왜말을 알아들을 수도 없었던 까닭이었다. 들고 있던 노로 취룡탐화의 일식을 펼쳤다. 지악은 십이절편으로 거센 회오리를 일으키며 신엽과 맞섰다.

천지이악의 무공은 원래 상당히 고절한 편이었다. 특히 두 형제가 함께 펼치는 공격은 당해낼 이가 많지 않았다. 그러나 신엽은 이미 한 차례 그들과 상대한 적이 있었다. 선유도 미도후사의 선상에서였다. 그때도 그는 두 사람과 대등한 대결을 벌일 수 있었는데 하물며 지금에는 더 말할 나위가 없었다. 반 년 가까운 시간이 흐르는 동안 신엽의 무공은 몇 단계 위로 올라서 있었던 것이다.

잠시 만에 지악은 위기를 맞게 되었다. 십이절편의 회오리바람은 우물물 속의 파문처럼 작아지고 말았다. 그러자 누각 위로부터 또 한 명의 장수가 달려내려왔다. 다름아닌 천악이었다. 그는 갑판 후미에서 한 마리 새처럼 날아오르더니 신엽의 뒤쪽으로 내려섰다. 이제는 천악과 지악이 양쪽에서 신엽을 협공하는 양상이었다.

천지이악이 합쳐지자 과연 그 공세는 몇 배로 증가되었다. 지악은 위기를 수습하고 다시 맹렬하게 절편을 휘둘렀다. 천악은 장검을 날카롭게 세워 틈을 노렸다. 그러나 신엽은 조금도 흔들리지 않았다. 등을 비워둔 채 그는 지악을 압박해 들어갔다. 그의 노는 순식간에 열두 차례 바람을 갈랐다. 그러자 지악의 십이절편은 정확하게 열두 토막으로 나뉘어 허공으로 흩어졌다. 지악은 경악하여 몸이 굳어버렸다.

그 순간 신엽은 등뒤 영대혈을 파고드는 살기를 느꼈다. 그는 재빨리 몸을 낮추고 왼발을 축으로 빙그르르 돌았다. 동시에 노로는

천악의 앞무릎 족삼리를 찍었다. 천악은 신엽의 신속한 공격을 피하
지 못하고 앞으로 꼬꾸라졌다. 달려들던 힘과 쓰러지는 힘이 합쳐지
며 그의 장검은 길게 뻗어나갔다. 그리고 동생 지악의 기해혈을 정
확히 꿰뚫고 말았다.

"으윽. 형님!"

"아우야!"

그들은 짧은 비명을 주고받았다. 그러나 천악의 운명 역시 동생과
다르지 않았다. 허공으로 솟아올랐던 지악의 절편 조각들 중 백금검
이 천악의 정수리로 떨어져 꽂힌 것이었다. 두 사람은 잠시 정지한
듯하더니 썩은 나무처럼 기울어졌다. 그리고는 일 장 아래 바다로
떨어졌다. 핏빛 파도는 삽시간에 흔적없이 그들을 쓸어가버렸다.

천지이악은 왜구들에게 대단한 존재였다. 특히 규슈와 쓰시마(對
馬), 이키(壹岐) 등지 출신의 왜구들에게는 전설적인 위인들이었다.
그런 이들이 힘 한 번 제대로 못 써보고 쓰러지자 왜구들은 더이상
싸울 뜻을 잃었다. 대신 부지런히 노질만을 했다.

잠시 후 두 척의 배는 화염의 아수라장을 벗어났다. 그리고 서주
에 당도했다. 신엽은 비로소 쇠사슬을 풀고 포로선을 안전하게 정박
시킨 다음 사람들을 내렸다. 사지에서 벗어난 고려인들은 신엽과 소
운에게 더없는 감사와 치하의 뜻을 표했다. 소운은 그들에게 서둘러
마을로 돌아가 사람들을 대피시키라고 당부했다. 해전에서 참패한
왜구들은 절반은 죽었지만 절반은 뭍으로 기어오르고 있었다. 배를
잃은 그들이 갈 길이라고는 하나밖에 없었다. 내륙으로 들어가 산적
떼처럼 몰려다니며 약탈과 노략질을 일삼을 게 뻔했던 것이다.

소운의 말을 듣고 보니 신엽은 다시 가슴이 무거워졌다. 오백여
척의 왜선이 모조리 불타고 있었으니 적어도 이삼만 명의 왜구들이
내륙으로 달아날 것이었다. 그렇다면 그들의 난동은 꽤나 길게 이어

질 것이었다.

왜 고려군은 그런 일을 예상하지 않았을까. 배를 불태우려면 아예 먼바다로 끌고 나가 싸울 것을, 아니면 육지에도 군사를 배치하여 양면 공격을 전개할 것을.

그런 생각에 잠겨 있던 신엽의 시야로 문득 무언가가 스쳐지나갔다. 정신을 차리고 보니 한 흑의인이 누군가를 들쳐업고 달려가고 있었다. 검은 옷을 입고 머리에는 흑색 두건을 썼는데, 포로선을 견인했던 대선에서 나온 듯 보였다. 그의 신형은 날렵하기 그지없었다. 신엽은 즉시 소운과 함께 흑의인의 뒤를 밟았다.

흑의인의 질주는 몹시 빨랐다. 사람 한 명을 업고도 바람처럼 달렸다. 흔히 접하기 어려운 경공술의 소유자였다. 신엽은 뒤를 따르는데 별 무리가 없었지만 소운은 십이 성 공력을 모두 써서 달려야 했다. 그녀는 내심 흑의인의 경공술에 감탄하였다.

순식간에 그들은 일백 리를 달렸다. 그러는 동안도 그들은 줄곧 일정한 간격을 유지하였다. 십 장 가량의 거리가 늘어나지도 좁혀들지도 않았다. 그러자 더욱 놀란 쪽은 흑의인이었다. 그 역시 십이 성 공력을 모두 써서 달렸는데 두 사람을 따돌리지 못하자 당황한 것이었다.

저들은 또 누구일까. 아직 한 번도 못 본 얼굴들인데. 고려국에는 숨은 실력자들이 참 많구나.

마침내 흑의인이 멈추어 섰다. 뒤따르던 신엽과 소운도 걸음을 멈추었다. 흑의인은 몸을 돌려 그들을 바라보았다. 그가 업은 사람은 고려 여인의 옷을 입었는데 상체가 보자기로 감싸여 누군지는 알아볼 수 없었다.

"뉘신데 무례하게 남의 뒤를 밟는 것이오?"

흑의인이 말했다. 그의 목소리를 듣는 순간 신엽과 소운은 깜짝 놀랐다. 뜻밖에도 그는 바로 미도리였던 것이다. 신엽은 즉시 아는 체를 하려다가 멈칫했다. 그런데 그녀가 미도리라면 왜 그들을 알아보지 못하는 것일까. 그는 의아하여 소운을 돌아보았다. 소운도 그를 보았다. 그들은 곧 해답을 알 수 있었다. 신엽과 소운은 모두 역용술로 얼굴을 바꾸고 왜구옷을 입고 있었다. 미도리가 그들을 알아보지 못한 것은 당연한 일이었던 것이다. 소운은 행여 신엽이 신분을 밝힐까 봐 한 발 먼저 나섰다.

"그러는 댁은 뉘신데 남의 아녀자를 울러메고 줄행랑을 치는 게요?"

소운은 남자의 목소리로 말했다. 그녀는 우선 미도리가 무슨 일을 꾸미려는 것인지 알아보고자 했다.

"줄행랑이라구요? 말씀이 지나치시군요."

"아니라면 어서 복면을 벗고 아녀자도 우리에게 보여주시오."

"보아하니 점잖은 고려인들 같은데 괜한 일에 상관 말고 갈 길들을 가시지요."

미도리는 그들과 시비를 벌이고 싶은 생각이 없었다. 사실 그녀는 마음이 급했다. 미도노나 미도후사 등이 일을 눈치채고 추적할 것이 걱정되었다. 다행히 그들은 잠시 따돌렸다 생각했는데 엉뚱한 사람들이 뒤쫓아오는 것이 아니겠는가. 그녀는 좋은 말로 그들을 떼어내고 길을 재촉하고픈 마음뿐이었다. 그러나 소운은 그럴 생각이 전혀 없었다.

"사람을 보는 눈은 없지 않군요. 그러니 우리가 점잖게 대할 때 내막을 밝히시오."

"아는 것이 병이라는 말이 있지요. 괜한 일에 끼어들다 보면 엉뚱한 화를 당할 수도 있답니다."

"우리 형제의 세상 사는 재미가 바로 그런 것이죠."

미도리는 차츰 조급해졌다. 상대의 태도가 너무 완강하여 말로 해결될 것 같지 않았다. 그렇다면 어쩔 수 없었다. 그녀는 목소리에 노기를 드러내었다.

"굳이 험한 대접을 받고 싶다면 도리가 없군요."

말과 함께 미도리는 설편을 꺼내었다. 그녀의 연편은 안동호의 영웅연에서 광한에게 두 자 가량 잘려나간 바 있었다. 그러나 아직 일장 오 척이 남아 있어 위력은 여전했다.

일단 마음을 정한 그녀의 움직임은 단호하고 기민했다. 즉시 살수를 전개하여 소운의 양 어깨 거골혈을 찍었다. 설편이 가까이 다다르기도 전에 두 줄기 싸늘한 한기가 소운의 어깨를 엄습했다. 소운은 연검을 꺼낼까 했지만 곧 마음을 바꾸었다. 연검을 보면 미도리가 자신의 정체를 알 터이기 때문이었다. 소운은 몸을 날려 좌측으로 두 번 피한 다음 근처의 나무 위로 뛰어올랐다. 거기서 쓸 만한 가지 하나를 잘라 내려왔다. 그 가지를 장검 삼아 그녀는 미도리의 연편과 어울렸다.

두 사람의 무공은 원래 약간의 차이가 있었다. 미도리가 한 수 가량 위였다. 그러나 최근 들어 소운은 묘향신니로부터 수심장과 설녀검법을 직접 전수받는 등 적잖은 진전이 있었다. 두 사람의 차이는 반 수 정도로 좁혀져 있었다. 더구나 미도리는 등뒤에 한 사람을 업고 싸웠으므로 두 사람의 대결은 막상막하의 접전을 보였다.

시간이 흐를수록 미도리는 더 조급해졌다. 평상시의 그녀라면 냉정하고 침착하기를 따를 사람이 없었다. 그러나 지금은 스스로도 이해할 수 없을 만큼 조바심을 느꼈다. 그것은 아마도 등뒤의 사람에 대한 염려 때문일 것이다. 그녀는 그 사람의 손가락 끝 하나도 다치게 할 수 없었던 것이다. 그녀의 그런 마음은 소운과의 대결에서도 여실히 드러났고, 그럴수록 소운과 신엽은 궁금증을 느꼈다. 과연 누구이길래 미도리가 저토록 감싸고 도는 것일까.

이백여 수를 겨룬 다음 미도리는 계획을 바꾸었다. 길게 끌어봤자 좋은 일은 없을 것 같았다. 더구나 아직 한 사람은 팔짱을 끼고 구경만 하고 있었으니. 그녀는 마지막 수단을 쓰기로 했다. 우선 공력을 연편 끝에 실어 소운의 등뒤를 공략했다. 박(縛) 자결과 인(引) 자결을 함께 운용하여 퇴로를 차단했다. 동시에 입으로는 일곱 개의 독침을 발사했다. 그 암습은 의표를 찌르는 것이었을 뿐 아니라 대단히 신속한 공격이었으므로 소운을 경악시켰다. 소운은 재빨리 어깨를 흔들며 좌측방으로 몸을 날렸다. 유일하게 열린 퇴로였다.

그러나 미도리는 이미 그 점까지 계산에 넣고 독침을 발사한 터였다. 다섯 개의 독침은 소운을 비켜갔지만 나머지 두 개가 각각 양 무릎 독비혈 부근으로 파고들었다. 소운은 두 눈을 뻔히 뜬 채 당할 수밖에 없었다. 그런데 그 순간 두 개의 비어자가 날아들었다. 팅! 팅! 비어자는 독침을 멀찌감치 쳐내었다. 물론 그것은 신엽의 수중을 떠난 것이었다. 신엽은 벌써부터 이런 경우를 대비하고 있었던 것이다.

독침을 날린 미도리는 즉시 몸을 돌려 달리기 시작했다. 독침의 결과도 확인하지 않고서. 그러나 그녀 앞에는 어느 틈에 신엽이 버티고 서 있었다. 미도리는 다시 일곱 개의 독침을 날렸다. 신엽은 재빨리 왜구옷 상의를 벗어 독침들을 받았다. 그리고는 반대로 그녀에게 뿌렸다. 미도리는 그 독침들을 자신의 몸으로 받았다. 자신이 피하면 등뒤의 사람에게 맞을 것을 두려워한 까닭이었다. 그러면서도 그녀는 계속해서 달렸다. 하지만 신엽은 그녀를 놓아줄 생각이 없었다. 그는 두 팔을 벌려 미도리의 진로를 차단했다. 미도리는 재빨리 왼쪽으로 방향을 틀었지만 신엽의 인영은 그림자처럼 그녀를 가로막았다.

몇 번을 그렇게 주춤거렸을까. 미도리는 문득 왼쪽 허벅지 뒤로 살기를 느꼈다. 소운이 다시 공격해온 것이었다. 미도리는 허공으로 일 장 가량 솟구쳐올랐다. 신엽도 그녀를 가로막으며 솟아올랐다.

그러나 그 일 초에는 소운의 노림이 숨어 있었다. 소운이 원한 것은 미도리가 아니라 그녀가 업은 사람이었다. 허벅지를 치는 척하며 미리 공중에서 기다리던 소운은 뛰어오르는 미도리로부터 살짝 그 사람을 가로챈 것이었다. 미도리는 깜짝 놀라 몸을 비틀었지만 감히 공격할 수가 없었다. 소운이 그 사람을 방패처럼 안은 까닭이었다. 소운은 그렇게 유유히 멀어져갔다. 그러자 다시 신엽이 끼어들어 미도리가 소운에게 접근하는 것을 막았다.

"제발, 그분을 다치게 하지 말아요."

미도리는 안색이 하얗게 변했다. 소운은 냉소했다.

"흥. 무슨 일인지를 먼저 고백하면 고려해보지."

"당신네와는 아무 상관도 없는 사람이에요."

"입을 열기 싫다면 직접 확인해볼밖에."

소운은 그 사람의 상체에 씌워진 보자기를 벗겼다. 그러자 한 아리따운 여인의 모습이 나타났다. 삼십대 후반이나 되었을까. 옷차림은 평범했고 안색은 창백했지만 얼굴에는 고귀한 기품이 흐르고 있었다. 그 얼굴을 확인한 순간 신엽은 소스라치게 놀랐다. 그녀는 바로 자신의 어머니였던 것이다. 신엽은 떨리는 걸음으로 천천히 다가갔다. 소운에게서 어머니를 넘겨받았다. 그리고는 조용한 목소리로 불렀다.

"어머니!"

목소리도 걸음처럼 떨려 나왔다.

소운과 미도리도 모두 함께 놀랐다. 소운은 그녀가 신엽의 어머니라는 사실에 놀랐고, 미도리는 그가 신엽이었다는 사실에 놀라고 있었다. 그랬었구나. 어쩐지 무공이 낯익다 했더니. 미도리는 또 자신이 여태껏 싸운 상대가 소운이라는 사실도 깨달을 수 있었다. 그러자 왠지 모를 설움이 밀려왔다.

"어머니!"

신엽은 다시 한번 불렀다. 그러나 어머니는 눈을 뜨지 않았다. 새근새근 가느다란 숨소리만 새어나올 뿐이었다. 미도리가 조용히 말했다.

"당신 어머님은 괜찮으세요. 혈도를 짚혔을 뿐이에요. 잠시 후면 깨어나실 거예요."

"참 악독한 계집이구나. 은혜를 어찌 이런 원수로 갚을 수 있단 말이냐."

소운이 미도리를 다그쳤다. 그녀의 목소리는 이제 본래 것으로 돌아와 있었다. 미도리는 얼핏 대답할 말을 찾지 못했다. 그러자 소운이 챙 하는 맑은 소리와 함께 연검을 뽑아들었다.

"내 오늘 네 년의 버릇을 단단히 가르쳐주마. 그래서 다시는 누구에게도 나쁜 짓을 못 하도록 만들겠다."

소운은 대뜸 수원지천의 일식으로 미도리를 찔러갔다. 미도리는 그 기세가 사뭇 날카로움을 보고 재빨리 몸을 날려 피했다. 소운은 허공에서 몇 차례 방향을 바꾸며 틈을 주지 않고 따라붙었다. 미도리는 연편으로 몇 개의 편강기를 만들어서야 그 공격을 해소할 수 있었다.

두 사람은 다시 한데 어울려 일전을 시작했다. 그런데 이번의 대결은 조금 전과 양상이 달랐다. 앞에서는 결사적인 공격을 퍼부은 쪽이 미도리였고, 소운은 오히려 수비와 기습으로 시간을 벌었다. 하지만 지금은 소운이 공격을 퍼붓고 있었다. 나뭇가지를 버리고 연검을 뽑아든 터라 그 기세는 날카롭기 그지없었다. 미도리는 피하거나 방어하는 일에만 전념했다. 순식간에 일백 초가 지나갔지만 그런 형국은 달라지지 않았다.

그때였다. 신엽의 나직한 목소리가 소운을 불렀다.

"소운 사매. 이 일은 나한테 맡기지."

소운은 그의 목소리가 침중함을 느끼고 손을 멈추었다. 신엽은 미도리를 향해 말했다.

"당신은 계속해서 나를 실망시켰소. 나 개인과 관계된 일은 작은 것이지만 대사형의 팔을 다친 것은 정말 유감스러운 일이오. 나는 당신을 구해낸 책임을 지고 그 죄를 물어야겠소."

신엽의 목소리는 얼음처럼 차가웠다. 그의 안색은 한결 더 냉담하고 결연했다. 그를 보는 미도리의 가슴은 상처에 식초를 부은 듯 쓰라렸다.

남원에서 미도리가 신엽, 소운 들과 헤어진 것은 바로 신엽의 어머니 때문이었다. 신엽의 어머니가 사라진 것을 알자 미도리는 곧 그 일이 미도노의 소행임을 직감했다. 칠선폭포까지 그녀를 따라붙은 감시자는 미도노였던 것이다.

선유도로 돌아간 미도리는 그러나 신엽 어머니의 행방을 확인할 수 없었다. 미도노는 시침을 떼었다. 은밀한 장소에 숨겨둔 듯했다. 안동호의 영웅연에서 다행히 미도노는 스스로 꼬리를 드러내었다. 신엽에게 어머니 운운한 협박이 그것이었다. 영웅연이 끝나자 미도리는 아시겐지에게 고했다. 미도노가 신엽의 어머니를 인질로 잡았으니 잘 이용한다면 신엽을 잡을 수도 있을 것이라고. 아시겐지는 반색했다. 신엽을 해치울 길이 생겼다니. 잘하면 신엽을 인질로 척항무까지 엮을 수도 있으리라.

아시겐지는 즉시 미도노에게 명했다. 그녀를 선유도로 데려오라고. 미도노는 별수 없이 신엽의 모친을 데려왔다. 진포에서 천지이악을 만나 인계하였다. 그가 떠나자 미도리는 천지이악과 어울리며 기회를 노렸다. 그런데 뜻밖에도 고려 수군의 공격이 있었고, 왜구는 참패를 당했다. 뿐만 아니라 정체불명의 무사가 나타나 천지이악을 해치웠다. 미도리는 즉시 일을 결행하였다. 신엽의 어머니를 둘러메고 탈출했다. 그녀는 길상사로 신엽을 찾아갈 작정이었다. 그런데 도중에서 신엽, 소운의 추적을 받아 일이 이 형편에 이른 것이었다.

사정이 그러했으니 미도리의 가슴은 미어질 뿐이었다. 그러나 그녀는 내색하지 않았다. 곰곰이 생각해보니 오히려 잘된 일이기도 했다. 어차피 그녀는 왜군 진영에 잔류할 계획이었다. 현재 그녀의 형편에서는 그것이 최선이었다. 다른 어떤 방법보다도 고려에 도움이 되는 길이었던 것이다.

마음을 정하자 미도리는 한결 차분해졌다. 그녀는 똑같이 차가운 목소리로 신엽에게 물었다.

"구체적으로 어떻게 죄를 물을 건가요?"

"당신의 팔 하나를 잘라야겠소."

"여전히 너그러우시군요."

미도리는 설편을 들었다. 오른손을 살짝 한 번 뿌리자 설편은 그녀의 왼쪽 팔을 감았다. 다음 순간 그녀의 왼팔은 어깨로부터 이탈되어 있었다. 미도리는 그것을 신엽에게 던졌다. 신엽과 소운은 내심 깜짝 놀랐다. 미도리가 그런 짓을 하리라고는 상상하지 못한 터였다. 더구나 그녀는 눈 하나 깜짝하지 않고 스스로의 팔을 잘라낸 것이었다. 엉겁결에 팔을 받아든 신엽은 무슨 말을 해야 할지 알 수 없었다.

"그 팔을 당신의 대사형께 전해주세요. 우선은 그만큼만 사죄드린다는 말씀도 함께요. 다른 볼일이 없으시면 저는 인사를 드리겠어요.”

말을 마친 미도리는 훌쩍 몸을 날렸다. 순식간에 수장 밖으로 멀어져갔다. 그러다가 문득 생각난 듯 한마디를 덧붙였다.

“소운 소저. 제가 당신이라면 지금 즉시 묘향산으로 달려가겠어요.”

“묘향산이라구요? 그게 무슨 얘기죠?”

소운이 놀라서 되물었다. 그러나 이미 미도리의 신형은 사라지고 없었다. 붉은 핏방울만이 뚝뚝 떨어져 그녀가 사라진 쪽을 가리킬 뿐이었다.

살인병기부대

　신엽과 소운은 가슴속이 착잡했다. 무슨 일이 어떻게 벌어진 것인지를 이해할 수 없었다. 수많은 질문들만이 머릿속을 맴돌았다.

　미도리의 그 차분하던 표정은 무엇을 뜻하는 것이었을까. 그녀는 왜 신엽의 어머니를 울러메고 있었을까. 어디로 향하던 길이었을까. 그리고 왜 보물처럼 감싸고 보호한 것이었을까. 서슴없이 자신의 팔을 잘라낸 것은 또 무슨 까닭이었을까. 그녀 정도의 무공이라면 적어도 달아나기에는 문제가 없었을 텐데…….

　소운은 자기가 미도리를 오해한 것이 아니기를 바랐다. 그러나 어쩐지 자신이 없었다.

　신엽은 미도리의 팔을 들고 어쩔 줄 몰라했다. 그러다가 깨끗한 곳에 묻기로 했다. 양지바른 곳의 부드러운 땅을 골라 세 자 가량을 파내고 묻었다. 참나무 하나를 비석처럼 깎아 월정검으로 글씨를 새겼다.

미연 소저 좌비지묘(美娟小姐左臂之墓).

일을 마친 신엽과 소운은 얼굴의 화장을 지웠다. 조잡한 왜구옷도 벗어버렸다. 어머니를 찾았으니 이제 위장은 불필요했던 것이다. 그리고 잠시 후, 신엽의 어머니가 눈을 떴다. 주위를 두리번거리던 정씨부인은 아들의 눈길과 마주치자 멍해졌다. 그러나 곧 주루룩 눈물을 흘렸다.

"신엽아! 아직 살아 있었구나!"

신엽의 두 눈에서도 눈물이 흘렀다. 신엽은 땅바닥에 엎드리고 절을 올렸다. 그리고 두 모자는 서로를 부둥켜안고 한참 동안 울었다. 소운은 괜히 코끝이 시큰하여 콧날을 문질렀다. 그러다가 그녀는 자기도 신엽의 어머니에게 절을 올리기로 했다.

소운이 예쁘고 예절바르게 큰절을 올리자 정씨부인은 시선을 그녀에게 옮겼다.

"애야, 이 아리따운 아가씨는 누구시더냐?"

"참, 인사가 늦었군요. 소운 소저는 소자의 사매입니다. 소자가 곤경에 처했을 때마다 몸을 돌보지 않고 도와준 생명의 은인이기도 합니다."

정씨부인은 소운의 손을 잡았다.

"그랬군요. 고마워요. 예쁜 아가씨가 마음씨도 고운 모양이죠."

소운은 신엽의 어머니가 따뜻하게 말을 건네자 그만 왈칵 눈물을 터뜨리고 말았다. 그녀는 두 사람이 부여안고 우는 것을 보면서 이미 야릇한 기분이 되었었다. 모자간의 해후가 감동적이기도 했고, 또 자신에게는 찾아볼 어머니도 없다는 사실이 서글프기도 했다. 그런데 정씨부인이 손을 잡고 따뜻하게 웃어주니 눈물이 북받쳐오른

것이었다. 부인은 이번에는 소운을 안아주었다. 아무 말 하지 않아
도 모든 것을 이해한다는 듯 포근하게 안아주었다. 한참을 엉엉 소
리내어 운 소운은 문득 울음을 그쳤다. 그리고는 멋쩍게 정씨부인의
품을 빠져나왔다. 정씨부인은 빗을 꺼내어 소운의 흐트러진 머리카
락을 빗어주었다.

"죄송해요. 초면에 실례를 범했어요."

"아니에요. 신엽의 은인이라면 내게도 은인인 걸요. 괜찮다면 나
를 정아줌마라고 불러요."

"아줌마라고 부르기엔 너무 젊고 예쁘세요."

"호호. 고마워요. 하지만 아무래도 아줌마는 아줌만 걸요."

소운의 진짜 욕심은 그녀를 어머니라고 부르는 것이었다. 그러나
당분간은 정아줌마라는 호칭도 재밌을 것 같았다. 그래서 그렇게 부
르기로 했다.

정씨부인은 조용한 곳으로 가서 신엽이 그 동안 지내온 일들을
듣고 싶어했다. 그러나 신엽과 소운에게는 시간이 없었다. 미도리의
말에 따르자면 묘향산에서는 곧 무슨 일인가가 벌어질 모양이었다.
그것도 위태로운 일이. 신니가 지키고 있음에도 미도리가 염려할 정
도라면 결코 작은 일이 아니지 않겠는가.

어찌할까를 의논한 끝에 그들은 모두 함께 묘향산으로 향하기로
했다. 정씨부인은 난리가 지나갈 때까지 남원 집으로 돌아가서는 안
된다. 여자의 몸이니 길상사에 오래 머물 수도 없을 것이다. 그렇다
면 그들과 함께 묘향신니를 찾아가 몸을 의탁하는 편이 가장 안전
한 일이었다. 미도리는 걱정을 했지만 기실 누구도 묘향신니를 어쩌
지는 못할 것이다.

신엽은 근처의 마을을 찾아가 노새 한 마리를 구해왔다. 어머니를
노새 등에 태우고, 신엽과 소운은 걸어서 묘향산을 향해 떠났다. 두

사람의 걸음걸이는 그러나 어지간한 사람들의 뜀박질보다도 빨랐다. 시간이 흐를수록 더 빨라졌다. 노새는 그들을 따라잡느라 부지런히 달그닥거려야 했다.

정씨부인은 아들의 달라진 모습이 놀랍기만 했다. 직접 보지 않았다면 결코 믿을 수 없었을 것이었다. 그녀는 아들에게 어떤 일들이 있었는지 궁금하기 그지없었지만 물을 수가 없었다. 바삐 길을 재촉하는 그에게 말을 걸었다가 호흡이라도 가빠져 몸을 상할까 봐서였다. 그런데 신엽은 오히려 이상하다는 듯 어머니를 돌아보았다.

"어머닌 제 지난 이야기를 듣고 싶다 하셨잖아요. 어째서 아무것도 묻지 않으세요?"

"뛰면서 말을 하면 숨이 막히잖니. 얘기는 나중에 천천히 하자꾸나."

소운이 호호 웃음을 터뜨렸다. 신엽도 쑥스러운 미소를 머금었다.

"괜찮아요. 이런 속도로 걷는 일은 조금도 힘들지 않아요. 궁금하신 걸 물어보세요."

신엽이나 소운은 지금의 속도보다 다섯 배는 더 빠르게 달릴 수가 있었다. 그러나 너무 빨리 달리면 어머니의 건강을 상할까 봐 천천히 움직이는 중이었다. 정씨부인은 아들의 말을 듣고 유심히 살펴보니 과연 그러했다. 신엽이나 소운 소저 모두 조금도 힘들어하는 기색이 아니었던 것이다. 그래서 그녀는 마음놓고 궁금한 일들을 물었다. 신엽은 어머니의 질문에 하나하나 대답해주었다. 집을 떠난 경위, 그후로 있었던 크고 작은 사건들, 그리고 사연들…… 물론 그는 어머니가 납득하지 못할 정도의 이야기는 하지 않았다.

특히 신엽은 한빙장에 중독되었을 때의 일들을 상세하게 설명했는데 그것은 소운을 위해서였다. 소운이 그를 위하여 얼마나 많은 고마운 일들을 하였는가를 설명하기 위해서였다. 그런 사정을 짐작하는 소운은 발그레한 미소를 머금었다. 신엽의 모친도 눈치가 없지 않았다. 아들과 소운의 마음을 이미 헤아리는 터라 소운에게 이렇게 말했다.

"내 아들은 아둔하고 부족해요. 하지만 소운 소저가 늘 곁에서 보살펴준다면 많이 좋아질 거라고 믿어요."

소운의 두 볼은 잘 익은 복숭아처럼 홍조를 띠었다. 그녀는 그저 한없이 기쁠 뿐이었다.

이야기도 많이 했지만 세 사람은 길도 부지런히 재촉하였다. 도중에 배가 고프면 신엽이 먹을 것을 구해왔다. 그 사이 소운은 정씨부인의 어깨를 주물러 여독을 풀었다.

둘째날 해질 무렵 일행은 평안도 땅 평양성에 이르렀다. 그 밤은 그곳에서 지낸 다음 이른 아침 연광정(練光亭)에 올랐다.

평양성은 대동강 가에 위치하였는데, 연광정이라는 아름다운 정자는 성벽이 둘러선 절벽 위에 세워져 있었다. 정자에서 바라보는 전경은 참으로 수려하였다. 아침 햇살에 눈부신 드넓은 강이 있고, 그 너머로는 널따란 들판과 병풍 같은 솔숲이 둘러서 있었다. 다시 그 뒤편으로는 아련한 몇 개의 산들이 수문장처럼 지키고 서 있었다.

시인 김황원(金黃元)이 연광정에 올라 종일토록 고심하였으나 산수의 수려함을 표현할 길이 없어 통곡하고 내려갔다는 일은 널리 알려진 이야기였다. 뿐만 아니라 훗날 명나라 사신 주지번(朱之蕃)은 연광정에 오르자 그 장쾌함을 큰 소리로 부르짖고는 직접 글씨를 써서 현판을 만들어 붙였다. 그때 현판에 씌어진 것은 바로 '천하제일강산(天下第一江山)' 여섯 글자였다.

정씨부인은 연광정에 오르니 감회가 남달랐다. 그녀는 외롭고 힘겨웠던 지난 십팔 년의 세월을 한순간에 보상받는 느낌이었다. 남편을 잃고 혼자서, 유복자인 아들을, 그것도 허약하기 그지없는 아들을 키우면서 가슴 아픈 일들이 얼마나 많았던가. 그런데 이제 그 힘겨움들은 모두 사라지고 그녀 옆에는 건장하고 당당한 대장부 아들이 서 있었다. 정씨부인은 그 사실을 새삼 확인이라도 하려는 듯 아들의 이름을 불렀다.

"신엽아!"

"네, 어머니."

정씨부인은 멀리 산야를 바라보았다.

"네 아버님은 자랑스런 고려군의 장수이셨다."

"……."

신엽은 온몸이 얼어붙는 느낌이었다. 이날 이때까지 어머니는 아버지에 관한 이야기를 입에 올리는 법이 없으셨던 것이다.

"네가 태어나고 몇 달 후 아버님은 새 임지를 하명받으셨다. 바로 서해의 교동도(喬桐島)였다. 교동도는 강화도와 더불어 개경 앞바다를 지키는 관문과 같은 곳이다. 네 아버님은 참장수로서 서야 할 자리에 서는 것이라며 기뻐하셨었다. 나는 너와 함께 친정에 남고, 아버님만 교동도로 떠나셨다. 그런데 불과 십여 일 후 수백 척의 왜구 선단이 교동도로 들이닥쳤다…… 나는 그분이 최선을 다해 싸우시고 장렬하게 전사하셨으리라 믿는다."

정씨부인은 잠시 말을 멈추었다. 문득 속이 메스꺼워지고 어지럼증이 느껴졌다. 그녀는 짐작되는 바가 있었으나 이를 꽉 물어서 참았다.

신엽은 두 주먹이 불끈 쥐어졌다. 그랬었구나. 아버님을 돌아가시게 한 것도 왜인들이었구나. 자혜대사, 월하고검 석준경, 전대 화랑방주, 그리고 이제는 아버님까지. 어쩌자고 왜인들은 이 민족에게 이렇듯 많은 죄를 짓고 말았을까.

"여태껏 내가 네게 아버님에 대한 이야기를 않은 것은 네가 너무 어렸던 까닭이다. 몸도 튼튼하지 못했고. 하지만 이제 당당한 장부로 다시 태어났으니 대장부의 길을 가도록 해라. 왜구들을 물리치고 시름에 잠긴 이 나라의 백성들을 구하도록 하여라."

"소자 깊이 명심하겠습니다."

정씨부인의 눈에도 신엽의 눈에도 눈물이 글썽글썽 맺혀 있었다.

"어미는 당장 눈을 감아도 여한이 없겠다."

말을 마친 부인은 소운의 손을 잡았다. 소운은 그녀를 부축하여 자리에 앉혔다. 며칠간의 여행으로 많이 지친 모습이었다. 소운은 정씨부인의 명문으로 기운을 주입하여 편안히 휴식하게 하려 했다. 그런데 그때 멀지 않은 곳에서 수상쩍은 소리들이 들려왔다. 무기들이 부딪치는 소리 같았다.

신엽이 먼저 소리를 알아채고 방향을 탐지했다. 그것은 절벽 아래 강변 쪽에서 들려오고 있었다. 신엽은 벽호공(壁虎功)을 써서 절벽 아래로 내려갔다. 모퉁이 하나를 돌아서니 놀라운 일이 펼쳐지고 있었다. 여섯 명의 거대한 체구들이 한 여자를 공격하고 있었다. 웃통을 벗어붙이고 머리카락을 빗어넘긴 모습이 한눈에 사무라이들임을 짐작하게 했다. 자세히 보니 그들은 바로 히데유키 일당이었다. 안동호의 숲에서 조우한 바 있었던.

그들은 모두 쇠그물망처럼 생긴 괴상한 무기를 휘두르고 있었다. 그물망의 첩첩포위 속에서 좌충우돌하며 싸우는 여자는 뜻밖에도 낭연이었다. 그녀는 이미 오랫동안 사투를 벌였는지 탈진한 모습이었다. 수중의 장검은 절반이 부러져나갔고, 머리카락과 옷도 형편없이 헝클어져 있었다.

신엽은 즉시 몸을 날려 포위망 속으로 뛰어들며 대성일갈했다.

"하늘이 무섭지 않으냐!"

그는 낭연의 어깨를 덮치던 그물망을 걷어찼다. 그리고 쌍장을 좌우로 벌려 두 거한의 복부 중완혈을 가격했다. 거한들은 두 걸음 뒤로 비틀비틀 물러났다. 신엽은 낭연을 돌아보았다.

"다친 곳은 없습니까?"

"주인마님이 곤경에 처했는데 이제서야 나타나느냐? 나중에 매질을 해야겠구나."

낭연은 위기 속에서도 우스갯소리를 했다. 그러나 그녀의 형편은 정말 좋지 않아 보였다. 몇 군데는 옷이 찢어지고 피가 흐르고 있었다. 신엽은 두 손을 모아 하인의 예를 올렸다.

"소인이 모두 때려눕히겠습니다."

"조심해라. 놈들은 통증을 느끼지 못한다. 게다가 사혈들도 모두 없어져버렸어."

신엽은 얼핏 이해할 수 없었다. 사혈들이 없어져버렸다니. 그렇다면 이들은 불사의 존재들이란 말인가.

그 사이 히데유키 등은 전열을 재정비하고 포위망을 좁혀들어왔다. 그들의 모습을 유심히 살펴본 신엽은 낭연의 귀띔을 조금은 알 것 같았다. 거구들은 하나같이 많은 상처를 입고 있었다. 더러는 생명이 위중할 정도의 깊은 상처도 있었고, 어떤 작자는 피를 줄줄 흘리고 있었다. 그러나 그들의 얼굴에는 아무런 표정이 없었다. 아픔도 두려움도 느끼지 못하고 다만 싸우기만을 원하는 표정들이었다. 신엽은 맨손으로 대적하기 어려운 상대임을 직감하고 월정검을 뽑아들었다.

낭연과 신엽이 서로를 등지고 자리를 지키자 싸움은 한결 편해졌다. 두 사람은 등뒤를 걱정함이 없이 마음껏 정면의 적들을 공략했다. 신엽은 순식간에 세 명의 거구들에게 치명적인 상처를 입혔다. 그는 곧 상황을 끝낼 수 있을 것이라고 믿었다. 하지만 사정은 그의 생각처럼 진행되지 않았다. 거구들은 여전히 변함없는 맹공을 퍼부었다. 도무지 부상 따위는 안중에도 없는 모습들이었다. 그런데다 더욱 곤란한 일이 발생했다. 낭연이 문득 힘을 잃고 쓰러진 것이었다. 신엽이 부축하자 그녀는 기어들어가는 목소리로 말했다.

"조심해. 쇠그물에 독이 묻어 있나 봐."

말을 마친 그녀는 곧 의식을 잃고 말았다.

낭연의 말대로 히데유키 일파가 사용하는 쇠그물의 갈고리에는 독이 묻어 있었다. 견즉시독 아시겐지가 특별히 조제한 극독이었다. 낭연은 그 고리에 살짝 스쳤을 뿐이지만 독은 이미 혈관으로 침투하고 있었다. 그녀는 곧 혈도를 짚어 독의 확산을 막았다. 그 동안은 혼자서 싸우느라 버틸 수밖에 없었는데 신엽이 나타나자 일시에 긴장이 풀어지며 의식을 잃어버린 것이었다.

신엽은 낭연을 어깨에 울러메었다. 그 사이 두 명의 거구가 쇠그물을 던졌다. 하나는 무릎 아래로 낮게 깔렸고, 다른 하나는 머리 위 한 자 높이에서 신엽을 덮쳐왔다. 신엽은 낭연이 걱정되어 감히 맞받지 못하고 좌측방으로 몸을 날려 피했다. 그러자 또 두 개의 쇠그물이 좌우 양쪽에서 휘감아왔다. 신엽은 몸을 띄우는 척하면서 실제로는 납작하게 내렸다. 그물들은 당연히 그의 도약을 예상했는지 머리 위로 몰렸다. 그 틈에 신엽은 몸을 뉘어 한 치 간격으로 지면과 수평을 이루며 공격망을 빠져나왔다.

계속 몇 차례를 피하면서 신엽은 적의 약점을 찾으려고 애썼다. 분명히 어딘가에 취약점이 있을 것이었다. 이렇게 피하기만 한다면 언젠가는 자신이 먼저 지쳐서 쓰러질 게 뻔했다. 그는 정신없이 움직여야 했지만 적들은 가만히 서서 쇠그물만 휘두를 뿐이었던 것이다. 그때 한 가지 생각이 머리를 스쳐갔다.

그래! 눈을 치자. 어떤 장사라도 눈이 보이지 않으면 균형을 잃게 마련 아니겠는가.

　마음을 정하자 신엽은 월정검을 단단히 그러쥐었다. 다시 두 명의 거구들이 쇠그물과 함께 다가들었다. 그들은 똑같은 공격을 되풀이했다. 상하로 두 개의 그물을 펼쳤다. 신엽은 달아나는 척하다가 낭연의 몸을 허공으로 던졌다. 동시에 자신은 신룡자운(神龍刺雲)의 일식으로 좌측의 거구를 찔러갔다. 거구는 당황했다. 낭연과 신엽의 분리, 신엽의 날카로운 기습 등은 전혀 상식을 벗어난 공격이었던 것이다. 신엽은 거구의 인후부를 겨냥했지만 중간에 살짝 검신을 뒤집으며 두 눈을 찔렀다. 거구의 눈에서는 검붉은 핏덩이가 튀었다. 동시에 신엽은 두 발로 거구의 어깨를 차고 재차 도약하여 허공의 낭연을 받았다. 이 모든 동작은 왕실 곡마단의 공연보다도 신속하고 매끄러웠다. 아름다움마저 느껴졌다. 그 자리의 관객이라고는 잔인하고 무지막지한 거인들뿐임이 아쉬운 일이었다.

　눈의 공격에 성공하자 신엽은 자신감을 얻었다. 계속해서 그들의 눈을 공략하려 했다. 그러나 일은 생각처럼 풀어지지 않았다. 원래 거구들은 눈을 보호하는 훈련을 특별히 받은 터였던 것이다.

　히데유키 일파는 요다와 아시겐지가 합작으로 만들어낸 특수 인간병기 부대라 할 수 있었다. 신체가 장대하고 힘이 장사인 이들은 요다에 의해서 선발되고 훈련되었다. 그러나 다른 한편으로는 아시겐지의 특별한 약을 꾸준히 복용했다. 그 약은 몇 가지의 극독을 배합하여 만들었는데, 인체 자체를 한 덩이의 독물로 변화시켜 감각과 감정을 마비시켰다. 뿐만 아니라 혈과 기의 흐름을 변화시켜 전신의 요혈들을 모조리 제거해버렸다. 그들을 움직이는 힘은 단 한 가지, 분노와 공격성뿐이었다.

　요다는 그들에게 갖가지 살상무공을 가르쳤다. 그리고 마지막으로 최대 단점인 눈을 보호하는 방법도 가르쳤다. 적을 공격하며 동시에 자신의 눈을 보호하는 무공이었다. 조금 전 신엽이 성공할 수 있었던 것은 상식을 벗어난 기습 공격이 먹혀든 덕분이었다. 그러나 그가 눈을 노린다는 사실을 알아차린 거구들은 두 번 다시 기회를 주려 하지 않았다. 신엽의 공격은 번번이 수포로 돌아갔다. 오히려 때로는 위기를 초래하기도 했다. 낭연을 짊어진 채 우왕좌왕하며 신엽은 차츰 지쳐갔다.

신엽이 지칠수록 거구들의 기세는 드높아졌다. 그들은 독그물을 이중 삼중으로 던져 신엽을 얽어매려 했다. 신엽이 적룡신법과 월광 검법의 신법을 함께 사용하지 않았더라면 이미 오래 전에 독상을 입었을 것이었다. 그렇게 일백여 수가 더 지나갔을 때 신엽은 소운의 다급한 외침을 들었다.

"알았어요! 인대를 끊으면 돼요."

소운이 그 자리에 도착한 것은 족히 일 다경이 넘었을 것이었다. 신엽이 감감무소식이자 신엽의 어머니를 은밀한 곳에 숨겨두고 쫓아온 것이었다. 처음에 그녀는 무작정 뛰어들려 했다. 그러나 사태가 심상찮아 보였다. 거인들은 감각과 감정을 상실한 살인마들이었다. 게다가 불사신에 가깝도록 완전무결했다. 설사 그녀가 가세할지라도 그물망 속에서는 힘을 쓸 수 없을 게 뻔했다. 그녀는 두 눈을 크게 뜨고 그들의 약점을 찾았다. 신엽이 지칠수록 조바심은 더해갔다.

그러던 어느 순간 그녀는 한 가지 단서를 포착했다. 신엽의 우연스런 행동에서였다. 한 거구의 눈을 찌르려 달려들던 신엽은 그가 눈높이에서 독그물을 휘젓는 바람에 방향을 틀었다. 신엽은 월정검을 내려 거구의 왼무릎을 찍고 그 반탄력으로 공격권을 벗어났다. 그런데 그 동작 이후로 거구의 움직임이 달라졌다. 왼쪽 다리를 가볍게 절기 시작한 것이었다.

소운은 문득 눈앞이 환해지는 느낌이었다.

그렇구나. 가장 쉽게 생각하면 가장 간단한 일이었구나. 뼈와 근육을 잇는 인대를 잘라버린다면 천하장사라도 움직일 수 없을 게 아닌가.

인대를 끊는 것은 적을 무력화시키는 가장 초보적인 수법이었다. 무공이 고급으로 오르면 그런 짓은 경시되었다. 대신 점혈수법(點穴手法)처럼 작은 공격으로 상대의 요혈을 제압하는 방법이 중시되었다. 검법에서도 베기보다 찌르기가 한 단계 위의 무공이었던 것이다. 소운이나 신엽의 수준에서는 초보적인 수법들은 거의 잊혀진 상태라고 할 수 있었다. 그러나 거구들의 경우는 워낙 덩지가 컸고 요혈들마저 사라져 아무리 많은 찌르기 공격에도 꿈쩍하지 않았다. 낭연이 어처구니없게 당한 것도 그런 까닭이었다. 그들에게는 오히려 저급한 공격이 유효함을 이제 다행히 소운이 깨달은 것이었다.

소운의 외침을 듣자 신엽도 깨닫는 바가 있었다. 그는 즉시 공격법을 바꾸었다. 찌르기와 베기를 적절히 조합하였다. 물론 찌르기는 대다수 허초였고, 베기가 실초였다. 소운도 연검을 뽑아들고 가세했다. 그녀는 한 마리 제비처럼 거구들의 틈새를 휘저었다. 눈을 찌르는 척하다가 방향을 틀어 무릎이나 발뒤꿈치 인대를 잘랐다. 뚝뚝무쇠 부러지는 소리를 내며 거구들의 인대가 끊어져나갔다. 그들은 뒤로 벌렁 넘어지거나 무릎을 꿇고 주저앉았다. 잠시 만에 그들 여섯 명은 모조리 앉은뱅이 신세가 되고 말았다.

주저앉은 채 그들은 괴성을 질렀다. 팔을 휘둘러 독그물을 던져대었지만 신엽과 소운은 이미 그곳에 없었다. 그들의 포위망을 멀찌감치 빠져나간 것이었다. 하악 하으악, 거구들의 괴성은 차츰 처절해졌다.

신엽이 소운에게 물었다.

“저 친구들을 어떡하지?”

“내버려둬요. 이젠 누구한테 나쁜 짓도 못 할 텐데요 뭘.”

신엽과 소운은 그 자리를 떠나려 했다. 그러자 히데유키가 외쳤다.

“어서 우릴 죽여라!”

“너희들 목숨은 너희가 알아서 해라. 깨끗한 손에 더러운 피를 묻히고 싶지는 않다.”

소운은 냉랭하게 말했다. 그녀의 차가움은 오랜 경륜에서 우러나온 것이었다. 그녀는 정을 남겨야 할 때와 버려야 할 때를 터득하고 있었던 것이다. 그러나 그런 자신의 태도를 신엽이 탓할까 봐 얼른 한마디를 덧붙였다.

“설마 하니 죽기야 하겠어요.”

그런데 그 말이 떨어지기 무섭게 다시 히데유키의 포효 소리가 울렸다. 동시에 그는 자신의 천령개를 내리쳤다. 거대한 무쇠손이 천령개를 치니 머리는 으깨어지고 골수가 사방으로 튀었다. 그가 죽자 나머지 다섯 명도 스스로 목숨을 끊었다. 그들이 둘러앉았던 자리는 삽시간에 피바다로 변했다.

“어서 가요.”

소운은 쳐다보고 싶지 않아 신엽의 팔을 잡아 끌었다. 그러나 그때 그녀는 신엽의 등에 업힌 낭연을 보았다. 그제서야 잊고 있었던 일이 생각났다. 그녀는 급히 낭연을 내려 부상을 살펴보았다. 짐작했던 대로 낭연은 독상을 입은 터였다. 왼쪽 팔에 살짝 긁힌 자국이 있었는데 주변이 까맣게 물들고 있었다. 맥박도 차츰 가늘어지고 있었다. 불행 중 다행이라면 그 독이 아직 전신으로 퍼지지는 않았다는 사실이었다. 중독을 당하자 낭연은 곧 혈도를 봉쇄했었다. 그 봉쇄에 많은 기운을 쓰느라 효과적으로 싸울 수가 없었고, 결국은 탈진 상태까지 이른 것이었다.

소운은 어깨의 몇 군데 혈도를 막아 독이 퍼지는 것을 방지했다. 그리고는 신엽을 다그쳤다. 히데유키의 시신을 뒤져서 해약을 찾아오라고. 신엽이 그를 샅샅이 뒤졌지만 해약 따위는 찾을 수 없었다. 소운은 신엽이 일을 제대로 못 한다고 투덜거리며 직접 시신을 수색했다. 그러나 해약을 찾을 수 없음은 마찬가지였다. 피비린내 속에서 코를 찡그리며 나머지 다섯 명을 뒤졌지만 약병 따위는 없었다. 그들 히데유키 일당은 오직 살상만을 목적으로 조련된 것이었다.

어디에도 해약이 없음을 확인한 소운은 문득 안색이 변했다. 그녀는 금세라도 울음을 터뜨릴 듯한 목소리로 낭연을 불렀다.

"언니! 낭연 언니! 어서 눈 좀 떠봐."

소운은 낭연을 마구 흔들었다. 그러나 낭연은 축 늘어져서 아무런 반응이 없었다. 소운은 낭연의 옷자락을 찢어내고 상처 부위를 빨아내기 시작했다.

외상으로 인한 중독을 치료하는 가장 신속한 방법은 상처의 피를 빨아내는 것이었다. 그러나 그 방법에는 한 가지 위험이 도사리고 있었다. 극독의 경우에는 시술자가 되레 중독될 수도 있었다. 소운이 그 점을 모를 리 없었지만 달리 방법이 없었다. 어린 시절부터 외톨이였던 그녀에게 낭연은 더없이 소중한 존재였다. 낭연은 그녀의 사저였고 친구였고 어머니였다. 어떤 대가를 치를지라도 낭연을 잃을 수는 없는 일이었다.

소운은 낭연의 검은 피를 빨아내어 뱉었다. 그러기를 끊임없이 되풀이했다. 신엽은 자신도 돕고 싶었지만 낭연이 여자의 몸인지라 나설 수 없었다. 반식경이 지났을까. 낭연의 상처는 조금씩 피부색을 되찾았다. 소운이 내뱉는 피도 붉은색을 띠었다. 그리고 마침내 낭연은 눈을 떴다. 그녀는 천천히 일어나 앉아 주위를 둘러보았다. 히데유키 등이 시신으로 널브러진 모습을 보고는 살짝 눈살을 찌푸렸다. 그러나 다음 순간 그녀는 깜짝 놀라 소운의 팔을 잡고 외쳤다.

"소운아!"

소운의 거무스레한 입술을 보았던 것이다. 두 손으로 입을 벌려보니 속은 더 검게 변해 있었다.

"왜 이런 바보짓을 했니!"

신엽은 그제서야 사정을 깨달았다. 그는 그것이 얼마나 위험한 일인지를 알지 못했던 것이다. 소운은 빙그레 미소지었다. 무슨 말인가를 하려 했지만 입이 마비되어 움직이지 않았다. 뿐만 아니라 눈동자도 희미하게 풀렸다. 낭연은 품속에서 백향옥로환 두 알을 꺼내어 황급히 소운의 입에 넣었다. 그녀는 또 소운의 품을 뒤져서 똑같은 알약 두 알을 찾아내었다. 그것을 모두 소운의 입 속에다 집어넣었다. 그리고는 몇 군데 혈도를 눌러 약기운이 퍼지는 것을 도왔다.

백향옥로환은 묘향신니의 이십 년 수고가 담긴 작품이었다. 화랑방의 비전영약인 십향옥로환을 한 단계 끌어올린 것이었다. 재료를 구하기가 어려워 한 번에 많이 만들 수가 없었고, 그래서 낭연이나 소운 같은 애제자도 각자 겨우 두 알 씩을 얻었을 뿐이었다.

소운은 답답하던 가슴이 한결 편안해짐을 느꼈다.

"너무해요. 네 알씩이나 한꺼번에 먹이다니. 언니도 필요한데."

"난 괜찮아. 이젠 아무렇지도 않아."

낭연의 말은 틀리지 않았다. 소운의 지성 덕분에 그녀의 체내에는 이제 독이 조금도 남아 있지 않았다. 다만 격전의 후유증으로 나른함을 느낄 뿐이었다.

"사부님의 영약은 정말 대단해요. 벌써 말끔히 나았어요."

"그렇지 않아. 물론 백향옥로환은 영약이지만 이 망측한 극독의 해독약은 아니야. 어서 사부님께로 가자."

낭연은 소운을 부축하여 일으켰다.

"녹운곡(綠雲谷)은 무고한가요? 사부님은 안녕하시고요?"

"사부님이야 항상 편안하시지."

그렇게 대답하던 낭연은 문득 이상한 느낌이 들어 되물었다.

"왜? 무슨 일이라도 있는 거니?"

소운은 미도리에게 들었던 이야기를 전해주었다. 그러자 낭연도 자신이 함정에 빠진 사정을 설명했다. 그녀는 원래 사부와 녹운곡에 있었는데 소운의 긴급구조 요청 소식을 접했다고 했다. 그래서 달려 나왔다가 끔찍한 적들에게 에워싸였다는 것이었다. 그들은 묘향산을 둘러싼 모종의 음모가 진행중임을 직감하고 서둘러 돌아가기로 했다. 소운은 먼저 그들을 연광정 뒤의 숲으로 안내했다. 신엽의 어머니를 모셔가기 위해서였다.

그런데 그곳에 도착한 일행은 깜짝 놀라고 말았다. 정씨부인은 살갗이 온통 납빛으로 변하여 힘겨운 숨을 몰아쉬고 있었다. 소운이 뉘어둔 자리에 그대로 있는 것으로 보아 누군가가 다녀간 것 같지는 않았다. 신엽은 어머니를 안아 일으켜 앉혔다.

"어머니! 왜 그러세요?"

정씨부인은 아들을 알아보고는 억지로 미소를 머금었다. 신엽의 두 눈에는 눈물이 가득 고이고 있었다. 부인은 고개를 저었다.

"나는 이미 살 만큼 살았다. 네가 이렇게 건강해진 것도 보았으니…… 네 칠대조 할아버님의 함자는 장(藏)자 용(用)자를 쓰셨다. 그분에 대해서는 너도 잘 알겠지…… 그 얘기를 꼭 하고 싶었다. 부디 조상님들의 뜻을 저버리지 않도록 해라…… 소운 소저는 어디 있느냐?"

"저 여기 있어요, 정아줌마."

소운은 얼른 다가앉으며 정씨부인의 손을 잡았다. 부인은 그녀를 돌아보며 빙그레 미소지었다. 간신히 입술을 달싹거려 기어들어가는 소리로 이렇게 말했다.

"내 아들은 부족한 점이 많지만……."

그 다음부터는 목소리가 들려오지 않았다. 그러나 소운은 그녀의 뜻을 알아들을 수 있었다. 소운은 연신 고개를 끄덕이며 정씨부인을 끌어안았다.

네, 그래요, 염려 마세요, 고마워요, 어머님…….

그 언저리에서 정씨부인은 의식을 잃고 말았다. 다급해진 신엽이 공력을 주입하려 하자 낭연이 만류했다. 무공을 모르는 사람에게 섣불리 공력을 주입했다가는 고통만 가중시킬 수 있기 때문이었다. 낭연은 대신 서둘러 묘향산으로 돌아갈 것을 재촉했다. 정씨부인을 위해서나 소운을 위해서나 사부 묘향신니만이 도움이 될 수 있을 것이라며. 그래서 그들은 즉시 길을 떠났다. 신엽이 모친을 업고, 낭연은 소운을 들쳐업고서 달렸다.

신엽은 새로이 알게 된 사실에 어깨가 더욱 무거워짐을 느꼈다. 자신이 인천 이씨로 이장용(李藏用) 어른의 칠대손이라는 사실이었다. 이장용은 일백여 년 전 몽고의 침입으로 혼란스러웠을 때 꿋꿋하고 현명한 외교력으로 나라를 지켜낸 대학자였다. 적국인 몽고에서조차 그를 존경하여 해동현인(海東賢人)으로 떠받들었다 했다. 그런 어른의 후손으로 태어난 몸이라면 마땅히 그에 어울리는 일을 해야 하지 않겠는가. 그러나 지금 당장 그의 가슴속에는 어머니와 소운에 대한 걱정만이 가득 차 있을 뿐이었다.

녹운곡의 여인들

묘향신니의 거처는 흔히 묘향산이라고들 알고 있었다. 그러나 실제는 약간 달랐다. 묘향산에는 보현사(普賢寺)라는 큰 절이 있었는데 그 절의 스님들은 무공을 하지 않고 불법에만 정진하였다. 신니는 그들에게 번거로움을 주지 않기 위해 한 고개 넘어 무등산에 거처를 마련했다. 두 산이 지척으로 붙은데다 무등산도 묘향산의 한 자락이라 할 수 있었기에 사람들은 그저 묘향산이라고들 얘기하는 것이었다.

신엽과 낭연 등은 묘향산을 한 걸음에 넘어 무등산으로 들어섰다. 묘향신니가 거주하는 녹운곡(綠雲谷)은 산정 가까이에 있었다.

어느 만큼을 가다 보니 네 구의 시신이 흩어져 있었다. 모두 아리따운 소녀들이었다. 낭연은 가슴이 찢어질 듯 아팠다. 그들은 청옥

(靑屋)의 식구들이었다. 그녀가 무공을 가르치던 제자들이기도 했다. 자신을 돕기 위해 뒤따르도록 되어 있었는데 나타나지 않아 의아해 하던 참이었다. 그런데 이곳에서 이런 변을 당한 것이었다. 낭연 등은 우선 시신을 한 곳에 가지런히 모아두고 길을 재촉했다.

녹운곡의 입구에 이르렀을 때 낭연과 소운은 아연실색하고 말았다. 입구에서 녹운옥(綠雲屋)까지는 원래 울창한 숲이 자리하고 있었다. 갖가지 나무와 꽃과 풀들이 사시사철 무성하여 하늘과 땅을 가리고 있었다. 그들은 신묘한 음양오행의 원리에 따라 심어진 것이어서 외부인들은 내부로 들어갈 수 없었다. 제자리를 맴돌다가 밖으로 내보내어질 뿐이었다. 그런데 지금 그곳의 울창한 숲은 흉측하게 망가져 있었다. 수확을 하다 만 논밭처럼 몇 가닥의 길이 베어져 있었다. 감히 어떤 도당이 묘향신니의 거처에서 이런 행패를 부릴 수 있단 말인가. 낭연 등은 걸음을 더욱 재촉했다.

그때 녹운옥 앞에서는 미묘한 양상이 벌어지고 있었다.

묘향신니의 거처인 녹운곡을 밀고 들어온 인물은 다름아닌 요다 훈게이였다. 그는 요시노를 비우기가 곤란한 입장이었지만 안동호의 영웅연에 대한 소식을 접하고는 무릎을 쳤다. 일을 마무리지을 때가 가까웠음을 감지했던 것이다. 그는 몇 가지 일을 직접 정리하리라 마음먹고 특별히 훈련된 무사들을 이끌고 바다를 건넜다.

요다가 고려 땅을 밟은 것은 영웅연이 있기 이틀 전이었다. 그러나 그는 누구에게도 알리지 않고 먼저 한 가지 일을 처리했다. 그런 다음에야 비로소 선유도를 방문하여 아시겐지, 미도후사 등과 조우했다. 아시겐지로부터 안동호의 일이 뜻대로 되지 않았음을 전해들었지만 개의치 않았다. 그 사이 그는 기대 이상의 큰 수확을 얻었기 때문이었다.

묘향신니를 해치우는 일은 그가 작정한 두번째 용무였다. 그와 묘향신니 간에는 복잡한 부채관계가 얽혀 있었다. 이십 년 전의 일 때문이었다. 그 빚을 갚으려고 그는 온갖 연구를 했었다. 녹운곡의 진세를 뚫고 녹운옥까지 들어갈 방법도 강구했고, 신니를 괴롭힐 십육인의 흑의부대도 조련했다. 또한 스스로도 신니를 제압할 놀라운 신공을 연성했다. 모든 준비는 완료된 셈이었다. 요다는 자신만만했다. 그는 직접 흑의부대를 이끌고 묘향산을 향했다.

자신감은 넘쳤지만 요다는 면밀한 계획도 잊지 않았다. 녹운곡의 힘을 분산시키기 위해 낭연 등을 평양으로 유인해내었다.

녹운곡에 도착한 요다는 준비된 절차대로 숲을 망가뜨렸다. 특수부대원인 흑의인들은 등뒤에 가위날이 달린 방패를 메고 있었다. 전적으로 녹운곡을 위한 준비였다. 방패를 날리면 가위날은 부딪히는 모든 것을 잘라버렸다. 또 흑의인들은 날아가는 방패 위에 올라서서 도검을 휘둘렀다. 그렇게 십여 차례를 전진하는 사이 숲과 진세(陣勢)는 절단이 났다. 그들은 청록색 기와집 녹운옥 앞의 널따란 뜰에 이를 수 있었다.

뜰에는 갖가지 기화이초들이 심어져 있었다. 나비와 새들도 계절을 잊은 듯 날아다녔다. 뜰 한가운데는 작은 연못이 있었고 그 속에는 색색의 아름다운 물고기들이 노닐고 있었다. 연못 너머에는 녹운옥의 시녀 한 명이 단정히 시립하여 그들을 기다리고 있었다. 녹운옥의 기와 빛깔처럼 투명한 녹의를 입은 소녀였다. 평화롭고 담담하기 그지없는 모습이었다.

그 차분한 정경은 요다 훈게이를 잠시 주춤하게 만들었다.

녹의소녀가 물었다.

"시주께서는 어쩐 일로 이곳을 찾으셨는지요?"

요다는 헛기침을 하고는 말했다.

"가서 옥소선녀에게 일러라. 일본국의 요다가 옛 빚을 갚으러 왔다고.”

“죄송합니다. 신니께서는 예고 없는 방문객은 맞지 않으십니다.”

“나는 이미 이십 년 전에 예고를 했다. 그러니 잔말 말고 이르거라.”

“잠시 기다려주십시오.”

녹의소녀는 녹운옥의 대문 너머로 사라졌다.

일 다경이 못 되어 다시 나타난 소녀는 묘향신니의 말을 전했다.

“신니께서는 옛일을 잊으신 지 오래라고 말씀하셨습니다. 더구나 옥소선녀는 세상에 존재하지 않으니 그리 알고 돌아가주시기를 바란답니다.”

“하하, 그 무슨 해괴한 말장난이더냐. 선뜻 나서지 않는다면 방문객이 실례를 범할 수밖에 없겠노라 전하거라.”

“굳이 고집하신다면 어쩔 수 없는 일이라고 말씀하셨습니다.”

녹의소녀는 공손히 머리를 숙이고는 다시 대문 너머로 사라졌다. 이번에는 대문의 빗장을 거는 소리도 들렸다.

요다는 즉시 두 명의 흑의인에게 하명했다. 대문을 부수고 침투할 것을. 두 흑의인은 가위날 방패를 날렸다. 그리고는 그 위에 올라서서 대문으로 접근했다. 대문에 다다랐을 즈음 그러나 그들은 외마디 비명을 지르며 방패에서 떨어졌다. 어딘가에서 암기가 튀어나와 그들의 인중혈을 강타한 것이었다. 그들은 생명을 잃었다고 느꼈지만 뜻밖에도 암기는 자잘한 진흙덩이일 뿐이었다. 녹운옥이 일차 자비를 베푼 것이었다.

“흥. 얄팍한 아량은 원치 않는다.”

요다는 냉소하고 좌수를 가볍게 휘저었다. 그러자 앞의 두 흑의인들은 목을 움켜쥐고 쓰러졌다. 그들의 인후혈에는 각각 하나씩 독침이 꽂혀 있었다.

요다는 다시 두 명의 흑의인에게 침투를 지시했다. 이번에는 대문이 아니라 담장을 넘으라는 명령이었다. 흑의인들은 바람처럼 민첩하게 움직였다. 상당한 고수임을 알 수 있었다. 그들은 가볍게 몸을 날려 담장을 뛰어넘었다. 그러나 그들이 담장 위에 이르렀을 때 문득 담장으로부터 십여 개의 암기들이 쏘아져 올라왔다. 신속하기 이를 데 없는 공격이었다. 흑의인들은 각각 두세 개씩의 암기에 당해서 담장 밖으로 떨어졌다. 이번에도 그들을 공격한 것은 뭉툭한 나무 조각들에 불과하여 사람이 상하지는 않았다. 요다는 다시 두 개의 독침으로 실패한 흑의인들을 처단했다.

두 차례의 공격으로 네 명의 부하를 잃었지만 요다는 눈 하나 깜짝하지 않았다. 다만 그가 염려하는 것은 녹운옥의 기관 장치가 생각보다 치밀하다는 점이었다. 그렇다면 침투만을 고집하는 것은 어리석은 일이었다. 요다는 잠시 주위를 둘러보다가 한 가지 계책을 발견했다. 들어갈 수 없다면 불러내면 되지 않겠는가.

녹운옥의 앞뜰은 녹운정(綠雲庭)이라 하였다. 그곳에는 넓은 화단이 있고, 종류를 헤아릴 수 없이 많은 기화이초들이 심어져 있었다. 요다 스스로도 독과 약에 관심이 많았던지라 한눈에 그 가치를 짐작할 수 있었다. 그는 녹운옥을 향해 큰 소리로 말했다.

"굳이 손님을 접대하지 않겠다면 돌아가야겠지요. 하지만 앞마당의 꽃들이 아름다우니 몇 송이 꺾어갈까 합니다."

그는 흑의인들에게 화단에 심겨진 꽃과 풀들을 하나 남김없이 뽑아낼 것을 명령했다. 흑의인들은 무지막지한 발길로 화단을 짓밟으며 묘향신니가 애지중지하는 보배들을 잡아뽑기 시작했다.

그곳의 기화이초들은 지난 이십여 년간 신니가 심혈을 기울여 수집한 것들이었다. 그중에는 설잠(雪蠶) 주작(朱芍) 화련(火蓮)을 비롯하여 팔도 전역을 통틀어 한두 송이밖에 없는 것도 있었고, 당목

(唐牧) 괴죽(怪竹) 등 타국에서 힘들여 구해온 것도 있었다. 그리고 그것들은 백향옥로환을 비롯한 온갖 영약을 만들어내는 재료들이었다. 신니는 차라리 신체의 일부를 잘라줄지언정 그것들을 도둑질당할 수는 없었다.

화단이 삼분의 일 가량 망가뜨려졌을 때 마침내 녹운옥의 대문이 활짝 열렸다. 청색가사 차림의 비구니가 여섯 명의 소녀들과 함께 나타났다. 비구니는 고작해야 삼십대 중반 정도로 보였고 이목구비가 곱고 아름다웠다. 그녀가 바로 환갑을 바라보는 초로의 묘향신니라면 누구도 선뜻 믿지 못할 것이었다. 이십 년 전의 옥소선녀를 잘 알았던 요다도 내심 혀를 내둘렀다.

도무지 늙을 줄을 모르는 여자로구나. 하기야 그녀가 삼십대 중반이었을 그 무렵 고작 스무 살 처녀처럼 보였던 것을 생각하면 당연한 일이기도 하겠지.

"선녀께서 직접 영접해주시니 몸둘 바를 모르겠습니다."

요다의 말에 신니는 가볍게 눈살을 찌푸렸다.

"옥소선녀는 오래 전에 죽었습니다. 우선 저들의 손을 멈추도록 하시지요."

"참, 그렇군요."

요다는 흑의인들의 작업을 중단시켰다. 그리고는 신니에게 말했다.

"이십일 년 전 제가 선녀께 드린 약속이 있었지요. 두 가지 중 한 가지를 선택할 수밖에 없는 상황을 만들어주겠다고요."

"선녀는 이미 죽었습니다."

"기억을 상기시켜드리겠습니다. 그 첫번째는 다시 한번 제 측근 수하 열여섯 명을 죽이는 것입니다. 이미 네 명이 죽었으니 열둘밖에 남지 않았군요. 그리고 두번째는 요다 훈게이의 아내가 되는 것입니다."

신니는 태연한 모습이었다. 그러나 가슴속에서는 분노가 이글거리고 있었다. 이십 년 전의 그녀였다면 이미 오래 전에 살수를 펼쳤을 것이었다.

"시주께서는 이쯤에서 돌아가시는 게 어떨는지요."

"한 가지 덧붙이자면, 첫번째 선택에서 실패한다면 역시 요다의 아내가 될 수밖에 없다는 것입니다."

항간에는 요다가 여자를 가까이 할 수 없는 몸이라는 이야기가 있었다. 그러나 그것은 사실과 달랐다. 그는 지난 십 년간 한 가지 특별한 무공을 익힌 터였다. 그것을 연성하는 동안은 모든 음기를 금해야 했지만 이제는 사정이 달랐다. 몇 달 전 무공이 완성된 이후로 오히려 왕성하게 온갖 음기를 취하고 있었다. 신니의 자태를 보면서도 그는 기필코 그녀를 품에 안으리라 다짐하고 있었다.

요다의 그같은 속마음은 눈빛에 고스란히 드러나 보였다. 때문에 신니는 더욱 분노하고 있었다. 그러나 그녀는 자제력을 잃지 않았다. 오랫동안 살생을 금해온 까닭이었다.

"옥소선녀는 이 세상에 없습니다. 아내가 필요하시다면 속세로 나아가 더 젊고 어여쁜 여인을 찾아보십시오."

"하하하, 믿을 수가 없어. 그렇듯 호방하던 옥소선녀께서 이런 겁쟁이로 변해버렸다니. 금강일신 자혜대사도 이 손에 세상을 하직했는데 원수를 갚을 생각도 없는 모양이군요."

"지금 무슨 소릴 했죠?"

신니의 음성이 달라졌다. 그녀는 마지막 한마디에 경악했다. 금강일신이 세상을 떠났다니…… 요다는 짐작하지 못했지만 묘향신니는 아직 자혜대사의 임종을 알지 못했다. 낭연과 소운 등이 사부의 충격을 우려하여 쉬쉬한 까닭이었다. 그녀의 눈빛이 달라지자 요다는 더욱 즐거워했다.

"맙소사, 아직 소식을 모르셨군요. 쯧쯧. 두메산골에 묻혀 살다 보면 그럴 수도 있겠죠. 하지만 모르는 편이 나을 걸 그랬지요. 어차피 일신은 선녀에겐 관심이 없었으니까. 금강일신이 사모한 사람은 바로 조의삼비 월월묘묘 진자영이었단 말씀이에요."

"네가 금강일신을 해쳤다는 것이 사실이냐?"

신니의 목소리는 차갑게 가라앉아 있었다. 요다는 가슴이 섬뜩해짐을 느꼈다. 그러나 그 모든 것은 이미 계획된 일이었다.

"유감스럽지만 그렇소."

"그게 언제 일이냐?"

"지난해 가을의 일이오."

신니는 의아스러웠다. 일 년이 다 된 일을 어찌 모르고 있었을까. 그러나 요다가 직접 그렇게 말한다면 거짓은 아닐 것이었다. 일신의 무공이 아무리 뛰어나다 해도 두 다리가 불구이니 당하기 쉬웠으리라. 신니는 천천히 한숨을 내쉬었다.

"그렇다면 너는 너무 오래 살았구나."

"하하, 이제야 옥소선녀가 회생하는 모양이군요. 좋아요. 진작 그랬어야죠."

"우선 너를 죽이고 연후에 부하들을 죽이겠다."

요다는 두 손을 내저었다.

"그건 안 돼죠. 약속부터 지킵시다. 선녀께서 먼저 제 부하들을 처리하는 겁니다. 만약 선녀가 이긴다면 저도 목을 내놓겠습니다."

"어김없는 말이렷다."

"대장부의 언약입니다. 하지만 선녀께서 지신다면 요다의 아내가 되어야 합니다."

"흥. 그런 일은 없을 것이다."

묘향신니는 한 녹의소녀에게 옥퉁소를 가지고 나올 것을 지시했다.

요다와 옥소선녀 간에 기이한 약속이 맺어진 것은 이십일 년 전 왜국의 야리가다케 산에서였다. 그때 요다는 금강일신을 암해하고 달아났고, 옥소선녀는 뒤늦게 그 사실을 알고 왜국으로 쫓아갔었다. 당시 요다의 무공은 선녀와 한 수 이상 차이가 났다. 정면승부를 벌인다면 목숨을 부지할 수 없을 정도였다. 갖가지 고초 끝에 선녀는 요다를 찾아내었다. 바로 야리가다케 산에서였다.

그때 요다에게는 열여섯 명의 제자들이 있었다. 그중에는 요다가 무척 아꼈던 후미코라는 질녀도 있었다. 요다와 은밀히 정을 통하던 여자였다. 선녀는 옥퉁소를 불어 그들 모두를 죽여버렸다. 요다는 눈치가 빨라 재빨리 귀를 틀어막고 버텼다. 열여섯을 시신으로 만든 옥소선녀는 이번에는 옥퉁소를 휘둘러 요다를 죽이려 했다. 일백여 초가 지나면서 요다의 생명은 위태로워졌다. 그런데 그때 방해자가 나타났다. 바로 요다의 여동생이자 신편의 주인인 미야자키였다. 미야자키가 끼어든 이 대 일의 접전은 팽팽하게 이어졌다.

재미있는 일은 싸우는 동안 그들이 많은 이야기를 나누었다는 것이었다. 미야자키는 옥소선녀가 왜국까지 요다를 쫓아온 이유를 알게 되자 선녀를 설득했다. 아픔은 이해하겠지만 당신도 이미 많은 사람을 죽였다. 더구나 요다의 연인인 후미코까지 죽였으니 빚은 갚은 셈 아니겠는가. 만약 당신이 굳이 요다를 죽인다면 다음에는 내가 고려로 당신을 찾아가야 할 것이다……

꼬박 하루를 싸우면서 선녀는 마음이 풀어졌다. 자신이 요다의 하나뿐인 연인을 죽였다는 사실이 분풀이가 되었고, 미야자키라는 여걸도 마음에 들었다. 해서 싸움을 멈추기로 했다. 그런데 그녀가 발길을 돌리려 했을 때 요다가 가시돋친 말을 던졌다. 똑같은 상황을 다시 한번 만들어주겠다는 것이었다. 선녀는 좋도록 하라고 응수하고는 그 자리를 떠났다.

그후로 옥소선녀는 그 일을 다시 생각하지 않았다. 이미 끝난 일로 간주했다. 그런데 요다 훈게이는 잊지 않고 칼을 벼려 찾아온 것이었다.

옥퉁소를 받아든 묘향신니는 잠시 감회에 젖었다. 생김새와는 달리 그 옥퉁소에는 많은 사람들의 피가 묻어 있었다. 그래서 그녀는 오랫동안 가까이 하지 않은 터였다. 이윽고 신니는 마음을 정했다.

"어떻게 죽기를 원하느냐?"

"이미 얘기하지 않았소. 같은 장면을 되풀이하자고."

요다는 그렇게 대답하고는 흑의인들에게 명령했다.

"정좌하거라."

열두 명의 흑의인들은 한 줄로 나란히 가부좌를 틀고 앉았다. 요다의 목소리가 크지 않았으니 그들이 귀를 막지 않은 것은 분명했다. 신니는 이들이 어떤 훈련을 받은 것인지 궁금했다. 감히 옥소선녀의 퉁소 소리를 주저앉아 경청하겠다니. 그러나 어떤 방법도 소용없을 것임을 그녀는 자신했다.

"저승길은 그리 멀지 않다."

신니는 차갑게 말하고는 스스로도 정좌하였다. 그리고 옥퉁소를 입으로 가져갔다. 시립해 있던 녹의소녀들은 몇 걸음 물러나 솜으로 귀를 막았다.

잠시 후 퉁소에서는 한 가닥 음률이 흘러나오기 시작했다. 느리고 부드럽고 구슬픈 음악이었다. 떠나간 임을 그리워하는 듯, 사라진 젊은 날을 안타까워하는 듯 장탄식을 자아내는 곡조였다. 한 음이 울리면 꽃잎 하나가 떨어졌고, 다시 한 음이 울리면 낙엽이 바람결에 흩어졌다. 슬픔은 차츰 처절한 설움으로 변했다. 신니는 이제 흑의인들이 곡조의 포로가 되고 있으리라 믿었다. 그런데 그 어느 순간이었다. 무언가가 부딪히는 소리가 들려왔다. 눈을 들어보니 요다가 나무 막대기로 땅을 치고 있었다.

탁…… 탁…… 탁…….

소리는 크지 않았다. 그러나 내공이 실려 깊고 묵직한 파장을 만들었다. 게다가 그 타음의 박자는 신니의 퉁소 소리를 교묘하게 방해했다. 퉁소의 박자보다 반의반 박자 가량을 항상 앞서서 울렸다. 그래서 혼란을 유도하는 것이었다. 신니는 공력을 더 높이 올렸지만 요다 역시 타음의 공력을 십 성으로 끌어올렸다. 신니는 내심 요다의 진전에 놀라움을 금치 못했다. 그의 공력이 자신과 견주어 손색없을 만큼 올라섰음을 알 수 있었다.

음공과 음공의 대결에서 가장 큰 역할을 하는 것은 바로 박자였다. 각자의 음공은 고유한 박자를 갖게 마련이었고, 그 박자에 상대의 음률을 끌어들이기만 한다면 승리는 사필귀정이었다. 신니와 요다는 모두 그런 사실을 숙지하고 있었다. 상대의 박자에 끌려드는 쪽이 결국엔 치명적인 내상을 입게 되어 있었던 것이다. 이제 두 사람은 모두 공력을 십이 성까지 올려서 맞서게 되었다. 시간은 빠르게 흘러갔고, 두 사람의 이마에서 땀이 배어나기 시작했다.

그때였다. 나란히 앉아 있던 흑의인들이 슬금슬금 몸들을 일으켰다. 신니는 경악했다. 그녀는 그들의 무공 수준을 이미 헤아리고 있었다. 벌써 오래 전에 기혈이 거꾸로 돌아 쓰러졌어야 할 이들이었다. 그런데 멀쩡하게 일어나서는 장검을 뽑아들다니. 대관절 어떻게 된 일일까.

흑의인들은 원래 신니의 퉁소 소리에 조금도 영향을 받지 않고 있었다. 요다가 복용시킨 극독이 그들의 감각과 감정을 마비시킨 까닭이었다. 자고로 음공이란 사람의 감정을 움직이는 공격이었는데 감정이 마비되었으니 어찌 깊은 뜻을 전해 듣겠는가. 신니는 그런 사실을 깨달았지만 이미 때늦은 일이었다.

그들은 곧바로 신니를 덮쳐왔다. 신니는 속수무책이었다. 요다와의 음공 대결이 워낙 치열하여 잠시도 공력을 뺄 수 없었던 것이다. 녹의소녀들이 다급히 막고 나섰지만 역부족이었다. 여섯 명이 각자 한 명씩의 흑의인들과 맞붙었으나 흑의인들은 아직 여섯 명이 더 남아 있었다. 그들은 신니를 에워싸고 다가들었다.

기가 막힐 노릇이구나. 옥소선녀 묘향신니가 오늘 이 무명의 졸개들에게 이름을 더럽힌단 말인가.

신니는 한숨을 내쉬었다.

한편 요다는 내심 쾌재를 부르짖고 있었다. 모든 일들은 그가 계획하고 안배한 대로 이루어지고 있었다. 신니를 자극하여 음공 대결을 유도한 다음 흑의인들로 하여금 그녀를 해치게 한다는 것이었다. 행여 그 과정에서 방해가 될까 봐 낭연까지 따로 불러내었던 것이다.

여섯 흑의인 중 세 명이 장검으로 신니를 찔렀다. 세 자루의 검이 각각 거골 옥당 족오리의 세 혈도를 찾아들어왔다. 세 혈도는 모두 생사와는 무관하였으나 무공에는 치명적인 곳이었다. 제아무리 신니라 할지라도 그 일격이면 수족이 마비될 것이었다. 공력 또한 칠할은 상실될 형편이었다.

나를 욕보이려고 치밀히도 준비했구나.

신니는 그렇게 생각하며 눈을 감았다. 그런데 그때 다시 하나의 파공음이 매서운 속도로 다가들었다. 누군가의 암기가 그녀의 정수리 백회혈을 향해 날아들고 있었다. 신니는 차라리 잘된 일이라고 생각했다. 살아서 욕을 당하느니 깨끗하게 죽는 편이 나으리라. 그러나 암기는 그녀의 백회 위 한 자 거리에서 문득 세 가닥으로 쪼개어졌다. 각각이 태극 문양으로 휘어지더니 다가들던 세 흑의인의 인후혈로 파고들었다.

신니는 내심 깜짝 놀랐다. 그같은 암기수법은 길상사의 비전이었다. 비어삼태극(飛魚三太極)이라는 것으로 현재 길상사에는 그런 재주를 부릴 사람이 없었다. 과거 금강일신이 시전하는 것을 본 적이 있을 뿐이었다. 그렇다면 금강일신이 그녀를 구하기 위해 나타나기라도 한 것일까. 신니는 갑자기 가슴이 설레었다.

세 명의 흑의인 중 한 명은 장검으로 암기를 쳐내었다. 나머지 두 명은 꼼짝없이 당하고 말았다. 각각 인후혈에 금빛 비어자가 꽂혀버렸다. 그러나 그들은 잠시 밀려나 주춤했을 뿐 쓰러지지 않았다. 오히려 다시 자세를 가다듬고는 신니를 찌르려 했다. 묘향신니는 일순간 소름이 끼쳤다. 자신의 퉁소에도 끄떡하지 않고 사혈을 맞았어도 태연자약한 저들은 과연 누구란 말인가.

"멈추어라!"

호방한 외침이 허공을 갈랐다. 동시에 한 백의인영이 흑의인들 속으로 뛰어내렸다. 백의인은 신니를 공격하려던 세 명의 흑의인들을 일검으로 쳐내었다. 그는 다름아닌 신엽이었다. 부지런히 달려온 보람이 있어 신니를 위기에서 구해낸 것이었다. 뒤이어 낭연이 모습을 나타냈다.

"조심하세요. 이자들도 똑같은 독인이에요."

신엽이 낭연에게 주의를 주었다. 낭연은 고개를 끄덕였다.

"잘되었구나. 이런 독종은 이 자리에서 씨를 말려버리자."

두 사람은 즉시 흑의인들에게 살수를 전개하기 시작했다. 그 살수란 앞서 히데유키 일파를 제압하면서 소운이 터득한 수법이었다. 바로 중요한 근골의 인대를 끊어버리는 것이었다. 두 사람의 공격은 순식간에 두 명의 흑의인을 무력하게 만들었다. 강한 상대가 나타났음을 깨달은 흑의인들은 주춤 뒤로 물러났다.

그러나 곧 대열을 정비하여 신엽과 낭연을 두 겹으로 에워쌌다. 그 사이 녹의소녀들은 한 명이 죽고 세 명이 부상을 당했다. 그녀들은 시신과 부상당한 동료를 이끌고 멀찌감치 물러섰다. 이제 그곳에서는 신엽, 낭연과 열 명의 흑의인들만이 혈전을 벌이게 되었다.

흑의인들은 모두 똑같은 흑의와 똑같은 흑두건을 쓰고 있었다. 그러나 무공은 서로 달랐다. 한 사람 한 사람의 무공이 독특하여 어느 누구도 같은 검법을 구사하지 않았다. 게다가 공력의 차이도 다양했다. 덕분에 신엽과 낭연은 한동안 당황해야 했다. 누가 어떤 공격을 해올지를 예측할 수 없는 까닭이었다. 하지만 시간이 흐르면서 한두 가지씩 특징들을 파악하게 되었다. 그들은 먼저 무공이 약한 세 명의 흑의인들을 집중 공격하여 무릎과 발목의 인대를 끊어버렸다. 이제는 모두 일곱 명의 흑의인만이 남게 되었다.

낭연은 적의 숫자가 줄었으니 한결 쉬워지리라고 믿었다. 그러나 사정은 그렇지 않았다. 숫자가 줄수록 흑의인들의 위세는 더 강맹해졌다. 그들 하나하나의 무공은 실로 간단하지 않았다. 숫자가 줄어 무공을 쓸 기회가 많아질수록 초식은 더욱 날카로워지는 것이었다. 만약 신엽과 낭연이 화랑이교진의 이치에 따라 서로를 돕지 않았다면 오래 전에 위기를 맞고 말았을 것이었다.

"조심해!"

낭연이 신엽에게 소리쳤다. 한 흑의인이 검과 몸을 곧게 뻗어 신엽의 왼쪽 허리를 찔러오고 있었다. 그런데 그 수법을 본 신엽은 깜짝 놀라고 말았다. 그것은 다름아닌 길상칠검 중 신룡자운이었던 것이었다. 신엽은 몸을 비스듬히 누이며 분룡파해의 일식을 전개했다. 아래에서 위로 검기의 소용돌이가 밀려올라갔다. 흑의인은 마치 예상하고 있었다는 듯 가볍게 피하고는 재차 삼차 공격을 가했다. 신엽은 믿을 수가 없었다. 요다의 독인부대 중에 길상사의 고수가 끼어 있었다니. 이 정도의 실력이라면 그들 사형제와 버금가는 고수일 텐데.

그 흑의인은 계속해서 집요하게 신엽만을 공격했다. 흑의인들 중에서 고려의 무공을 쓰는 이는 오직 그뿐이었다. 나머지는 모두 왜국 검법을 구사하고 있었다. 신엽은 어쩐지 그에게 살수를 쓸 수가 없었다. 무언가가 잘못되었다는 느낌 때문이었다.

"누구십니까? 길상사의 형제라면 신분을 밝히십시오."

신엽은 몇 차례를 질문했다. 흑의인은 질문을 무시하고 계속 독수를 펼쳤다. 신엽은 몇 수를 양보하는 바람에 궁지에 몰리게 되었다. 그러자 낭연이 다시 소리쳤다.

"정신 차려. 상대는 독인이야. 네 말을 알아듣지도 못해!"

그와 동시에 그 흑의인이 두번째 신룡자운 초식을 전개했다. 그런데 이번에는 두 손이 두 가지의 무공으로 공격해왔다. 우수의 검으로는 신룡자운을, 좌수로는 분룡포사의 일 장을 펼쳤다. 길상사에서도 상당한 고수만이 전개할 수 있는 절묘한 배합이었다. 두 공격은 흉맹하기 그지없어 벗어날 도리가 없었다.

아! 어쩔 수 없는 일이구나!

신엽은 반사적으로 월광검법을 펼쳤다. 월정검이 두어 차례 번득이는가 싶더니 사람과 검이 모두 시야에서 사라졌다. 잠시 후 신엽은 흑의인의 등뒤에서 모습을 나타내었다. 상황은 이미 끝난 후였다. 흑의인은 몸이 두 쪽으로 갈라지더니 서서히 허물어졌다. 두건이 벗겨지며 얼굴도 드러났다. 신엽은 경악하고 말았다. 그는 바로 이사형 광정이었던 것이다. 『금해진경』을 훔쳐 먼 곳으로 달아난 줄 알았는데, 이게 어찌된 일이었을까.

"이사형! 이사형!"

신엽은 광정을 마구 흔들었다. 그러나 그는 이미 숨을 거둔 후였다. 검은 안색으로 보아 극독에 중독되어 있었음이 틀림없었다. 몸을 뒤져보았지만 『금해진경』은 없었다.

신엽은 극도로 분노했다. 그는 월정검을 정신없이 휘둘러 흑의인들을 쳐갔다. 길상칠검과 월광검법이 뒤섞여 어우러지니 당해낼 자가 없었다. 순식간에 다시 두 명의 흑의인들이 주저앉고 말았다. 그즈음 요다와 묘향신니는 음공의 대결을 마무리짓고 있었다. 두 사람 모두 뜻밖의 상황 변화에 당황하여 공력을 거둬들였던 것이다.

"돌아와라!"

요다는 남은 네 명의 흑의인들에게 명했다. 더이상 방치하면 모조리 잃겠기 때문이었다. 흑의인들은 즉시 공격을 중단하고 요다의 곁으로 돌아갔다. 요다는 신엽에게 물었다.

"너는 누구냐?"

"나는 고려의 젊은이요. 당신은 누구요?"

"혹시 네가 이신엽이냐?"

"그렇소."

신엽은 가슴을 쭉 펴고 대답했다. 그는 아직 분노를 삭이지 못하고 있었다. 요다는 신엽의 서슬과 기상에 내심 감탄하였다. 어린 나이임에도 무공의 성취 또한 놀라울 정도였다. 실패로 보고되던 매 사건마다 신엽이라는 이름이 따라다닌 이유도 이해할 것 같았다.

"길상사의 제자라니 금강일신의 무공은 짐작하겠다. 하지만 월하고검과는 어떤 관계이더냐?"

"먼저 당신의 정체를 밝히시오."

"나는 요다 훈게이라고 한다."

요다라는 이름에 신엽은 정신이 번쩍 들었다. 얼마나 오랫동안 기다려온 이름이었던가. 금강일신과 월하고검, 그리고 화랑 방주 등의 죽음에 대한 직접적인 책임자가 아니었던가. 그 밖에도 숱하게 많은 나쁜 일들의 주역이 아니었던가. 신엽은 요다를 매섭게 노려보았다. 그 눈빛이 너무 강렬하여 요다는 흠칫 전율을 느꼈다.

신엽은 오늘 그와 사생결단을 내리라 다짐하며 월정검을 고쳐잡았다. 그러나 공격을 시작하기 전에 한 가지 풀어야 할 의문이 있었다.

"길상사의 제자 광정이 어찌하여 당신의 수하가 되었죠?"

"꼬마녀석이 귀찮은 질문이 많구나. 그런데 너는 네 사형을 죽인 죄를 어떻게 감당하려 하느냐?"

"그것은, 그것은……"

신엽은 갑자기 말문이 막혀버렸다. 사정이 어쨌건 그가 이사형 광정을 죽인 것은 사실이었던 것이다. 그가 머뭇거리자 묘향신니가 한마디 끼어들었다.

"흥, 어린아이를 희롱하지 말아라. 너는 지독히도 악랄한 방법으로 독인부대를 만들었다. 무림의 고수들을 사로잡아 이혼독을 먹여 감정과 감각을 마비시켰다. 왜국 사무라이만으로는 모자라서 고려의 무인까지 잡아들였구나. 이 자리에서 죽은 모든 사람들의 넋이 너를 저주할 것이다."

"하하하, 좋소, 좋아. 요다는 원래 많은 사람들의 증오 속에서 단련된 위인이오. 몇 사람 더하고 덜하고는 대수로운 문제가 아니지요."

"어서 대답하시오. 광정 이사형에게 무슨 짓을 한 거죠?"

신엽은 원래 『금해진경』에 대해서 물어보려 했었다. 그러나 그 자리에서 『진경』을 거론하기 어려움을 깨달았다. 신니를 비롯한 이선 모두가 『진경』에 큰 관심을 가졌었음을 아는 까닭이었다. 더구나 길상사가 『진경』을 잃어버린 것은 실로 중대한 실책이었다. 외부로 알려진다면 길상사의 얼굴에 먹칠을 할 일이었다. 장문인은 이미 그 일에 대해 함구령을 내린 터였던 것이다.

물론 요다는 신엽이 묻고자 하는 바를 잘 알고 있었다. 그러나 그 역시 『진경』을 들먹이는 어리석음은 범하지 않았다. 대신 야릇한 미소를 머금었다.

"네 이사형은 근본이 비열한 악인이었다. 나를 만나 더 나쁜 짓을 못 하게 된 것이 다행이지. 그러니 너는 그를 위해 걱정하지 않아도 괜찮다. 또 궁금한 점이 있다면 나중에라도 나를 찾아오거라."

신엽은 고개를 저었다.

"나는 당신과 나중에 다시 만나고 싶지 않소. 지금 여기서 모든 일을 매듭짓고 싶소."

"세상에는 패기만으로 되지 않는 일이 많다"

요다는 그렇게 말하고 묘향신니에게로 시선을 돌렸다.

"우리 사이의 빚 청산은 다시 훗날로 미뤄야겠군요. 하지만 옛정을 생각해서 한 가지만 분명히 알려드리겠습니다. 금강일신 자혜대사가 사모한 사람은 바로 월월묘묘 진자영이라는 사실입니다."

"나는 이미 너를 죽이기로 작정했다."

신니는 그런 이야기를 듣고 싶지 않았다. 조금 전 요다가 처음 그 말을 했을 때부터 그녀의 가슴은 따갑게 아려오고 있었던 것이다.

"듣고 싶지 않아도 들어야 합니다. 진자영도 일신을 가슴 깊이 사모했었습니다."

"닥쳐라!"

"여기 이렇게 증거품까지 있는데도 부인하시겠습니까?"

요다는 품속을 부스럭거리더니 무언가를 꺼내었다. 백색의 손수건 같은 물건이었다. 묘향신니의 안색이 하얗게 변했다. 그녀는 그것이 묘묘 진자영의 물건임을 잘 알고 있었다. 특별한 백금사로 만들어진 그 손수건은 무림에서 널리 알려진 이기(利器) 중의 하나였다. 어떤 예리한 검으로도 자를 수 없었고 어떤 극독도 침범할 수 없는 영물이었다.

"어째서 그게 네 수중에 있느냐?"

"굳이 설명을 들어야 아시겠습니까?"

요다는 짐짓 안타까운 표정을 지었다. 설전(舌戰)에서의 승기를 확신한 장난질이었다.

"당장 바른 말을 하지 않는다면 혀를 잘라버리겠다."

"불가에 귀의하고서도 여전히 입담은 험하시군요. 하지만 좋습니다. 잘 들으십시오. 이 백금사건(白金絲巾)은 진자영이 금강일신에게 마음의 정표로 준 것입니다. 금강일신은 보물처럼 아껴서 『금해진경』의 지도와 함께 보관했었지요. 그래서 요다가 지도를 가져올 때 함께 따라온 것입니다."

"두 사람의 밀회를 네가 직접 보기라도 했느냐?"

신니의 목소리는 부들부들 떨려나왔다. 요다는 딱하다는 듯 고개를 저었다.

"더 자세히는 얘기할 수가 없군요. 고려 무림 두 태두의 사생활과 관계된 일이라. 자칫 고인을 욕되게 할 수도 있는 일이고요."

요다의 얘기는 대체로 꾸며낸 것이었다. 일신과 묘묘가 서로에게 어떤 마음을 가졌었는지는 아무도 모르는 일이었다. 그들 자신조차도 알지 못했다. 일신은 한평생 수행에만 헌신했고, 묘묘는 자존심이 하늘을 찌를 듯해 누구에게도 속마음을 내비치는 법이 없었던 것이다.

백금사건을 일신이 소지하게 된 데는 다른 이유가 있었다. 그것은 이십삼 년 전 전라도 옥구에서 있었던 일로 거슬러올라갔다. 당시 이선과 사비는 고운 최치원의 돌농을 둘러싸고 이틀 밤 사흘 낮에

걸친 대혈전을 벌였었다. 그들은 기진맥진하였고, 싸움이 한 시진만
더 이어졌더라도 모두 공력을 상실하고 말았을 것이었다. 그때 어디
선가 금강일신 자혜대사가 나타났다. 일신은 가까스로 대결을 중지
시켜 그들을 구했다. 운중선과 옥소선녀는 자존심이 상해 떠나가버
렸다. 그러나 사비는 일신에게 진심으로 감사했다.

　그때 그 자리에는 도월희천 척항무를 제외한 세 명의 사비들이
있었는데 각자 감사의 표시로 한 가지씩을 일신에게 선물했다. 일신
은 한사코 사양했지만 사비의 고집을 꺾을 수는 없었다. 일비 월하
고검 석준경은 자신의 보검인 월정검을 선물했고, 사비 운상대객
장사량(張思量)은 마땅한 물건이 없어 언약을 했다. 자신의 목숨이
다할 때까지 길상사를 은인으로 대하겠다는 것이었다. 한편 삼비 월
월묘묘 진자영은 문제의 백금사건을 일신에게 선물했다.

　월정검과 백금사건을 받은 금강일신은 무척 난처했었다. 그 물건
들은 사비의 상징과도 같은 신물인 까닭이었다. 그러나 그들의 뜻이
워낙 간절하여 잠시 맡아두기로 했다. 대신 그는 나중에 구실을 만
들어 돌려줄 생각이었으나 요다의 암수에 당하는 바람에 기회를 잃
고 말았다.

　묘향신니는 한동안 말이 없었다. 그러다가 무겁게 입을 열었다.

“그 물건을 이리 주거라.”

“어쩌시려고요?”

“직접 묘묘를 찾아가 사실 여부를 따져야겠다.”

요다는 백금사건을 다시 품속으로 넣었다.

“물건까지 가져갈 필요야 있겠습니까. 하지만 묘묘 진자영을 만날
방법은 알려드리겠습니다. 서해도 풍주에서 뱃길로 삼십 리를 가면
묘도라는 작은 섬이 있습니다. 묘묘는 최근 몇 해 동안 그 섬에 둥
지를 틀었습니다. 해마다 시월이 되면 섬으로 들어가 다음해 정월을

지내고서 나오지요."

"잔말 말고 물건을 내놓아라."

신니는 말과 함께 몸을 날렸다. 그녀의 움직임은 유령과도 같았다. 다리도 움직이지 않았고 바람결에 옷자락도 날리지 않았지만 어느새 요다의 면전으로 다가서고 있었다. 그러나 요다의 대응도 신속했다. 그는 한 발을 들고 두 팔을 날개처럼 저으며 일 장 뒤로 미끄러졌다. 신니가 다가온 만큼을 물러선 것이었다. 신니는 더욱 빠르게 다가붙으며 옥퉁소를 세 번 떨쳤다. 여섯 떨기의 날카로운 옥화가 요다의 전신대혈들을 노리며 파고들었다. 요다는 옷소매로 그것을 해소하는 한편 좌측으로 일 장을 더 미끄러졌다.

"시월이 이제 열흘밖에 남지 않았군요. 선녀와 묘묘의 대결을 생각하니 벌써 가슴이 뜁니다."

"네 놈은 저승에서나 구경할 수 있을 것이다."

신니는 한치도 틈을 주지 않고 따라붙으며 선녀소법(仙女簫法)의 살수들을 퍼부었다. 선녀소법은 옥소선녀가 설녀검법을 응용하여 만든 것이었다. 검법보다는 온화하고 부드러운 면이 있었지만 공격각도가 다양하여 한결 더 쾌속했다. 변초도 빨랐다. 요다는 비아냥거리듯 웃으며 피하기만 했다. 몇 차례를 그렇게 피하다가 문득 커다란 학처럼 두 팔을 벌리고는 솟아올랐다. 신니는 그가 반격해올 줄 알았지만 요다는 멀리 사오 장 밖으로 달아났다.

요다가 달아날지 모른다고 대비하고 있었던 신엽이 재빨리 그를 따라붙었다. 신엽은 다급한 김에 출굴견월의 일식으로 요다의 가슴팍을 파고들었다. 요다는 뜻밖에도 웅후한 검기가 내습하자 쌍장을 가슴 앞에서 밀었다. 장력과 검기가 마주치자 엄청난 폭음이 울렸다. 주변이 온통 진동하여 수십 그루의 나무들이 낙엽을 떨구었다. 신엽은 그 충격으로 그 자리에 우뚝 서버렸다. 그러나 요다는 역시

날렵했다. 충돌 순간의 반탄력을 이용하여 칠팔 장 밖으로 날아가버
렸다. 이제는 제아무리 신니라도 뒤쫓을 수 없는 거리였다.

"묘묘를 만나거든 전해주시오. 백금사건이 요다에게 있으니 찾아
가라고요. 참, 신니에게 맞아 죽을 테니 그럴 수도 없겠군요……."

요다는 달아나며 그렇게 소리질렀다. 목소리의 시작은 십여 장 밖
에서였지만 그 끝은 일백 장 밖에서였다. 그런데도 소리는 귓전에서
처럼 선명하게 전해져왔다. 신니는 분을 풀지 못하고 퉁소를 들어
바위 하나를 내려쳤다. 어지간한 항아리만 했던 바위는 그 일격에
가루가 되고 말았다.

"네 녀석이 끼어들지만 않았어도 놓치지 않았을 게다."

신니는 애꿎은 신엽을 나무랐다. 그러나 내심은 요다의 진전에 놀
라고 있었다. 그의 공력은 분명히 자기보다 약하지 않았다. 설사 신
엽이 나서지 않았더라도 그를 붙잡아둘 수는 없었을 것이었다.

일이 마무리되자 낭연은 서둘러 소운과 정씨부인을 데려왔다. 숲
속 나무 위에 숨겨두었던 터였다. 사부에게 두 사람의 독상 사실을
알리고 간단한 내막을 설명하였다. 신니는 먼저 소운의 상태부터 살
폈다. 칠상독(七傷毒)이라는 극독에 중독되었으나 몇 시진 내에 손
을 쓴다면 말끔히 고칠 수 있을 성싶었다. 곧바로 백향옥로환을 복
용한 덕분이었다. 그러나 정씨부인은 이미 가망이 없었다. 오히려
평범한 독이었지만 무공을 모르는 몸이었다. 게다가 시간도 너무 많
이 지체되어 대부분의 경맥이 끊어져 있었다. 신니는 고개를 저었
다.

"이 여인은 곧 숨을 거둘 것이다. 관이나 준비하도록 하여라."

신엽은 그 말에 하늘이 무너지는 느낌이었다. 오직 묘향신니만을
희망으로 알고 달려왔는데 관이나 준비하라니. 신엽은 신니 앞에 무
릎을 꿇었다.

"부탁드립니다. 은혜를 베푸셔서 어머님을 구해주십시오."

그의 눈에서는 굵은 눈물이 뚝뚝 떨어지고 있었다. 곁에서 보던 소운이 함께 무릎을 꿇었다.

"사부님. 신엽 사형은 이장용 어른의 후손입니다. 또 사형의 어머니는 기개 있는 부인이십니다. 제발 새 생명을 얻게 해주십시오."

"불가능한 일을 조르지 말아라. 이제 세 번의 호흡을 채 못 끝낼 것이다."

신니는 냉랭하게 말했다. 그런데 그녀의 말은 실로 정확하였다. 정씨부인은 세번째 숨을 들이쉬다가 멈추고 말았다. 신엽은 어머니를 끌어안았다. 온몸이 으스러져라 끌어안았다. 목이 메어 아무런 말도 울음도 나오지 않았다. 그러나 두 뺨으로는 장마 같은 비가 흘러내리고 있었다.

어머니, 어머니, 제가 겨우 건강해졌나 했더니 어머니께서 먼저 가시는군요. 이제 저는 누구를 기쁘게 해드린단 말입니까…….

소운과 낭연은 숙연하게 옷깃을 여밀 뿐이었다.

그렇게 한참이 지난 다음이었다. 제자들에게 뒷마무리를 지시하고 있었던 묘향신니가 문득 신엽에게 물었다.

"네 사부는 누구냐?"

"자연대사이십니다."

신엽의 눈물은 어느 만큼 그쳐 있었다.

"감히 누구를 속이려 드느냐. 바른 대로 고해라."

신엽은 잠시 머뭇거리다가 사실을 말하기로 했다. 길상사와 묘향신니는 오래 전부터 우호적인 관계를 지켜오고 있었다. 게다가 어쩐지 자혜대사와 그녀 사이에는 남다른 사연이 있는 듯해 보인 까닭이었다. 그래서 그는 자신이 처음 무공을 배운 사부는 금강일신 자혜대사였음을 밝혔다. 자초지종을 설명하고 자혜대사의 최후에 대해서도 얘기해주었다.

"흥. 그렇게도 내 말을 안 듣더니 결국 그런 꼴을 당하고 말았군. 하기야 묘묘 그 계집에게 반해 있었다니 묘향산에 오고 싶을 수가 없었겠지."

이야기를 모두 들은 신니는 오히려 더 분개하였다. 그녀에게는 그럴 만한 이유가 있었다. 그러나 신엽으로서는 알 수 없는 일이었다. 신니는 문득 화살을 소운에게로 돌렸다.

"너는 대관절 이 녀석과 어떤 관계냐? 왜 저 여자의 죽음에 그토록 가슴 아파하느냐?"

소운은 언뜻 대답하지 못했다. 그러자 신니가 다시 다그쳤다.

"사형과 사매 이상의 관계라도 있는 것이냐?"

소운은 얼굴이 빨갛게 변해서는 고개를 숙였다. 그녀는 신니의 목소리만으로도 신니가 자신들의 관계를 못마땅히 여긴다는 것을 알 수 있었다. 그러나 아니라고 부인하고 싶지는 않았다. 소운이 꿀 먹은 벙어리가 되자 신니는 더욱 언성을 높였다.

"이젠 사부가 묻는 질문에 대답도 않겠다는 게로구나. 내가 아니라도 길상사가 있다는 얘기겠지. 그러니 내게는 일언반구 상의 없이 멋대로 남자를 정한 거겠지."

"아닙니다. 그런 뜻이 아닙니다."

"그럼 뭐냐? 배울 만큼 배웠으니 네 갈 길을 가겠다는 거냐?"

"아닙니다. 저는 언제까지고 사부님 곁에 있겠습니다."

"그 말이 진정이라면 지금 내 앞에서 맹세할 수 있겠느냐? 저 녀석과는 두 번 다시 눈도 마주치지 않겠다고?"

신니의 질문에 소운은 대답하지 못했다. 신니는 화가 머리끝까지 올랐다. 그녀는 소운을 낭연만큼이나 아꼈다. 그들 두 제자에게 자신의 모든 것을 물려주리라 마음먹고 있었다. 그런데 그들은 자꾸 한눈을 팔았다. 한때는 낭연이 광한이라는 중놈 때문에 흔들리더니 이제는 소운이 같은 짓을 되풀이하고 있었다. 물론 그녀는 그들의 애정이나 혼인을 막을 생각은 없었다. 하지만 왜 하필이면 길상사의 제자란 말인가. 더구나 소운은 하고많은 남자 중에 하필이면 금강일신 자혜대사의 제자를 선택했단 말인가. 금강일신과 묘묘의 사이를 수상쩍게 만든 요다의 언질 이후로 신니는 일신과 관계된 모든 것에 혐오를 느끼고 있었다.

"내 말을 똑똑히 들어라."

신니는 옥퉁소로 바닥을 내려치며 말했다. 청석으로 된 정원포석의 귀퉁이가 한 뼘 가량 부서져나갔다.

"사부와 저 녀석 둘 중에서 하나를 선택해라. 사부를 따르겠다면 모든 죄를 용서하고 최고의 무공을 가르쳐주겠다. 하지만 저 녀석을 따르겠다면 그 순간으로 나와 너의 사제지간은 끝이다."

"사부님. 제발 그런 말씀은 거두어주십시오."

소운은 그 자리에 두 무릎을 꿇고 주저앉았다. 서러움이 복받쳐 구슬 같은 눈물을 주룩주룩 흘렸다. 십 년이 가깝도록 신니는 그녀에게 하늘 같은 사부였다. 그런데 왜 무작정 신엽을 내치려는지 이해할 수가 없었다. 낭연은 그러는 사매가 안타까워 한마디를 거들었다.

"사부님. 이소협은 아직 어리지만 뜻과 길이 분명한 사람입니다. 자질 또한 빠지지 않으니 소운 사매의 배필감으로 부족함이 없을 듯합니다."

"쓸데없는 소리는 듣고 싶지 않다. 오직 한 가지 선택이 있을 뿐이다."

신니는 다시 한번 발로 땅바닥을 구르고는 녹운옥으로 들어가버렸다. 소운의 울음은 더욱 서럽게 변했다.

　신엽은 어찌해야 할지를 알 수 없었다. 어머니의 죽음만으로도 가슴이 쓰라린데 이제 곁에서는 소운이 울고 있었다. 생각 같아서는 소운을 안고 떠나버리고 싶었다. 괴팍하고 냉정한 묘향신니 따위는 다시 보지 않을 작정으로. 이선은 역시 속좁은 이기주의자들이라고 욕하며. 그러나 그럴 수가 없었다. 소운은 극독에 중독된 몸이었다. 신니가 아니라면 어디서 누구를 만나 치료받을지 감감하기만 했던 것이다.

　퀭한 눈으로 하늘만 올려다보는 신엽에게 낭연이 말했다.

　"소운을 위로해라. 너무 울면 독상이 덧날 테니. 내가 들어가서 사부님을 만나보고 나오겠다."

　낭연도 들어가버리자 이제 그곳에는 신엽과 소운만이 남게 되었다. 그들 이외에는 정씨부인의 시신과 몇몇 흑의인들의 시신이 널려 있을 뿐이었다. 신엽은 낭연의 말이 옳다고 여겨 소운을 위로했다. 소운은 가까스로 울음을 그치고 신엽의 팔을 당겨 앉혔다. 함께 무릎을 꿇고 앉자고 했다. 묘향신니의 심기를 조금이라도 달래기 위해서였다. 신엽은 오직 소운을 위하는 마음으로 그녀의 말을 따랐다.

　울퉁불퉁한 돌바닥에 무릎을 꿇고 앉는 것은 퍽 고통스러운 일이었다. 그래도 그들은 참고 버텼다. 시간은 흐르고 흘러 한 시진이 지났다. 다시 한 시진이 지날 즈음 소운의 몸에는 푸른 기운이 나타나기 시작했다. 입술이 파랗게 변했고, 손발도 곳곳에 푸른 반점이 솟아올랐다. 소운은 내색하지 않고 참았지만 속에서는 더 큰 고통이 진행되고 있었다. 창자가 끊어지고 근골이 뒤틀리는 듯한 고통이었다. 그런가 하면 그녀는 또 온몸이 얼어붙는 오한과 숨이 막힐 듯한 열기에 함께 시달리고 있었다. 신엽이 그 고통을 모를 리 없었다. 그는 그녀의 손과 발을 부비고 쓰다듬었지만 아무 소용이 없었다.

　미시가 지나고 해가 기울 즈음 결국 소운은 의식을 잃고 말았다.

깜짝 놀란 신엽은 소운을 들쳐업고 무작정 녹운옥으로 들어섰다. 문을 닥치는 대로 밀치고 들어가니 넓은 대청이 나타났다. 대청 한가운데 신니가 앉아 있었고, 그 앞에는 낭연이 무릎 꿇고 엎드려 있었다. 낭연도 그때까지 줄곧 석고대죄한 채 사부의 마음을 돌리려고 애쓰던 터였다.

그러나 묘향신니는 믿었던 이들에 대한 잇달은 배신감으로 꽁꽁 얼어붙어 있었다.

"천하 무림의 어른이라는 묘향신니께서 이럴 수가 있단 말입니까. 그것도 자신의 제자에게. 세상 사람들이 모두 비웃을 것입니다."

신엽이 소리쳤지만 신니는 들은 척도 하지 않았다. 낭연은 가슴이 조마조마하여 신엽에게 눈치를 주었다. 신니에게는 좋은 말로 간청하는 것만이 유일한 방법이었다. 따지거나 윽박지르는 태도로는 아무것도 얻어낼 수 없었던 것이다. 신엽은 억지로 분노를 누르며 소운을 내려놓았다. 지금 그에게 가장 두려운 일은 소운을 치료할 때를 놓치는 것이었다. 그녀를 구할 수만 있다면 그는 화약을 지고 불구덩이 속이라도 뛰어들 수 있었다.

"후배가 서약하겠습니다. 이후로는 결코 소운 사매를 만나지 않겠습니다. 멀리서 소식 한 장이라도 전하지 않겠습니다. 서약을 어기면 저는 개가 될 것입니다. 제발, 사매를 살려주십시오."

신니는 여전히 반응이 없었다. 신엽이 다시 물었다.

"아직 부족한 게 있으십니까? 제가 이 자리에서 죽기를 원하신다면 그렇게 하겠습니다."

신엽은 검을 뽑아들고 자신의 목으로 가져갔다. 그제서야 신니가 입을 열었다.

"어리석은 수작 말아라. 나는 네 녀석의 서약 따위는 원치 않는다. 내 제자가 직접 약속하기를 원할 뿐이다."

"하지만 소운 사매는 의식을 잃었습니다."

"그러니 이미 때는 늦었다. 칠상독이 온몸에 퍼졌으니 앞으로 한 시진을 못 넘길 것이다."

"스승이 제자에게 이럴 수도 있습니까?"

"제자가 먼저 스승을 저버렸다. 그녀가 스스로 화를 부른 것이다."

말을 마친 신니는 자리를 털고 일어나 밖으로 나가버렸다.

신니의 뒷모습을 바라보던 신엽은 와아 하고 소리를 질렀다. 길고 처절한 소리였다. 그 동안 쌓였던 온갖 슬픔과 설움과 분노가 한꺼번에 터져나오는 비명이었다. 그 비명의 끝에서 왈칵 붉은 선혈 한 덩이를 토해내었다.

신엽은 소운 곁에 무릎을 꿇고 앉았다. 그녀의 곱던 피부에는 갖가지 색깔의 반점들이 솟아오르고 있었다. 숨소리는 들릴 듯 말 듯 가늘어져 있었다. 소운의 머리카락을 쓸어넘기며 신엽은 목이 메어 속삭였다.

"소운 사매. 우리 조용한 곳으로 가자. 바람 없고 양지바른 곳으로 가자. 거기서 함께 저 세상으로 가자. 어머니도 반가워하실 거야."

신엽은 소운을 조심스럽게 안아들었다.

낭연이 신엽에게 말했다.

"동북쪽으로 오 리를 가면 양지바른 언덕이 있다."

"감사합니다. 아가씨보다 몸종이 먼저 떠나는군요."

"너는 내 몸종이 아니다. 그때 나는 잠시 너를 희롱하였을 뿐 오히려 네가 내 생명의 은인이다."

신엽은 하직 인사를 했다.

밖으로 나오니 흑의인들의 시신도 모두 치워지고 어머니 정씨부인만이 외롭게 누워 있었다. 신엽은 소운과 어머니를 양쪽 옆구리에 끼고서 동북쪽으로 걸음을 옮겼다. 이젠 더이상 급할 일이 없었으므로 천천히 걸었다. 그렇지만 무공으로 단련된 그의 걸음은 보통 사람보다 몇 배는 빨랐다. 잠시 만에 낭연이 가르쳐준 장소에 도착할 수 있었다. 과연 그곳은 포근하고 양지바른 자리였다. 북쪽은 막혔지만 남쪽으로는 툭 트여서 하루 종일 햇살이 머물다 갈 곳이었다.

신엽은 먼저 윗자리에 묘를 파고 어머니를 묻었다. 반반한 돌 하나를 구해와서 비석을 만들어 세웠다. 그런 다음 그 아래에다 또하나의 묘를 파기 시작했다. 처음에 그는 나란히 두 개의 묘를 팔까 생각했었다. 소운과 자신을 각각 묻기 위해서였다. 그러나 생각해보니 소운을 혼자 차가운 땅에 묻을 수가 없었다. 그는 조금 큼직한 묘를 만들어 함께 들어가 눕기로 했다.

묘를 파기 시작했을 때는 눈물이 너무 흘러 앞을 제대로 볼 수 없을 지경이었다. 그러나 시간이 지날수록 눈물은 말랐다. 마음도 편안해졌다. 소운과 한날 한시에 눈을 감을 수 있다는 사실만도 행복한 일이라고 생각되었다.

제법 널찍한 땅을 파낸 다음 신엽은 소운을 안고 안으로 들어갔다. 소운은 아직도 가느다란 숨을 내쉬고 있었다. 그러나 그 숨은 갓난아기의 것보다도 미미하여 금세라도 멈춰 서버릴 것만 같았다. 신엽은 소운의 이마와 볼에 입을 맞추었다.

"썩 편한 곳은 아니지만 이해해. 어머니가 지켜주시고 우리가 이렇게 한자리에 누워 있으니 이후로는 어느 누구도 우리를 방해할 수 없을 거야…… 어쩐지 그런 느낌이 들었어. 처음 소운을 보았을 때부터. 특별한 인연이 준비되어 있을 것만 같은 느낌 말이야…… 내가 아팠을 땐 소운이 참 많은 일들을 해주었는데, 난 이렇게 아무것도 할 수가 없네. 그저 사매 곁에 누워 있는 일밖에는……."

행복하기도 했지만 신엽은 가슴도 아팠다. 자신의 목숨을 대가로 그녀를 회생시킬 수만 있다면 얼마나 좋을까 생각했다. 꽃다운 나이로 죽기에는 그녀가 너무 아름다웠던 것이다. 눈물 속에서 신엽은 소운을 안았다. 자신의 입술을 그녀의 입술로 가져갔다.

두 입술이 맞닿을 즈음 그런데 무언가가 바람을 일으키며 날아왔다. 그 물체는 곧장 무덤 안으로 날아들며 신엽과 소운을 덮쳤다. 신엽은 깜짝 놀라 고개를 돌렸다. 그러나 누군가의 손이 그의 두 볼을 움켜쥐고는 입을 틀어막았다. 입 속으로 무엇이 밀려들어왔다. 씁쓸하고 향기로운 즙이었다. 잠시 만에 그의 입은 가루가 된 약재와 약즙으로 가득 차게 되었다. 그제서야 두 볼을 잡았던 손은 그를 놓아주었다.

뜻밖에도 그 사람은 낭연이었다. 그녀는 가쁜 숨을 몰아쉬었다. 낭연이 자신의 입 속에 있던 것을 신엽의 입 속으로 넘겨준 것이었다. 그런 사실을 깨닫자 신엽은 얼굴이 빨갛게 변했다. 낭연도 조금은 어색해했다. 그러나 그것이 최선의 방법이었다.

"약즙을 조금씩 소운의 입으로 넣어라. 천천히, 아주 조금씩."

신엽은 곧 사정을 깨달았다. 그는 낭연의 지시대로 조금씩 소운에게 약즙을 주입했다. 입술과 입술이 맞닿을 때마다 가슴이 떨렸다. 하지만 그 떨림에는 이제 약간의 희망이 묻어 있었다.

묘향신니가 치료를 거부하고 나가버렸을 때 낭연은 잠시 절망했었다. 소운이 살지 못한다면 자신도 살아남을 수 없다고 다짐했다. 그런데 다음 순간 그녀는 신니의 암시를 알아차렸다. 냉담한 척했지만 기실 신니는 소운을 버리지 않았다. 낭연에게 일을 맡긴 터였다. 소운이 당한 독이 칠상독임을 가르쳐주었고, 낭연이 필요한 해약을 만들 수 있도록 녹운옥을 비워준 것이었다. 낭연은 우선 신엽 등을 양지바른 언덕으로 보내었다. 그것은 신엽을 위한 일이었다. 그의 기운이 너무 흐트러져 안정시킬 필요가 있었기에. 그리고는 즉시 작업에 착수했다. 신니가 집필한 의약전을 뒤져 칠상독의 해독에 필요한 약재들을 찾아내었다.

해약재를 모두 모은 다음 낭연은 잠시 고민했다. 약이 제대로 듣게 하려면 약탕기에서 오랜 시간을 끓여야 했다. 그러나 그녀에겐 그럴 시간이 없었다. 생각 끝에 그녀는 약재를 모두 입 안에 집어넣고 씹기로 했다. 그래서 즙을 만들어 소운에게 투약한다면 비슷한 효과가 나지 않겠는가. 낭연은 즉시 약재를 입 속 가득 쑤셔넣었다. 우물우물 마구 씹었다. 그러는 한편 그녀는 신엽과 소운이 있는 곳으로 달려갔다. 최상의 경공술을 사용하여 바람같이 달렸다. 행여 늦지나 않을까 조바심을 내며.

입 안 가득 약재를 물고 십이 성 공력을 사용하여 달려가자니 낭연은 숨이 막혔다. 마지막에는 얼굴이 노랗게 변할 지경이었다. 그녀는 무덤으로 뛰어들며 다짜고짜 신엽의 입술을 찾았다. 어쩔 수 없는 일이었다. 그녀는 숨을 쉬어야 했고, 약을 한꺼번에 소운의 입으로 넣을 수도 없었던 것이다.

신엽은 약즙을 조금씩 소운의 입술로 흘려넣었다. 또 한편으로는 부지런히 약재를 씹어 즙을 만들었다. 즙이 어느 만큼 괴면 다시 소운의 입으로 흘려넣었다. 그러기를 몇 차례 반복하자니 그녀 피부의 울긋불긋하던 반점들이 흐려지기 시작했다. 낭연은 겨우 가슴을 쓸어내렸다. 자기가 급조한 약이 과연 효력을 보일지 자신하기 어려웠던 것이다.

"신니께는 그럴 만한 사연이 있었다. 그러니 너무 탓하지 말도록 해라."

낭연의 말이었다. 신엽은 아무런 반응을 보이지 않았다. 낭연은 그의 화가 풀리지 않은 것을 알고 한숨을 내쉬었다.

"이건 신니의 유모가 돌아가시기 전에 내게 들려준 얘기다. 네 선사이신 금강일신과도 관계된 일이니 너도 알 권리가 있겠지. 대신 누구에게도 발설하지 않아야 한다. 약속하겠느냐?"

신엽은 묵묵히 고개를 끄덕였다. 낭연은 오래오래 전에 들었던 이야기를 풀기 시작했다.

옥구에서의 대접전이 금강일신에 의해서 중단된 이후 옥소선녀와 운중선은 일신에게 한을 품게 되었다. 그때부터 그들은 종종 지리산으로 일신을 찾아가 시비를 걸었다. 두 사람이 함께 가기도 하고 따로 가기도 했다. 함께 가더라도 협공을 하는 일은 없었다. 두 사람 모두 자존심과 명예를 존중한 까닭이었다. 그러나 일 대 일의 싸움으로 두 사람은 결코 일신을 이길 수가 없었다. 번번이 스스로 먼저 탈진하여 물러서야 했다. 그러면 일신은 미소와 합장으로 그들을 배웅하곤 했다.

몇 차례를 그런 다음 운중선 구장격은 발길을 끊었다. 일신이 상수임을 인정한 까닭이었다. 십 년이나 이십 년쯤 공부를 더하고 찾아오리라 마음먹었다. 그러나 옥소선녀 윤지림은 몇 달 간격의 방문을 그치지 않았다. 그녀는 갖가지 기묘한 술법을 연구해 와서는 일신을 성가시게 했다. 그런데 그때 그녀의 가슴속 은밀한 곳에서는 엉뚱한 무엇이 자라나고 있었다. 방문과 시비가 거듭되는 사이 옥소선녀는 금강일신에 대한 연정을 싹틔우게 된 것이었다.

한편 그 무렵 왜국의 요다 훈게이가 고려로 건너왔다. 이야기로만 듣던 일신을 만나뵙고 가르침을 얻기 위해서였다. 요다는 원래 교토 천도문의 제자였으나 자기 중심적인 교만함으로 사형제들과 분란을 일으켜 쫓겨난 터였다. 그후 그는 어찌어찌하여 『빙백경(氷白經)』이라는 무공서 한 권을 손에 넣었다. 북해 빙궁의 절기인 한빙장과 빙백신공 등이 수록된 비급이었다. 요다는 쾌재를 부르며 연마에 열중했다. 하지만 『빙백경』의 무공은 정심한 내공을 바탕하지 않고서는 습득이 불가능한 것이었다. 오래지 않아 요다는 경맥이 막히기 시작했다. 주화입마에 빠져든 것이었다. 그가 일신을 찾아 고려로 건너 온 것은 현문 정종의 내공법을 배워 주화입마를 벗어나기 위해서였 다.

금강일신이 지리산에 은거해 있다는 소문만을 듣고 온 요다는 지 리산을 샅샅이 뒤졌다. 그러나 일신을 찾을 수가 없었다. 그러던 어 느 날 옥소선녀가 다시 일신을 찾아왔다. 선녀의 경공술에 탄복한 요다는 부지런히 뒤를 밟았고, 절벽 아래에 있는 일신의 동굴을 알 게 되었다. 선녀가 일신과 티격태격하다 돌아가자 요다는 일신을 찾 아갔다. 그는 동굴 입구에 무릎 꿇고 앉아 가르침을 간구했다.

처음에 일신은 거절했다. 요다의 기운이 조화롭지 못하여 사파로 빠져들기 쉬움을 알 수 있었기 때문이었다. 그러나 요다의 인내력은 집요하여 꼬박 보름을 같은 자리에서 움직이지 않았다. 때는 겨울이 었던지라 그의 몸 위에는 눈이 쌓였다. 쌓인 눈이 얼음이 되고 다시 그 위에 눈이 쌓였다. 그러다가 마침내 그는 의식을 잃고 말았다. 일 신은 한숨을 내쉬며 그를 거둬들였다.

일신은 요다에게 정종 내공법을 기초부터 가르치기 시작했다. 그 는 가능한 한 천천히 가르쳤다. 주화입마가 더 진행되지 않을 정도 로만. 그것은 가르침을 아껴서가 아니라 요다의 내면적인 변화를 함 께 이끌기 위해서였다. 기운과 함께 성품도 조화로워져서 새로운 사 람으로 태어날 수 있도록. 그러나 요다는 일신의 바람을 따르기에는 너무 영악했다. 그는 일신이 원하는 바를 알고부터 철저한 연기를 시작했다. 그러기를 일 년여 만에 요다는 호흡법과 운기법의 원리를 터득했다. 물론 기본적인 것이었지만 주화입마를 씻어내기에는 부 족함이 없었다.

그때부터 요다는 고민에 빠졌다. 더 남아서 일신의 무공을 마저 배울 것인가 아니면 왜국으로 돌아가 『빙백경』을 연구할 것인가. 무공의 깊이로 따지자면 일신의 무공이 단연 앞섰다. 그러나 그것은 참으로 장구한 시간을 요할 것 같았다. 반면에 『빙백경』은 비교적 단시일에 완성할 수 있을 듯싶었다. 게다가 실전에서의 효용성은 다른 어떤 무공에도 뒤질 것 같지 않았다.

그가 후자 쪽으로 기울고 있었던 어느 날 옥소선녀가 다시 일신을 방문했다. 요다는 선녀의 아름다운 자태에 그만 넋을 잃었다. 예전에는 주화입마 상태여서 언감생심이었지만 이제는 욕심이 났다. 그러자 더욱 시간에 대한 조바심이 일었다. 두 사람의 대화를 엿듣던 그는 일신이 소장한 미인도에 모종의 비밀이 숨어 있음을 알게 되었고, 일신을 암해하고 미인도를 빼내 달아날 결심을 했다.

선녀가 돌아가자 일신은 깊은 휴식에 빠졌다. 선녀의 공력도 대단했기에 일신을 피로하게 만들기에는 충분했던 것이다. 그 틈을 타서 요다는 살금살금 일을 처리했다. 미인도를 빼내고 일신의 양쪽 무릎에 독침을 찔렀다. 그리고는 즉시 왜국으로 달아나버렸다.

일신은 독침에 당한 직후 깨어났지만 손을 쓸 수 없었다. 요다가 사용한 독은 왜국의 것이었다. 고려에는 없었을 뿐 아니라 그게 무슨 독인지도 짐작할 수 없었다. 일신은 무릎 두 치 위 혈해혈을 막아 독의 확산을 막았다. 그러나 무릎 아래로는 살과 뼈가 함께 썩어 들어갔다. 결국 그는 혈해혈 아래를 스스로 절단할 수밖에 없었다. 그로써 생명은 건질 수 있었지만 무공은 치명적인 손상을 입게 되었다.

아! 그랬구나. 그래서 선사께서는 항상 앉은 자세로만 움직였구나. 동굴을 벗어날 수도 없었고. 그런 사실을 눈치조차 채지 못했으니…….

신엽은 자혜대사의 살아 생전 모습이 어른거려 눈시울이 뜨거워졌다. 그가 자연대사 등에게 자신에 대해서 결코 발설하지 말라던 이유도 알 것 같았다. 만약 길상사 승려들이 자혜대사가 암수에 당한 사실을 안다면 그 원한을 갚기 위해 한바탕 칼바람을 일으킬 까닭이 아니었겠는가.

옥소선녀는 그같은 사실을 반 년 후에야 알게 되었다. 다시 시비를 걸러 찾아가서였다. 선녀는 경악하여 이유를 다그쳤다. 흉수는 누구냐고. 일신은 미소만 머금을 뿐 대답하지 않았다. 그러나 선녀는 곧 사정을 짐작할 수 있었다. 무공 대결로 일신에게 상처를 입힐 수 있는 사람은 이 세상 어디에도 없었다. 그는 누군가의 교활한 암수에 당한 것이 틀림없었다. 그렇다면 그것은 요다일 수밖에 없었다.

배은망덕한 쥐새끼 같으니.

선녀는 분기충천하여 곧장 왜국으로 건너갔다. 일신은 그녀가 위기에 처할 것을 염려하여 함구한 터였다. 만약 왜국행을 단행하는 것을 알았더라면 미인도의 회수를 부탁했을 것이었다. 그러나 옥소선녀는 너무 서둘러 가버렸으므로 그 일은 알지 못했다.

왜국에서 선녀는 위험한 고비를 숱하게 당했다. 그러나 결국 요다 훈게이를 찾아내었다. 그녀를 본 요다는 엉뚱하게도 기뻐했다. 부인으로 삼고 싶은 여인이 제 발로 걸어들어왔다고. 그는 자기가 일신을 암해한 것도 선녀를 위해서였노라고 말했다. 그리고 그녀에게 청혼했다. 기가 막힌 선녀는 그 자리에 주저앉아 옥통소를 불었다. 요다를 따르던 무리 열여섯 명이 일곱 개의 구멍으로 피를 쏟으며 죽었다. 그중에는 요다의 정부이던 여자도 있었다. 이후 선녀는 요다마저 죽이려 했으나 그의 여동생 미야자키가 끼어들어 수포로 돌아갔다.

고려로 돌아온 옥소선녀는 다시 금강일신 자혜대사를 찾아갔다. 불구가 된 몸이었지만 선녀는 여전히 그를 사랑했다. 그녀는 그에게 자기와 함께 묘향산으로 옮겨갈 것을 제의했다. 자신이 그의 여생을 불편하지 않게 돌봐주겠노라고. 일신은 거절했다. 옥소선녀가 거듭 간청했지만 단호히 거절했다. 화가 난 선녀는 떠나가버렸다. 스스로 머리를 깎고 비구니가 되었다. 그때 그녀가 한창 아름다움을 꽃피우던 나이였음을 생각한다면 일신에 대한 그녀의 사랑이 어느 정도였나를 짐작할 수 있을 일이었다.

그후로도 선녀는 일 년에 한두 차례씩 일신을 찾아가 다시 물었다. 혹시 생각이 바뀌지 않았는가. 십 년이 지날 때까지 일신의 대답은 달라지지 않았다. 마침내 선녀는 발길을 끊고 말았다. 가슴속에 한없이 깊은 애정과 증오를 함께 간직한 채.

"그런 사연이 있었군요."

신엽은 한숨을 내쉬며 말했다. 그는 조금 전 마지막 한 방울의 약즙을 소운의 입술로 흘려넣었기에 말을 할 수 있었다. 소운은 이제 정상적인 안색을 되찾고 있었다. 숨소리도 제법 새근새근 들렸다.

"그렇게 애틋한 사랑을 잠재우고 있었는데 요다가 다시 나타났어. 그가 일신을 죽였다고 자랑하고 또 일신이 묘묘를 사모했었다는 등 수작을 부려대니 신니의 심기가 어지러워진 거다. 내가 무슨 얘기를 하려는지 알겠니?"

"네. 신니를 원망하지 말라는 말씀이죠."

"그래. 그런 얘기야. 곧 다시 원래의 신니로 돌아오실 게다."

"잘 알겠습니다."

"고맙구나. 그런데 소운을 위해서 네가 한 가지 일을 더 해주어야겠다."

"소운 사매의 일은 곧 제 일입니다."

낭연은 고개를 끄덕였다.

"이제 독은 제거되었지만 소운의 내장 기관들은 중한 상처를 입었다. 내버려두면 공력을 모두 상실하게 된다. 칠상독이 칠상독이라 불리는 것은 몸 속의 일곱 가지 기운을 상하게 하기 때문이다. 일곱 가지 기운이란 목화토금수의 다섯 기운에 음기와 양기를 합한 것을 말한다. 다행히 너는 금강일신께 백삼타전을 받았으니 마지막 칠 일 간의 운기법을 기억할 것이다. 그때와 동일한 방식으로 칠 일 동안 소운의 칠기(七氣)를 치료하여라. 도중에 치료를 중단한다거나 방해 받는 일이 있어서는 안 된다. 남의 눈에 띄지 않을 은밀한 장소를 정해서 해라. 내가 곁에서 지켜주고 싶다만 녹운곡의 사정도 어지러 워 자리를 비울 수가 없구나."

"잘 알겠습니다."

낭연은 안쓰러운 눈길로 소운을 내려다보며 소운의 손을 가만히 쥐었다. 그러나 소운은 아직 의식을 회복하지 못했다. 떠나가는 낭 연의 눈에는 이슬이 맺혀 있었다.

음란한 남매

신엽은 소운을 안아들고 동북쪽으로 달렸다. 녹운곡과는 반대 방향이었다. 달리면서 그는 사방을 두리번거렸다. 남의 눈에 띄지 않을 은밀한 장소는 과연 어떤 곳일까. 소운이라면 단번에 그런 장소를 찾아낼 텐데. 그는 사람이 아주 없는 심심산곡의 동굴이 어떨까 싶었다. 그러나 다시 생각해보니 그런 곳에서는 야수가 문제될 것 같았다. 그렇다고 사람이 사는 곳으로 내려갈 수도 없는 일이고, 이래저래 쉽지가 않았다.

그렇게 무작정 이십여 리를 달렸을까. 신엽은 어느 깊은 계곡에 자리잡은 작은 마을을 발견했다. 집이라야 모두 이십여 호에 불과한 소담한 마을이었다. 우선 요기라도 하고 가자는 마음에 그는 마을로 들어섰다. 그런데 그곳에는 사람이 없었다. 여러 해 전에 폐허가 된 듯했다. 신엽은 집집이 뒤져보았지만 살아 있는 것이라고는 쥐새끼 몇 마리가 고작이었다.

마을 북쪽에는 제법 커다란 집 한 채가 서 있었다. 지붕에는 여러 빛깔의 깃발들이 꽂혀 있었다. 집 안에는 이상한 물건들이 잔뜩 널려 있었다. 북, 장구, 날이 선 칼날들, 깃털로 장식된 모자, 색색의 옷가지와 헝겊 등등. 게다가 벽이란 벽은 모조리 귀신들의 형상으로 채워져 있었다. 그곳은 무당의 집이었다. 무당 중에서도 큰무당이 살던 집인 모양이었다. 그제서야 신엽은 조금 전에 돌아본 다른 집들에도 비슷한 그림들이 그려져 있었음을 기억했다. 그렇다면 그 마을은 원래 무당들이 거주하던 곳이었을까.

예전에 그곳에는 흑록(黑鹿)도령이라는 큰 무당이 살고 있었다. 검은 사슴의 혼이 내린 무당이라 했다. 사람들은 그의 영험함을 믿어서 일백 리 이백 리 밖에서까지 찾아오곤 했다. 그러자 그의 위세에 기대고자 하는 중소 무당들이 사방에서 모여들어 제법 번듯한 무당마을을 이루게 되었다.

원나라의 지배와 왜구, 홍건적 등의 침략을 받으면서 고려에는 여러 가지 폐단들이 생겨났었다. 무당을 맹신하게 된 것도 그중 하나였다. 당시 고려인들은 상하고저를 막론하고 힘든 일은 무당을 통해서 풀고자 했던 것이다. 살기가 오죽 딱했으면 그랬을까마는 그런 맹신은 무당들의 허세만을 북돋워 더 큰 어려움을 되돌려주었다. 참무당은 오히려 뒤켠으로 밀려나고 엉터리 가짜무당들이 날뛰기까지 했다.

흑록도령도 그런 가짜 중의 한 명이었으나 워낙 술수가 교묘하여 사람들을 신자로 만들었다. 그가 말이나 가마를 타고 지나갈 때면 허공에서 신령스런 음성이 울리곤 했고 사람들은 경외감에 울부짖으며 절을 올렸다. 그러나 기실 그것은 복화술(腹話術)일 뿐이었다.

인근 고을에 새로운 부사가 부임하면서 사정은 달라졌다. 부사는 흑록 일당이 민심을 교란하고 세상을 어지럽힌다고 판단해 뒷조사를 시켰다. 과연 몇 가지 비리들이 포착되었다. 그중에는 검은 사슴의 혼을 빙자하여 양가댁 여인네를 겁탈한 일들도 있었다. 부사는 흑록을 잡아들여 투옥시켰다. 흑록은 끝까지 버티다가 죽임을 당했다. 사람들은 모두 두려움에 떨었다. 머지않아 흑록이 저주를 내리리라는 소문이 돌았다. 부사는 태연하였지만 정말 암살당하고 말았다. 흑록의 잔당 몇 명이 무당의 위세를 지키기 위해 자객에게 사주한 것이었다.

그후 그 무당들은 다른 곳으로 자리를 옮겨 신자를 늘려갔다. 한편 원래의 흑록마을은 저주가 내린 곳이라 하여 사람들의 발길이 끊어졌다. 그래서 폐허가 되고 말았다.

신엽은 그곳이 소운을 치료하기에 적당한 장소라고 판단했다. 폐허가 된 무당마을에 사람들이 찾아올 리 없겠기 때문이었다. 그는 가장 큰 집의 여러 방들을 돌아보았다. 대청마루와 면해 있는 커다란 방에는 여러 가지 요사스런 물건들이 벌여져 있었다. 한쪽 벽에는 제단이 만들어져 있었고, 그 위에는 거대한 검은 사슴이 세워져 있었다. 청동으로 만들고 옻칠을 하였는데 매서운 두 눈빛이 한을 품고 노려보는 듯 싶었다.

"검은 사슴의 혼을 모시던 무당집인가 보군."

신엽은 조금 으스스함을 느끼며 중얼거렸다.

다음 방을 둘러보던 신엽은 한쪽 벽 구석에 뚫린 작은 문을 발견했다. 얼핏 보아서는 찾아내기 어려운 문이었다. 벽과 동일하게 처리되어 벽의 일부로만 보였다. 그때 그 문은 꼭 닫히지 않고 한 치가량이 열려 있어 신엽에게 발견된 것이었다. 문을 넘어서니 좁은 계단이 아래로 나 있었다. 계단의 끝에서는 이 장 남짓한 짧은 길이 이어졌고, 그 길은 다시 오르막 계단으로 이어졌다. 계단이 끝나는 자리에는 작은 공간이 있었다. 폭은 네 자, 길이는 여섯 자 가량 되는 좁은 공간이었다. 빛이 새어드는 틈새가 있어 밖을 내다보니 그곳은 요사스런 물건들로 채워져 있는 커다란 방이었다. 신엽은 곧 자신의 위치를 깨달을 수 있었다. 그는 바로 검은 사슴을 세워둔 제단 속에 있었던 것이다.

"사람들을 혹하기 위해서 이런 곳을 만들었구나."

신엽은 다시 혼잣말을 중얼거렸다. 그런 사실을 확인하고 나니 으스스함은 한결 가셨다.

신엽은 바로 그 자리에서 소운을 치료하기로 마음먹었다. 설사 사람들이 나타난다 해도 그들을 찾을 수는 없을 것이었다. 게다가 곳곳에 작은 틈새가 있어 통풍도 나쁘지 않았다. 소운을 내려놓고 그는 다시 밖으로 나왔다. 약간의 식량을 구하기 위해서였다. 다행히 뒷마당의 우물에는 맑은 물이 고여 있었다. 부엌에는 쌀도 남아 있었다. 저주받은 곳이라 하여 사람들이 아무것도 건드리지 않은 덕분이었다. 물 한 통과 쌀 한 되를 챙겨서 신엽은 제단 속으로 돌아왔다. 그리고 곧바로 소운을 치료하기 시작했다.

먼저 신엽은 꼬박 하루 동안 음기를 운행시켰다. 그리고 다시 하루 동안은 양기를 돌렸다. 음기와 양기는 세상 만물을 빚어내는 이치이며 질료였다. 음은 어두움이요 차가움이요 아름다움이었으며, 양은 밝음이요 뜨거움이요 강인함이었다. 음은 기(氣)로 통했고, 양은 정(精)으로 드러났다. 기를 모아 정을 형성해야 했기에 그 순서는 항상 음에서 양으로 가는 법이었다. 적어도 현문 정종의 내공법에서는 그러했다.

치료하는 틈틈이 신엽은 물을 마시고 생쌀을 씹어먹었다. 일곱 가지 기운을 모두 치료하는 데는 많은 진기가 소모되었던 것이다.

셋째날부터는 오행의 기운을 시작했다. 첫번째 목(木)의 기운은 인체 기관 중 간장과 근육을 담당하고 있었다. 신엽은 우선 간에 남아 있는 여독을 말끔히 몰아낸 다음 전신의 오장육부를 일순하여 다시 간으로 돌아왔다. 간이 회복되면 근육조직들은 절로 활기를 얻게 되어 있었다. 넷째날엔 화(火) 기운을 운행하여 심장과 맥을 살렸으며 다섯째 날에는 토(土) 기운을 순환시켜 비장과 위장을 치료하였다.

다섯째날이 저물 무렵이었다. 해가 서산에 걸렸는지 제단 속으로도 불그레한 노을빛이 비껴들었다. 신엽은 앞으로 이틀만 무사히 지나갈 수 있기를 마음속으로 기도했다. 그런데 그의 기도를 엿듣기라도 했는지 사람들의 발소리가 들려왔다. 두 사람이었는데 모두 무공이 얕지 않은 듯싶었다. 두 사람은 이 방 저 방을 기웃거리다가 제단이 있는 큰방으로 들어섰다.

"이렇게 미신에 빠져들었으니 나라가 이 지경이 될밖에."

한 남자가 냉소 어린 말을 던졌다. 그 목소리를 듣는 순간 신엽은 가슴이 뜨끔했다. 그는 바로 미도노였던 것이다. 그러나 다음에 들려온 음성은 더욱 그를 놀랍게 했다.

"일본국이라고 나을 것도 없어요. 우린 칼부림과 살인만을 숭배하잖아요."

그 목소리의 주인은 미도리였다. 신엽은 불길 같은 분노가 솟구쳐 올라왔다. 그는 어머니 정씨부인을 죽게 한 것이 미도리라고 믿고 있었다. 그녀가 독수를 써두었으면서도 시침떼고 넘겨주어 치료할 길을 없앤 것이라고. 아름답고 잔잔한 모습 뒤에 어찌 그런 잔인함이 숨어 있었을까. 신엽은 주먹을 불끈 쥐었다. 그러자 엎드려 있던 소운의 몸이 부르르 떨렸다. 분노가 기운을 격동시킨 까닭이었다. 신엽은 깜짝 놀라 눈을 감고 마음을 가라앉혔다.

미도노의 말이 이어졌다.

"우리 일본 사람은 적어도 엉터리 우상에게 매달리지는 않아. 이걸 봐. 이게 다 뭐냔 말이야."

"그렇게 우스우면 모두 부숴버리지 그래요?"

"흥. 못 할 것도 없지."

미도노는 그렇게 큰소리를 쳤으나 실제로 기물들을 부수지는 않았다. 그러자 다시 미도리가 말했다.

"속으론 두려운가 보군요."

"네가 팔병신만 아니었어도 혼쭐을 냈을 거야."

"염려 말아요. 팔병신이라도 미도노 정도는 가르칠 수 있어요. 한번 해보겠어요?"

미도노는 대답하지 않았다. 그는 이곳저곳을 밟고 다니다가 흑록상이 세워진 제단 바로 앞으로 다가섰다. 제단 주위를 천천히 돌며 무언가를 살피는 듯했다. 신엽은 소운의 운문혈을 눌러 호흡을 멈추고 자신도 숨을 내쉬지 않았다. 식은땀이 등줄기를 타고 흘렀다. 만약 여기서 발각된다면 소운은 영영 무공을 회복하지 못할 것이었다. 뿐만 아니라 생명마저 위독해질지 몰랐다.

잠시 후 미도노가 말했다.

"느낌이 좋지 않아. 다른 곳을 찾아보자."

그 말과 함께 미도노는 몸을 날려 밖으로 나갔다. 미도리도 그를 뒤따라 사라지는 듯했다. 신엽은 소운의 호흡을 풀어 기혈 순환을 고르게 해주었다. 그리고 비로소 자신도 참았던 숨을 내쉬었다. 한참 동안 귀를 기울였지만 두 사람의 기척은 다시 들려오지 않았다. 신엽은 소운을 치료하는 일을 재개했다.

힘겨움 속에서 나머지 이틀의 시간이 흘러갔다. 다행히 다른 방해꾼은 나타나지 않았고, 칠상독으로 인한 소운의 내상은 완전히 회복되었다. 모든 것을 끝낸 신엽은 탈진하여 소운 곁에 몸을 뉘었다. 귓전에서 들려오는 소운의 숨소리는 이제 건강하고 규칙적이었다. 그녀는 오래지 않아 아무 일 없었다는 듯 깨어날 것이었다. 흐뭇한 기분으로 그녀의 숨소리를 듣고 있던 신엽은 잠에 떨어지고 말았다.

그런데 바로 그 시각에 한 인영이 그림자처럼 그 방으로 스며들었다. 잠시 후에는 또하나의 인영이 나타났다. 새로 온 인영은 그 방을 둘러보더니 첫번째 인영에게 말했다.

"흠. 과연 재미있는 무대로군요."

"내 장담하지 않았어. 히데코의 취향을 충분히 만족시킬 만한 장소라고. 미도리는 이 집을 접선 장소로 정하려 했지만 내가 반대했지. 이처럼 훌륭한 장소를 졸개들에게 공개할 수는 없잖아."

그들은 바로 미도노와 히데코였다.

"그 계집이 순순히 말을 듣던가요?"

"감히 누구 말이라고 토를 달겠소."

"미도노가 최근 들어 한 일 중에 가장 잘한 일이군요."

"그럼 이제 포상만 기다리면 되겠군."

"글쎄요. 호호호."

히데코의 말꼬리가 살짝 틀어지며 교태가 넘쳤다. 발정한 원숭이 암컷이 엉덩이를 내보이며 달아나는 꼴이었다. 왜국에서도 그랬고, 고려로 건너온 이후로도 그랬다. 그들 미도노와 히데코는 틈틈이 은밀히 접선하여 음욕을 채웠다. 물론 다른 사람들과도 관계하지 않는 바 아니었으나 엇비슷한 공력에 엇비슷한 수준의 음욕을 가진 상대를 찾기란 쉬운 일이 아니었던 것이다.

미도노는 벌써 절반쯤 옷을 벗고 있었다. 그러나 그때 멀지 않은 곳에서 바람 소리가 일었다. 미도노와 히데코는 재빨리 눈짓을 교환하고는 흑록상 뒤로 몸을 숨겼다. 간발의 차이로 그곳을 들어선 사람은 미도리였다. 그녀는 방 안을 한 바퀴 둘러보고는 발길을 돌렸다.

"여기도 없군. 또 어디서 무슨 짓을 하는 거지……."

그녀의 혼잣소리가 멀어져갔다.

제단 뒤에 숨었던 미도노와 히데코는 미동도 하지 않았다. 미도리가 사라진 한참 후에도 뻣뻣하게 얼어붙어 있었다. 입도 열지 못했다. 그들이 그처럼 경직된 것은 두려움 때문이었다. 어디선가 숨소리가 들려오고 있었던 것이다. 분명히 아무도 없음을 확인했었는데. 죽은 무당의 혼이라도 깃들여 있었단 말인가.

제법 시간이 지나서야 그들은 안정을 되찾았다. 숨소리는 무척 가까운 곳에서 들려오고 있었다. 그것은 두 사람의 호흡이었으며 잠을 자는 듯 고르고 편안한 소리였다. 미도노는 소리의 출처가 바로 제단 아래임을 알 수 있었다. 그는 품속에서 백색과 청색 두 개의 약병을 꺼내었다. 청색병의 약을 손가락으로 찍어 자신과 히데코의 코끝에 살짝 바른 다음 백색병 뚜껑을 열었다. 그러자 한 가닥 향기로운 향기가 공기중으로 스며들었다.

일 다경을 기다린 다음 미도노는 제단을 뜯어내었다. 과연 그 아래에는 작은 공간이 있었고 미약에 취한 두 남녀가 누워 있었다. 그들의 정체를 확인한 순간 미도노는 비릿한 미소를 머금었다.

"히히. 착한 아이들이로구나. 이렇게 곱게 누워 운명을 기다리고 있었다니."

히데코는 아직 신엽과 소운을 본 적이 없었다. 물론 그들에 대해서는 귀가 따갑도록 들은 터였지만. 미도노의 설명을 들은 그녀는 혀로 입술을 핥았다.

"오늘은 특별한 재미를 보겠군요."

"그래야겠죠. 그런데 어떻게 특별한 재미를 볼까요?"

"난 이 집이 맘에 들어요. 그러니 미도노가 저 계집을 데리고 다른 곳으로 가요."

"재주 부리는 사람과 떡 먹는 사람은 늘 따로 있다니까."

"흥. 맘에 없는 소리 말아요."

미도노는 신엽과 소운의 몇 군데 혈도를 눌러 마비시킨 다음 코끝에 해약을 발라주었다. 두 사람은 거의 동시에 눈을 떴다. 미도노의 징그러운 얼굴을 발견하고는 깜짝 놀라 일어나려 했지만 몸이 말을 듣지 않았다.

"무슨 짓을 하려는 거냐?"

신엽이 소리쳤다. 미도노는 낄낄거리더니 신엽의 멱살을 잡아 흔들었다.

"더 크게 소리질러봐. 혹시 알아. 하늘에서 네 할아버지라도 내려올지."

"비열하구나. 풀어야 할 일이 있다면 정당하게 무공으로 겨루자."

신엽은 말을 하는 한편 급히 공력을 끌어모았다. 스스로 혈도를 풀기 위해서였다. 그러나 미도노가 워낙 치밀하게 여러 곳을 짚었기에 공력이 모이지 않았다. 마음이 급하니 오히려 더 악화되는 듯했다. 그 모양을 보며 미도노가 비웃었다.

"헛힘 쓰지 말고 편안하게 기다리거라. 이제 곧 히데코 누님께서 좋은 일을 가르쳐줄 텐데."

히데코는 고개를 숙여 자신의 얼굴을 신엽의 코앞에 바싹 들이대었다. 두 손바닥으로 신엽의 볼을 쓰다듬고 머리카락을 쓸어넘겼다. 신엽은 그녀의 얼굴에 침을 뱉었다. 히데코는 그 침을 손가락으로 닦아서는 빨아먹었다. 야릇한 소리까지 내며. 이번에는 소운이 참지 못하고 소리쳤다.

"음탕한 년. 하늘이 두렵지도 않으냐."

히데코는 소운의 뺨을 소리나게 갈겼다.

"네 년을 위해서도 좋은 일이 준비되어 있으니 안달하지 말아라."

히데코는 가슴속에서 붉은색의 약병을 꺼내었다. 붉은 액체를 한 방울 찍어 신엽의 코끝에다 발랐다. 미도노가 빙그레 웃었다.

"누님은 준비성도 치밀하군요. 동생에게도 한 방울 나눠주실 수는 없을지요?"

"안됐지만 이건 남자를 위한 것이에요. 진이 빠지도록 욕정을 불사르다가 숨이 끊어지는 거죠. 하지만 여자에게는 아무런 효과가 없어요."

"아쉬운 일이군요. 그럼 좋은 밤을 보내십시오. 너희도 서로에게 작별 인사를 나누거라. 이승에서는 마지막 인사가 될 테니."

"파렴치한 것들. 어서 우리를 죽여라."

소운의 말이었다.

"그렇지. 잠시 후면 앞서거니 뒤서거니 죽을 테니까 저승에서 다시 만나겠구나."

미도노는 그렇게 말하며 소운을 안아들었다. 그리고는 바람처럼 사라져버렸다. 신엽은 분노로 온몸이 터져버릴 듯했다. 기혈이 들끓고 진기가 역상하여 안색이 붉어졌다. 그렇게 흥분하자 코끝에 발라진 음약은 훨씬 빠른 속도로 그의 몸속으로 퍼져갔다. 신엽은 차츰 야릇한 기분을 느꼈다. 그 느낌에 저항하고자 그는 마구 몸부림쳤고, 덕분에 상태는 더욱 악화되었다. 히데코가 손가락으로 신엽의 이마를 톡톡 쳤다.

"너무 재촉하지 말아요. 동생 마음은 이 누님이 다 알고 있으니까."

그녀는 느긋하게 쾌락을 준비했다. 이미 사위가 어두워진 터라 화섭자를 꺼내어 작은 모닥불을 지폈다. 타오르는 불꽃은 주위를 붉은

빛으로 물들였다. 방 안에 가득 찬 괴이한 짐승과 귀신의 형상들이
그 빛을 받아 살아나는 듯했다. 히데코는 벌써 온몸이 젖어왔다. 신
엽을 보니 그 역시 약기운에 흠뻑 젖은 성싶었다. 눈동자가 풀어지
고 거친 숨을 몰아쉬고 있었다. 히데코는 그 곁에 앉아서 자신의 옷
을 조금씩 찢기 시작했다. 조금씩조금씩, 속살이 엿보이도록. 신엽의
눈동자가 돌아갔다. 히데코를 붙잡기 위해 안간힘을 썼다. 그러나
몸이 움직여지지 않자 경련을 일으켰다. 온몸이 부르르 떨렸다. 히
데코는 그제서야 신엽의 혈도를 풀어주었다. 그의 음욕이 충분히 무
르익었음이 명백했던 것이다.

　몸이 자유로워진 신엽은 과연 미친 듯이 달려들었다. 히데코의 옷
을 갈기갈기 찢어서는 집어던졌다.

　"소운! 소운!……"

　신엽은 소운의 이름을 뜨겁게 불러대며 히데코를 끌어안고 뒹굴
었다. 히데코는 너무 즐거워 깔깔거렸다. 그러다가 신엽을 붙잡아
바닥에 눕히고 그 위에 올라앉았다.

　"쉬, 쉬. 이런 일은 서두르는 게 아니야."

　그녀는 신엽의 가슴을 어루만지며 그의 옷을 벗기기 시작했다. 옷
고름을 풀고 한쪽 팔을 빼내었다. 그런데 그 순간 신엽이 비명을 질
렀다. 원래 그가 히데코의 옷을 찢어 던졌을 때 그 조각들은 사방으
로 분분이 흩어졌었다. 그중 한 조각은 모닥불 가까이로 떨어졌었
다. 히데코가 신엽을 눕히면서 신엽의 왼쪽 발이 그 옷조각 위에 걸
쳐지게 되었는데 공교롭게도 불씨가 튀어 불이 붙은 것이었다.

　피부가 불에 타는 통증과 함께 신엽은 잠깐 정신이 돌아왔다. 그
는 벌거벗은 히데코가 자신을 타고앉은 것을 보고는 소스라치게 놀
랐다. 쌍장으로 히데코의 가슴을 밀쳤다. 뜻밖의 일격을 히데코는
피하지 못했다. 가슴을 움켜쥐며 뒤로 나자빠졌다. 그리고 이번에는

그녀가 비명을 질렀다. 하필이면 머리가 불더미에 처박힌 것이었다. 신엽이 일어나 보니 벌거벗은 여인이 불타는 머리를 붙잡고 뒹굴고 있었다. 신엽은 그곳을 정신없이 뛰쳐나왔다. 캄캄한 산을 그는 무작정 내달렸다.

"소운 사매! 소운 사매!"

소운을 목놓아 부르며 마구 산길을 달렸다. 그러나 그는 곧 의식을 잃고, 욕정의 노예만이 남아 달음박질을 쳤다.

한편 그때 멀지 않은 곳에 있었던 미도리가 신엽의 부르짖음을 알아들었다. 그녀는 곧 그 절박한 목소리를 따라잡았다. 신엽은 이제 소리도 지르지 못하고 숨만 몰아쉬며 달리고 있었다. 미도리는 누군가 추적하는 사람이 있을까 봐 은밀히 뒤를 밟았다. 한참을 기다려도 추적의 낌새는 느껴지지 않았다.

신엽은 어느 자그마한 언덕으로 올라갔다. 그곳에는 비석이 세워진 작은 봉분 하나가 있었고, 널찍한 구덩이가 있었다. 신엽은 무의식중에 어머니의 무덤으로 되돌아온 것이었다. 봉분의 비석을 부여안고 헉헉거리던 그는 문득 몸을 날려 근처의 소나무 한 그루를 끌어안았다. 그리고는 마구 몸을 비벼대었다. 미도리는 가슴이 아팠다. 그가 모종의 독상을 입었음을 짐작할 수 있었다. 그러나 그게 어떤 독인지는 알 수 없었다. 그녀는 천천히 신엽에게로 다가갔다.

"이소협!"

신엽은 흠칫 몸을 떨었다. 천천히 고개를 돌려 미도리를 보았다. 그의 두 눈은 초점이 풀려 있었다.

"소운 사매!"

신엽은 곧장 미도리에게로 덮쳐왔다. 그녀를 으스러져라 끌어안고는 뜨거운 입김을 뿜어대었다. 소운! 소운! 소운 사매!…… 미도리는 신엽의 코끝에서 전해져오는 야릇한 향기를 감지했다. 그러자

그가 당한 독이 어떤 것인지를 알 수 있었다. 그녀는 나직하게 대답
했다.

"네."

그러나 그녀의 눈에서는 두 줄기 눈물이 흘러내리고 있었다.

미도리는 우선 신엽의 혈도를 찍어 구덩이 속에 눕혔다. 움직일
수 없게 된 신엽은 온몸으로 경련을 일으켰다. 미도리는 머리를 쥐
어짰지만 방법이 떠오르지 않았다. 히데코가 썼음이 분명한 저 음약
은 정욕을 모조리 발산하기 전에는 치료할 길이 없었다. 더구나 신
엽의 상태는 이미 위중하여 시간이 없었다. 잠시만 더 내버려둔다면
체내의 진기를 모조리 태워버릴 것이었다.

미도리는 잠시 하늘을 올려다보았다. 그리고는 스스로 옷을 벗기
시작했다. 비록 한쪽 팔이 없었지만 그녀의 나신은 아름다웠다. 더
구나 그것은 아직 한 번도 남자의 손길이 닿지 않은 순결하기 그지
없는 몸이었다. 그녀는 신엽의 혈도를 풀었다.

신엽은 다시 소운의 이름을 되뇌이며 미도리를 안았다.

그의 행위는 긴 시간 동안 이어졌다. 그 시간 내내 미도리는 눈물
을 흘렸다. 사랑하는 남자가 사랑을 나누며 다른 여자를 애타게 찾
는 일만큼 한 여자의 가슴을 찢는 일이 또 있을까.

그러나 미도리는 단지 눈물만 흘리고 있지는 않았다. 음약에 중독
되어 행위를 하게 되면 모든 기운이 하체로 쏠리게 되어 있었다. 그
기운은 교접점을 통해 여자의 몸으로 쏟아져들어왔다. 만약 그대로
내버려둔다면 남자는 기력을 소진하고 생명의 불마저 꺼뜨릴 수 있
었다. 때문에 미도리는 들어오는 만큼의 기운을 계속 신엽에게 돌려
주었다. 가슴과 가슴을 통해서였다. 돌아간 기운은 신엽 몸 속의 약
기운을 쓸어내려 다시 미도리의 하체로 들어왔고, 미도리는 다시
신엽의 가슴으로 돌려주었다. 그렇게그렇게 긴 시간이 지나면서 신

엽의 몸은 정화되었다. 마침내 체내의 모든 음약 기운이 씻겨져나갔다. 물론 공력에는 아무런 손상도 입지 않고서였다.

"소운! 소운!"

신엽은 꿈꾸듯 소운의 이름을 중얼거리고는 잠에 떨어졌다. 미도리의 가슴 위에서였다. 미도리는 눈물을 닦아내고 가만히 신엽을 밀어내었다. 자리에서 일어나 옷을 챙겨입었다. 다리가 후둘후둘 떨렸다. 사타구니는 또 몹시 쓰라렸다. 그러나 그것은 가슴속의 쓰라림에 비교하면 아무것도 아니었다.

미도리는 그 자리를 수습했다. 신엽의 몸을 닦고 옷을 입혀서 밤새 나눴던 사랑의 흔적을 지웠다. 그러다가 그녀는 바로 위에 있는 무덤이 누구의 것인지 궁금해졌다. 비석의 비문을 보고는 그것이 바로 신엽 모친의 무덤임을 알 수 있었다.

결국 돌아가시고 말았구나. 이소협은 예전보다 더 나를 미워하고 있겠지.

미도리는 회한의 한숨을 내쉬었다. 그녀는 그때 알지 못했었다. 정씨부인이 중독되어 있었던 사실을. 설마 하니 무공도 모르는 사람에게 독수를 써두었으리라고는 짐작하지 못했던 것이다. 나중에 미도노를 만나 부인이 사라진 사실을 얘기했을 때 미도노는 낄낄거리며 웃었다.

지금쯤은 싸늘한 시체가 되어 있겠군.

미도노는 정씨부인을 붙잡자마자 독을 먹였다. 삼조독(參朝毒)이라는 것으로 중독된 후 처음 얼마간은 증상이 없었다. 그러나 세 번의 아침을 맞으면 독이 발작하여 죽게 되어 있었다. 미도노는 항상 사흘째 날의 아침에 해약을 먹여 사흘씩의 생명을 연장시켜주었다. 달아날 수 없는 족쇄를 채운 셈이었다. 부인을 인계하면서 미도노는 그 사실을 천지이악에게 알려주었다. 그러나 미도리는 알지 못했고,

부인을 탈출시킴으로써 일을 악화시켜버린 것이었다.

　신엽, 소운과 함께 맞은 세번째 아침 평양성 연광정을 올랐던 정씨부인은 이미 자신의 운명을 알고 있었다. 독이 발작하고 통증이 찾아왔지만 부인은 그 사실을 아들에게 숨겼다. 사사로운 일로 아들을 사지에 보내고 싶지 않아서였다. 뿐만 아니라 그녀는 자신이 살아남더라도 두고두고 아들의 짐이 될 것임을 예감하고 스스로 아들 곁을 떠나기를 선택했다. 대장부가 된 아들을 보았으니 아무런 여한이 없었다. 고통 속에서도 그녀는 기쁘게 눈을 감았다.

　미도리는 정씨부인의 무덤 앞에서 재배를 올렸다.

　용서해주세요. 아마 저도 머지않아 어머님 곁으로 갈 거예요. 그때는 실수하지 않고 더 잘 모실게요. 용서해주시는 거죠?……

　떠나기에 앞서 미도리는 신엽의 잠든 얼굴을 다시 한번 보았다. 어린아이처럼 순진무구한 얼굴이었다. 그러나 그 얼굴이 여태껏 겪어온, 그리고 앞으로 겪어야 할 고초들을 생각하면 가슴이 아팠다. 따뜻하고 우직한 성품을 버리지 않는 한 그는 언제나 더 큰 문제들에 휘말릴 것이었다. 타인의 불행을 돕기 위해.

　미도리는 신엽에게 작은 선물을 남기기로 했다. 허리에 찬 주머니를 열어서 변장술에 사용하는 소품들을 꺼내었다. 그중에서 두 가지를 골랐다. 코밑수염과 화상(火傷) 자국 하나였다. 수염을 달고 화상 자국을 눈 아래에 붙이니 느낌이 달라졌다. 이마에 주름 두어 줄을 그려넣으니 전혀 다른 사람이 되었다.

　가끔은 이렇게 딴청도 부리면서 사세요.

　가슴속으로 미도리는 그렇게 말했다. 그 말이 신엽의 가슴에 전해졌기를 빌었다. 그리고는 아쉬운 작별을 고했다.

　신엽이 깨어난 것은 동쪽 하늘이 발갛게 밝아올 무렵이었다.

　가장 먼저 그는 공력을 끌어올려보았다. 아무런 이상이 느껴지지

않았다. 그는 자신이 누운 곳이 어디인가를 깨닫고는 어리둥절해졌
다. 어째서 다시 그곳으로 돌아와 있는 것일까. 지난밤 그는 무당의
집에서 중독되어 정신을 잃지 않았던가. 어머님의 혼령이 보살펴주
시기라도 한 것이었을까.

신엽은 어머니께 다시 하직 인사를 드리고 무당마을을 향해 달렸
다. 소운의 일이 염려스럽기 그지없었다. 미도노는 소운에게 어떤
나쁜 짓거리를 했을까. 소운은 지금 이 세상에 살아 있기나 한 것일
까. 그 모든 일들이 그저 악몽이었다면 얼마나 좋을까.

히데코와의 일을 생각하자 다시금 소름이 돋았다. 창피한 생각도
들었다. 그의 옷은 여기저기가 뜯어지고 찢어져 그 일이 원만하게
끝나지는 않았음을 말해주고 있었다. 그런데 신엽은 자신의 몸에서
어떤 은은한 향기가 배어나옴을 느꼈다. 익숙하지 않은, 그러나 이
상하게도 아주 낯설지도 않은 향기였다. 소운이나 히데코의 것이 아
님은 분명히 알 수 있었다. 소운은 향기가 거의 없었고, 히데코는
역겨울 정도로 짙은 냄새였다.

그렇다면 또다른 여인이 나타나서 그를 구한 것이었을까. 만약 그
랬다면 그녀는 누구일까. 그리고 어떤 방법으로 그를 구한 것이었을
까. 신엽은 얼굴이 달아올라 더이상 생각할 수 없었다. 그는 고개를
저었다. 아마도 어머님의 보살핌이었으리라 믿기로 했다.

무당마을이 저만치 보일 때부터 신엽은 소리를 질렀다.

"소운 사매! 소운 사매!"

온 산이 쩌렁쩌렁 울리도록 큰 소리를 질렀지만 대답은 돌아오지
않았다.

큰무당 흑록의 집은 밤 사이 한줌 재로 변해 있었다. 히데코가 피
운 모닥불이 결국 온 집을 태워버린 모양이었다. 신엽은 잿더미를
샅샅이 뒤졌다. 사람의 시신 같은 것은 찾아지지 않았다. 그는 또 그

마을의 다른 집들을 하나하나 조사했지만 소운의 모습은 찾을 수 없었다. 소운과 관계된 어떤 것도 찾을 수 없었다. 미도노는 아마 소운을 데리고 먼 곳으로 가버린 모양이었다. 신엽은 가슴이 날카로운 비수로 난자당하는 느낌이었다.

"소운 사매! 소운 사매!"

그는 다시 소운을 외쳐 부르며 주변의 산과 계곡을 헤집고 다녔다. 부르는 소리는 울먹임으로, 그리고 울부짖음으로 변했다. 그는 자신의 어리석음을 수없이 비난하고 한탄했다. 어쩌자고 정신없이 잠에 떨어진 것이었을까. 미도노가 다녀가기까지 한 장소에서. 바보 같은 녀석, 천치 같은 녀석…….

신엽은 반나절을 꼬박 헤맸다. 아무런 소득이 없기는 마찬가지였다. 해가 중천으로 떠오를 무렵 신엽은 탈진하여 주저앉았다. 한참 동안 망연히 앉아 있었다. 그렇게 허공을 응시하다가 그는 마음을 추슬렀다.

이성을 되찾자. 냉정해지지 않는다면 일은 더 악화될 뿐이다. 이처럼 약한 모습으로는 설사 소운이 살아 있다 해도 구할 수가 없을 것이다. 우선은 최선을 다해 소운의 행방을 찾아보자. 만약 그녀가 유명을 달리했다면 원수를 갚자. 미도노는 물론 요다와 아시겐지 등을 모두 응징하자. 그리고는 소운의 뒤를 따르는 거다.

마음을 정한 신엽은 벌떡 일어났다. 그는 먼저 묘향신니와 낭연이 있는 녹운옥을 찾아가보기로 했다. 혹시 무슨 소식이라도 얻을 수 있을까 기대하며.

녹운옥에 도착한 신엽은 그러나 다시 절망만을 마주쳐야 했다. 뜻밖에도 녹운옥은 텅 비어 있었다. 사람은 물론 사람이 살았던 흔적마저 빠져나가고 없었다. 문이란 문은 모두 열린 채 썰렁한 바람에 흔들리고 있었다. 아마도 신니 등은 새 거주지를 찾아 떠나간 모양이었다. 마당의 화단도 엉망으로 변해 있었다. 흑의인들이 이미 어느 만큼을 망친 터였지만 남아 있던 화초들도 말끔히 사라지고 없었다. 팔 일 전 요다 일당이 들이닥치기 전까지의 녹운곡이 얼마나 아름다웠을까를 생각하면 가슴이 아팠다. 소운이 그곳에서 뛰놀며 무공도 익히고 화초도 돌보고 했을 일을 생각하면 더욱 그러했다.

팔 일 전과 다름없이 그 자리를 지키는 유일한 생명체는 연못의 물고기들이었다. 그나마 그들이 반가워 신엽은 연못가에 걸터앉았다. 색색의 아름다운 잉어들은 무슨 일이 있었는지를 아는지 모르는지 무심히 물살을 갈랐다. 그런데 신엽은 물 속에 비친 자신의 모습을 보고 깜짝 놀랐다. 엉뚱하게도 그 얼굴에는 수염이 돋아나 있었다. 게다가 눈 아래에는 큼직하게 일그러진 화상 자국도 있었다. 손으로 더듬어본 그는 겨우 안도의 한숨을 내쉬었다. 그것은 진짜가 아니라 누군가가 붙여둔 가짜였던 것이다.

누가 내 얼굴에 이런 친절을 베풀었을까.

신엽은 다시금 자신을 구해준 사람이 궁금해졌다. 그러나 현재로서는 알아낼 도리가 없었다. 화상과 수염을 떼어낼까 하다가 그는 그냥 붙여두기로 했다. 어쩌면 그 흉측한 얼굴은 지금 자신의 심정을 고스란히 보여주는 듯도 싶었다. 그는 쓸쓸한 마음으로 연못 속의 물고기들에게 말했다.

"너희랑 나랑 신세가 똑같구나. 모두들 우리를 버리고 떠나갔어……"

신엽은 그만 그곳을 떠나기로 했다. 길상사로 돌아가 사정을 보고하고 미도노와 소운의 행방 수소문을 부탁한 다음 자신은 선유도로 갈 생각이었다.

몸을 일으키던 신엽은 문득 가느다란 신음 소리를 들었다. 멀지 않은 곳이었다. 급히 주변을 돌아보니 한 큼직한 흑색바위 아래 한 사람이 쓰러져 있었다. 심하게 다쳤는지 꼼짝을 못 했다. 신엽은 약간 실망했다. 삿갓을 쓰고 있어 누군지는 알아볼 수 없었지만 소운이 아닌 것은 분명했다. 옷의 색깔로 보아 낭연이나 다른 녹의소녀도 아니었다. 그러나 혹시 어떤 소식이라도 들을 수 있을지 모른다는 생각에 그 사람을 부축해서 일으켰다.

"많이 다치셨나요?"

그러나 다음 순간 신엽은 가슴이 뜨끔해졌다. 온몸이 일순간에 마비되어버렸다. 찰나지간의 방심으로 그는 다시 암수에 걸려든 것이었다. 삿갓 속의 인물은 깔깔거리며 옷을 털었다.

"너무 상심하지 말아요. 내가 당신을 거두죠. 물고기들도 함께 말예요."

묘도의 참극

목소리는 앳된 소년의 것이었다. 중성에 가까운 미성이었다. 소년은 녹운옥으로 들어가 작은 항아리를 가지고 나왔다. 물고기를 한 마리 한 마리 잡아서는 항아리 속에다 집어넣었다. 신엽은 스스로의 어리석음에 화가 났다. 미도노나 히데코 등 사무라이가 아니라는 사실이 그나마 다행이었다.

"뉘신데 초면에 암수를 쓰셨습니까? 전 가진 것도 없고 할 줄 아는 것도 별로 없습니다."

"그건 내가 판단할 일이에요."

"그 물고기들은 댁의 것도 아닌데 왜 가져가려는 것입니까?"

"흥. 보기보다 더 머리가 나쁘군요. 이 물고기들이 예쁘지 않나요?"

“예쁩니다.”

“그럼 여기 이곳은 어때요? 숲은 망가지고 화단의 화초들은 모두 뽑혀나가 쑥대밭이 되었는데, 보기가 좋은가요?”

“좋지 않습니다.”

“그럼 이제 자신의 머리가 얼마나 나쁜지 알겠어요?”

신엽은 그의 말을 이해할 수 없었다. 한참을 생각했지만 마찬가지였다.

“이해할 수 없습니다.”

“쯧쯧. 이렇게 예쁜 물고기들이 이처럼 흉측한 장소에서 산다는 건 슬픈 일이에요. 그래서 내가 아름다운 곳으로 데려가려는 거예요. 당신은 운이 좋아요. 물고기를 돌볼 사람이 필요하지 않다면 당신까지 데려가진 않았을 테니까요.”

소년은 체구가 가냘폈지만 힘이 장사였다. 이십여 마리의 물고기를 넣고 물을 가득 채운 항아리를 가볍게 한 손으로 들었다. 또다른 손으로는 신엽을 울러메고 달리기 시작했다. 족히 자신의 두 배는 되는 무게를 들었음에도 발걸음은 봄제비처럼 가벼웠다. 신엽은 내심 경탄했다. 어린 친구의 무공이 소운이나 광은 사제에 비해서도 떨어지지 않겠구나 싶었다.

잠깐 사이에 두 개의 산을 넘은 소년은 물이 흐르는 계곡으로 내려갔다. 바로 청천강이 시작되는 곳이었다. 그런데 물가에는 한 척의 배가 떠 있었다. 소년은 물 위를 성큼성큼 뛰어건너 배로 올라갔다. 항아리와 신엽을 내려놓으며 말했다.

“출발합시다.”

“네, 아가씨.”

배의 앞뒤에 서 있던 두 명의 여인이 공손히 응대하고는 배를 출발시켰다. 그제야 신엽은 그가 소년이 아니라 소녀임을 알았다. 소

녀의 어깨에 매달려 산을 두 개나 넘었음을 생각하니 실소가 나왔
다. 그는 이미 스스로의 공력으로 혈도를 푼 터였다. 다만 소녀의 행
동이 예사롭지 않아 내막을 알아볼 작정으로 잠자코 있었을 뿐이었
다.

배 안에는 그들 이외에도 열대여섯 명의 사람들이 타고 있었다.
어른이 대여섯 명, 어린아이들이 열 명 가량 되었다. 그런데 어른은
모두 여인들이었다. 어린아이들 중에도 나이가 든 아이들은 모두 여
자애였고, 남자아이는 젖먹이 코흘리개 두엇이 눈에 띌 정도였다.
신엽은 그들도 자기처럼 붙잡혀온 것인가 살펴보았으나 그런 것 같
지 않았다. 그들은 사지가 자유로웠고 표정도 밝았다. 오히려 좋은
곳을 기다리는 듯 들뜬 모습이었다.

두 여인은 능숙하게 배를 몰았다. 제법 빠른 물살을 타고 내려갔
지만 배는 항상 강의 한가운데 길을 지켰다. 반 시진이 못 되어 안
주를 지나더니 서해로 나아갔다. 큰바다에서는 여인들의 실력이 더
욱 돋보였다. 노를 젓는 팔에는 별 힘도 들어가지 않은 듯 보였지만
배는 쏜살같이 달렸다.

그렇게 한 시진을 더 갔을까. 그들은 어느 섬에 이르렀다. 크지는
않았으나 절벽과 소나무 숲이 곳곳에서 어우러진 아름다운 섬이었
다. 배가 접안하자 많은 사람들이 마중나와 반겼다. 그런데 그들은
모두 여인네였다.

소녀는 사람들을 모두 내리게 했다. 그리고 신엽의 혈도도 풀어주
었다. 망망대해의 작은 섬이니 달아날 곳도 없겠기 때문이었다. 신
엽은 그제서야 혈도가 풀린 척 기지개를 켜며 투덜거렸다.

"사람을 이렇게 대접해도 되는 건가요. 난 바다보다 산을 좋아한
단 말이오."

"잔소리 말고 따라와요."

소녀는 신엽을 섬의 마을로 데려갔다. 해안에서 멀지 않은 곳에 삼십여 호의 집들이 모여 있었다. 주변으로는 농지가 널찍하게 펼쳐져 있었고, 방목하는 소와 염소떼도 보였다. 섬은 첫인상보다는 훨씬 큰 듯싶었다. 이미 거주하고 있던 여인들은 새로 온 여인들의 가족을 새 집으로 안내하여 이런저런 설명을 해주고 있었다. 그 풍경은 신엽에게 낯선 것이었지만 어쩐지 나빠 보이지는 않았다.

소녀는 먼저 신엽을 한 집으로 데려가 옷을 갈아입게 했다. 그의 옷은 마구 찢어지고 더러워져 있었던 것이다. 썩 좋은 옷은 아니었지만 깨끗하게 세탁된 것을 입으니 신엽은 기분이 좋았다. 옷을 갈아입고 나왔을 때 소녀는 마을과 숲 사이의 작은 연못에다 가져온 물고기들을 풀어놓고 있었다. 신엽은 그쪽으로 다가가며 말했다.

"고맙습니다."

소녀는 그의 인사에는 대꾸하지 않았다.

"물고기를 돌보는 게 당신 일이에요. 한 마리가 죽을 때마다 열 대씩 매질을 하겠어요."

"저는 이런 일을 해본 적이 없습니다."

"그건 당신 팔자예요. 연못가에 주저앉아 넋두리만 안 했어도 이런 일은 없었을 테니까."

"도대체 여기는 어떤 곳입니까? 당신은 누구고 저 사람들은 여기서 무얼 하는 겁니까?"

"내가 누구냐는 질문 따위는 하지 않는 게 좋아요. 조금 있으면 사부님이 오실 텐데, 그분께도 그런 질문은 삼가세요. 저 사람들은 여기서 사는 거예요."

소녀는 차갑게 잘라 말하고는 가버렸다. 신엽은 이상한 느낌이 들었다. 그녀가 낯설지만은 않다는 느낌이었다. 삿갓을 쓰고 있어 얼굴은 볼 수 없었지만 그녀의 목소리는 어디선가 들어본 듯했다. 과연 그녀가 누구일까를 한동안 고민하다가 신엽은 고개를 저었다.

그녀가 누구이건 무슨 상관이란 말인가. 내겐 지금 더 긴급한 일이 있지 않은가. 다행히 이곳에서는 특별히 나쁜 일이 진행되는 것 같지 않으니 때를 보아 빠져나가야겠다. 밤이 되면 작은 배 한 척을 빌려서 나가야겠다.

그렇게 마음을 정하자 신엽은 한 가지 아쉬움이 생겼다. 바로 물고기들과의 이별이었다. 녹운옥을 생각나게 하는 물고기들, 소운과 낭연을 떠올리게 하는 물고기들, 짧지 않은 여행을 함께 하여 낯선 섬 연못에 새 보금자리를 마련한 물고기들이었다. 신엽은 그들을 위해 무언가를 해주고 떠나야겠다는 마음으로 바닷가로 갔다. 개펄을 뒤져 갯지렁이와 조개, 게 등을 잡아와서는 연못에다 넣어주었다. 생물체가 많아지면 물고기들의 먹이도 많아지리라고 생각하며. 그런데 그때 등뒤에서 어린 여자아이의 목소리가 들려왔다.

"조개랑 게랑은 거기서 살지 못해요."

신엽이 고개를 돌려보니 예닐곱 살쯤 되어 보이는 여자아이가 서 있었다. 무척 똘똘해 보이는 아이였다. 그 곁에는 더 어린 남자아이도 함께 있었다. 남자아이는 조금 전 신엽과 함께 배를 타고 온 녀석이었는데 어느 틈에 서로 친해졌는지 손들을 잡고 있었다.

"왜 살지 못하지?"

"제가 몇 번 해봤는데 모두 죽었어요. 어머닌 물이 서로 달라서 살 수 없는 거랬어요."

"그렇구나."

신엽은 머쓱해졌다. 그처럼 간단한 걸 잊었다니.

"그럼 우리 다시 꺼내자꾸나."

"네."

일단 연못 속으로 들어간 작은 생물들은 쉽사리 찾아지지 않았다.

연못은 크지 않았지만 그것들이 숨을 곳은 무척 많았던 것이다. 신엽이 곤란을 겪자 두 아이는 바짓가랑이를 걷어올리고 연못 속으로 들어갔다. 아이들은 첨벙첨벙 물을 튀겨대며 깔깔거렸다. 신엽도 오랜만에 그늘 없는 웃음을 웃었다. 그들은 조개와 게 따위를 대부분 찾아냈다. 신엽은 아이들과 함께 다시 바닷가로 갔다. 잡은 것들을 놓아주기 위해서였다.

"너는 이름이 뭐니? 몇 살이지?"

"수빈이에요. 여섯 살이고요."

"너는?"

"장은혁. 다섯 살."

신엽은 고개를 끄덕였다.

"수빈이 은혁이 모두 예쁜 이름들이구나. 수빈이는 여기 온 지 얼마나 되었지?"

"은혁이만할 때 왔어요."

"여기서 사는 게 좋아?"

"네."

"어떤 점이 좋지?"

"이 섬에는 나쁜 사람들이 없어요. 아무도 엄마를 괴롭히지 않아요. 그리고 배가 고프면 늘 먹을 게 있어요."

"아버지가 보고 싶지는 않아?"

신엽의 질문에 수빈은 입술을 굳게 다물었다. 눈동자도 동그랗게 커졌다. 잠시 후에야 이렇게 대답했다.

"아버지는 본 적이 없어요. 그래서 보고 싶어할 수도 없어요. 제가 아주 어렸을 때 돈을 벌러 나가셨다는데…… 윤정이네 아버지도 철규네 아버지도 그렇게 나가서 돌아오지 않았대요."

"윤정이랑 철규는 누구지?"

"친구들이에요. 모두 여기 살아요."

신엽은 대략 사정을 짐작할 것 같았다. 섬의 주인은 따뜻한 마음씨를 가진 사람인 듯했다. 혼자가 되어 이래저래 시달리며 고초를 겪는 여인들을 섬으로 데려와서 평화로이 살게 해주려는 게 아니겠는가.

그때였다. 삿갓을 쓴 소녀가 신엽을 불렀다.

"노 저을 줄 알아요?"

"조금 압니다."

신엽이 대답하자 그녀는 작은 배 한 척을 가리켰다. 많아야 서너 명이 끼어 앉을 수 있을 정도로 작은 배였다.

"저걸 타고 나와요."

소녀는 자기도 다른 배 한 척에 올라타고는 바다로 나갔다. 그 솜씨가 무척이나 익숙해 보였다. 신엽이 배를 밀고 나가려 하자 수빈과 은혁이 따라붙었다. 함께 태워달라는 것이었다. 신엽이 위험하다고 만류했지만 수빈은 혀를 내밀었다.

"위험하지 않아요. 늘 하는 일인 걸요."

결국 신엽은 그들을 싣고 바다로 나가게 되었다. 먼저 나가서 기다리던 소녀가 아이들을 보고는 살짝 눈을 찌푸렸다. 그러나 야단은 치지 않았다.

"저쪽에 있는 나무 부표를 끌어올려요."

소녀가 신엽에게 지시했다. 바다 위에는 몇 개의 통나무 부표들이 떠 있었다. 신엽은 소녀가 가리킨 곳으로 가서 부표를 끌어올렸다. 그랬더니 묵직한 그물이 딸려올라왔다. 소녀는 십여 장 떨어진 곳에서 또하나의 부표를 올렸는데 거기에 매달린 그물과 신엽이 올린 그물은 원래 한 그물의 양쪽 끝인 모양이었다. 소녀는 신엽에게 이제부터 어떻게 해야 하는지를 설명했다. 두 사람의 배가 나란히 전진하다가 문득 방향을 틀어 모여들어야 한다. 그래서 그물 가운데 걸린 물고기들을 가두어야 한다. 방향을 트는 일이 가장 중요하다.

"할 수 있겠어요?"

"한번 해보죠."

신엽은 크게 어려운 일이 아닐 것이라고 생각했다. 금강 하구와 진포 앞바다에서 몇 차례 배를 저어본 일이 있었기에 그 원리는 어느 만큼 알 듯했기 때문이었다. 소녀의 신호에 따라 그는 배를 앞으로 출발시켰다. 두 배는 십여 장을 나란히 나아갔다. 그때 소녀가 방향 전환 지시를 내렸다. 신엽은 신속히 가운데 쪽으로 방향을 틀었다. 그런데 그것은 쉬운 일이 아니었다. 끌려오던 그물망에 노가 걸려들면서 신엽과 배는 함께 중심을 잃어버린 것이었다. 노를 뽑아들어 멀찌감치 내려놓고 다시 저었지만 그물은 또 금세 노를 감아버렸다. 그러자 마치 기다렸다는 듯 거친 파도가 밀려와 배를 흔들었다. 아이들이 소리를 질렀고, 배는 갈지자로 우왕좌왕했다.

그렇게 몇 차례를 허둥대는 사이 소녀의 배는 이미 약속 지점에 도착하고 있었다. 신엽은 아직 절반도 다가가지 못한 상태였다. 소녀는 배를 몰아 신엽의 배 옆구리로 다가붙으며 그물을 닫았다.

"제대로 하는 일이 없군요."

소녀는 냉랭한 목소리로 신엽을 핀잔주었다. 그러나 그녀는 내심 웃음을 참느라 애쓰고 있었다. 당황하여 허둥거리는 신엽의 모습이 몹시도 재미있었던 까닭이었다. 보기보다 순진한 사람이로군, 소녀는 그렇게 생각했다. 무공을 익힌 이후로 신엽은 이런 낭패가 처음이었다.

두 사람은 그물을 끌어올렸지만 잡힌 고기는 몇 마리 되지 않았다. 신엽의 배가 주춤거리는 사이 모두 빠져나간 것이었다. 소녀는 신엽에게 그물질과 노질을 함께 하는 법을 가르쳐주었다. 그물은 항상 배의 안쪽 옆구리에 붙여야 한다. 몸은 바깥쪽으로 위치시켜 배의 중심을 잡고, 항상 진행 방향보다 약간 바깥쪽을 향해 노를 젓는다. 그래야 똑바로 나아갈 수 있다. 그물의 저항력 때문이다.

소녀와 신엽은 두번째 그물에 도전했다. 신엽은 처음보다 빠르게 움직일 수 있었다. 물론 아직 숙달된 솜씨는 아니었지만 처음보다는 훨씬 많은 물고기들이 그물망에 걸려 있었다. 고기들은 지느러미와 꼬리를 파닥거리며 차가운 바닷물을 튀겨댔다. 아이들은 즐거운 비명을 질렀다. 소녀도 빙그레 웃었다.

"저녁거린 되겠군요."

그물을 닫아 잠그고 소녀는 먼바다를 바라보았다. 바다는 이제 장밋빛으로 물들고 있었다. 붉은 해가 서쪽 바닷물에 한쪽 발을 담근 것이었다.

"사부님이 늦으시네요. 벌써 사흘이 지났는데."

"어딜 가셨습니까?"

"큰 고기를 잡으러 나갔어요. 고래나 상어 같은 걸로요. 겨울을 나려면 그런 고기 두어 마리는 잡아두어야 하거든요."

소녀는 땀이 나는지 삿갓을 젖히고 이마의 땀을 닦았다. 그러자 묶여 있던 머리카락이 어깨 위로 풀어져내리며 소녀의 본모습을 드러내었다. 신엽은 깜짝 놀라고 말았다. 그녀는 바로 소향이었던 것이다. 앳된 목소리와는 달리 그녀에게서는 이제 완연한 여인의 향기가 풍기고 있었다. 저녁노을의 조명이 그 향기를 더욱 짙고 아스라하게 만들고 있었다.

"왜 그렇게 놀라세요?"

"아, 아닙니다."

신엽은 얼버무리며 시선을 돌렸다.

"흥. 남자들이란 예쁜 여자만 보면 사족을 못 쓴다니까."

소향은 다시 삿갓을 머리 위에 얹었다. 그러나 다음 순간, 이번에는 그녀가 소스라치게 놀랐다. 그녀는 잡고 있던 그물망의 매듭을 신엽에게로 던지고는 섬을 향해 급히 노를 저었다. 신엽이 돌아보니 섬에서는 수상쩍은 움직임이 벌어지고 있었다. 청색 옷을 입은 사람이 무언가를 휘두르고 있었다. 녹색 빛깔의 가늘고 긴 물건이었다. 그것이 한 차례씩 휘둘러질 때마다 몇 명씩의 섬사람들이 쓰러졌다. 신엽은 경악했고 분노했다. 무공이라고는 모르는 소박한 아낙네들에게 누가 저런 잔인한 짓을 저지른단 말인가.

신엽도 급히 뱃머리를 섬으로 향했다. 부지런히 노를 저었다. 그런데 어쩐 일인지 배는 속도를 내지 못했다.

"그물 때문이에요."

수빈이 그물망의 매듭을 가리키며 말했다. 소향이 던진 매듭은 배의 뒤쪽 꽁무니에 걸려 있었던 것이다. 그제서야 깨달은 신엽은 매듭을 뜯어내어 던져버리고 다시 노를 저었다. 그 사이 소향의 배는 바람같이 달려 삼십여 장을 앞서가고 있었다. 신엽은 어쩐지 불길한 예감에 사로잡혀 서둘렀다. 사력을 다해 노를 저었다. 그러나 그녀의 배와의 거리는 점차 멀어졌다.

신엽이 절반 가량을 갔을 때 소향은 이미 섬의 개펄로 내려서고 있었다. 배가 땅에 닿기도 전에 그녀는 몸을 날려 마을로 달려갔다. 청의인은 여전히 만행을 저지르고 있었다.

"멈추어라!"

소향은 크게 소리지르며 청의인을 덮쳐갔다. 그녀의 손에는 어느 사이 장검이 들려 있었다. 그 기세가 사뭇 날카로워 신엽은 다소 마음을 놓았다. 그래, 소향 정도의 무공이면 누구에게 쉽게 지지는 않을 거야. 그러나 다음 순간 그를 경악시킬 일이 벌어졌다. 등을 보이고 있던 청의인은 왼발을 축으로 빙그르르 돌며 녹색 물체를 휘둘렸다. 그것은 소향의 장검과 정면으로 부딪혔다. 그러자 놀랍게도 장검이 뚝 부러지는 것이었다. 뿐만 아니라 소향의 몸은 이 장 밖으로 튕겨져나갔다.

청의인은 그림자처럼 따라붙으며 소향을 공격했다. 소향은 남은 반 자루의 장검을 그의 면전으로 던지며 몸을 날려 피했다. 청의인은 녹색 물체로 가볍게 장검을 쳐내고는 공격의 수위를 높였다. 소향은 좌측 우측으로 이리저리 피했지만 곧 청의인의 녹색망에 사로잡혀 꼼짝달싹할 수 없는 형편이 되고 말았다. 청의인은 머뭇거림 없이 마지막 일격을 가했다. 인중과 양 어깨 거골혈의 세 곳 요혈을 동시에 내리쳤다. 소향은 인중과 오른쪽 거골혈은 피했지만 왼쪽이 가격되어 비틀거렸다. 청의인은 잇달아 소향의 옆구리 대횡혈을 베고 왼쪽 가슴의 영허혈을 찔렀다. 영허혈은 음신경의 요혈이었지만 심장과도 직결된 대혈이었다. 소향은 잠깐 정지한 듯하더니 서서히 허물어졌다. 무릎을 꿇고 앞으로 털썩 쓰러졌다.

"안 돼!"

신엽이 소리쳤다. 그러나 그뿐이었다. 그의 배는 아직도 섬에 다다르지 못하고 있었다. 청의인은 천천히 신엽 쪽을 돌아보았다. 신엽은 온몸이 얼어붙는 느낌이었다. 그는 다름아닌 묘향신니였던 것이다. 어둠이 깔렸고 거리도 제법 떨어져서 얼굴은 정확하게 볼 수 없었지만 신니가 분명했다. 매끄러운 중머리와 청색 가사장삼, 그리고 그 손에 들린 옥통소가 그녀임을 말해주고 있었다.

"신니! 어찌 당신이 이토록 잔인할 수 있단 말이오!"

신엽의 목소리는 처절하게 바다를 갈랐다. 신니는 말없이 돌아서더니 섬의 반대쪽으로 사라졌다.

배가 섬에 당도하자 신엽은 두 아이들을 안고 뛰어내렸다. 그는 먼저 아이들의 혈도를 짚어 잠시 잠들게 했다. 마을의 광경이 너무 참혹하여 차마 보일 수가 없어서였다. 그리고는 소향에게로 달려갔다. 소향은 이미 숨이 멎은 상태였다. 모든 것이 정지해 있었다. 신엽이 진기를 주입하여 전신의 경락을 돌렸지만 아무런 반응이 없었다. 그녀는 바윗돌이나 통나무처럼 무생명의 세계로 옮겨간 후였다.

신엽은 잠시 망연히 앉아 있었다.

그가 소향과 함께 했던 시간은 아주 짧은 것이었다. 반 년 전 선유도에서 서주까지의 뱃길, 그리고 오늘 하루 낮 동안이 고작이었다. 그러나 소향은 그의 기억 속에 선명하게 각인되어 있었다. 그녀의 해맑은 미소에는 더운 여름날의 소나기 같은 상큼함이 있었다. 그녀는 또 장난스럽고도 고운 마음씨를 갖고 있었다. 서주로 향하는 배에서는 신엽과 소운의 재회를 짓궂게도 놀려댔었다. 신엽은 그녀에게서 친동생과 같은 따뜻한 정을 느꼈었다. 기회가 된다면 좀더 가깝게 지내고 싶었다. 그런 소향을 뻔히 보는 앞에서 죽게 했다니. 신엽은 지금 눈앞의 현실을 믿을 수가 없었다. 도월희천 척항무 형님께서 이 사실을 안다면 또 얼마나 야속해할 것인가.

얼핏 정신이 든 신엽은 묘향신니가 사라졌던 방향으로 뒤쫓아갔다. 정신없이 달리다 보니 그는 섬의 반대쪽 끝에 도착해 있었다. 그 너머는 다시 망망한 바다였다. 멀리 아득하게 점으로 멀어지는 배 한 척이 보였다. 신니는 그 배를 타고 가버린 듯싶었다. 뒤쫓기에는 이미 너무 멀어진 거리였다. 신엽은 두 주먹을 불끈 쥐었다.

"기다리시오! 내 기필코 당신의 잔인함에 값을 치르게 하리다!"

신엽은 공력을 최대한 끌어올려 소리질렀다. 그러나 그뿐이었다. 달리 그가 당장 할 수 있는 일은 없었다.

마을로 돌아온 신엽은 바다가 보이는 공터에다 불을 지폈다. 잠든 아이들을 불 가까이에 데려다 눕혔다. 그리고 시신을 정리해 한 곳으로 모았다. 숨이 끊어지지 않은 사람은 한 명도 없었다. 어른 아이할 것 없이 모조리 맥박이 풀려 있었다. 그들은 또 단 한 명도 피를 보이지 않고 죽었는데 살수를 쓴 사람의 무공이 얼마나 뛰어난가를 짐작하게 했다.

신엽은 무척 조심스레 움직였다. 시신을 상하지 않게 하기 위해서였다. 그래서 모두를 한 곳에 모으는 데는 많은 시간이 걸렸다.

일을 마친 신엽은 불 앞에 쪼그리고 앉았다. 잠든 아이들의 머리카락을 쓸어넘기며 한숨을 내쉬었다.

"수빈아, 은혁아. 너희는 나중에라도 무공을 배우지 않았으면 좋겠구나. 묘향신니가 아무리 질투에 눈이 멀었다 해도 무공을 몰랐다면 이 많은 사람들을 해칠 수는 없었을 테니 말이다."

신엽이 그렇게 앉은 것은 묘묘를 기다리기 위해서였다. 다른 사람이었다면 그곳에서 달아날 생각도 할 수 있었을 것이다. 일은 바야흐로 끔찍해질 형편이었으니까. 게다가 그가 그 자리에 있었음을 아는 사람은 아무도 없었으니 배 한 척을 훔쳐타고 가버리면 끝이었던 것이다. 그러나 신엽에겐 그런 생각은 찾아오지도 않았다. 그는 어서 묘묘가 돌아오기만을 기다릴 뿐이었다.

그렇게 어느 만큼의 시간이 흘렀을까.

신엽의 귓전으로 문득 얼음처럼 차가운 음성이 들렸다.

"무슨 일이냐?"

신엽은 깜짝 놀랐다. 아무런 인기척도 느낄 수 없었는데 목소리는 바로 등뒤에서 들려온 것이었다. 뒤를 돌아본 신엽은 더 놀라고 말았다. 등뒤에는 한 아름다운 부인이 서 있었다. 삼십대 중반이나 되었을까. 허리가 꼬부라진 백발노파 묘묘를 기다리고 있었던 신엽에게는 뜻밖일 수밖에 없었다.

"당신은 누구십니까?"

"나는 이 섬의 주인이다. 네 놈은 누구냐?"

"저는…… 저는 그저 지나가던 사람이올시다."

신엽은 마땅한 말이 없어 그렇게 얼버무렸다. 미부인은 눈살을 찌푸리고 시신들을 둘러보았다. 그러다가 그제서야 소향의 시신을 발견했다. 부인은 아무 말 없이 소향에게로 다가가 맥을 짚었다. 이미 체온이 식은 지도 오래되었음을 확인하고서는 가만히 일어섰다. 다음 순간 그녀는 신엽의 뺨을 갈겼다. 좌우로 잇달아 네 차례를.

"누구 소행이냐. 네가 한 짓이더냐?"

신엽은 예상 밖의 일격을 고스란히 맞았다. 그러나 설사 피할 수 있었다 할지라도 피하지 않았을 것이다. 그의 두 볼은 금세 빨갛게 부풀어올랐다.

"저는 월월묘묘 진자영 선배님을 기다리고 있습니다."

미부인은 다시 손바닥을 휘둘러 신엽의 뺨을 갈겼다.

"내가 바로 묘묘다. 누구든 내 이름을 부르는 자는 매질을 당해야 한다. 어쨌건 무슨 일이 있었는지 얘기해보아라."

신엽은 다시 한번 묘묘의 얼굴을 쳐다보았다. 믿을 수 없는 일이었다. 선유도 앞바다에서 보았던 백발노파 묘묘는 어디로 가고 저렇듯 아름다운 여인이 나타났단 말인가. 그러나 곧 그는 사정을 짐작할 수 있었다.

녹운곡에서 요다와 묘향신니가 금강일신과 신니와 묘묘 간의 미묘한 관계에 대해서 이야기했을 때도 신엽은 내심 의아했었다. 신니는 젊고 아름다운 부인이요 묘묘는 호호백발 노파인데 어찌 그들을 비교할 수 있을까. 일신과 신니 간은 그랬을 법도 하지만 묘묘는 일신에 비하여서도 너무 늙지 않았던가. 하지만 이제 묘묘의 진면목을 보니 의구심은 풀렸다.

원래 묘묘는 신니와 비슷한 연배였다. 미모 또한 엇비슷하게 빼어나 두 사람은 과거 무림에서 해동쌍미(海東雙美)라고 불렸을 정도였

다. 물론 두 사람은 그렇게 묶여 불리는 것을 몹시도 싫어했고, 그
래서 늘 불편한 관계에 놓여 있었다. 선유도를 들어갔을 때 묘묘는
소향의 몸종 노릇을 하기 위해 변장을 한 터였다. 축골공으로 척추
를 꼬부라뜨리고 머리카락을 탈색하였으며 얼굴에는 수많은 주름과
검버섯을 그려넣었다. 신엽이 본 것은 그렇게 만들어진 가짜 노파
묘묘였던 것이다.

신엽이 멍하니 응시만 하고 있자 묘묘는 다시 그의 뺨을 갈겼다.

"당장 입을 열지 않는다면 네 놈을 가루로 만들어버리겠다."

신엽은 그제야 겨우 정신을 차렸다.

"그럼 제가 무어라고 부르면 되겠습니까?"

"네 마음대로 불러라. 하지만 내 마음에 들지 않으면 또 때릴 것
이다."

신엽은 고개를 끄덕였다. 사람들이 그녀를 묘묘라고 부르는 이유
를 알 것 같았다.

"한 사람이 왔었습니다. 그가 마을 사람들을 모조리 죽였습니다."

"그게 누구였느냐?"

"석양이 진 다음이라 정확히는 보지 못했지만, 비구니 같았습니
다. 청색 가사를 입고 옥색 지팡이를 들고 있었습니다."

신엽은 묘향신니라고 얘기하면 자신의 신분을 의심받을 것 같아
외양만을 묘사했다. 묘묘는 눈빛이 매섭게 변했다.

"옥소선녀 묘향신니, 결국 그년이 일을 저질렀구나. 그런데 왜 너
는 죽지 않았느냐?"

"저는 소향 소저와 바다에서 그물을 걷고 있었습니다. 소향 소저
가 먼저 마을의 이변을 알아차리고 섬으로 돌아갔는데 청색 가사의
비구니를 당하지 못하고……."

"소향이 비구니와 몇 합이나 겨루었느냐?"

"채 십 초도 못 되었을 겁니다."

묘묘는 살인자가 묘향신니가 틀림없다고 단정지었다. 소향을 불과 몇 초 만에 제압할 수 있는 사람은 무림 전체를 통틀어 몇 명 되지 않았다. 근래 들어 소향의 무공은 더욱 빠르게 향상되고 있었던 것이다.

"아직 한 가지 질문에 대답하지 않았다. 너는 어디서 온 누구냐? 왜 이 섬에서 얼쩡거리고 있지?"

"저는 그저 무명소졸입니다. 묘향산을 넘다가 소향 소저에게 붙잡혀 여기로 왔습니다. 소저께서는 제게 연못의 물고기들을 돌보라고 했습니다."

"묘향산이라고? 소향이 묘향산까지 갔었다는 말이냐?"

"제가 소향 소저를 만난 게 묘향산이었습니다."

묘묘는 고개를 저었다. 그리고는 혼잣말처럼 중얼거렸다.

"내 그곳으로는 가지 말라고 그렇게 일렀건만……."

신엽은 신분을 밝히고 싶은 마음이 굴뚝 같았다. 그러나 그럴 수가 없었다. 자칫하면 묘묘의 오해와 의심을 받을 상황인 까닭이었다. 묘향신니와 길상사가 남다른 관계에 있음은 무림인이라면 모두 아는 일이었으니까.

묘묘는 신엽에게 석연찮은 구석이 있음을 느꼈다. 어쩐지 어디선가 그를 본 듯한 느낌도 들었다. 뿐만 아니라 소향이 일부러 붙들어 왔다면 이유가 있지 않았겠는가. 어쩌면 묘향신니가 밀파한 첩자일 수도 있으리라. 그러나 묘묘는 내색하지 않고 신엽에게 시신들의 처리를 지시했다. 숲에서 나무들을 베어와 큰 불을 지피게 했다. 그리고는 사람들의 시신을 얹어 태웠다. 소향의 시신은 가장 높은 곳에 얹었다. 신엽의 눈에는 눈물이 맺혔다. 매운 연기 때문만은 아닐 것이었다. 얼핏 보니 묘묘 역시 눈가가 젖어 있었다.

묘묘의 심정은 기실 참담하기 이를 데 없었다. 그녀가 소향을 제자로 정한 것은 벌써 구 년 전의 일이었다. 이후로 지난 구 년 동안 그들은 떨어져 지낸 적이 별로 없었다. 어디를 가든 실과 바늘처럼 붙어다녔다. 때로는 사제관계로, 때로는 모녀처럼, 또 때로는 친구처럼, 온갖 정이 들어 있었다. 소향은 천성적으로 도량이 넓어 묘묘의 온갖 괴팍함을 받아주었다. 그런 소향이 고작 열여섯 꽃다운 나이로 그녀 곁을 떠나가고 있었던 것이다.

신엽이 소운을 치료하느라 흑록무당집에 틀어박혀 있었던 칠 일 동안 무림에는 한 가지 풍문이 번지고 있었다. 묘향신니가 과거의 연적 월월묘묘를 찾아가 결판을 내리라는 이야기였다. 시기까지 구체적으로 들먹여졌다. 시월 초가 되리라고.

물론 그것은 요다의 간교한 책략이었다. 정파의 무림인들은 명예를 목숨보다 소중히 여겼다. 신니에게 그럴 의사가 없더라도 소문이 나돈다면 결국 그렇게 움직일 가능성이 컸다. 요다가 원한 것은 바로 그것이었다. 그는 소문의 힘으로 신니를 움직이려 한 것이었다. 그래서 자신이 어부지리를 취할 수 있도록. 하지만 설사 신니가 소문에 따르기를 거부한다 해도 그에게는 다른 복안이 있었다.

풍문은 묘묘의 귀에도 전해졌다. 묘묘는 코웃음을 쳤다. 금강일신 자혜대사를 사이에 둔 삼각관계 어쩌고 하는 이야기에 기가 막혔다. 그녀가 언제 누구 앞에서라도 자혜대사에 대한 마음을 드러낸 적이 있었단 말인가. 그러나 한편으로는 기분이 나쁘지도 않았다. 자기도 모르는 사이 그런 이야기가 나돌았다면 그건 자혜대사가 어떤 식으로든 자기를 언급했었다는 반증이 아니겠는가. 만약 정말로 신니가 찾아온다면 은근히 그 점을 확인해보리라. 묘묘는 내심 그런 생각도 하고 있었다.

내심이야 어쨌건 묘묘는 풍문에 냉담했다. 그저 자신이 해야 할 일들만을 했다. 시월의 첫째날 그녀는 소향과 함께 묘도로 돌아갔다. 그들 사제는 묘도에다 세상에서 버림받은 여인들을 위한 마을을 꾸리고 있었다. 묘도 주민들이 모두 무사함을 확인하고 묘묘는 바다로 나갔다. 월동 준비를 위해서였다. 한편 소향에게는 서해도 일대를 돌며 약간 명의 주민을 더 모집해올 것을 지시했다. 소향의 성격을 잘 아는지라 그녀는 단단히 타일렀다.

서북면에는 절대 발을 들여놓아서는 안 된다. 알겠느냐.

소향은 그러겠노라고 다짐했다. 그러나 소향이 어떤 소녀였던가. 어찌 그런 풍문을 접하고도 나 몰라라 할 수 있었겠는가. 그녀는 묘도를 나오는 즉시 북쪽으로 배를 돌렸다. 청천강을 거슬러 내지로 들어갔다. 가는 길에 곳곳에서 처지가 딱한 여인들을 구해내어 배에 실었다. 묘향산에 도착한 그녀는 배를 잠시 기다리게 하고 산을 넘어 녹운곡으로 향했다. 조심스럽게 살금살금 다가갔다.

그런데 녹운곡에서는 뜻밖의 풍경이 기다리고 있었다. 모든 것이 엉망이 되어 있었다. 한 차례 치열한 격전이 벌어졌던 듯싶었다. 숲으로 조성된 진법이 파괴되고 이화진도 쓸려나가고 없었다. 신니가 애지중지하던 화단의 기화이초도 한 그루 남아 있지 않았다. 뿐만 아니라 녹운옥은 뎅그러니 비어 있었다.

소향은 경악했다. 어찌 이런 일이 있을 수 있을까. 묘향신니라면 명실공히 당대 무림의 최고수인데, 감히 누가 신니의 근거지를 찾아와서 시비를 걸었단 말인가. 더욱 놀라운 점은 그 시비에서 신니측이 큰 피해를 입은 듯하다는 사실이었다. 그렇지 않았다면 녹운옥을 버리고 떠나지는 않았을 테니까.

소향은 주변을 살펴보았다. 시비를 건 도전자에 대한 단서를 찾기 위해서였다. 핏자국과 몇 조각의 검은 헝겊들을 제외하고는 이렇다 할 게 없었다. 그런데 그때 한 수상쩍은 남자가 나타났다. 바로 신엽이었다. 물론 신엽은 얼굴을 위장하고 있었기에 소향이 알아볼 수 없었다. 신엽은 녹운옥을 잘 아는 듯 이리저리 둘러보더니 연못가에 주저앉아 한숨을 내쉬었다. 소향은 그가 신니와 모종의 관계가 있으리라 짐작하고 그를 사부에게 데려가기로 마음먹었다. 그의 무공 정도를 알 수 없었기에 속임수를 쓸 수밖에 없었다. 그녀는 멀지 않은 곳에 드러누워 부상을 가장했다. 신엽은 꼼짝없이 그의 속임수에 걸려들어 혈도를 제압당했다.

소향은 그를 직접 심문하지 않고 묘묘에게 맡길 생각이었다. 심문하는 방법에 있어서 그녀는 아직 사부에게 까마득히 멀었으니까. 그녀가 묘도에서 신엽에게 약간의 자유를 준 것은 그를 안심시키기 위해서였다. 그런데 뜻밖에도 불청객이 찾아와 묘도를 도살하고 소향까지 해친 것이었다.

새벽녘이 가까워졌다. 거대한 불길은 끊임없이 타올랐고, 장작 더미 위의 시신들은 회백색 재로 변해갔다. 그리고 이윽고는 불길도 자그맣게 사그라들었다. 묘묘는 그 불길 앞에서 떨리는 목소리로 읊조렸다.

"잘들 가시오. 내 반드시 이 원수를 갚고 돌아와 그대들의 뼈를 바다에 뿌려드리리다."

말을 마친 묘묘는 아름다운 혁대 하나를 꺼내었다. 길이가 족히 일 장은 되었고 일 척마다 커다란 옥구슬이 붙어 있었다. 그 밖에도 금과 은의 장식이 화려하여 왕족이나 대단한 귀족의 소유였음을 짐작케 했다. 신엽은 내심 감탄하고는 다시 불길로 시선을 옮겼다. 그런데 그 순간 무언가가 그의 몸을 휘감았다. 실로 갑작스러운 일이었다. 바로 그 옥대가 그의 몸을 친친 동여매어버린 것이었다. 다리에서 가슴으로 거슬러올라오면서. 신엽이 용틀임을 쳐보았지만 꼼짝달싹할 수 없었다.

"이게 무슨 짓이오!"

신엽은 깜짝 놀라 소리쳤다. 묘묘는 그를 번쩍 들어 옆구리에 끼면서 말했다.

"묘향산까지 동행해야겠다. 가서 네가 본 것을 이야기해야 신니가 딴 소리를 못 할 게 아니냐."

묘묘는 곧장 바다로 나가 배에 오르려 했다. 신엽이 물었다.

"저 아이들은 어쩔 셈인가요?"

"그렇지. 아이들은 어떻게 살아남았느냐?"

"저와 함께 바다에 있었습니다."

묘묘는 수빈과 은혁을 살펴보고는 다시 한번 그들의 혈도를 찍었다. 최소한 이틀쯤은 깊은 잠에 빠져들 것이었다.

묘묘가 배를 모는 실력은 신기에 가까웠다. 한 손으로 노를 잡고 가벼이 젓는데도 배는 바람처럼 빠르게 움직였다. 그러면서도 아무런 요동도 치지 않았다. 마치 구름 위를 달리는 듯 편안했다.

묘묘가 원래부터 바다를 좋아한 것은 아니었다. 그러나 옥소선녀가 묘향산에 은거지를 정하자 자신은 산 대신 바다에 정을 붙이기로 했다. 그게 벌써 이십일 년 전의 일이었다. 그때부터 배를 몰고 바다를 누볐으니 그 실력이 어느 정도일지는 알 수 있을 일이었다. 더구나 그녀는 시간이 흐를수록 바다에 매력을 느꼈다. 바다는 잔잔한 듯 보였지만 괴팍한 변덕도 많았다. 폭풍우가 몰아칠 때면 온몸에서 땀이 날 정도로 짜릿했다. 묘묘 자신의 성격과 들어맞는 셈이었다.

옥대에 묶여 한구석에 팽개쳐진 신엽은 은밀히 공력을 끌어올려 보았다. 옥대를 조금이라도 느슨하게 만들어 필요할 때 벗어버리기 위해서였다. 그러나 옥대의 포박은 단단하기 그지없었다. 그가 힘을 쓸수록 오히려 몸을 옥죄어들어왔다. 그러자 한 자 간격으로 붙어 있는 옥구슬들이 그의 신체 요혈들을 압박하기 시작했다. 대맥 천추 장문 음도혈 등에 차례로 통증이 전해져왔다. 그리고 그 통증은 왼쪽 가슴 아래의 기문혈에서 극에 달했다. 기문혈은 족궐음간경과 음유맥이 교차하는 인체대혈로서 온몸의 기운을 좌지우지하는 요혈이었다.

월월묘묘의 옥대포박법은 독문절기 중의 하나였다. 원래 그 옥대는 신라시대 때부터 전해오는 보물이었다. 『삼국유사』 기이(紀異)편은 옥대의 출현에 대하여 이런 이야기를 적고 있다.

제이십육대 백정왕의 시호는 진평대왕이니 성은 김씨이다. 대건 십일년 기해 팔월에 즉위하였는데, 키가 십일 척이라 내제석궁에 거동하여 섬돌을 밟자 돌 세 개가 한꺼번에 부서졌다…… 왕이 즉위한 원년에 천사가 대궐 뜰에 내려와 왕에게 말하기를 "상제께서 제게 명하여 이 옥대를 전하라 하셨습니다" 하므로, 왕이 꿇어앉아 이것을 받자 천사는 하늘로 올라갔다…… 그후에 고려왕이 장차 신라를 치려 하며 말하기를 "신라에는 세 가지 보물이 있어 침범할 수 없다 하니 그게 무엇이냐?" 하니, 대답하기를 "황룡사 장육존상(丈六尊像)이 그 하나요, 그 절의 구층탑이 그 둘이요, 진평왕의 천사옥대(天賜玉帶)가 그 셋입니다" 하자 계획을 중지했다.

묘묘가 사용하는 옥대는 바로 그 진평대왕의 천사옥대로 알려져 있었다. 삼국을 통일한 태종 무열왕은 계림 동북쪽 이십 리 되는 계곡에 병기와 투구를 묻어 호국신께 감사드렸는데 진평왕의 옥대도 그때 함께 묻힌 터였다. 그후 제삼십팔대 원성대왕이 그 계곡에다 절을 세웠다. 대왕은 투구를 간직한 계곡에 세웠다 하여 절 이름을 무장사(鍪藏寺)라 하였다.

신라가 패망한 후 계림 주변의 왕릉과 유적지에는 도굴꾼들이 극성을 부렸다. 무장사도 그들의 손길을 피할 수 없었고, 천사옥대는 재물을 탐하는 사람들의 손을 돌아다니는 수모를 당했다. 제칠대 사비 중의 한 명이 우연히 옥대를 접하여 그 가치를 알아보고는 소중히 간직했다. 그때부터 옥대는 사비에게 대대로 전해내려오고 있었다.

그와 같은 영물이었으니 신엽이 꼼짝달싹할 수 없는 것은 당연한 일이었다. 신엽은 몇 차례 힘을 쓰다가 포기했다. 그런데 이제는 그것조차 뜻대로 되지 않았다. 한번 시작된 통증들은 쉽사리 가라앉지 않았다. 특히 기문혈의 통증은 일각이 다르게 악화되었다. 신엽은 이빨을 앙다물고 참았다. 바람이 제법 서늘한 가을 날씨였지만 그는 온몸으로 땀을 흘렸다.

"포박을 좀 늦춰줄 수 없을까요?"

마침내 신엽은 참지 못하고 묘묘에게 사정했다. 묘묘는 그를 힐끗 보더니 딱하다는 듯 말했다.

"사서 고생을 하는구나. 얌전히 있으면 곧 괜찮아질 것이다."

"그게 그렇게 안 됩니다."

"다시 한번 잔소리를 하면 입에다 거북이 한 마리를 처넣겠다."

묘묘는 옥대의 성질을 잘 알고 있었다. 묶인 사람이 기운을 써서 풀려고 하면 포박은 더욱 강하게 조여들었다. 그러나 힘을 풀고 기다리면 다시 약간 늦추어져서 통증에 시달리지는 않을 정도가 되었다.

신엽은 묘묘의 말을 믿고 다시 한번 참기로 했다. 하지만 시간이 흐를수록 통증은 더 극심해졌다.

신엽이 그런 고통을 당하는 데는 그럴 만한 이유가 있었다. 그 자신도 알지 못했고, 묘묘는 더욱 짐작조차 못 할 이유였다.

신엽의 몸속에는 그때 세 가지 기운이 모여 있었다. 현음지기와 현양지기, 그리고 자혜대사가 백삼타전으로 옮겨준 필생의 공력이었다. 현음지기와 현양지기는 각각 현음과와 현양과를 복용하여 얻은 것이었다. 평상시 단전에 모여 있어서 신엽이 마음대로 부릴 수 있는 기운들이었다. 자혜대사의 공력도 이미 상당 부분이 소화되어 단전으로 모여 있었다. 그러나 그것의 절반 정도는 아직 풀어지지 않고 신엽의 가슴 깊숙한 부분에 응어리져 있었다. 바로 심장 아래, 그러니까 왼쪽 가슴의 기문혈이 있는 자리였다. 그 응어리는 그곳에서 신엽의 운기에 장애물로 작용하고 있었다.

만약 신엽이 일찍부터 무공을 익혔다면 장애물을 인식할 수 있었겠지만, 그에게는 처음부터 항상 그 자리가 막혀 있었기에 그게 잘못된 일인지도 몰랐던 것이다. 그런데 공교롭게도 묘묘의 옥대포박은 기문혈을 정점으로 하고 있었다. 기문혈을 통하여 몸 전체를 통제했다. 그러자 그에 자극받은 자혜대사의 공력이 스스로 힘을 쓰기 시작한 것이었다. 그러니 신엽이 아무리 단전의 공력을 내린다 해도 통증이 줄어들 수는 없는 노릇이었다. 오히려 점차 극심해질 따름이었다.

통증이 극에 달하자 신엽은 단전의 공력도 통제할 수 없게 되었다. 아랫배에 저절로 힘이 들어가며 기운이 쓰였다. 그럴수록 통증은 더 악화되었지만 달리 방법이 없었다. 온몸의 근육과 신경세포들이 금세라도 폭발해버릴 정도로 팽팽하게 긴장되었다. 신엽은 거의 혼절할 지경이었다. 그는 배가 이미 청천강을 거슬러올라가 묘향산에 다다랐다는 사실도 알지 못했다.

묘묘는 신엽을 옆구리에 끼고 배에서 내려 묘향산을 넘었다. 그녀는 신엽의 몸이 조금 이상하다고는 느꼈다. 학질에라도 걸린 사람처럼 부들부들 떨고 있었던 것이다. 그러나 묘묘는 그저 그가 지독한 고집쟁이라고만 생각했다. 여느 때 같았다면 한 번쯤 내려놓고 살펴보았겠지만 지금은 그럴 틈이 없었다. 소향의 원한을 갚아야 한다는 일념으로 가득 차 이 못생긴 얼간이를 돌아볼 여유가 없었다.

　녹운곡에 도착한 묘묘는 깜짝 놀랐다. 숲과 진(陣)이 모두 파괴되어 녹운옥까지 곧게 길이 나 있었던 것이다. 혹시 함정일지도 모르겠다는 생각이 스쳤다. 흥! 묘묘는 냉소하며 거침없이 내달았다. 함정 따위를 두려워했다면 찾아오지도 않았을 것이다.

치욕

녹운옥 앞에 도착한 묘묘는 잠시 주춤했다. 예사롭지 않은 기운이 느껴졌다. 치열한 격전이 있은 듯했고, 그 기운이 아직 완전히 해소되지 않은 느낌이었다. 게다가 녹운옥의 모든 문짝들은 그녀를 초대하듯 열려 있었다. 묘묘는 차가운 목소리로 말했다.

"월월묘묘 진자영이 묘향신니 윤지림을 찾아왔다. 어서 나와서 목을 내밀어라."

그녀의 음성은 낮고 조용했다. 그러나 그 음성은 녹운옥의 문으로 스며들자 거대한 메아리로 돌변하여 집 전체를 흔들었다. 가히 경탄할 만한 내공이었다.

집 안을 돌아나오는 메아리를 들은 묘묘는 적이 실망했다. 내부가 대체로 비었음을 알 수 있었기 때문이었다. 벌써 줄행랑을 쳤단 말인가. 묘묘는 직접 안으로 들어가보기로 했다. 만약의 경우에 방패로 쓰기 위해 신엽을 단단히 그러쥐고서 대문을 들어섰다.

예상대로 녹운옥은 비어 있었다. 급하게 떠났는지 가져가지 못한 물건들이 더러 눈에 띄었지만 더이상 사람이 사는 흔적은 찾아볼 수 없었다. 긴장이 풀어진 묘묘는 여인네 특유의 질투 섞인 호기심으로 살림을 둘러보았다.

실내에는 이상하게도 큼직한 조형물들이 많았다. 석탑, 석축의 모형, 청동부처상 등등이었다. 더러는 천장이나 벽면에 매달린 것도 있었다. 대청 한가운데는 또 직경만 한 자가 넘을 네 개의 돌기둥들이 서 있었다. 더욱 특이한 것은 방의 모양이었다. 십여 개의 방들 중 정사각형이나 직사각형의 평범한 모양을 취한 것은 하나도 없었다. 마치 방들이 서로를 아구아구 먹어대는 듯 이리저리 맞물려 기묘한 형상들을 하고 있었다.

흥. 사람들이 묘묘를 기묘하다고 말하지만 신니의 취향은 더욱 기기묘묘하군.

묘묘는 그렇게 중얼거리며 구석구석을 돌아다녔다.

대청 곁의 작은 방으로 들어선 묘묘는 소스라치게 놀랐다. 방 한 구석에 웬 노인이 쪼그리고 앉아 고개를 갸웃거리고 있었다. 머리카락이 모두 벗겨지고 사지와 척추는 꼬부라질 대로 꼬부라진 게 일흔은 족히 넘어 보였다.

"누구냐?"

묘묘가 물었다. 노인은 들은 척도 하지 않았다. 자세히 보니 듣지 못한 듯 싶었다. 가는귀가 먹은 것일까. 묘묘는 큰 소리로 다시 물었다. 그제서야 알아들었는지 노인은 고개를 들더니 대뜸 묘묘에게로 달려들었다.

"이년, 내 산삼 내놔라!"

노인은 그렇게 소리치며 묘묘를 움켜쥐려 했다. 묘묘는 무공을 아는지를 시험해볼 요량으로 삼 성의 공력으로 그를 밀쳤다. 손이 닿는 순간 그러나 그녀는 급히 대부분의 공력을 해소해버렸다. 노인의 몸에서는 아무런 저항력이 느껴지지 않은 까닭이었다. 노인은 두 바퀴를 구르더니 벽에다 쿵 머리를 찧었다. 왼쪽 이마에서 한 가닥 피가 흘러내렸다. 하지만 그는 곧 정신을 차리고 엉금엉금 기어서 다시 묘묘에게 달려들었다. 그 모습은 가련할 정도로 필사적이었다.

"그래, 차라리 날 죽여라. 그게 어떤 산삼인데. 그걸 잃고 돌아가느니 차라리 죽어야지."

묘묘는 노인의 운문혈을 눌러 진정시킨 다음 곡차혈을 눌러 피를 멈추었다. 그리고는 내막을 물었다. 노인은 한참 동안 묘묘를 쳐다보더니 다시 고개를 갸웃거렸다.

"그 계집이 아니군. 새파랗게 젊은 년이었는데."

노인은 떠듬거리며 이런 말을 늘어놓았다. 자기는 묘향산과 낭림산 일대에서 사십 년째 산삼을 캐어온 심마니다. 기력이 달려 한동안 산행을 못 했다. 부모 없이 자란 손자녀석 장가를 보내려고 사흘 전 마지막 일에 나섰다. 사흘 밤낮을 꼬박 헤맨 끝에 신령님의 자비로 산삼을 찾았다. 바로 저 아래에서였다. 심봤다를 목이 메일 정도로 외치고 보니 그것은 반천 년은 족히 되었음직한 대박이었다. 무릎을 끓고 앉아 치성을 들이고는 정성껏 산삼을 캐냈다. 그런데 그 순간 한 젊은 계집이 나타나 산삼을 뺏어가버렸다. 기가 막혀 쫓아왔는데 계집은 이 집 안으로 들어가더니 사라져버렸다는 것이었다.

"분명히 이 집 안으로 사라졌나요?"

묘묘의 확인 질문에 노인은 다시 목청을 높였다.

"늙은이라고 무시하는 게냐. 내 비록 몸은 늙었어도 눈만은 어느 젊은이 못지않다. 사십 년을 하루처럼 산삼만을 찾아다녀 두 눈이

샛별처럼 초롱초롱하다."

묘묘는 슬그머니 웃음이 나왔다. 그러나 과연 노인의 두 눈은 다른 부분들에 비교하여 생생한 듯 보였다.

"그래 그 계집이 어떻게 생겼던가요?"

"새파랗게 젊은 년이었다니까. 자색 옷을 입고 있었고, 걸음걸이는 원숭이마냥 재더군."

노인의 설명을 듣자 묘묘는 한 인물이 떠올랐다. 바로 신니의 수제자인 낭연이었다. 재주와 미모가 빼어나 신니가 특별히 아끼는 제자인데 언제나 자색 옷을 입고 다녀 자의소선(紫依小仙)으로 불린다고도 했다. 그런데 그녀가 왜 이 늙은 심마니의 산삼을 강탈해야 했을까. 신니는 덕을 베푸는 이는 아니었지만 까닭없이 남을 해치는 법도 없었는데.

주위를 둘러보며 이유를 찾던 묘묘는 한 가지 가능성에 생각이 미쳤다. 녹운곡의 풍경은 참담했다. 어떤 강적이 찾아와 한바탕 혈전이 벌어졌던 게 틀림없었다. 그래서 누군가가 큰 부상을 입은 게 분명했다. 어쩌면 그것은 바로 신니일지도 몰랐다. 적이 이미 화단의 기화이초를 짓밟아버렸기에 낭연이 이 심마니의 산삼까지 빼앗아야 했던 게 아닐까.

만약 그게 사실이라면 낭패로군.

묘묘는 기분이 씁쓸했다. 적의 불행을 틈타 보복하고 싶은 생각은 없었기 때문이었다. 하지만 어차피 이곳까지 왔으니 사실 여부는 확인해야겠다고 마음먹었다.

묘묘는 노인의 나무지팡이로 방바닥을 쳐보았다. 몇 군데를 두드리니 과연 소리가 다른 곳이 있었다. 무척 미세한 차이여서 보통 사람이라면 분별하기 힘들 정도였다. 묘묘는 힘을 써서 열 수 있는 문이 아님을 직감하고 장치를 찾았다. 그러나 아무리 세심하게 둘러보아도 특별한 장치는 보이지 않았다. 작은 방 전체를 이 잡듯 뒤졌지만 마찬가지였다. 옥소선녀 묘향신니 윤지림은 원래 기관과 진식에 관한 한 타의 추종을 불허하는 대가였다. 그런 신니가 작정하고 감춘 장치라면 일찌감치 포기하는 쪽이 현명할지도 몰랐다. 찾기에 지친 묘묘는 작전을 바꾸었다.

"흥. 묘향신니가 묘향산쥐가 되어버렸구나. 손님이 자원방래하였는데 꼬리를 감추고 코빼기도 내비치지 않으니 이 무슨 예법이란 말이냐……."

그녀는 목청을 높여 신니를 비웃기 시작했다. 신니의 자존심을 건드려 그녀가 스스로 튀어나오도록 만들려는 심산이었다. 비웃음은 차츰 욕지거리로 바뀌고 목청도 거칠고 사나워졌다. 때때로 묘묘는 쌍장을 휘둘러 벽과 천장과 바닥을 때렸다. 역시 신니의 신경을 긁기 위한 행동이었다. 벽이 흔들리고 돌가루가 바스러져내리자 노인은 두려움에 벌벌 떨었다. 이렇게까지 하는데도 안 튀어나온다면 윤지림은 대단한 중상을 입었다는 얘길 거야. 묘묘는 그런 생각을 하며 욕지거리를 계속했다.

"산에 사는 쥐들은 귀가 얼마나 두꺼운지 알아봐야겠군. 나는 이 자리에서 사흘 동안 욕이나 실컷 해야겠다."

묘묘는 별별 욕을 다 찾아내어 들먹였다. 계속할수록 기분이 풀어지며 상상도 못 할 욕들이 튀어나왔다. 기운도 끊임없이 솟아올랐다. 며칠 밤낮은 문제없이 계속할 것 같았다. 그렇게 한 시진이 지났을까. 문득 묘묘는 두 사람의 발자국 소리를 들었다. 외부에서 녹운옥으로 들어오는 소리였다. 무공이 얕지 않은지 발소리가 가볍고 빨랐다. 잠깐 사이에 그들은 묘묘와 신엽과 노인이 있는 작은 방으로 들어섰다.

"뉘신데 이곳에서 소란이신지요?"

들어선 것은 두 명의 젊은이들이었다. 차림새가 말쑥하고 귀태가 흐르는 것이 예전의 누군가를 떠올리게 했다. 묘묘는 곧 그들이 누구인지를 짐작할 것 같았다.

"녹운옥에 수컷쥐도 살고 있었나?"

"말버릇이 고약하구나. 우리는 화랑 방주 운중선의 제자 백무 백궁 형제다."

묘묘의 비아냥에 발끈한 백궁이 소리쳤다. 그는 당장이라도 달려들어 묘묘를 잡아 흔들 기세였다. 백무는 동생을 가로막아 진정시켰다. 천하의 묘향신니 거처를 찾아와 소란을 부릴 정도라면 가벼이 볼 사람이 아니라는 판단에서였다. 그는 후배의 예를 취하고 묘묘에게 물었다.

"선배님의 존함을 여쭈어도 되겠습니까?"

"감히 네 녀석들이 내 이름을 묻느냐? 운중장두더러 직접 와서 물으라고 하여라."

백궁은 기가 막혔다. 그는 자신의 사부가 천하제일의 고수라고 자부하는 터였다. 그런데 나이도 얼마 되지 않은 이 여자가 사부의 비속한 별호를 들먹이고 있었던 것이다.

운중선 구장격은 안동호에서의 영웅연이 끝난 이후 고립감에 빠졌다. 길상사와 조의사비가 한통속을 이룬 것 같았고, 왜국의 천도문마저 그들 편에 있는 듯 보였다. 자신은 아시겐지 등과 모종의 교류가 있었지만 믿을 만한 이들은 아니었다. 해서 그는 고심 끝에 묘향신니 윤지림과 손을 잡기로 했다. 비록 금강일신의 문제로 사이가 멀어지기는 했지만 그래도 믿을 사람은 옛 동지뿐 아니겠는가. 그가 자신의 두 수제자를 묘향산으로 보낸 것은 신니에게 그런 뜻을 전하기 위해서였다. 인사도 시키고, 그 기회에 세상 구경도 시키고.

운중선은 두 제자를 보내면서 특히 사비를 조심하라고 당부했다.

사비를 만나면 무조건 피해야 한다고. 불가피한 경우라면 반드시 화랑이교진으로 상대해야 한다고. 그리고 사비의 내력과 생김새도 알려주었다. 그러나 운중선은 월월묘묘 진자영에 대하여 한 가지를 실수했다. 그녀의 나이가 오십대 중반이라고만 알려주었을 뿐 그녀가 여전히 삼십대로밖에 보이지 않는다는 사실을 말하지 않았다. 그도 몰랐기 때문이었다. 그런 형편이었으니 백무와 백궁은 눈앞의 미부인이 묘묘이리라고는 상상조차 할 수 없었다.

백궁은 그녀를 비웃어주리라 마음먹었다.

"형님, 보아하니 이름을 물을 필요도 없는 아낙인 듯하군요. 남자를 고르는 눈도 형편없구요."

"무슨 소릴 지껄이는 게냐."

"끼고 있는 두 남자가 하나는 꼬부랑노인이요 하나는 화상으로 일그러진 병신이라서 하는 말이오."

그의 말은 틀린 것은 아니었다. 신엽은 그때 그 자리에 있었지만 없는 것과 마찬가지였다. 기문혈에서 시작된 고통은 이제 온몸의 요혈들로 퍼져 있었다. 옥대의 옥구슬들은 하나하나가 날카로운 비수로 변하여 요혈들을 찌르고 있었다. 그 고통과 싸우느라 신엽은 거의 비몽사몽지간에 있었던 것이다. 묘묘는 코웃음을 쳤다.

"그러는 네 녀석은 나은 줄 아느냐? 운중장두가 지저분한 입버릇만 가르쳐서 구린내가 나는구나."

백궁은 더이상 참지 못하고 몸을 날렸다. 백무의 어깨 위를 살짝 넘어 묘묘를 덮쳐가며 쌍장을 내질렀다. 쌍응출운(雙鷹出雲)의 신법에 수심장을 가미한 절묘한 공격이었다.

"흥. 고작 부린다는 재주가 쌍계월장(雙鷄越牆)이냐?"

묘묘는 왼발을 축으로 빙그르르 돌았다. 백궁의 두 손이 아슬아슬하게 어깨를 스쳐갔다. 백궁은 허공에서 방향을 틀어 뒤를 쫓았고,

묘묘는 다시 간발의 차이로 그 공격을 벗어났다.

묘묘의 정체를 고심하던 백무는 미처 동생의 행동을 막지 못했다. 그러나 백궁의 공격이 정심(精深)하고 미부인의 대응이 단순하자 잠시 지켜보기로 했다. 몇 초식을 겨뤄보면 적어도 그녀의 문파는 알 수 있지 않겠는가.

백궁은 잠깐 사이에 십여 초를 퍼부었다. 하나같이 날렵하고 정확한 초식이었다. 묘묘는 내심 감탄했다. 과연 운중선의 제자로구나 싶었다. 그러나 그녀는 연거푸 신법을 써서 피하기만 할 뿐 반격하지 않았다. 백궁은 갈수록 손바람이 났다. 사부의 품을 떠나 처음 겪는 싸움다운 싸움이었기에 욕심도 났다. 일격에 제압하여 화랑방의 이름을 떨치리라 생각했다. 해서 그는 점차 대담한 공격을 전개했다.

곁에서 지켜보던 백무는 그런데 조금씩 의구심을 느꼈다. 공수의 전개를 보면 동생 백궁이 금세라도 적을 제압할 듯싶었다. 미부인은 계속 아슬아슬하게 백궁의 장권을 빠져나가고 있었다. 하지만 자세히 보면 그렇지도 않았다. 표정이나 몸짓과는 달리 미부인의 신법에는 여유가 있었다. 항시 백궁보다 늦게 움직이면서도 먼저 필요한 자리에 도달해 있었다. 게다가 보법이 반 보의 착오도 없이 정확했다. 그렇다면 그녀의 무공은 백궁보다 한 수 위라는 얘기가 아니겠는가. 그같은 결론에 도달한 백무는 서둘러 소리쳤다.

"궁아, 손을 멈추고 돌아오너라!"

그러나 그때 백궁은 회심의 일 장을 전개하고 있었다. 수심십육장의 제육장인 수화지천(水花至賤)이었다. 그는 두 팔을 넓게 펼쳤고, 일거에 십여 개의 수화(水花)가 피어나 사면팔방에서 묘묘의 전신 요혈들을 파고들어갔다. 묘묘가 달아날 수 없도록 공격반경을 넓힌 것이었다. 이번에는 결코 피하지 못하리라, 백궁은 그렇게 확신했다.

하지만 공격이 커지면 어딘가에는 빈틈이 생기게 마련이었다. 묘묘의 신형이 얼핏 시야에서 사라지는가 싶더니 백궁은 가슴 한가운데가 뜨끔함을 느꼈다. 옥당혈이었다. 어느 틈에 묘묘는 그의 코앞에서 미소짓고 있었다.

"공력에 어울리는 무공을 써야지."

일이 잘못되었음을 느끼는 순간 백무는 몸을 날렸다. 공중에서 장검을 뽑아들고 묘묘를 베어내렸다. 하지만 묘묘는 그 일검을 피하지도 않았다. 손을 들어 슬쩍 한 번 저으니 백무의 검은 비스듬히 빗나가고 말았다. 백무는 그녀의 공력이 사부와 견주어도 손색이 없을 정도임을 깨닫고는 대경실색했다. 그는 검을 거두어 단정히 세우고 정중하게 물었다.

"존함을 여쭈어도 되겠습니까?"

"너는 그래도 배운 구석이 있구나. 하지만 내 이름 석자를 들으려면 멀었다."

묘묘는 아름다운 두 손을 기묘하게 흔들며 백무를 공격했다. 일단 그녀의 공격이 시작되자 백무는 정신을 차릴 수 없었다. 사방 사유 천지의 십방이 모두 그녀의 장영으로 채워져 어른거렸다. 원래 묘묘가 백궁의 공격을 피하기만 한 데는 이유가 있었다. 비록 그들 형제의 무공이 그녀에게는 까마득했지만 만약 두 사람이 화랑이교진을 펼친다면 사정은 달랐다. 적어도 짧지 않은 시간 동안 그녀를 괴롭힐 것이었다. 묘향신니를 만나기도 전에 그런 일로 기운을 낭비할 수는 없는 일이었다.

그래서 묘묘는 계략을 부려 성급한 백궁을 먼저 불러들였다. 정식으로 싸워도 십여 초면 제압했겠지만 그전에 백무가 끼어들 것이 귀찮았다. 그녀는 짐짓 밀리는 척 달아나다가 백궁이 자만하는 틈을 노려 옥당혈을 제압한 것이었다.

　백무는 장검을 단단히 쥐고서 침착하게 대응했다. 그러나 애당초 격이 다른 두 사람의 대결이었다. 그가 휘두르는 검초는 모두 무형의 힘에 쓸려 어긋나고, 그 자리로는 미부인의 향기로운 장영이 다가들었다. 결국 그도 이십 초를 못 넘기고 영대혈을 빼앗기고 말았다.

　백무와 백궁 두 형제는 서로를 마주 보는 자세로 어정쩡히 굳어 있었다. 묘묘는 일단 운중선의 제자라도 수중에 넣으니 기분이 좋아졌다. 그녀는 심술이 동해 백궁의 얼굴을 어루만졌다.

　"어떠냐. 네 녀석 얼굴에도 저 녀석과 똑같은 화상을 만들어주랴?"

　백궁의 안색은 흙빛으로 변했다.

　"차라리 나를 죽여라."

　"그래도 사내라고 기개는 있구나. 하지만 그렇게 간단히는 안 되지."

　묘묘는 백무의 장검을 뺏어들고 천천히 백궁의 얼굴 쪽으로 가져갔다. 그 사이 장검에서는 놀라운 일이 벌어지고 있었다. 장검 끝에서 뜨거운 김이 모락모락 피어오르기 시작한 것이었다. 검날이 코앞으로 다가들자 백궁은 뜨거운 열기를 느꼈다. 그는 그녀가 정말 화상을 입히려는 줄 알고 경악했다.

　"이 요부야. 훗날 나의 스승께서 너를 붙잡아 불구덩이 속에 처넣을 것이다."

　"기대되는구나. 호호, 운중장두가 감히 묘묘를 붙잡겠다고?"

　"그렇다면 당신이 조의삼비 월월묘묘 진자영?"

　백궁과 백무는 다같이 놀랐다. 어쩐지 무공이 범상치 않다 했더니 그녀가 바로 묘묘였을 줄이야. 사부는 분명 그녀가 오십대 중반이라 하였는데 이처럼 젊고 아름다울 수 있단 말인가.

짝! 소리와 함께 묘묘의 손바닥이 백궁의 얼굴을 때렸다. 그의 뺨에는 손가락 자국 다섯 개가 선명하게 찍혔다.

"감히 더러운 입에 누구의 이름을 올리는 거냐."

백궁은 기가 죽고 말았다. 눈앞의 상대가 천하의 월월묘묘라면 달리 무슨 방법이 있겠는가. 하지만 반대로 백무는 다행스러움을 느꼈다. 자신들을 제압한 것이 무명소졸이 아니라 묘묘였기 때문이었다. 게다가 그녀는 성격이 괴팍하긴 해도 잔악한 사마외도와는 다른 것으로 알고 있었다. 그는 목소리를 더욱 공손하게 하여 인사를 올렸다.

"후배들의 공부가 일천하여 대선배님께 죄를 범했습니다. 부디 너그러이 해량해주시기 바랍니다."

"너희의 무공이 부족하여 이런 일을 당했다는 얘기냐?"

백무는 깜짝 놀라 정정했다.

"어찌 감히 그런 뜻을 담았겠습니까. 묘묘 어르신을 미처 몰라뵈었다는 말씀이지요."

"이제 알았으니 어떻게 하겠느냐?"

"가르침을 주십시오. 후배들의 능력이 닿는 일이라면 성심껏 따르겠습니다."

묘묘는 장검을 내리고 천천히 백무 쪽으로 돌아섰다.

"먼저 너희가 여기 온 이유를 말해보아라."

"특별한 이유는 없었습니다. 사부님의 명을 받아 윤지림 사숙님께 문안 인사를 드리러 온 것일 뿐입니다."

"운중장두는 이유 없이 문안 인사 따위를 챙길 위인이 아니다. 어서 내막을 아뢰어라."

백무는 속이 뜨끔했다. 그의 품속에는 사부가 신니에게 전하라고 준 서찰 한 통이 있었던 것이다. 그러나 그런 사실을 밝힐 수는 없는 일이었다.

"감히 무엇을 숨기겠습니까. 화랑방의 제자가 되었으니 사숙을 찾아뵙는 것이 도리라고만 하였습니다."

"흥. 어차피 이유야 드러나겠지. 그럼 이곳이 왜 이 지경이 되었는지를 설명해보아라. 누가 쳐들어와서 어떤 싸움이 있었고 또 누가 부상을 당했는지."

"후배들도 알 수가 없습니다. 이곳이 초행인데다, 지금 막 도착하는 길에 어르신을 만나뵌 것입니다."

"아무래도 오늘 너희는 저승 구경을 면하기가 어렵겠구나."

묘묘는 다시 장검을 백궁의 눈앞으로 가져갔다. 검끝에서는 여전히 뜨거운 김이 피어오르고 있었다. 그 끝이 백궁의 머리카락에 닿자 지지직 소리와 함께 몇 가닥을 오그라뜨렸다. 백궁은 다급하게 소리쳤다.

"믿어주십시오. 한치의 거짓도 없는 일입니다. 저희는 지금 막 도착하는 길이었습니다."

"만약 그게 사실이라면 너희는 지독하게 운이 없는 것이다. 나는 그 말을 믿지 않기로 작정했기 때문이다."

그 말과 함께 묘묘는 장검에다 약간의 진기를 더 주입하였다. 그러자 장검 끝은 마치 대장간에서 달구어진 쇠처럼 빨갛게 변했다.

"먼저 네 녀석 왼쪽 눈 아래에다 화상 하나를 만들어주마. 다음은 오른쪽 눈 아래, 그 다음은 왼쪽 이마, 그리고 오른쪽 이마의 순서다. 참, 감히 나의 남자 보는 눈을 비웃었으니 눈동자와 입술도 차례로 지져주마. 사숙의 거처를 찾아와 사숙 대신 당하는 일이니 나를 원망하지는 말아라."

달구어진 장검은 점점 가까이 백궁의 눈앞으로 다가들었다. 백궁은 절망적인 심정이었다. 그러나 아무런 도리가 없었다. 백무 역시 마찬가지였다.

사부께서는 월월묘묘가 특히 괴팍하니 각별히 조심해야 한다고 몇 차례나 당부했었지. 그런데도 결국 이런 일을 당하는구나…….

땅이 울리며 굉음이 들려온 것은 바로 그때였다.

기기기기기.

육중한 마찰음과 함께 방바닥의 서북쪽 모서리가 갈라졌다. 그리고 잠시 후 자색 옷을 입은 한 아름다운 소녀가 모습을 드러내었다. 낭연이었다. 이미 스물한 살의 그녀였지만 여전히 소녀같이 앳된 모습을 간직하고 있었다. 백무와 백궁 형제는 잠시 몽롱해짐을 느꼈다. 현재의 수난조차 잊어버릴 정도였다. 한편 묘묘는 그녀가 누구인지를 단박에 알 수 있었고, 그래서 더욱 가슴이 아팠다. 신니의 빼어난 제자를 보자 소향을 잃은 슬픔이 더 간절해진 까닭이었다.

"후배 낭연이 월월묘묘 어른을 뵙습니다."

낭연은 예를 차려 인사를 올렸다. 묘묘는 자신의 계획이 맞아떨어진 게 기뻤다. 그러나 석연찮은 구석도 있었다. 그녀는 이미 백궁, 백무 등이 딱히 숨기는 게 없음을 알 수 있었다. 그런데도 끔찍한 협박을 가한 것은 지하의 묘향신니를 불러내기 위해서였다. 자신을 찾아온 사질들이 다른 곳도 아닌 녹운옥에서 봉변을 당한다면 신니의 명성은 큰 손상을 입을 일이었다. 그러니 결국은 나타나지 않겠는가. 묘묘의 계획은 적중하여 지하실의 출구가 열렸다. 그런데 아직도 신니는 스스로 모습을 드러내지 않고 있었다.

"나는 네 사부를 만나러 왔다."

묘묘는 차갑게 말했다.

"사부님께서는 출타중이십니다. 후배가 잠시 대신하여 어른을 모시겠습니다. 화랑방의 손님들은 이 일과는 무관하니 돌려보내주시기를 간청드립니다."

"무슨 일과 무관하다는 뜻이냐?"

낭연은 머뭇거리다 대답했다.

"사실은 후배도 알지 못하겠습니다. 묘묘 어른께서 왜 진노하여 이곳을 찾으셨는지도 알지 못하겠습니다."

"그럴 테지. 신니의 제자라면 당연히 아는 게 없을 테지."

묘묘는 코웃음을 치고는 한쪽 구석에 웅크리고 있는 노인을 가리 켰다.

"그럼 저 노인네의 산삼은 왜 빼앗았느냐?"

낭연은 노인을 유심히 살펴보았다. 그녀는 이미 지하실에서 노인 의 넋두리를 엿들은 터였다. 그러나 그녀를 포함하여 녹운옥의 어느 누구도 다른 사람의 물건을 빼앗는 일 따위는 하지 않았다. 낭연은 노인이 좋지 못한 마음으로 일을 꾸미는 것이라 짐작하였지만 당장 은 증거가 없었다.

"녹운옥에는 산삼보다 뛰어난 영약들이 수없이 많습니다. 어찌 가 련한 노인의 산삼을 빼앗았겠습니까. 다만 노인의 정체가 수상하니 제가 직접 조사해보겠습니다."

낭연의 말은 모두 진심이었다. 여느 때의 묘묘였다면 다시 한번 냉정하게 생각했을 것이었다. 하지만 지금 그녀는 녹운옥과 묘향신 니에 대한 적의로 끓어오르고 있었기에 낭연이 자신을 우롱한다고 만 생각했다. 묘묘는 버럭 화를 내며 소리질렀다.

"방법을 정하여라. 신니가 없다면 나는 우선 너를 죽여 소향의 혼 을 달래어야겠다."

"소향의 혼이라니요. 설마 하니 소향 소저가……."

"시침떼지 말아라. 네 사부가 저지른 만행을 네가 모를 리 있겠느 냐."

낭연은 일순 할말을 잊고 말았다. 그녀는 소향과 긴 얘기를 나눈

적은 없었다. 몇 달 전 개경의 왕궁에서 잠시 인사 나눈 것이 고작
이었다. 하지만 소운으로부터 많은 이야기를 들은 터였다. 예쁘고
착하고 명랑한 아이라고. 소운과 자매지간을 맺었다면 자신에게도
동생인 셈이었고, 언젠가는 한자리에 모여 정을 나누리라 생각하던
터였다. 그런데 사부가 소항을 죽였다니. 그럴 수가 있을까. 사부의
품성을 생각하건대 그런 일은 결코 없었으리라 생각되었다.

그러나 다른 한편으로는 염려되지 않는 바도 아니었다. 열흘 전
요다에게서 금강일신이 묘묘를 사모했었다는 말을 들은 사부는 심
기가 크게 흔들렸었다. 일찍이 본 적이 없을 정도였다. 심지어는 중
독당한 소운을 외면하였을 정도였다. 그리고는 훌쩍 어디론가 떠나
버렸고, 아직까지 돌아오지 않고 있었던 것이다. 그때의 심기였다면
어떤 일도 저지를 수 있었을 것 같았다.

낭연의 복잡한 표정을 지켜보던 묘묘는 더욱 확신하게 되었다. 소
항을 죽인 것이 신니가 틀림없노라고. 그녀는 허공을 향해 처절하
게 소리질렀다.

"소항아, 외로워 말아라. 내 오늘 이선의 세 제자를 네 곁으로 보
내어주마."

그리고는 곧장 낭연을 향해 덮쳐갔다. 놀랍도록 빠른 신법이었다.
낭연은 원래 좋은 대화로 사태를 풀어갈 생각이었다. 그러나 여의치
못할 경우를 위해 약간의 대비책을 마련해두고 있었다. 그녀는 재빨
리 몸을 날려 창문을 통해 대청으로 빠져나갔다. 그리고는 기둥과
석상, 석축 따위를 이용하여 빙글빙글 돌았다. 몇 개의 방을 돌아 다
시 대청으로 나오는가 하면 대들보를 타고넘어 다음 방으로 사라지
기도 했다.

묘묘는 그림자처럼 따라붙었지만 시종 간발의 차이로 놓쳤다. 공
력의 깊이나 경신술로 따지자면 낭연은 묘묘에게 견줄 바가 아니었

다. 그러나 그곳은 녹운옥이었다. 녹운옥의 내외부는 모두 오행과
팔괘의 묘리를 따라 설계되어 있었다. 석축과 청동부처상이 배치된
것도 그러했고, 방들이 기이한 모양으로 맞물려 있는 것도 그러했
다. 기둥 하나 창문 한 짝이 모두 치밀한 주역의 계산을 안고 있었
다. 때문에 그 이치를 아는 사람은 자기 공력의 몇 배 능력을 발휘
할 수 있었던 것이다.

어렴풋이 그런 사실을 감지한 묘묘는 쌍장으로 석조물과 청동상
을 후려쳤다. 아예 부숴버리기 위해서였다. 그러나 그 조형물들은
얼마나 단단한지 꿈쩍도 하지 않았다. 별수 없이 묘묘는 집 안의 배
치를 눈에 익히기로 했다. 그렇지만 그 노력도 별 쓸모가 없었다. 낭
연의 움직임은 매번 엉뚱하게 변하여서 의표를 찌르는 까닭이었다.

그들은 순식간에 십여 바퀴를 맴돌았다. 낭연은 차츰 기운이 빠지
는 듯 보였다. 기물과 진법을 이용한다 하여도 그녀는 십이 성 공력
을 사용하고 있었다. 젖먹던 힘까지 모두 써서야 묘묘의 추격을 따
돌릴 수 있었기에 힘이 빠지지 않을 수 없었다. 그럴수록 묘묘는 더
욱 기세를 올렸다.

다시 대청으로 나온 낭연은 교묘한 동작으로 두 개의 기둥 사이
를 빠져나갔다. 묘묘는 조금의 지체도 없이 뒤를 따랐다. 이제 손만
뻗으면 낭연의 뒷덜미를 움켜쥘 것 같았다. 그런데 그 순간 왼쪽 기
둥에서 십여 개의 화살들이 쏘아져나왔다. 한 뼘 남짓 길이의 작고
예리한 화살들이었다. 묘묘는 곧 몸을 솟구쳐 화살들을 피했다.

그러자 이번에는 오른쪽 기둥에서 이십여 개의 독침들이 튀어나
왔다. 정확히 그녀가 솟아오른 지점을 겨냥한 공격이었다. 묘묘는
허공에서 왼발로 오른발을 밟으며 재차 도약했다. 옷깃 하나 차이로
독침들은 발 아래를 스쳐지나갔다. 내심 간담이 서늘해졌다. 조금이
라도 방심하였다면 꼼짝없이 당했을 순간이었다.

기둥은 제법 높아서 화살과 독침을 피하고도 아직 빠져나갈 부분
이 남아 있었다. 그러나 묘묘는 감히 그러지 못하고 한 차례 더 비
상하여 대들보를 뛰어넘기로 했다. 설마 하니 거기까지 장치가 있으
랴 생각하며. 그런데 뜻밖에도 대들보 위에는 창살 모양의 목책이
서 있었다. 조금 전까지만도 없던 장애물이었다. 그러나 아주 단단
해 보이지는 않았다. 묘묘는 흥 냉소하며 목책에 일 장을 후려쳤다.
뚫고 나가기 위해서였다. 이미 두 차례나 허공에서 비상한 까닭에
다른 방도가 없기도 했다. 목책은 펑 소리를 내며 바스러졌다.

그런데 그 순간 미세한 백색 가루가 뽀얗게 피어올랐다. 묘묘는
급히 숨을 멈추고 천근추의 신법으로 아래로 내려왔다. 온몸에 진기
를 운행시켜보고 그녀는 낭패를 느꼈다. 이미 모종의 독성이 체내로
들어와 있었다. 목책은 미끼였고, 진짜 장애물은 거기에 뿌려진 독
가루였던 것이다.

"악독한 년이로구나."

묘묘는 낭연을 쏘아보며 말했다. 낭연은 사뭇 죄스럽다는 듯 고개
를 숙였다.

"불가피하여 저지른 일이니 어른께서는 이해해주시기 바랍니다.
저희를 더 핍박하지 않겠다고만 약속하시면 즉시 해약을 드리겠습
니다."

"묘묘는 어느 누구에게도 사정 따위는 해본 적이 없다."

말과 함께 묘묘는 다시 몸을 날렸다. 조금 전까지보다 더 급하게
움직였다. 독기운이 퍼지기 전에 낭연을 붙잡아 해약을 받아내야겠
다는 조급함 때문이었다. 그러나 낭연은 잡힐 듯 말 듯 손에 들어오
지 않았다.

만약 녹운옥이 아니었다면 낭연은 이미 오래 전에 묘묘에게 붙잡
혔을 것이었다. 그러나 녹운옥 내에서 묘묘가 낭연을 잡겠다는 생각

은 처음부터 무리였다. 내부의 배치가 이화진의 오행과 팔괘 묘리를 따랐을 뿐 아니라 낭연이 사용하는 경신술도 그와 일치하는 것이었다. 화랑방의 비전 신법인 낙영비(落英飛)가 바로 그것이었다. 떨어지는 듯 솟아오르고 솟아오르는 듯 흐드러지는 것이 도무지 예측할 수 없는 변화의 연속이었다. 그리고 그 변화는 녹운옥의 배치에 나비와 꽃처럼 화응하고 있었던 것이다. 조금 전 낭연이 기운이 빠진 듯 보였던 것은 묘묘를 유인하기 위한 계략일 뿐이었다.

다시 십여 바퀴가 지나면서 묘묘는 독성의 발작을 느꼈다. 다리의 기운이 풀어지고, 눈앞이 어지러워졌다. 달아나는 낭연의 뒷모습이 두 개 세 개로 쪼개어져 어른거렸다. 어쩔 수 없이 살수를 써야겠다고 생각하며 묘묘는 좌장을 내뻗었다. 그러나 그 일 장이 모두 펼쳐지기도 전에 그녀는 문턱에 발이 걸리며 쓰러지고 말았다.

저 계집을 너무 얕잡아보았구나.

묘묘는 내심 후회하였다. 하지만 돌이킬 수 없는 일이었다. 여러 가지 생각들이 뇌리를 스쳐갔다. 회자정리(會者定離)요 생자필사(生者必死)이니 죽음이 두렵지는 않았다. 그러나 소향의 원혼을 달래지 못하고 가는 것이 가슴 아팠다. 조의삼비의 무공이 자신의 대에서 끊어지는 것도 못내 한스러운 일이었다.

묘묘는 천천히 몸을 일으켜 가부좌를 하고 앉았다. 그런데 그때 그녀 앞에는 한 청의인이 서 있었다. 정신을 모아 살펴보니 청색 가사를 입은 비구니였다. 다름아닌 묘향신니 윤지림이었다. 묘묘는 다시 분기가 치밀어 한바탕 욕을 하려고 입을 열었다. 그러나 목구멍을 뚫고 올라온 것은 한 덩이의 검붉은 피뿐이었다.

(3권에 계속)

무위록 2 - 여인의 검

ⓒ 장산부 1999

초판인쇄	1999년 7월 13일
초판발행	1999년 7월 23일

지 은 이	장산부
펴 낸 이	김정순
펴 낸 곳	(주)북하우스
출판등록	1997년 9월 23일 제1-2228호

주 소	110-521 서울시 종로구 명륜동 1가 31-9
하 이 텔	podo1
천 리 안	greenpen
인 터 넷	www.bookhouse.co.kr
전화번호	747-6353~4
팩 스	747-6355

ISBN   89-87871-20-7 04810
          89-87871-18-5(세트)

* 잘못된 책은 바꿔드립니다.